21 世纪立体化职业教育规划教材·财经系列

新编市场营销

吕成斋　主　编

王家申　王　珏　张洪峰　副主编

電子工業出版社.

Publishing House of Electronics Industry

北京·BEIJING

内 容 简 介

本书详细介绍了市场营销概述、市场营销环境、购买者行为、市场营销调研、目标市场营销、产品策略、价格策略、营销渠道策略、促销策略、网络营销和服务市场营销 11 个项目，通过案例分析法剖析了相关知识的内涵及实践应用。同时，根据每个项目的知识点，安排了相关知识的巩固拓展和达标检测，帮助学生掌握基础知识并拓宽思路。

本书按照各知识点的内在逻辑和学生的学习规律编排，语言浅显易懂、案例丰富；涵盖不同领域，便于学生阅读教材，启发思维；任务明确，便于模块教学。本书既适合作为中、高职院校的教学用书，也可以作为市场营销工作者的学习参考用书或培训教材。

图书在版编目（CIP）数据

新编市场营销／吕成斋主编 . —北京：电子工业出版社，2011.5
21 世纪立体化职业教育规划教材. 财经系列
ISBN 978 - 7 - 121 - 13446 - 3

Ⅰ. ①新…　Ⅱ. ①吕…　Ⅲ. ①市场营销学 - 中等专业学校 - 教材　Ⅳ. ①F713. 50

中国版本图书馆 CIP 数据核字（2011）第 078815 号

策划编辑：徐　玲
责任编辑：郝黎明　　特约编辑：胡伟卷
印　　刷：北京市顺义兴华印刷厂
装　　订：三河市双峰印刷装订有限公司
出版发行：电子工业出版社
　　　　　北京市海淀区万寿路 173 信箱　邮编 100036
开　　本：787×1 092　1/16　印张：17　字数：418 千字
印　　次：2011 年 5 月第 1 次印刷
印　　数：4 000 册　定价：28.00 元

前　言

很高兴向各位推荐这本书。正如各位所看到的一样，目前同类教材有多种层次、多种版本，内容以理论分析为主，较抽象。其读者对象需要有较强的领悟能力。为了展示营销学的实践性、趣味性和易掌握性，编者在总结多年中、高职教学实践的基础上编写了这本教材。

我国的市场经济正在迅速发展，各类公司需要学习并实践高效的营销理念。市场营销不仅仅是一种商业职能，更是一种如何在市场经济中创造顾客价值、实现企业目标的整体思维方式。随着现代通信、运输和其他科技的发展，企业间的竞争越来越激烈，营销的作用显得更加重要。我们的目标是帮助读者学习和应用现代营销的基本概念和基本原理及策略，领会其中的真正含义，并形成自己的见解。

本书针对中高职院校学生设计，其基本结构如下所述。

1. 任务案例。每个项目以一个相关案例开始，介绍本项目的主题并引起学习兴趣。

2. 任务处理。介绍相关的知识点，例如概念、原理、策略等。

3. 巩固拓展。介绍由相关知识点延伸的讨论，有利于巩固知识、开拓视野。

4. 知识归纳。在每个项目的结尾对该项目的概念和主要内容做总结。

5. 问题探究。根据每个项目的内容提出讨论性问题，挖掘学生的潜力。

6. 阅读材料。介绍与每个项目内容相关的理念、策略应用、理论动态等，鼓励学生既要依据教材又要走出教材。

7. 达标检测。通过不同题型的练习检验学生的掌握情况。

本书共分为 11 个项目，由吕成斋担任主编，王家申、王珏、张洪峰参与了全书的定稿和电子教案的修改工作。各项目编者为：吕成斋（项目三）、王家申（项目八、项目九）、王珏（项目一、项目四）、张洪峰（项目二）、曲俊峰（项目五、项目七）、李福烨（项目六）、李奕斌（项目十）、石玺（项目十一）。全书由吕成斋统稿。

本书在编写过程中，广蓄博览，借鉴了国内外专家学者的最新研究成果，丰富了教材内容，在出版之际，对他们表示衷心的感谢！也非常感谢电子工业出版社的编辑在编写和出版过程中给予的帮助和指导。本书还得到了吉林通化职教中心、河北邯郸市农业学校、广西梧州财经学校领导的大力支持，在此一并表示感谢。市场营销理论会随着实践不断发展，对同一理论的见仁见智，以及编者的水平所限，书中难免有不足之处，欢迎读者批评指正。

编　者

目　录

目录

II

項目一

市场营销概述

学习目标

通过对本项目的学习,了解如下内容。

- 市场、营销、营销组合的基本概念。
- 市场营销管理的实质与任务。
- 营销管理理念的发展与创新。

在市场经济循序发展和市场竞争日益激烈的今天,作为一门应用学科,甚或一门艺术,市场营销已经成为企业生产经营的关键,同时,也越来越多地引起商界人士的高度重视。

任务一　市场与市场营销的核心概念

任务案例

小张最近很郁闷,已经毕业 10 多天了,还没有找到合意的工作。虽然眼下中、高职学生的就业形势并不理想,但眼看着同学们一个个走上工作岗位,自己心里十分着急。回想起前些天参与的那场自己差点通过的面试,小张感到非常懊悔和遗憾。

当地颇有名气和规模的 IT 公司到小张的学校来招聘市场部、销售部工作人员。得益于经济学科的专业背景,小张很快入围并顺利通过了综合素质笔试,但是最后一轮的面试交流给踌躇满志的小张泼了一头冷水。在面试考官询问小张"营销、销售有何区别? 市场部和销售部谁重谁轻? 你觉得哪个部门更适合你"这些问题之后,小张就被 PASS 了,考官给出的结果是"混淆概念"。

虽然曾学过营销学这门课程,但小张却非常懊悔在校时没有认真听讲,以至于使自己错失了一个好机会,对此,他感到非常遗憾。于是,他再次翻开了在校时的营销学课本。

问题导入:什么是市场? 什么是市场营销? 营销、销售、促销与推销之间到底有何区别? 市场部与销售部谁重谁轻? 先做市场还是先做销售?

任务处理

一、市场的含义

市场一词最早指买方和卖方聚集在一起交换货物的场所,例如乡村的广场。经济学家用市场一词来泛指交易某类产品的买方与卖方的集合,例如,住房市场、劳动力市场和资本市场。但是,在营销者来看,卖方构成行业,买方则组成市场。

确切地说,一个市场是由那些具有特定需要和欲望,而且愿意并能够通过交换来满足这种需要或欲望的全部潜在顾客所构成。简单而言,市场应包括人口、购买力和购买欲望3个主要因素。用公式可表示为。

$$市场 = 人口 + 购买力 + 购买欲望$$

只有具备了三要素的市场才是一个现实有效的市场。人口是构成市场的基本因素,哪里有人,哪里有消费者群,哪里就有形成市场的可能。中国拥有13亿人口,使世界知名的跨国公司纷纷大举进入中国市场,正是因为他们看中了中国人口众多、消费潜力大的国情。

当然,人口仅仅是市场的基础之一,购买力和购买欲望也是市场的必备因素。

购买力指人们购买商品的货币支付能力。显然,具备购买力的需求才能形成真正意义上的市场。例如,目前中国机器人市场还不发达,每年的销售量远落后于欧美等国。但这并不是因为中国消费者不想购买机器人,而是很多消费者不具备购买能力。而收入是影响购买力的主要因素,收入越高,购买力越强。

购买欲望是人们购买商品的动机、愿望和要求,是潜在购买需求转变为现实购买行为的重要条件。人们的购买欲望受多方面因素的影响。这里首先要明确的是价格,它是影响购买欲望的重要因素。一般而言,价格越低,人们的购买欲望越强烈。大多数的企业都清楚地认识到了这一点,所以他们频频采用降低商品价格、折扣、优惠等手段刺激需求,提高人们的购买欲望,最终促进产品销售。

根据市场的含义,企业的经营活动必须围绕市场展开,具体内容如下所述。

① 认识社会需要什么(包括现在和将来),提出市场分析和发现市场机会的任务。

② 根据社会分工的需要、自己的专业特长来选择为之服务的目标市场,使自己有能力在特定的范围内满足消费者需要。

③ 制订和实施一整套的经营计划和手段来满足这些需求,以实现企业的经营目标。

一家鞋业公司派它的高级财务职员到一个非洲国家去了解公司的鞋能否在那里找到销路。一个星期后,这个职员打电话回来说:"这里的人不穿鞋,因此,公司的鞋在这里没有市场。"

公司总经理又派最好的销售人员到这个国家,对此进行仔细检查。一星期以后,销售人员打电话回来说:"这里的人不穿鞋,是一个巨大的市场。"

为弄清情况,总经理再次派出了营销副总。两星期后,营销副总打电话说:"这里的人不穿鞋,然而他们有脚疾,穿鞋对脚会有好处。无论如何,我们必须重新设计我们的鞋子,因为他们的脚较小。我们必须在告诉他们懂得穿鞋有益方面花费一笔钱,而开始这项工作必须得到部落首领的合作。这里的人没什么钱,但他们生产的产品中有我们从未尝过的最甜的菠萝。我估计鞋的潜在销售量能够补偿我们的一切费用,包括推销菠萝给一家欧洲超级市场的费用都将得到补偿。总算起来,我们还可赚得垫付款 20% 的利润。我认为,我们应该毫不犹豫地去干。

对于同样的问题,财务人员和销售人员的看法就完全不一样。而营销副总对"市场"却有着更为独特的认识,他不只注意到一种需求和满足这种需求的方法,而且还重视财务收入,他是在从事赢利性的创造顾客价值的经营。

二、营销的基本概念

从购物中心的货价上可以看到市场营销;从充斥电视屏幕、报纸杂志的广告和手机信息中可以看到市场营销;在家里、学校里、工作单位——无论你在做什么,几乎都处在市场营销的包围之中。但市场营销远非消费者眼睛随意所能看到的内容,这一切的背后是一个庞大的人员网络及为获得你的注意力而进行的大量活动。

虽然学者们从不同的角度解释营销,但目前比较权威的概念是现代营销之父——菲利普·科特勒在《营销管理》中的定义。

营销是个人和集体通过创造,提供出售,并自由地同别人交换产品和价值,以获得其所需所欲之物的一种社会和管理过程。

这一定义包含下列基本概念。

(一)需要、欲望和需求

人类的各种需要和欲望是市场营销思想的出发点,营销者必须努力理解目标市场的需要、欲望和需求。人类的需要是指没有得到某些满足的感受状态。人们需要食品、空气、水、衣服和住所用以生存,人们还强烈需要娱乐、教育和文化生活。这些需要都不是社会和营销者创造的,它们存在于人的生理和人的心理条件之中。

当人们趋向某些特定的目标以获得满足时,需要就变成了欲望。例如,一个人需要一辆车,欲望是想得到一辆宝马。因此,欲望是指具体满足物的愿望。虽然人们的需要并不多,但是他们的欲望确是很多的。各种社会力量和各种机构,诸如学校、家庭和商业公司不断地激发人类形成和再形成种种欲望。

需求是指对有能力购买并且愿意购买的某个具体产品的欲望。许多人都想要一辆宝马汽车,但是只有极少数人能够并愿意买一辆。因此,一个企业不仅要估量有多少人想要本公司的产品,更重要的是,应该了解有多少人真正愿意并且有能力购买。

上述概念澄清了对市场营销有非议的人经常提出的责难,例如"营销者创造需要"或"营销者试图使人们购买不需要的东西"。营销者并不创造需要,需要存在于营销活动之前。营销者连同社会上的其他因素,只是影响了人们的欲望。营销者可能向消费者建议,一辆宝马汽车可以满足人们对社会地位的追求,然而营销者并不创造人们对社会地位的需要。营销者可以通过制造适当的产品,使其富有吸引力,使目标消费者有支付能力和容易得到,从而满足需求。

(二)价值和满意

如果某个公司的产品或者所提供的服务能够给目标购买者带来价值并令他们满意,那

3

么该公司的产品和服务是成功的。顾客决定选择哪家公司的哪种型号产品的依据是看其能够给他们带来的最大价值。价值就是顾客所得到与所付出之比。所得到的包括功能利益和情感利益;而所付出的包括金钱、时间、精力和体力。由此,价值可用以下公式表达。

$$价值 = \frac{利益}{成本} = \frac{功能利益 + 情感利益}{金钱成本 + 时间成本 + 精力成本 + 体力成本}$$

营销人员可以通过以下几种方法提高购买者所得的价值。

① 增加所得利益。

② 降低消费成本。

③ 增加所得利益的同时降低成本。

④ 利益增加幅度比成本增加幅度大。

⑤ 成本降低幅度比利益降低幅度大。

一名顾客在两件商品中选择,这两件商品的价值分别为 V_a、V_b。如果 V_a 与 V_b 的比值大于1,这位顾客会选择 V_a,否则,会选择 V_b。如果比值等于1,他会觉得两者之间没什么差别。

（三）交换和交易

交换是构成营销活动的基础。人们可以通过自行生产、强行取得、乞讨和交换4种方式获得产品。交换就是通过提供某种东西作为回报,从某人那里取得所要东西的行为。交换的发生必须符合以下5个条件。

① 至少需要两方。

② 每一方都有被对方认为有价值的东西。

③ 每一方都能沟通信息和传送货物。

④ 每一方都可以自由接受或拒绝对方的产品。

⑤ 每一方都认为与另一方进行交易是适当的或称心如意的。

交换是否能够真正产生,取决于买卖双方能够找到交换的条件,即交换以后双方都比交换以前好(或至少不比以前差)。这里,交换被描述成一个价值创造的过程,即交换后通常总会使双方变得比交换以前好。

交换应被看作是一个过程而不是一个事件。如果双方正在进行谈判并趋于达成协议,这就意味着他们在进行交换。一旦达成了协议,我们就说发生了交易行为。交易是交换活动的基本单元。交易是双方的价值交换所构成的。我们可以这样说:A 把 X 物给 B 以换得 Y。张三给李四1 000 元,从而得到一部手机,这是一种典型的货币交易。但是,在交易中并不是要求把货币作为唯一的用以进行交换的价值。用交换服务来代替货物也可以构成一次实际交易,例如,琼斯律师为史密斯写一份遗嘱,而史密斯为琼斯做一次体格检查。

一次交易应当包括以下几个可以度量的实质内容:至少有两个有价值的事物;买卖双方所同意的条件、协议时间和协议地点;通常应建立一套法律制度来支持和强制交易双方执行。如果没有《合同法》,人们可能在交易中互不信任,从而大家吃亏。

为了促进交换成功,营销者必须分析参与交换的双方各自希望拿出什么和得到什么。简单的交换情况可以通过两个当事人和他们之间的特定资源的流动来表明。假定 M 工程公司生产井下装载机,追求典型客户(潜在客户)方面所寻求的产品利益。这些利益动机列于图 1.1 中。一个潜在的客户希望得到高质量的设备、公平的价格、及时的送货、优惠的付款条件和良好的服务。这是买方的要求一览表。这些要求的重要程度是不等的,并且随不同买主而异。M 公司的任务之一就是找出买主这些不同要求的重要程度。

同时,M 公司也有一个要求一览表。M 公司希望把设备卖个好价钱,能及时付款和交口赞誉。如果这两个一览表所列出的条件完全一致或部分一致,交易就有了基础。M 公司的任务就是提出一个报价促使建筑公司购买 M 公司的设备,而建筑公司可以还价。这样一个供求双方意见达成一致的过程就叫做谈判。谈判结果不是双方达成协议,就是决定不做交易。

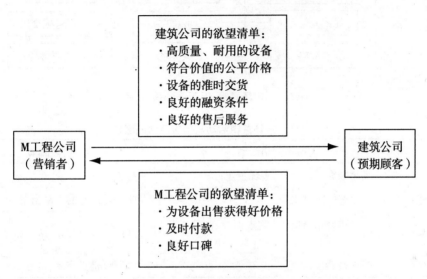

图 1.1　显示双方欲望的交换图

三、市场营销与销售、促销、推销的区别

今天,要理解市场营销已不能再从那种古老的"劝说和推销"角度去考虑,而是应该从满足顾客需要的新角度去考虑。如果营销者能够很好地理解消费者的需要,开发出具有较高价值的产品,并能有效地进行定价、分销和促销,那么他们就可以很容易销售这些产品。市场营销、促销和推销的关系,如图 1.2 所示。

从图 1.2 可以看出,推销只是更为广泛的"营销组合"的组成部分,但不是重要部分;推销是营销人员的职能之一,但不是最重要的职能。按照市场营销的定义,市场营销包括销售活动,但它又不同于销售活动,市场营销活动与销售活动的区别可用表 1.1 表示。

新
编
市
场
营
销

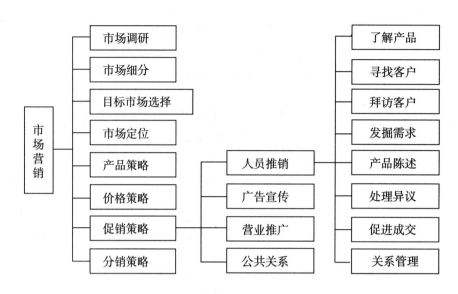

图 1.2　市场营销、促销、推销的关系

表 1.1　市场营销活动与销售活动的区别

	市场营销活动	销售活动
目的不同	满足顾客需求,同时实现企业目标	推销产品
出发点不同	从顾客的需求出发	从企业已有的产品出发
活动的起点不同	从产前环节开始,从需求调查、产品选型、产品设计开始	从产后环节开始,从产品销售开始
顾客反应不同	需求被满足,满意	强制性接受产品,可能不满意

现代企业市场营销活动包括市场营销研究、市场需求预测、新产品开发、定价、分销、物流、广告、人员推销、销售促进、售后服务等,而销售仅仅是现代企业市场营销活动的一部分,而且不是最重要的部分。管理学家彼得·德鲁克曾指出:"市场营销的目的就是要使销售成为多余。"

另外,从图 1.2 还可以看出,促销只是市场营销的一个重要部分,包括广告、公关、人员推销和营业推广 4 个方面。海尔总裁张瑞敏指出:"促销只是一种手段,但营销是一种真正的战略。"营销意味着企业应该"先开市场,后建工厂"。

四、营销组合

营销者是用大量的工具来引诱目标市场的有愿望者的响应。这些工具包括在营销组合之中。营销组合就是企业从目标市场寻求营销目标的一整套营销工具。

营销组合包括企业为影响产品需求所能做的所有事情,它分为 4 个变量,称为 4P——产品(Product)、价格(Price)、分销(Place)和促销(Promotion)。在各 P 之下的各种营销变量如图 1.3 所示。

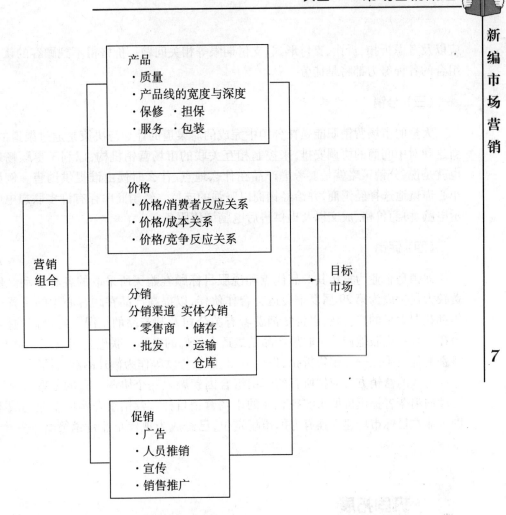

图 1.3 营销组合的 4P

（一）产品

产品是公司提供给目标市场的货物和服务的组合。例如,联想集团公司 IBM 笔记本电脑"产品"包括主机、鼠标、各种数据线、手提包和其他几种零部件;联想公司提供的 IBM 笔记本的若干系列及附带完整的服务与全面的产品保证,同样也属于产品的一部分。

产品策略指企业与产品有关的计划与决策。产品策略的核心问题是如何满足顾客的需要。企业在进行有形的物质实体开发时,尤其不应忽略连带服务的开发。总之,要根据需求特点和竞争对手的情况,确定自己的产品结构和产品发展战略。

（二）价格

价格是消费者为获得商品所必须付出的金额。例如,联想计算出建议经销商销售每台IBM 笔记本的零售价,但联想的经销商很少按标价收取全部金额,通常会与每位顾客协商价格、提供折扣等,并且使价格能吻合购买者对购买笔记本所感受的价值。

定价决策包括估量顾客的需求和分析成本,以便选定一种吸引顾客、实现市场营销目的的价格。同时定价还必须考虑目标市场上的竞争性质、法律政策限制、顾客对价格的可能反应以及考虑折扣、折让、支付形式、支付期限等相关问题。价格得不到顾客的认可,市场营销组合的各种努力都将是徒劳。

（三）分销

大量的市场营销职能是在分销中完成的。渠道的计划与决策是通过渠道的选择、调整、新建和对中间商的协调安排,来控制相互关联的市场营销机构,以利于更顺畅地达成交易。也就是说,分销策略就是要考虑产品在什么地点、什么时候由谁提供销售。例如,联想公司小心谨慎地选择经销商,并给经销商以坚强的支持。经销商库存有许多联想电脑,为顾客展示电脑、协商价格、成交以及提供售后电脑增值服务。

（四）促销

促销是企业为宣传其产品优点和说服目标顾客购买所采取的各种活动。例如,联想花费较大代价成为第29届夏季奥运会合作伙伴,以提高产品在顾客心中的位置;而且联想每年都花费大量的广告费,以告知消费者有关公司及其产品的情况。经销商的推销人员协助潜在顾客并说服他们认可联想产品是最适合他们的电脑。联想公司及其经销商还提供一些特别的促销手段——销售折扣、现金折扣、低息贷款等作为额外的购买诱因。

有效的营销方案应把所有的营销组合因素融入一个协调一致的方案,这一协调的方案通过向消费者提供价值来实现企业的市场营销目标。营销组合构成企业的战术工具箱,帮助企业在目标市场建立强有力的市场定位,已经成为现代企业营销策略中一个通用的常规手段。

 巩固拓展

"市场部"与"销售部"谁重谁轻

在一个企业里,市场部和销售部扮演着不同的角色,负责不同的工作,因此并不存在谁更重要的问题。简单地说,我们可以把市场部比喻为侦察兵,而销售部就是作战部队。没有侦察兵的话,作战部门就会像瞎子一样胡打乱打,没有章法和节奏,甚至没有明确的目标。也许销售人员会非常的努力,可是只能碰运气,其效果我们可想而知了。但同样,如果只有侦察兵而没有作战部队的话,一样是不能完成任务的,因为虽然我们知道下一步该做什么,但是却没有人去做,其结果也只能是纸上谈兵。

可以换个说法,如果一个企业只顾今天,明天就可能没饭吃,这样的企业就成了"只顾低头拉车,不抬头看路"的"瞎子",走到哪里算哪里,过着有上顿没下顿的不稳定生活,销售人员的日子会一天比一天不好过,销售队伍的管理也会越来越难。另一方面,如果企业只看明天,那么今天就可能饿死,只能看饼充饥、望梅止渴。由于好高骛远,这样的企业很难达到目标。所以销售部的任务就是关注今天,让企业有健康的现金流进来,而市场部的任务是关注明天,以更好地激发未来的市场需求,让目标客户对本企业的完整产品产生兴趣,源源不断地产生"潜在客户流",为销售部输入"准客户"。

对一个企业来讲,在竞争不充分(并非不激烈)的市场上,由于产品差异化很小,大家都把精力放在捕捉现有的市场机会上,只要能生产出类似的产品就能够赚到钱。在这个时期,销售部是企业最重要的部门,而市场部的确没有什么大用途,充其量也是替销售部打杂的"小工",帮助销售队伍做宣传,做渠道支持等辅助性工作。但随着竞争的加剧,再靠没有差异的产品就很难生存下去。这一阶段企业靠销售人员的"单打独斗"已经不可能取胜了,尤其是不可能全面性、决定性地取得成功了。这个时候市场部的价值就开始体现出来了,因为企业需要专业的人去布局、去规划、去设计,并按照游戏规则去出牌,把不遵守游戏规则的企业淘汰掉。

这个阶段市场营销的核心工作是完善产品的创新和营销战略的设计,而创新又是建立在对目标客户深层次需求的把握上。竞争越充分,市场部的职能越重要。到底要先做销售,还是先做市场,要看行业的竞争态势和各企业在目前市场上的地位。

任务二　市场营销管理

 **任务案例**

2005年禽流感在亚洲部分地区肆虐,使不少国家的居民"谈鸡色变",导致以经营炸鸡和鸡肉汉堡为主的肯德基连锁店的生意一落千丈。肯德基在亚洲设有3 000多家分店,随着禽流感的扩散,其中一半分店的营业额开始直线下降。越南境内所有分店暂时关闭;日本1 000多家肯德基从2006年1月开始无人光顾;泰国昔日生意火暴的肯德基餐厅已经变得异常冷清;马来西亚的肯德基餐厅也日益萧条,其股票的市值一路滑坡;韩国数百家肯德基更是早已无人问津;中国的肯德基同样也遭受了巨大的影响。

就在肯德基业绩迅速下滑、陷入危机的时刻,肯德基先后推出了一系列危机公关举措。

第一,肯德基专门召开新闻发布会,向公众宣布,世界卫生组织和其他权威机构证明食用烹煮过的鸡肉是绝对安全的。肯德基的所有鸡肉产品全部都经过2分30秒到14分30秒、170摄氏度以上的高温烹制,并立刻将其文字制成条幅,挂在餐厅的每个角落。

第二,立即拍摄电视广告,告诉消费者即使禽流感暴发也可以放心食用肯德基的鸡肉,并证明所有的供货"来自非疫区,无禽流感",并通过传媒之口向消费者宣传吃肯德基的鸡如何安全、卫生且美味。

第三,在中国1 700多家店推出了海鲜类产品——桑巴虾球,而在越南和泰国先后推出了鱼类食品,并积极配合各地政府的检验检疫措施以及对消费者的知情宣传,还不断邀请官员、专家、名人等到肯德基和消费者一起吃鸡,有效地消除了影响。

问题导入:在禽流感的影响下,消费者对肯德基产品的需求状况如何? 肯德基业绩的变化对企业提出了什么样的营销任务? 肯德基采取了哪些举措? 这些措施属于什么类型的营销管理?

新编市场营销

 任务处理

一、营销管理的定义

从事交换活动需要相当多的工作和技巧。美国市场营销协会(American marketing association)对营销管理定义如下。

营销管理是计划和执行关于商品、服务和创意的概念化、定价、促销和分销,以创造符合个人和组织目标而进行交换的过程。

从定义可以看出,营销管理是一个过程,包括分析、计划、执行和控制;它覆盖商品、服务和创意;它建立在交换的基础上,其目的是产生对有关各方的满足。

营销管理存在于任何一个市场。以一个汽车制造商为例,人力资源经理要与劳动力市场打交道;采购经理要和原材料市场打交道;财务经理要和金融市场打交道。他们必须制定各种目标和研制在这些市场上产生满意效果的战略。但在传统上,这些经理并没有被称作是营销者,也没有接受过营销方面的训练,充其量是个"业余爱好者"。不过,人们历来把营销管理等同于处理顾客市场的任务和人员。

在顾客市场从事营销活动的有销售经理、销售人员、广告和促销经理、营销研究人员、顾客服务部经理、产品和品牌经理、市场与业务经理和主管营销的经理等。每个职位都有明确的任务和责任。其中大多数都包含对某项特定营销资源的管理,例如广告、推销人员或者营销研究等。另一方面,产品经理、市场经理和营销经理负责管理各种方案。他们的工作是分析、计划和执行有关方案,以期望在各个特定的目标市场上达到预想的水平和交易组合。

二、营销管理的实质

市场营销管理的实质是需求管理。很多人认为营销管理就是为企业生产之前的预计产量找到足够的买主,然而这种观点太狭隘了。企业对其产品有某种理想的需求水平。但是随时都有可能出现没有需求、充分需求、不规则需求或过量需求的情况,因此营销管理部门必须找到解决这些不同需求状况的方法。营销管理部门不但要负责寻找和增加需求,而且还要负责改变甚至减少需求。

例如自来水公司有时很难满足用水高峰期的需求。在这种需求过旺的情况下,市场营销的任务就是暂时或者永久地减少需求,这被称为缓适营销。缓适营销的目的不是破坏需求,而只是减少或转移需求。所以,营销管理部门以帮助企业达到自己目标的方式来寻找办法去影响需求水平、需求时机和需求构成。

三、营销管理的任务

营销人员应该对需求管理负责。为了满足企业的目标,营销人员要试图去影响需求的水平、时机和构成。表1.2划分了需求的8种不同状态和营销人员在这些不同状态下的任务。

表 1.2　市场需求管理状况表

供求状况	营销任务	营销管理类型
负需求	扭转需求	扭转性营销
无需求	激发需求	刺激性营销
潜在需求	实现需求	开发性营销
下降需求	恢复需求	恢复性营销
不规则需求	调节需求	同步性营销
饱和需求	维持需求	维护性营销
过度需求	限制需求	限制性营销
有害需求	否定需求	抵制性营销

（一）负需求

负需求是指全部或大部分顾客对某种产品或服务不仅不喜欢，没有需求，甚至有厌恶情绪。在此情况下，市场营销的任务是分析市场为何不喜欢这种产品，以及是否可以通过产品重新设计、降低价格和更积极推销的营销方案来改变市场的信念和态度。

欧美人对动物内脏很反感，不喜欢吃动物内脏。怎样把这个负需求变为正需求呢？专家做了个实验。他们找来了 40 个家庭主妇，将之分为两个小组。专家告诉第一小组的 20 个人，运用传统的方式怎样把动物的内脏做成菜，怎样做才好吃。而他们则同第二小组的 20 个家庭主妇围坐在一块座谈，在聊天中告诉她们动物内脏富含哪些矿物质，对人体有哪些好处，并赠送了相应的菜谱。一个月后，第一小组只有 3% 的家庭妇女开始食用动物内脏，第二小组有 30% 的妇女食用动物内脏。

专家通过扭转人们的抵制态度，实行扭转性营销措施，使负需求变为正需求。

（二）无需求

无需求是指市场对某种产品或劳务既无负需求也无正需求，只是漠不关心，没有兴趣。无需求通常是针对新产品和新的服务项目，人们因不了解而没有需求；或者是非生活必需的装饰品、赏玩品等，消费者在没有见到它们以前也不会产生需求。因此，市场营销的任务就是要设法把产品能带来的利益和价值同人们的自然需要和兴趣结合起来，以引起消费者的关注和兴趣，刺激需求，使无需求变为正需求，即实行刺激性营销。

（三）潜在需求

潜在需求是指多数消费者对市场上现实不存在的某种产品或服务的强烈需求。在这种情况下，市场营销的任务就是估量潜在市场的大小和发展前景，努力开发新产品，设法提供能满足潜在需求的产品和服务，变潜在需求为现实需求，实行开发性营销。例如，某汤勺企业从父母用小勺喂小孩中吹冷送服的动作得到启发，开发出了可以显示温度的汤勺，并迅速扩大了市场份额，这就是典型的挖掘潜在需求。

（四）下降需求

人们对一切产品和劳务的兴趣和需求，总会有发生动摇或下降的时候。在这种情况下，市场营销者必须分析市场衰退的原因，决定是否通过选择新的目标市场，改变产品特色，或者采取更有效的营销组合再刺激需求。市场营销的任务是设法使已下降的需求重新回升，使人们已经冷淡下去的兴趣得以恢复，即实行恢复性营销。任务案例中肯德基受禽流感的影响，出现了典型的下降需求，就此，肯德基采取了一系列恢复性措施来有效控制业绩的下滑。

（五）不规则需求

许多产品和服务的需求是不规则的，即在不同时间、不同季节需求量不同，例如，运输业、旅游业、娱乐业都有这种情况。因此，市场营销的任务是设法调节需求与供给的矛盾，通过灵活定价、促销和其他激励措施，并寻找改变需求时间模式的方法，使供求趋于协调同步，即实行同步性营销。例如，郑州的世纪欢乐园是大型的综合性娱乐场所，针对白天需求过热的情况，营销部门在夜晚推出了半价的"月光行动"，从而有效地改变了需求的时间模式。

12

（六）饱和需求

饱和需求是指当前市场对企业产品或服务的需求在数量上和时间上同预期的最大需求已达到一致。但是，饱和需求状态不会静止不变，而是动态的，它常常由于两种因素的影响而变化：一是消费者偏好和兴趣的改变；二是同行业者的竞争。因此，营销任务是设法保持现有的需求水平和销售水平，防止出现下降趋势。这就要求企业必须保持或改进产品质量、不断估计消费者需求的满足程度与企业生产经营之间的关系，努力做好营销工作，即实行维护性营销。主要策略是保持合理售价，稳定推销人员和代理商，严格控制成本费用，进一步搞好售后服务等。

（七）过度需求

过度需求是指市场对某种产品或服务的需求量超过了卖方所能供给和所愿供给的水平，这可能是暂时性缺货，也可能是价格太低，还可能是由于产品长期过分受欢迎所致。例如，收费过低的电力供应，免费范围过宽的公费医疗，使得电力部门和医院超负荷，甚至浪费很大。在这种情况下，应当实行限制性营销。限制性营销就是长期或暂时地限制市场对某种产品或服务的需求，通常可采取提高价格、减少服务项目和供应网点、劝导节约等措施。实行这些措施时难免要遭到反对，营销人员要有充分的思想准备和应变措施。

（八）有害需求

有些产品或服务对消费者、社会公众或供应者有害无益，对这种产品或服务的需求，就是有害需求。有害的产品或服务常引起有组织的力量反对其消费，例如，毒品、黄色书刊、色情服务等，都受到社会公众的反对和抵制。在这种情况下，市场营销的任务是否定这类需求，抵制和清除这类需求，实行抵制性营销或禁售。

抵制性营销与限制性营销不同，限制性营销是限制过度的需求，而不是否定产品或服务本身;抵制性营销则是强调产品或服务本身的有害性,从而抵制这种产品和服务的生产和经营。

巩固拓展

市场营销管理的过程

市场营销管理过程就是企业识别、分析、选择和利用市场营销机会制定企业营销战略和策略,实现企业任务和目标的过程。它主要包括分析市场机会,选择目标市场,制定市场营销策略,编制市场营销计划,组织、执行和控制市场营销工作。

1. 分析市场机会

市场营销学认为,寻找和分析、评价市场机会是市场营销管理人员的主要任务,也是市场营销管理过程的首要步骤。其常用的方法主要有以下几种。

（1）市场信息分析法

市场营销管理人员可以通过新闻记者、报刊、收听广播、收看电视、网上浏览、参加展销会、研究竞争者的产品、市场调研等途径,广泛搜集信息,从中发现或识别新的市场机会。

日本日产汽车公司曾为了开发生产"SAHI"大众汽车,不惜动用大量的人力物力在全国公开征求车牌,花大钱搞推销宣传,获得了极大成功。然而,这一成功,却使丰田公司欣喜若狂。因为"SANI"的大力宣传在日本全国激起了人们对汽车的兴趣,这对丰田公司来说,正好是铺就了一条兴旺发达之路。借着人们对汽车着迷的热潮,丰田公司通过收集用户们对"SANI"汽车的投诉,总结出来了那款汽车的优缺点,制成了比这辆车更好的"卡罗拉"牌汽车,投放市场后,使丰田公司获得了比日产公司更为可观的经济效益。

丰田通过研究竞争者的产品以及对消费者投诉的调查,捕捉到了有价值的信息,找到了新的市场机会。

（2）产品/市场矩阵分析法

市场营销管理人员可能考虑采取一些措施,例如运用市场渗透法,即企业通过改进广告、宣传和推销工作,在某些地区增设商业网点,借助多渠道将同一产品送达同一市场,采取短期削价等措施,在现有市场上扩大现有产品的销售;也可以考虑运用市场开发的办法,通过在新地区或国外增设新网点及利用新分销渠道、加强广告促销等措施,在新市场上扩大现有产品的销售;还可以考虑通过增加花色、品种、规格、型号等产品开发的办法向现有市场提供新产品或改进产品;一些规模较大的企业甚至可以考虑采取多元化经营的策略,跨行业经营多种多样的业务,如表1.3所示。

表1.3　产品/市场矩阵图

	现有产品	新产品
现有市场	市场渗透	产品开发
新市场	市场开发	多元化经营

（3）市场细分法

市场营销人员可通过市场细分发现新市场机会,拾遗补缺。

"白加黑"公司的老总去国外出差时,买了一种药,一般的药都有副作用,白天吃了不利于工作,而外国的这种药不存在这种现象,他深受启发,回来后针对消费者的服药特点对市场进行细分,然后以"白天服药不用担心打瞌睡"和"晚上吃了睡得香"为利益点,生产出了白加黑这种药。投放市场仅半年,就创下了 1.6 亿的销售额,分割了全国 15% 的感冒药市场。

常言道:事在人为。搞经营、做生产也是如此。"白加黑"的畅销正说明了这一点。这就要求企业在经营管理中,要先人一步捕捉市场机会,不失时机地推出新产品,把潜在的市场开发出来。

2. 选择目标市场

市场营销管理人员在发现和评价市场机会以及选择目标市场的过程中,除了要广泛地分析研究市场营销环境和大体了解消费者市场、生产者市场、转卖者市场和政府市场之外,还要进行市场调查研究和信息搜集工作、市场测量和市场预测工作,据此决定企业应当生产经营哪些新产品,决定企业应当以哪个或哪些市场为目标市场。

例如麦当劳的主要目标市场有以下几个方面。

小孩与家庭——这是麦当劳设定的第一个目标群,是公司"欢迎餐"与特别促销活动的焦点。

青少年——他们不想听人训话,而是希望别人能以坦诚的方式和他们说话,并感觉到自己能被了解,所以为他们预备了一些特别的广告片,影片中演员做的是这个年龄段真正喜欢做的活动。

青年——年龄在 18~34 岁之间的人,这些人正在开创他们的事业生涯,开始建立他们的家庭,麦当劳随时准备为他们服务,他们想得到的是速度又快、效率又高的餐饮服务。

少数民族——在西班牙裔有线电视网播映的西班牙语广告,各部广告片皆强调和西班牙裔或非美国文化有关的事物。

年长者——麦当劳推销其餐饮的经济性,同时也鼓励年长者从事该餐厅的工作。

3. 制定市场营销策略

市场营销策略是营销主体企业期望在目标市场所遵循的主要原则。它包括市场营销总费用、市场营销组合和市场营销资源配置的基本决策。

4. 编制市场营销计划

市场营销计划包括如下几个部分。

（1）计划概要

计划一开始就要对拟定的主要计划目标和建议给予扼要的概述,以便让高层管理部门很快掌握计划的核心内容。内容目录应附在计划概要之后。

（2）市场营销现状

提供有关市场、产品、竞争、销售渠道和宏观环境的背景资料。

（3）机会与问题分析

综合主要的机会和威胁、优势和劣势,以及计划必须涉及的产品所面临的问题。

（4）目标

确定计划在销售量、市场占有率和赢利等领域所完成的目标。

（5）市场营销策略

提供将用于完成计划目标的主要市场营销方法。经理可用文字或表格的方式列出策略陈述书，具体内容应包括目标市场、产品定位、产品线、价格、配销渠道、销售人员、服务、广告、促销、研究与开发和市场营销研究等。

（6）执行方案

具体列出将要做什么？如何去做？什么时候做？费用是多少？

（7）预计盈亏报表

综述计划预计的开支。

（8）控制

讲述计划将如何监控。

5. 组织、执行和控制市场营销工作

企业市场营销管理程序的最后一个步骤就是组织、执行和控制市场营销资源，这是因为"除非计划转化成工作"，否则计划等于零。

任务三　市场营销观念的发展与创新

 任务案例

一家白酒生产企业，想将产品打入美国市场。于是就聘请营销专家进行策划，专家经过查阅大量资料，认真研究了美国企业经理消费我国白酒的动向，掌握了目标消费群体的需求特点。于是按照需求者的欲望进行设计，生产了一种高档高价位的白酒。此酒一生产出来，便迅速地打进了美国市场。专家用的是什么招呢？

在圣诞节前夕，此酒厂选择美国几百名著名企业家给他们寄去了贺卡，贺卡上写道：我们厂开发了一种新酒，共生产 1 万瓶，现将编号 XXXX——XXXX 号寄给你们，您要不要请回信。结果美国 100 多名企业家要了他们的酒，销售人员拿着美国的来信到广交会上找到美国酒类的批发商，美国批发商很纳闷：这是什么酒，怎么就有一百多位著名企业家要货呢？销售人员把信作为了强有力的推销工具。

问题导入：企业指导营销努力的哲学思想有哪些？这家白酒企业是用什么样的哲学思想来指导自己的营销努力呢？营销人员应该如何摆正企业、顾客与社会三者的利益关系？当前新潮的营销方式有哪些？

 任务处理

一、营销管理观念的发展

企业的市场营销活动是在特定的经营观念（或称营销管理哲学）指导下进行的。所谓营销管理观念就是企业在开展市场营销的过程中,在处理企业、顾客和社会三者利益方面所持的态度、思想和意识,即企业进行营销管理时的指导思想和行为准则,亦即企业以什么为中心来开展营销活动。

社会上存在着5种竞争的观念,企业和其他组织无一不在其中某一个观念的指导下从事其营销活动,它们是生产观念、产品观念、推销观念、市场营销观念和社会营销观念。这5种观念的发展如表1.4所示。

表1.4　营销管理观念的发展

	观　点	特　点	备　注
生产观念	消费者喜欢那些价格低廉而且可随处买得到的产品	以产定销、以量取胜	不考虑消费者的需要和社会利益,具体表现为"我们生产什么,就卖什么"
产品观念	消费者喜欢高质量、多功能和具有某种特色的产品	以产定销、以质取胜	企业在营销管理中缺乏远见,只看到自己的产品质量好,看不到市场的变化,具体表现为"酒香不怕巷子深"、"皇帝的女儿不愁嫁"
推销观念	在销售过程中,如果听其自然的话,消费者一般不会购买某企业太多的产品	以推销、促销活动刺激消费	一味强调把自己生产出来的产品推销出去,而不是生产能够出售的新产品,因此这一观念强调的仍是产品而不是顾客需求,具体表现为"我们卖什么,人们就买什么"
市场营销观念	实现企业目标关键是断定目标市场的需求和欲望,并且比竞争者更有效地满足消费者期望的东西	以市场为中心,以顾客为导向,协调市场营销,强调赢利	强调顾客的需要和企业的利润,忽视了社会的长远利益。关于此观念有许多生动说法,如"找出需求并满足之"、"顾客就是上帝"、"制造能够销售出去的东西,而不是销售制造出来的东西"等
社会营销观念	企业的任务是要确定诸目标市场的需要、欲望和利益,并以保护或增进消费者和社会福利的方式,比竞争者更有效、更有利地向目标市场提供所期待的满足	营销者在制定政策时兼顾企业利润、消费者需要的满足和社会利益,同时还要把保护、改善环境纳入正式议程	要求营销者在市场营销活动中要考虑社会与道德问题,重视社会利益,注重对地球生态环境的保护

二、市场营销观念的创新

（一）品牌营销

感性消费的时代已经来临,商品质量上的差异性越来越小,想在竞争中赢得较大的市场份额,就需要一种能够象征它的消费价值的东西,那就是品牌。品牌营销作为新条件下的营销趋势已被越来越多的企业所重视。

品牌营销是营销的高级阶段。品牌是一种独立的资源和资本,它是能够进行营运的,胜者将获取营运的全部,败者将一无所有。名牌市场扩张的过程也就是品牌营运的过程,品牌营运是一种核心发展战略。

（二）关系营销

在市场经济日趋完善和全球经济一体化的氛围里，企业置身于社会经济大环境之中，其营销活动的核心是正确处理与消费者、竞争者、供应商、经销商、政府机构、社区及其他公众之间的关系。关系营销日趋成为营销的关键，发挥着重要的作用。

关系营销与传统营销的区别是对顾客的理解。传统营销对关系的理解仅限于向顾客出售产品，完成交易，把顾客看作产品的最终使用者；关系营销把顾客看作有着多重利益关系、多重需求，存在潜在价值的人。关系的内涵发展到了不断发现和满足顾客的需求，帮助顾客实现和扩大其价值，并建成一种长期的、良好的关系基础。

（三）文化营销

传统的营销理论发展体系基本上是以有形产品为中心的，而文化营销是有意识地通过发现、甄别、培养或创造某种核心价值观念来达成企业经营目标（经济的、社会的、环境的）的一种营销方式。

21世纪，工业经济正向知识经济过渡，传统经济正被新经济取代。新时代市场的重要特点在于它不是仅以物质产品为商品，而是以知识的传播、增值、使用作为商品的。文化营销把文化融入到营销理念中去，包含于营销战略之中，成为具有全新意识的营销。文化营销在销售过程中充分表达了部分消费者的价值取向，从而能引起价值共鸣，最终达成了促销的目的，这才完成了文化营销的历程。文化营销更具有人情味、地域性，更呈现企业个性，从而使营销走上了差别化、个性化的道路。文化营销已经成为营销不可或缺的组成部分，发挥着不可替代的重要作用。

（四）绿色营销

在经济高速发展的同时，环境恶化的警钟已向人类敲响。于是，一场绿色革命的浪潮正在席卷全球，"绿色"将成为21世纪的一个主流，21世纪是"绿色世纪"。人们越来越关注人与自然共同发展的问题，环保成了最时尚的字眼。伴随着这样一个势态发展，强调企业利益与社会利益相统一的绿色营销也随之产生了，并引起世界各国企业的普遍关注。

所谓绿色营销就是指企业在经营过程中充分体现环境意识和社会意识，从产品的设计、生产、制造、废弃物的处理方式，直至产品消费过程中制定的有利于环境保护的市场营销组合策略，即产品在生产过程中少用能源和资源，并且不污染环境；产品使用过程中不污染环境并且低能耗；产品使用后可以和易于拆解、回收翻新或能够完全废置并长久无虞。绿色营销作为实现可持续发展战略的有效途径，无疑成为现代企业营销的必然选择。

（五）整合营销

整合营销是一种通过对各种营销工具和手段的系统化结合，根据环境进行即时性动态修正，以使交换双方在交互中实现价值增值的营销理论与营销方法。整合营销以市场为调节方式，以价值为联系方式，以互动为行为方式，是现代企业面对动态复杂环境的有效选择。

伴随营销环境的改变，为了赢得消费者，建立企业和顾客的双赢局面，整合营销成为企业获得竞争优势的明智选择。整合营销作为顾客和企业都满意的营销模式，愈来愈成为营销的主导方式。

(六) 直复营销

现代经济的发展,传统营销方式所呈现的不足越来越多,其中重要的一点就是营销渠道的不足。据 ADMA(美国直复营销协会)的定义,直复营销是指一种为了在任何地方产生可度量的反应和(或)达成交易而使用一种或多种广告媒体的互相作用的市场营销体系。直复营销的意义在于创新了营销的渠道,加深了营销与市场的接触,因此创造了新的营销奇迹。直复营销已成为一种新颖而有效的营销手段。

传统广告强调的是树立企业形象和引起人们对产品的注意,而直复营销广告则强调购买某产品能给消费者带来的利益,并且广告中还给顾客提供了向公司直接反映的工具。例如,直复营销人员向顾客提供免费电话的号码,或者是附上一个购买优惠券,有时也附一个回信卡。

(七) 网络营销

现代营销从理论到方式都在不断产出、不断变化。相对传统营销而言,冲击最大、变化最大的莫过于网络营销。信息流构成了神秘的消费群,网络化筑造了虚拟的大市场,前所未有的商机和挑战吸引了众多商家,根本性的变革与创新正让网络营销日趋发展成为现代市场的主动脉。

21 世纪是信息网络的年代。网络技术的发展和应用也必然改变企业的营销理念和营销方式。网络营销是指电子商务在市场营销上的应用,也就是通过电子信息网络进行市场营销,因特网成为市场营销的新途径。网络营销作为信息化社会的必然产物,将成为新世纪的主要营销方式。

 巩固拓展

推销观念与营销观念的对比

如图 1.4 所示,推销观念采用从内向外的顺序,从工厂出发,以公司现存产品为中心,并要求通过大量推销和促销活动来获得赢利性销售。营销观念采用从外向内的顺序,从明确的市场出发,以顾客需要为中心,协调所有影响顾客的活动,并通过创造性的顾客满足来获利。

正如任务案例中所述,营销专家考虑如何通过产品以及创造、传送产品和最终消费产品有关的所有事情,以满足顾客的需要。总体上,这家白酒企业通过调研、造势、借势三步,有效地实现了企业的营销目标。

第一步:调研,营销专家进行了细致的市场调查,确定了目标群体,即把目标群体定位于对中国酒感兴趣的美国企业老总;同时掌握了目标群体的需求,并预测其发展趋势。

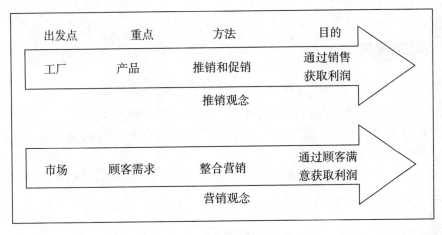

图 1.4 推销观念与营销观念的对比

第二步:造势,对产品进行了定位,对部分目标客户进行有针对性的试销。一是产品定位于高价、高档次,限量生产,且进行编号,突出其不平常;二是利用圣诞节这个西方传统节日,通过邮寄贺卡的方式向几百家知名企业老总进行直销,并与其中的一百多名达成交易。同时,新酒来自中国,抓住了消费者的好奇心理。

第三步:借势,一方面借广交会之势,提升产品的影响力和品牌形象;一方面在展会推广中,借一百多名老总的回信之势,把批发商"拉"了过来,建立了自己的营销渠道。

从任务案例可以清楚看出,企业的整个市场营销活动是建立在市场调研的基础上的,营销者遵循营销观念的指导,按照科学的市场营销运作方法,把握目标客户的消费心理和消费习惯,创造并满足客户的需求,从而取得了成功。

 知识归纳

1. 市场是指具有特定需要和欲望,而且愿意并能够通过交换来满足这种需要或欲望的全部潜在顾客。具体而言,市场可用公式表示为:市场 = 人口 + 购买力 + 购买欲望。

2. 营销是个人和集体通过创造,提供出售,并自由地同别人交换产品和价值,以获得其所需所欲之物的一种社会和管理过程。

3. 营销组合就是企业用来从目标市场寻求其营销目标的一整套营销工具。它包括产品(Product)、价格(Price)、分销(Place)和促销(Promotion)4 个变量。

4. 营销管理是计划和执行关于商品、服务和创意的概念化、定价、促销和分销,以创造符合个人和组织目标而进行交换的过程。

5. 市场营销管理的实质是需求管理。市场营销管理的任务是要扭转负需求、激发无需求、实现潜在需求、恢复下降需求、调节不规则需求、维持饱和需求、限制过度需求、否定有害需求。

6. 社会上存在着 5 种竞争的观念,企业和其他组织无一不在其中某一个观念的指导下从事其营销活动,它们是生产观念、产品观念、推销观念、市场营销观念和社会营销观念。

19

问题探究

1. 从市场营销的角度来阐述营业员与导购员的区别。

2. 分析"人多的地方就有巨大的市场"这一观点是否正确。

3. 由于"国际原油价格上涨",人们的消费结构发生了较大变化,试从需求变化的角度来分析汽车行业营销管理的任务。

4. 针对某种自己所熟知的产品,试图用"营销组合"的方法进行模拟分析。

阅读材料

营销是现代企业经营的核心

营销是企业对市场的开发与创造,它包含对人们需求的研究,并以此决定生产方向、销售以及产品的包装和分销。这些需求取决于产品在顾客心目中的形象、促销情况以及价格因素。营销体现生产者和消费者之间的联系,它影响着企业的所有活动,使它们紧密结合,融为一体。生产出来的产品、间接的技术类型、劳动力规模、生产位置、资金和调研的优先安排都部分地依赖营销功能。

随着研究与开发的成本上升,生产线变得更加复杂,失败的费用也随之上升。如果公司生产的产品滞销,就会面临利润下降,甚至不能生存;如果竞争对手对市场更了解,他们就会损害对方而取得成功;如果大多数企业的目标是赢利或至少收支相抵,那么在大规模投资于工厂和机器上之前要花大量的时间摸清市场。对于信息,主要是要了解从市场上搜集的信息所花费用是否低于它所带来的回报。若从计划到组织生产及对生产方法投资的费用等方面都花了时间去考虑,却让市场听其自然则是很危险的。

在市场方面,要积极运用营销手段进行研究,过去的成功并不是未来成功的保证。生产方法和市场上的知识与经验使本公司优越于缺乏专业知识的新对手,但同时,成功也会麻痹公司,使它对新机会熟视无睹,拱手让给后来者。公司必须预测市场变化,并为新发展投资做好准备。

随着商品和服务日益激烈的竞争,它们将日趋雷同,这使得不同的企业营销工作加大了难度。例如,饮料或洗发水均有多种品牌,其效果、价格差异却不大。为了保持市场份额,企业必须使自己的产品更具特色,以便建立品牌忠诚。这就更要重视包装和广告。一旦对本企业产品的购买行为发生,企业就战胜了其他竞争对手,取得销售成果。这对耐用消费品来说尤为重要,因为几年内或许没有重复购买行为发生,并且这对一般消费品来说也适用,因为也许某种品牌忠诚的建立会使消费者在重复购买时不会去考虑其他品牌。某种牌子的洗发水效果好,达到消费者预期需求,那么就取得一份品牌忠诚,从而使购买同一企业的其他产品成为可能。如果通过将产品与商标联系起来的广告宣传能使公司的名字或商标闻名于消费者,那么消费者就很可能选择这个商标,因为他们听说过这个牌子。企业通过介绍产品的微小差别把他与竞争对手的商标区别开来。

随着人们收入的提高,可以挖掘更大范围的购买力。人们生活水平以及国家富裕的程度,均显著地提高,这就意味着厂商要去劝说消费者与其购买新冰箱不如购买新大衣。此外,在潜在消费者偏好名单上,要使产品靠前就应首选广告和营销。

由此可见,企业营销在企业经营中起着核心作用。事实上,在现代企业的市场环境下,由于买卖双方力量的对比如此明显,人们的生产、消费观念经历了如此巨大的变化,以至于营销职能成为企业的首要职能,营销成了现代企业生产经营的核心,企业的一切其他生产经营活动,都要紧紧围绕这个核心进行。

 达标检测

一、填空题

1. 市场的公式可以表示为:市场 = _____ + _____ + _____。

2. 当人们趋向某些特定的目标以获得满足时,需要就变成了_____。

3. 价值就是顾客所得到与所付出之比。所得到的包括_____和_____;而所付出的包括_____、_____、_____和_____。

4. 人们可以通过_____、_____、_____和_____4种方式获得产品。_____就是通过提供某种东西作为回报,从某人那里取得所要东西的行为。

5. 营销组合包括企业为影响产品需求所能做的所有事情,它分为_____、_____、_____和_____4个变量。

6. 市场营销管理的实质是_____管理。

7. 针对负需求、无需求、潜在需求、下降需求、不规则需求、饱和需求、过度需求和有害需求的供求状况,营销者应分别采取_____、_____、_____、_____、_____、_____、_____和_____的营销任务。

8. 所谓营销管理的观念就是企业在开展市场营销的过程中,在处理_____、_____和_____三者利益方面所持的态度、思想和意识,即企业进行营销管理时的指导思想和行为准则。

9. 企业无一不是在_____、_____、_____、_____和_____5种营销观念其一的指导下从事其营销活动的。

10. 推销观念采用_____的顺序,从_____出发,以公司_____为中心,并要求通过大量推销和促销活动来获得赢利性销售。营销观念采用_____的顺序。它从明确的_____出发,以_____为中心,协调所有影响顾客的活动,并通过创造性的顾客满足来获利。

二、判断题

1. 如今在居民生活中会经常遇到上门推销的人员,那么推销就是市场营销。 ( )

2. 营销者创造需要。 ( )

3. 购买欲望是潜在购买需求转变为现实购买行为的重要条件。 ( )

4. 小王为小张理发,而作为回报条件,小张也为小王做了一次洗牙,但这并没有构成实

际交易。 （ ）

5. 有人说,营销意味着企业应该先开市场,后建工厂,请问这句话对吗? （ ）

6. 很多人认为营销管理就是为企业的产前产量找到足够的买主。 （ ）

7. 电力公司有时很难满足用电高峰期的需求,这是一种典型的不规则需求,应实行同步性营销。 （ ）

8. "酒香不怕巷子深"、"皇帝的女儿不愁嫁"是典型的生产观念。 （ ）

9. "顾客就是上帝"、"制造能够销售出去的东西,而不是销售制造出来的东西"属于社会营销观念。 （ ）

10. 社会营销观念指出:营销者在制定政策时宜兼顾企业利润、消费者需要的满足和社会利益,同时还要把保护、改善环境纳入正式议程。 （ ）

三、问答题

1. 提高购买者所得价值的方法有哪些?

2. 简述需要、欲望和需求的区别。

3. 简述市场营销的实质与任务。

项目二

市场营销环境

学习目标

通过对本项目的学习,了解如下内容。

- 宏观环境的构成要素及其对营销的影响。
- 微观环境的构成要素及其对营销的影响。
- 市场竞争者类型及其策略。

任何企业的营销活动都是在一定的环境下进行的,企业的营销行为既要受到自身条件的制约,又要受到外部条件的限制。制约和影响企业营销活动的外部力量和因素,就是企业的营销环境。企业只有主动地、充分地使营销活动与营销环境相适应,才能使企业营销活动产生最优效果,从而实现企业的营销目标。

任务一 宏观环境分析

任务案例

在阿拉伯国家,虔诚的穆斯林教徒每日祈祷,无论居家或是旅行,祈祷者在固定时间都要跪拜于地毯上,且要面向圣城麦加。结果,比利时地毯厂厂商范得维格,巧妙地将扁平的"指南针"嵌入祈祷用的小地毯上,该"指南针"指得不是正南正北,而是始终指向麦加城。这样,伊斯兰教徒们只要有了他的地毯,无论走到哪里,只要把地毯往地上一铺,便可准确找到麦加城的所在方向。这种地毯一上市,立即成了抢手货。

欧洲一冻鸡出口商曾向阿拉伯国家出口冻鸡。他把大量优质鸡用机器屠宰好,收拾得干净利落,只是包装时鸡的个别部位稍带点血,就装船运出。不料这批货竟被退了回来。他迷惑不解,便亲自前往进口国调查原因,才发现退货的原因不是质量有问题,而是他的加工方法违反了阿拉伯国家的禁忌。阿拉伯国家人民不允许用机器和由女性屠宰家禽,也不允许家禽带血,否则便被认为不吉祥。

问题导入:比利时商人范得维格对哪种市场营销环境进行了分析,才使"指南针地毯"一举成功? 欧洲冻鸡出口商为什么遭遇到阿拉伯进口国家的退货? 企业应怎样对待市场营销环境的变化?

任务处理

一、市场营销环境概述

（一）市场营销环境的含义

市场营销环境泛指一切影响和制约企业市场营销决策和实施的内部条件和外部环境的总和。市场营销环境通过对企业构成威胁或提供机会影响营销活动。环境威胁是指环境中不利于企业营销的因素及其发展趋势，对企业形成挑战，对企业的市场地位构成威胁。市场机会指由环境变化造成的对企业营销活动富有吸引力和利益空间的领域。

（二）市场营销环境的特点

1. 客观性

市场营销环境作为一种客观存在，是不以企业的意志为转移的，它有着自己的运行规律和发展趋势，对营销环境变化的主观臆断必然会导致营销决策的盲目与失误。营销管理者的任务在于适当安排营销组合，使之与客观存在的外部环境相适应。

2. 关联性

营销环境的关联性是指各环境因素间的相互影响和相互制约。这种关联性表现在两个方面。一方面，某一环境因素的变化会引起其他因素的互动变化；另一方面，企业营销活动受多种环境因素的共同制约。例如，企业的产品开发，就要受制于国家环保政策、技术标准、消费者需求特点、竞争者产品、替代品等多种因素的制约，如果不考虑这些外在力量，生产出来的产品能否进入市场是很难把握的。

3. 层次性

从空间上看，营销环境因素是个多层次的集合。第一层次是企业所在的地区环境，例如当地的市场条件和地理位置。第二层次是整个国家的政策法规、社会经济因素，包括国情特点、全国性市场条件等。第三层次是国际环境因素。这几个层次的外界环境因素与企业发生联系的紧密程度是不相同的。

4. 差异性

营销环境的差异主要是由于企业所处的地理环境、生产经营的性质、政府管理制度等方面存在差异造成的。它首先表现在不同企业受不同环境的影响，例如，不同的国家或地域，人口、经济、政治、文化存在很大差异性，企业营销活动必然面对这种环境的差异性，制定不同的营销策略。其次同样一种环境因素，对不同企业的影响也是不同的。

5. 动态性

外界环境随着时间的推移经常处于变化之中。例如，外界环境利益主体的行为变化和人均收入的提高均会引起购买行为的变化，影响企业营销活动的内容。外部环境各种因素结合方式的不同也会影响和制约企业营销活动的内容和形式。例如，曾经是美国第五大富豪、几乎可与爱迪生齐名的王安和他的电脑公司，就是因为没能跟上办公电脑小型化的市场更新步伐，产品不能兼容而败下阵来，最终未能摆脱破产的厄运。

（三）市场营销环境的分类

按照对企业营销活动影响因素的范围,市场营销环境可分为宏观环境和微观环境两大类。

1. 宏观环境

宏观环境是指影响企业营销活动的一系列巨大的社会力量和因素,是某一国家、某一地区所有企业都面临的环境因素。主要是自然生态、人口、经济、社会文化、政治法律及科学技术等因素。

2. 微观环境

微观环境是指与企业紧密相连,直接影响企业营销能力的各种参与者,包括企业本身、营销中介、顾客、竞争者及社会公众。

二、宏观营销环境分析

（一）自然地理环境

一个国家、一个地区的自然地理环境包括该地的自然资源、地形地貌和气候条件等,这些因素都会不同程度地影响企业的营销活动,有时这种影响对企业的生存和发展起决定作用。

1. 物质自然环境

物质自然资料是指自然界提供给人类各种形式的物质财富,例如,矿产资源、森林资源、土地资源、水力资源等。

自然环境对企业营销的影响表现在两个方面。

（1）自然资源短缺的影响

近几年,资源紧张使得一些企业陷入困境,但又促使企业寻找替代品,降低原材料消耗。例如,天然油脂吃紧,使一些以此为主料的肥皂厂陷入困境,四川某肥皂厂也遇到同样困难,但该厂马上研制出"芙蓉牌"肥皂粉,既提高了产品的功效,又降低了原材料的消耗,很快赢得了消费者的青睐,占领了市场。

（2）环境污染与保护

环境污染已成为举世瞩目的问题。对此,各国政府都采取了一系列措施,对环境污染问题进行控制。这样,一方面限制了某些行业的发展,另一方面也为企业带来了两种营销机会:一是为治理污染的技术和设备提供了一个大市场;二是为不破坏生态环境的新的生产技术和包装方法,创造了营销机会。因此,企业经营者要了解政府对资源使用的限制和对污染治理的措施,力争做到既能减少环境污染,又能保证企业发展,提高经济效益。

2. 地理环境

一个国家或地区的地形、地貌和气候,是企业开展市场营销所必须考虑的地理环境因素,这些地理特征对市场营销有一系列影响。例如,气候(温度、湿度等)与地形地貌(山地、丘陵等)特点,都会影响产品和设备的性能和使用。在沿海地区运转良好的设备到了内陆沙漠地区就有可能发生性能的急剧变化。有些国家地域辽阔、南北跨度大,各种地形、地貌复杂,气候多变,企业必须根据各地的自然地理条件生产与之相适应的产品,才能适应市场的需要。

如果从经营成本上考虑,平原地区道路平坦,运输费用比较低,而山区丘陵地带道路崎岖,运费自然就高。可见,气候、地形、地貌不仅直接影响企业的经营、运输、通信、分销等活动,而且还会影响到一个地区的经济、文化和人口分布状况。因此,企业开展营销活动,必须考虑当地的气候与地形、地貌,使其营销策略能适应当地的地理环境。

(二)人口环境

市场营销的人口环境是由人口总数、人口增长率、人口构成等因素组成的。人口环境的变化,直接影响市场的发展,因为市场的需求方是由具有购买能力的消费者所构成的,这样的消费者越多,市场规模和容量也越大,企业营销的机会就越多。但由于人口中的年龄结构、地理分布、人口密度等不同,使消费结构、消费方式等均有显著的差异,进而影响营销活动。

1. 人口总量

随着科学技术进步、生产力发展和人民生活条件的改善,世界人口平均寿命延长,死亡率下降,全球人口持续增长。据联合国估计,世界人口每年将以 8 000 万~9 000 万的速度增长。同时,世界人口的增长呈现出极端不平衡。人口增长最快的是发展中国家,发达国家的人口出生率下降,甚至出现负增长。

人口的急剧增长,对企业营销有重大意义。人口增长意味着市场需求的增长,如果人们有足够的购买力,则人口增长表示市场的扩大。如果人口增长对各种资源的供应形成过大的压力,生产成本就会上升而利润则下降。发达国家出生率下降,则导致儿童市场的萎缩,旅游、娱乐、餐饮、休闲等市场则相应扩大。

2. 地理分布

人口的地理分布指人口在不同地区的密集程度。任何一个国家和地区的人口分布绝不是均匀的,我国的人口分布主要集中在东南沿海一带,人口密度向西北逐渐递减。

人口的地理分布一般表明了不同的消费习惯及需求特征。我国不同地区的食物结构就有很大的不同,例如,南方人以大米为主食,北方人以面粉为主食,江浙人喜甜,川湘人喜辣。

从全球范围看,人口流动有如下几方面的趋势。

(1)向阳光地带迁移

以美国为例,1980—1990 年的 10 年中,西部人口增长 17%,南部人口增长 14%。英国企业认为,如果这样的趋势加剧的话,御寒用品、取暖设备需求下降,而制冷产品的需求则会上升。

(2)从农村向城市迁移

这一趋势已经持续了一个多世纪,这是由于都市生活具有交通方便、收入较高、文体活动丰富、易得到商品和服务等优势,对乡村人口形成一定的吸引力。城市人口、农村人口对商品交换的依赖程度是不同的,城市人口所需商品几乎全部依赖到市场购买,而农村人口则有一部分需求可以通过自给来解决。所以,在人口总量不变的条件下,城市人口比重的增加,往往会加大市场需求量。

(3)向城市郊区迁移

由于市中心拥挤、空间小、污染重,而郊区清新的空气、安静的生活环境对市民有一定的

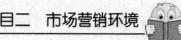

吸引力,加上交通日趋方便,导致城市人口流向郊区。近些年来,我国一些大城市市中心百货商场等零售机构销售额下降,而处在城郊结合部的一些商业机构销售额剧增,这种状况证实了这一趋势。

3. 年龄结构

人口年龄结构指一定时期不同年龄构成。不同年龄层次的消费者因为生理和心理特征、人生经历、收入水平和经济负担状况的不同,他们的消费需要、兴趣爱好和消费模式也就存在不同的特征。

(1) 儿童阶段(0~6岁)

儿童阶段生理需要是基本的,主要消费品是婴幼食品、尿布、童装、简单玩具等。儿童期消费不能算作能够进行独立购买决策的消费,其消费一般通过儿童亲属的消费行为得以反映。一般来讲,儿童期消费行为有3个特征。第一,从纯粹生理需要开始向具有社会内容的需要发展,其消费行为中逐渐加入了意识的成分。第二,从消费情绪极不稳定向稍有稳定性转变,即随着年龄的增长和对外界事物认识的提高,儿童控制自己情感的能力有所增强。第三,从模仿性消费开始向具有个性特点的消费过渡。

(2) 少年阶段(7~14岁)

少年阶段除生理需要之外,也具有一定的心理需要,消费品也有了显著变化。这一阶段的主要消费品有营养食品、新颖服装、较为复杂的玩具(例如电子游戏机)、启迪性的文化娱乐品、书籍等。少年阶段的消费者,无论是生理还是心理特征,都处在急剧变化状态中。具体特征如下。第一,强烈渴望自己在消费过程中不断提高独立性和自觉性,渴望具有成人的消费决策地位和权利。但是,他们还不能摆脱消费方面的依赖性。第二,购买行为的态度趋向稳定,有意识的消费行为明显增多。第三,消费的社会内容明显增多,所受社会影响也日益增强。

(3) 青年阶段(15~25岁)

这一阶段生理需求和心理需求各占一半,主要消费品为有时代感的服装、装饰品、学习用品、运动器械、书报杂志、影视娱乐等。其特征包括以下内容。第一,追求新颖,代表潮流,对传统观念敢于挑战。第二,消费过程中追求独立的个性显示,自我意识强,喜欢独立自主地支配自己。第三,消费过程中情感色彩浓厚,选购商品中,感情作用大于理智,受商品的心理功能因素和商业推销宣传的影响较明显,容易出现冲动性购买行为。

(4) 成年阶段(26~60岁)

这一时期其心理需求更加旺盛,生理需求的差别化特征也日趋明显。具体特征如下。第一,消费者个人消费行为一般是自主的、独立的,外在因素虽可以施加一定影响,但其影响作用有限。第二,消费目的性明显,当消费价值观和定势形成后,消费行为具有一定的持续性。

(5) 老年阶段(61岁以上)

这一阶段的消费特征如下。第一,需要范围缩小,结构有所改变,由于精力、体力上的衰退,使他们的活动范围变得狭小,消费行为更加集中。第二,追求消费的方便和实用,强调舒适和安全,不追求华而不实的东西。第三,相信消费经验,习惯性强,对于不了解的商品不愿轻易购买和使用。

国际上把60岁以上人口占总人口的10%、或65岁以上人口占总人口的7%的国家和地区称为老龄社会,我国目前已经进入老龄社会。据统计,目前中国老年人各项收入和家庭资助合计约有3 200亿~4 000亿元的购买力,到2025年将达到14 000亿元购买力。这个巨大的潜在消费市场无疑是今后扩大内需的一个经久不衰的经济增长点。

4. 家庭单位及家庭规模

有些商品不是以个人为销售对象,而是以家庭为销售对象的,例如,电冰箱、洗衣机、电视机、微波炉、家具等。据美国人口理事会的一项调查表明,进入20世纪90年代中期,世界普遍呈现家庭规模缩小的趋势,这意味着家庭单位数量在不断增加。调查还表明,越是经济发达地区,家庭规模就越小,例如,欧洲、北美国家的家庭规模基本上维持在3人左右,亚非拉地区的发展中国家每户家庭人口平均在5人左右。这一趋势一方面引起对家庭用品总需求的增加;另一方面,产品的规格、结构不同于几世同堂大家庭对产品的要求,企业应对此做出积极的反应。

5. 性别

人口的性别构成与市场需求的关系密切,由于两者在生理与心理上存在着差异,决定了他们不同的消费内容和特点。一些产品有明显的性别属性,但随着社会的发展,男女性别角色也在悄然变化,使市场需求也随之变化。市场上也出现了女性香烟、女性牛仔服、女性领带及男性香水、男性化妆品等商品。

(三)经济环境

经济环境对企业营销活动的影响是多方面的,它不仅制约了社会总购买力水平和结构,而且也制约了供给方的规模和范围。这是影响市场营销的最活跃的因素,直接影响人们的购买力和当前的市场容量。

从经济类型上看,有富余发达型、快速发展型和生存贫困型。中国目前东部沿海地区经济相对发达,国民收入较高,市场购买力水平较高。这类地区的消费水平必然大大高于内陆省份。而中西部地区经济相对落后,不少边远农村解决不了温饱问题,其整体消费水平必然较低。

从消费者收支上看,消费者的购买力来自消费者收入。消费者收入的高低直接影响购买力的大小,从而决定市场规模大小和消费支出模式。我们可以根据人均收入(人均收入是用国民收入总量除以总人口)推测出相应地区的消费水平。

消费者由于收入水平的差别,支出行为也是千差万别。德国统计学家恩斯特·恩格尔在研究劳工家庭支出时发现:一个家庭收入越少,其支出用来购买食物的比例就越大;随着家庭收入的增加,用于购买食物的比例下降,而用于其他方面的开支所占的比重将上升。这称为"恩格尔定律"。"恩格尔系数"决定了不同地区的产品消费结构。研究它的基本状态,将对制定营销计划,做精、做好市场很有作用。

日本电视机厂商发现,尽管中国人收入不多,但中国人有储蓄习惯,且人口众多。于是,他们决定开发中国黑白电视机市场,不久便获得成功。当时,西欧某国电视机厂商虽然也来中国调查,却认为中国人均收入过低,市场潜力不大,结果贻误了时机。

(四)社会文化环境

社会文化因素一般指在一种社会形态下已经形成的信息、价值观念、宗教信仰、道德规范、审美观念以及世代相传的风俗习惯等被社会所公认的各种行为规范。企业应分析、研究和了解社会文化环境，以针对不同的文化环境制定不同的营销策略。"指南针地毯"的成功营销案例说明了例如宗教等社会文化因素对营销策略的影响。

有人认为，在营销环境的诸多因素中，文化因素对市场营销的影响相对要小一些。其实，文化因素的影响在其影响深度和广度上要超过其他因素。

1. 传统

传统是文化环境中一个重要组成部分，它是在长期的历史过程中逐步形成和发展起来的。它作为一个相对稳定的环境因素，对人们的消费心理和消费行为都有着不可低估的影响。"入境而问禁，入国而问俗，入门而问讳。"了解目标市场消费者的禁忌、习俗、避讳、信仰、伦理等，是企业开展市场营销活动的重要前提。"指南针地毯"的成功与"欧洲冻鸡"的退货说明了传统对营销的影响。营销人员必须分析、研究和了解目标市场的历史传统和风俗习惯，因为这是市场定位和营销策略组合的基础。

2. 价值观念

价值观念是指生活在某一社会环境下的多数人对事物的普遍态度、看法或评价。一般而言，生活在相同的社会环境中，人们的价值观念就相近；相反，生活在不同的环境中，人们的价值观念就不同。消费者对商品的需求和购买行为深受价值观念的影响，对于不同价值观念的消费群体，市场营销就应该采取不同的策略。例如，对于乐于变革、喜欢猎奇、富有冒险精神的消费者，应重点强调产品的新颖和奇特；而对一些注重传统、喜欢沿袭传统消费方式的消费者，企业在制定促销策略时最好把产品和目标市场的文化传统联系起来。

过去，我国出口的黄扬木刻一向用料考究，精雕细刻，以传统的福禄寿星或古装仕女图案行销亚洲的一些国家和地区。后来出口到欧美一些国家，发现他们对中国传统的制作原料、制作方法和图案不感兴趣，因为与亚洲人相比，欧美人的价值观、审美观大不一样。因此，我国工艺品进出口公司一改过去的传统作法，用一般杂木作简单的艺术雕刻，涂上欧美人喜爱的色彩，并加上适用于复活节、圣诞节、狂欢节的装饰品，很快在西方市场打开销路。

3. 教育状况

教育是按照一定目的要求，对受教育者施以影响的一种有计划的活动，是传授生产经验和生活经验的必要手段，反映并影响着一定的社会生产力、生产关系和经济状况，是影响企业市场营销的重要因素。教育状况对营销活动的影响，可以从以下几个方面考虑。

（1）对企业选择目标市场的影响

处于不同教育水平的国家或地区，对商品的需求不同。

（2）对企业营销商品的影响

文化不同的国家和地区的消费者，对商品的包装、装潢、附加功能和服务的要求有差异。通常文化素质高的地区或消费者要求商品包装典雅华贵，对附加功能也有一定要求。

（3）对营销调研的影响

企业的营销调研在受教育程度高的国家和地区可在当地雇用调研人员或委托当地的调研公司或机构完成具体项目，而在受教育程度低的国家和地区，企业开展调研要有充分的人员准备和适当的方法。

（4）对经销方式的影响

企业的产品目录、产品说明书的设计要考虑目标市场的受教育状况。如果经营商品的目标市场在文盲率很高的地区,就不仅需要文字说明,更重要的是要配以简明图形,并要派人进行使用、保养的现场演示,以避免消费者和企业的不必要损失。

4. 宗教信仰

宗教信仰对市场营销活动也有一定影响,特别是在一些信仰宗教的国家和地区,其影响更是不可低估。据统计,全世界信奉基督教的教徒有 10 多亿人,信奉伊斯兰教的教徒有 8 亿人,印度教徒 6 亿人,佛教徒 28 亿人,泛灵论者 3 亿人。教徒信教不一样,信仰和禁忌也不相同。这些信仰和禁忌限制了教徒的消费行为。某些国家和地区的宗教组织在教徒的购买决策中有重大影响。一种新产品出现,宗教组织有时会提出限制和禁止使用,认为该商品与其宗教信仰相冲突。相反,有的新产品出现,会得到宗教组织的赞同和支持,它就会号召教徒购买、使用,起一种特殊的推广作用。因此,企业应充分了解不同地区、不同民族、不同消费者的宗教信仰,提供适合其要求的产品,制定适合其特点的营销策略。否则,会触犯宗教禁忌,失去市场机会。欧洲冻鸡出口商就是触犯了禁忌导致营销活动的失败。

5. 语言文字

语言文字是人类交流的工具,它是文化的核心组成部分之一。不同国家、不同民族往往都有自己独特的语言文字,即使同一国家,也可能有多种不同的语言文字;即使语言文字相同,也可能表达和交流的方式不同。所以企业在进入一个新的市场时,必须考虑语言文字的运用。例如,美国知名品牌"Revlon"化妆品进入中国市场首战告捷,即与其品牌本土化策略休戚相关。李白诗云"云想衣裳花想容,春风拂槛露华浓",美国公司采取拿来主义,将"Revlon"中国化为"露华浓",将其与杨玉环的国色天香相提并论,中国女性对"露华浓"倍加青睐也就不足为奇了。一些企业由于其产品命名与产品销售地区的语言等相悖,给企业带来巨大损失。例如,我国有一种汉语拼音叫"MaxiPuke"的扑克牌,在国内销路很好,但在英语国家不受欢迎。因为"MaxiPuke"译成英语就是"最大限度地呕吐"。此外,语言的差异有时在国内营销中也可能遇到麻烦。例如,美国一家销售"Pet Milk"(皮特牛奶)的公司,在国内说法语的地区推销就遇到了麻烦,因为"Pet"在法语里有"放屁"的意思,"Pet Milk"自然也就难以有好的销路。可见,语言文字的差异对企业的营销活动影响重大。企业在开展市场营销时,应尽量了解市场国的文化背景,掌握其语言文字的差异,这样才能使营销活动顺利进行。

6. 审美观

审美观通常指人们对事物的好坏、美丑、善恶的评价。不同的国家、民族、宗教、阶层和个人,环肥燕瘦,往往因社会文化背景不同,其审美标准也不尽一致。例如,缅甸的巴洞人以妇女长脖为美,而非洲的一些民族则以文身为美,等等。在欧美,妇女结婚时喜欢穿白色的婚礼服,因为她们认为白色象征着纯洁、美丽;在我国,妇女结婚时喜欢穿红色的婚礼服,因为红色象征吉祥如意、幸福美满。企业应针对不同的审美观所引起的不同消费需求,开展自己的营销活动,特别要把握不同文化背景下的消费者审美观念及其变化趋势,制定相应的市场营销策略以适应市场需求的变化。人们在市场上挑选、购买商品的过程,实际上也是一次审美活动。近年来,我国人民的审美观念随着物质水平的提高,发生了明显的变化。

(1)追求健康美

体育用品和运动服装的需求量呈上升趋势。

(2)追求形式美

服装市场的异军突起,不仅美化了人们的生活,更重要的是迎合了消费者的求美心愿。

在服装样式上,青年人一扫过去那种多层次、多线条、重叠反复的艺术造型,追求强烈的时代感和不断更新的美感,由对称转为不对称,由灰暗色调转为鲜艳、明快、富有活力的色调。

（3）追求环境美

消费者对环境的美感体验,在购买活动中表现得最为明显。

因此,企业营销人员应注意审美观的变化,把消费者对商品的评价作为重要的反馈信息,使商品的艺术功能与经营场所的美化效果融合为一体,以更好地满足消费者的审美要求。

7. 风俗习惯

风俗习惯是人们根据自己的生活内容、生活方式和自然环境,在一定的社会物质生产条件下长期形成,并世代相袭而成的一种风尚和由于重复、练习而巩固下来并变成需要的行动方式等的总称。它在饮食、服饰、居住、婚丧、信仰、节日和人际关系等方面,都表现出独特的心理特征、伦理道德、行为方式和生活习惯。不同的国家、不同的民族有不同的风俗习惯,对消费者的消费嗜好、消费模式和消费行为等具有重要的影响。

不同的国家、民族对图案、颜色、数字、动植物等都有不同的喜好和不同的使用习惯,例如,中东地区严禁带六角形的包装;英国忌用大象、山羊做商品装潢图案等。再如,中国、日本、美国等国家对熊猫特别喜爱,但一些阿拉伯人却对熊猫很反感;墨西哥人视黄花为死亡,红花为晦气,却喜爱白花,认为可驱邪;德国人忌用核桃,认为核桃是不祥之物;匈牙利人忌"13"单数;日本人忌荷花、梅花图案,也忌用绿色;港台商人忌送茉莉花和梅花,因为"茉莉"与"末利"同音,"梅花"与"霉花"同音。企业营销者应了解和注意不同国家、民族的消费习惯和爱好,做到"入境随俗"。可以说,这是企业做好市场营销的重要条件,如果不重视各个国家、各个民族之间的文化和风俗习惯的差异,就可能造成难以挽回的损失。

（五）政治与法律环境

政治与法律是影响企业营销活动的重要的宏观环境因素。政治因素像一只有形之手,调节着企业营销活动的方向,法律则为企业规定商贸活动行为准则。政治与法律相互联系,共同对企业的市场营销活动发挥影响和作用。

1. 政治环境因素

政治环境指企业市场营销活动的外部政治形势和状况以及国家方针政策的变化对市场营销活动带来的或可能带来的影响。

（1）政治体制

政治体制指国家政权的组织形式及其有关制度,它包括国家结构、政治组织形式、政党体制及相关的制度体系。不同的国家结构、政治组织形式等,决定了不同的国家管理方式。在中央集权制国家,各地方必须绝对服从中央政府的领导,全国有统一的宪法、法令,各种贸易法规、商业政策较为统一,对于市场营销策略制定较易把握。在复合制国家里,各种法规、政策琐碎、繁多,地方之间也有很大差异,具有较大的易变性和不可控性,这在一定程度上增加了营销的难度。

（2）政治局势

政治局势指企业营销所处的国家或地区的政治稳定状况。一个国家的政局稳定与否会给企业营销活动带来重大的影响。如果政局稳定,生产发展,人民安居乐业,就会给企业带来良好的营销环境。相反,政局不稳,社会矛盾尖锐,秩序混乱,这不仅会影响经济发展和人民的购买力,而且对企业的营销心理产生重大影响。战争、暴乱、罢工、政权更替等政治事件都可能对企业营销活动产生不利影响,能迅速改变企业环境。因此,社会是否安定对企业的市场营销关系极大,特别是在对外营销活动中,一定要考虑东道国政局变动和社会稳定情况可能造成的影响。

（3）方针政策

政府出于对宏观经济发展的需要,经常要制定年度计划、五年计划及更长期发展规划,为了保证各类计划完成,还得有一系列的产业结构政策、价格政策、财政政策、货币政策等,政府的方针政策会对企业营销产生直接或间接的重要影响。例如对香烟、酒等课以较重的税收来抑制消费者的消费需求。这些政策必然影响社会购买力,影响市场需求,从而间接影响烟、酒企业营销活动。

（4）国际关系

这是国家之间的政治、经济、文化、军事等关系。发展国际间的经济合作和贸易关系是人类社会发展的必然趋势,企业在其生产经营过程中,都可能或多或少地与其他国家发生往来,开展国际营销的企业更是如此。因此,国家间的关系也就必然会影响企业的营销活动。例如,中美两国之间的贸易关系就经常受到两国外交关系的影响。美国经常攻击中国的人权状况,贸易上也常常采取一些歧视政策,例如,搞配额限制、所谓"反倾销"等,阻止中国产品进入美国市场。这对中国企业在美国市场上的营销活动是极为不利的。

（5）公众团体

为了维护社会成员的利益而组织起来的各种公众团体,旨在影响立法、政策和舆论。随着社会进步,像动物保护协会、绿色和平组织等这样的公众团体不仅越来越多,而且在社会经济生活中的地位越来越重要。这些公众团体的活动,也会对企业营销活动产生一定的压力和影响。

2. 法律环境因素

对企业来说,法律是评判企业营销活动的准则,只有依法进行的各种营销活动,才能受到国家法律的有效保护。因此,企业开展市场营销活动,必须了解并遵守国家或政府颁布的有关经营、贸易、投资等方面的法律、法规。如果从事国际营销活动,企业就既要遵守本国的法律制度,还要了解和遵守市场国的法律制度和有关的国际法规、国际惯例和准则。例如,一些国家对外国企业进入本国经营设定各种限制条件。日本政府曾规定,任何外国公司进入日本市场,必须要找一个日本公司同它合伙。除上述特殊限制外,各国法律对营销组合中的各种要素,往往有不同的规定。例如,产品由于其物理和化学特性事关消费者的安全问题,因此,各国法律对产品的纯度、安全性能有详细甚至苛刻的规定,目的在于保护本国民族的生产者而非消费者。美国曾以安全为由,限制欧洲制造商在美国销售汽车,以致欧洲汽车制造商不得不专门修改其产品,以符合美国法律的要求;英国也曾借口法国牛奶计量单位采用的是公制而非英制,将法国牛奶逐出本国市场;而德国以噪音标准为由,将英国的割草机逐出德国市场。越来越多的特殊法规,是企业特别是进行国际营销的企业必须了解和遵循的。

（六）科技环境

科学技术是社会生产力最活跃的因素,科技环境不仅直接影响企业内部的生产和经营,还同时与其他环境因素互相依赖、相互作用,特别与经济环境、文化环境的关系更紧密,尤其是新技术革命,给企业市场营销既造就了机会,又带来了威胁。企业的机会在于寻找或利用新的技术,满足新的需求,而它面临的威胁则可能有两个方面:一方面新技术的突然出现,使企业现有产品变得陈旧;另一方面新技术改革了企业人员原有的价值观。例如,电视机出现后,对收音机制造业是个威胁,对电影院的冲击则更为明显。电脑出现后,对电视机也带来了巨大影响。

巩固拓展

营销环境的变化

所有的营销活动都有可能涉及到营销环境。但需要注意以下几点。

第一,不同营销活动面临的主要营销环境是不同的,有的可能主要是竞争对手,而有的可能主要是技术原因,等等。

第二,对同一个企业或同一种水平而言,在不同的时期所面临的主要环境也有可能是不同的,或者说是会变化的。有人在网上散布"香蕉有毒"的谣言,使得香蕉严重滞销,香蕉生产企业普遍严重亏损。这种整个行业的声誉危机就是行业内企业面临的最大营销环境。这种行业信任危机不改变,所有行业内企业将根本无法生存。改变这种环境就成为企业营销成功的最主要因素。

第三,对于宏观营销环境,企业是无法控制的,企业只能适应它,不能改变它,也无法改变它,能够改变的只有企业本身。

"运筹于帷幄之中,决胜于千里之外。"企业必须根据环境的实际与发展趋势,经常了解和深刻分析当前营销环境各方面不断变化的情况,自觉地利用市场机会,根据自身的优势与劣势制定出正确的营销战略与策略,才能确保在竞争中立于不败之地。这是正确实施企业营销的首要任务。

任务二　微观环境分析

任务案例

美国总统里根即将来华访问。刚刚开业不久的北京长城饭店认为这是天赐良机,决定利用这一机会扩大饭店的知名度。他们精心制定了详细的计划。一方面频频邀请美国驻华使馆官员来饭店参观、赴宴,反复向他们介绍饭店的服务及其设施;另一方面热情接待外国记者的采访,为他们提供材料;此外还多次游说中国外交部。经过卓有成效的努力,终于争取到了在长城饭店举办里根总统答谢宴会的机会。

长城饭店为什么这样重视里根总统访华? 这不仅是因为想要利用里根的"名人效应",而且是因为跟随里根访华的美国记者就有300多人。1984年4月28日,里根总统的答谢宴会如期举行,世界各地记者云集长城饭店,一份份电传发往五大洲每一个角落,"今天×时×分,美国总统里根在北京长城饭店举行盛大的访华答谢宴会"。美国三大电视台通过人造卫星向全世界直播招待会的盛况,一时间,长城饭店名扬四海。

问题导入:北京长城饭店名扬四海的原因何在? 微观市场营销环境对企业的影响有哪些?

任务处理

市场营销微观环境是指那些对市场营销直接起影响与制约作用的环境因素。市场营销微观环境对企业的影响虽然不像宏观环境那样全面和广泛,但它的影响却是更迅速和直接。一般地讲,在一定范围内任何企业的宏观营销环境是相同的,而微观营销环境则是不完全相同的。微观市场营销环境主要包括企业、供应商、营销中介、顾客、竞争者和公众。

一、企业

企业本身包括市场营销管理部门、其他职能部门和最高管理层。营销部门在制订和执行市场营销计划时,首先,要考虑最高管理层的意图,必须获得企业最高管理层的批准和支持。其次,营销部门要考虑其他业务部门(例如,生产部门、采购部门、研究与开发部门、财务部门等)的情况,并与之密切分工协作,共同研究制定年度和长期计划。长城饭店就是充分发挥了企业自身的积极性、主动性,从而使其名扬世界。

二、供应商

供应商是向企业提供生产产品和服务所需资源的企业或个人。

(一)供应商对企业营销活动的影响

企业要从事生产和经营活动,没有原材料、资金、能源、人力和设备等资源的输入是无法正常运转的。所以,供应商是微观营销环境的重要因素。供应商对企业营销活动的影响主要体现在以下几个方面。

1. 供货的及时性和稳定性

现代市场经济中,市场需求千变万化且变化迅速,企业必须针对瞬息万变的市场及时调整计划,而这一调整又需要及时地提供相应的生产资料。企业为了在时间上和连续性上保证得到适当的货源,就应该和供应商保持良好的关系。

2. 供货的质量水平

任何企业生产的产品质量,除了严格的管理以外,与供应商供应的生产资料本身的质量好坏有密切的联系。当然,供货的质量还包括各种服务,尤其是一些机器设备的供应,如果没有配套的服务(例如,装备、调试、零部件供应等),供货质量就成了空话。

3. 供货的价格水平

供货的价格直接影响到产品的成本,最终会影响到产品在市场上的竞争能力。企业在营销中应密切注意供货价格变动的趋势,特别要密切注意对构成产品重要部分的原材料和

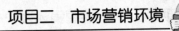

零部件的变化,使企业应变自如,不至于措手不及。

(二)企业对供应商的协调

1. 树立双赢观念

现代社会经济交往的主要原则是"双赢原则",即通过互惠互利的交往,交易双方均是胜利者。企业和供应商既有竞争,更有合作,更应注意建立长期的、稳定的伙伴关系和供应链,使外部交易成本下降,避免两败俱伤。

2. 加强双向信息沟通

处理与供应商关系的重要手段是加强信息沟通。企业应及时将自身经营状况、产品调整情况、企业对供应货物的要求(价格、供货期限、质量要求等)告诉供应商,以便协调双方立场。

3. 对供应商进行分类管理

根据供应商供应货物的重要程度、稀缺程度、供应量大小等标准划分不同等级,以便重点协调,兼顾一般。

4. 使供应商多样化

企业过分依赖一个或几个供应商,会导致供应商任何的细微变化都会过分影响企业的正常经营运作,也会加大供应商的砍价能力。为此,企业应使供应商多样化,使企业始终处在一个有利的位置。当然,在确定这一原则时还必须与一些主要供应商保持良好关系,处理好多样化和特殊性的关系。

三、营销中介

营销中介是指协助企业促销和分销其产品给最终购买者的机构或公司,包括中间商、实体分配公司(仓储运输)、营销服务机构(广告、咨询)和财务中间机构等。它们都是市场营销所不可缺少的中间环节,没有这些部门的密切配合,企业的营销活动就会困难重重。例如,生产集中和消费分散的矛盾,须通过中间商的分销解决;资金周转困难时,则须借助于银行等财务中介机构。市场经济越发达,社会分工越细,则这些中介机构的作用越大。企业凭借中间机构网点分布广泛、经济实力强、办事效率高的优势,就能为企业提供良好的市场营销环境。否则,将影响企业的营销活动。例如,1998 年济南市几家大商场联合把"长虹"电视机撤下柜台的风波,就是由于企业没有处理好与中间商的关系造成的。

四、顾客

顾客在这里是指企业的目标市场,即企业服务的对象。按顾客的需求和购买目的的不同,可将市场分为 5 种类型。

① 消费者市场,即为了个人消费而购买的个人和家庭所构成的市场。

② 生产者市场,即为了生产、取得利润而购买的个人和企业所构成的市场。

③ 中间商市场,即为了转卖、取得利润而购买的批发商和零售商所构成的市场。

④ 政府市场,即为了履行职责而购买的政府机构所构成的市场。

⑤ 国际市场,即由国外的消费者、生产者、中间商、政府机构等所构成的市场。

顾客在这里不仅指生活资料消费者,也包括生产资料消费者;既包括物质产品消费者,也包括精神产品的消费者;不仅指个体消费者,也包括集体消费者。对于一个企业而言,顾客就是营销活动的目标市场,其影响程度远超过前两个方面,因为失去了顾客就意味着失去了市场,赢得了顾客就赢得了市场。

五、公众

公众是指对企业实现营销目标的能力有实际或潜在利害关系和影响力的团体或个人。企业所面临的公众主要有以下几种。

① 融资公众。它是指影响企业融资能力的金融机构。

② 媒介公众。它主要是报纸、杂志、广播电台和电视台等大众传播媒体。北京长城饭店名扬四海得益于媒体的信息传播。

③ 政府公众。它是指负责管理企业营销业务的有关政府机构。政府是企业营销另一个重要环境因素。政府之所以重要,一言以蔽之,就是因为它是拥有权力的公众,是综合协调、宏观调节的权力机构。北京长城饭店借助了政府的力量,也是其扬名的因素之一。

④ 社团公众。它包括保护消费者权益的组织、环保组织及其他群众团体等。

⑤ 社区公众。它是指企业所在地邻近的居民和社区组织。

⑥ 一般公众。它是指上述各种关系公众之外的社会公众。

⑦ 内部公众。企业的员工,包括高层管理人员和一般职工。

六、竞争对手

企业的营销系统总是被一群竞争者包围和影响着,必须识别和战胜竞争对手,才能在顾客心目中强有力地确定其所提供产品的地位,以获取战略优势。从顾客做出购买决策的过程分析,企业在市场上所面对的竞争者,大体上可分为以下4种类型。

① 愿望竞争者。它是指提供不同产品以满足不同需求的竞争者。

② 属类竞争者。它是指提供不同产品以满足同一种需求的竞争者。

③ 产品形式竞争者。它是指满足同一需要的产品的各种形式间的竞争。

④ 品牌竞争者。它是指满足同一需要的同种形式产品的不同品牌之间的竞争。

在健全的市场环境中,一个企业不可能长期垄断一个市场。因而,竞争对手的营销策略及营销活动(例如,价格、广告宣传、促销手段变化等)都将直接对企业造成威胁。为此,企业不能放松对竞争对手的观察,并及时做出相应的对策。

 巩固拓展

环境分析的方法

由于营销环境对企业营销工作会产生一系列的影响,所以企业必须对营销环境进行分析,按照环境提供的条件、要求及其发展变化的趋势来制定营销战略。对营销环境分析的方法很多,这里主要介绍企业内外环境对照法即 SWOT 分析法。

企业内外情况是相互联系的,将外部环境所提供的有利条件(机会)和不利条件(威胁)

与企业内部条件形成的优势与劣势结合起来分析,有利于制定出正确的经营战略,如表2.1所示。

表2.1　SWOT方格分析法

企业内部因素 企业外部因素	长处(S)	弱点(W)
机会(O)	SO 战略	WO 战略
威胁(T)	ST 战略	WT 战略

SWOT方格分析法是取"长处(Strong)"、"弱点(Weak)"、"机会(Opportunity)"、"威胁(Threat)"的第一个字母构成。"SWOT"方格分析法形成了4种可以选择的战略。

① SO 战略:利用企业内部的长处去抓住外部机会。

② WO 战略:利用外部机会来改进企业内部弱点。

③ ST 战略:利用企业长处去避免或减轻外来的威胁。

④ WT 战略:直接克服内部弱点和避免外来的威胁。

某食品加工企业生产食用油脂,一直以生产散装油为主。随着市场竞争的激烈和消费需求的变化,其经营越来越困难。于是,就利用SWOT方格分析法进行分析,如表2.2所示。

表2.2　SWOT方格分析法

企业内部因素 企业外部因素		长处(S) 1. 本地市场有地理优势 2. 政府支持 3. 设备、经验有优势	弱点(W) 1. 富余人员多 2. 激励机制不完善 3. 缺乏市场竞争意识
机会(O)	小包装油将快速发展	SO 战略	WO 战略
威胁(T)	食用油将从计划走向市场	ST 战略	WT 战略

① SO 战略:利用企业优势开发小包装油,并在价格策略上采取渗透价格,抢占市场。

② WO 战略:为强化销售,把2/3的职工推向市场,其工资与销售业绩挂钩,大大激发了销售热情,也在一定程度上改变了"干多干少一个样"的陋习。

③ ST 战略:利用自己设备和经验的优势,向周边市场扩展。

④ WT 战略:深化企业体制改革,组建销售公司。

一年后,该公司的市场份额不断扩大。

任务三　市场竞争分析

在发达的市场经济条件下,任一企业都处于竞争者的重重包围之中,竞争者的一举一动对企业的营销活动和效果都具有决定性的影响。企业必须认真研究竞争者的优势和劣势、竞争者的战略和策略,明确自己在竞争中的地位,有的放矢地制定竞争战略,才能在激烈的竞争中求得生存和发展。

新编市场营销

任务案例

　　在第二次世界大战前,可口可乐统治着美国的软饮料行业。那时的确没有值得一提的第二家公司。"在可口可乐意识下,百事可乐很难有一点被认知的火花。"百事可乐是一种新饮料,制造成本较低,与可口可乐相比口味较差一些。百事可乐主要的销售宣传要点是用同样的价格可以得到更多的饮料。百事可乐在它的宣传中强调"五分钱可买双倍饮料"。百事可乐的瓶子不美观,瓶上贴着纸制标签,搬运中经常破损,从而造成一种印象,认为百事可乐是第二流的软饮料。

　　第二次世界大战期间,百事可乐和可口可乐都伴随着美国国旗飘扬在世界各地而同时增加了销售量。战后,百事可乐的销售与可口可乐相比开始下降。百事可乐的问题是由很多因素造成的,包括它不良的形象、较差的口味、马虎的包装和差劲的质量管理。而且,由于成本增加,百事可乐不得不提高售价,这使它的成交条件不如从前。在20世纪40年代末期,百事可乐的士气相当低落。

　　在这关头上,商界素享盛誉的艾尔弗雷德·N.斯蒂尔出任百事可乐的总经理。他和他的同僚认为,他们的主要希望在于把百事可乐从可口可乐的廉价仿制品转变为第一流的软饮料。他们也承认这个转变需要若干年的时间。他们设想了一个向可口可乐发动的大攻势,这个攻势分两个阶段进行。

　　第一阶段,1950—1955年,采取下列几个步骤。第一,改进百事可乐的口味。第二,重新设计和统一百事的瓶子和商标。第三,重新设计言行活动以提高百事可乐的形象。第四,斯蒂尔决定集中进攻可口可乐所忽视的购回家市场。第五,蒂尔选定25个城市进行特别推销以争取市场份额。

　　到1955年,百事可乐所有的主要弱点都被克服,销售大量上升,于是斯蒂尔准备了第二阶段的进攻计划。

　　首先,向可口可乐的"堂饮"市场发动直接进攻,特别是对迅速成长的自动售货机和冷瓶细分市场的进攻。其次,引入新规格的瓶子,使购回家市场和冷瓶市场的顾客更感方便。最后,百事可乐对想要购买和安装百事可乐自动售货机的装瓶商提供财力帮助。从1955—1960年,百事可乐的这些行动大幅度地增加了销售量。10年之中,百事可乐的销售增长了34倍。

　　问题导入:百事可乐为什么能从可口可乐夺得市场份额? 在这场市场竞争中,二者处于什么样的地位? 各自采取了什么样的竞争策略?

任务处理

　　企业要制定正确的竞争战略和策略,就要深入地了解竞争者,主要应了解以下几个方面。

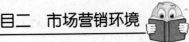

一、竞争者分析

（一）识别竞争者

识别竞争者似乎是一件很容易的事，但是，公司的现实和潜在竞争者的范围是极其广泛的，公司应当有长远的眼光，从行业结构和业务范围的角度识别竞争者。

（二）判定竞争者的战略和目标

1. 判定竞争者的战略

公司最直接的竞争者是那些处于同一行业同一战略群体的公司。战略群体指在某特定行业推行相同战略的一组公司。

2. 判定竞争者的目标

具体的战略目标有多种多样，例如，获利能力、市场占有率、现金流量、成本降低、技术领先和服务领先等，每个企业有不同的竞争侧重点和目标组合。了解竞争者的战略目标及其组合可以判断他们对不同竞争行为的反应。例如，一个以低成本领先为目标的企业对竞争企业在制造过程中的技术突破会做出强烈反应，而对竞争企业增加广告投入则不太在意。

（三）评估竞争者的实力和反应

1. 评估竞争者的优势与劣势

评估竞争者可分为以下 3 个步骤。

（1）收集信息

收集竞争者业务上最新的关键绩效，查找第二手资料，向顾客、供应商及中间商调研得到第一手资料。

（2）分析评价

根据所得资料综合分析竞争者的优势与劣势。

（3）优胜基准

以竞争者在管理和营销方面的最好做法为基准，然后加以模仿、组合和改进，力争超过竞争者。优胜基准的步骤包括以下几个方面。确定优胜基准项目；确定衡量关键绩效的变量；确定最佳级别的竞争者；衡量最佳级别竞争者的绩效；衡量公司绩效；制定缩小差距的计划和行动；执行和监测结果。

2. 评估竞争者的反应模式

竞争者的目标、战略、优势和劣势决定了它对降价、促销等市场竞争战略的反应。此外，每个竞争者都有一定的经营哲学和指导思想。因此，为了估计竞争者的反应及可能采取的行动，企业的市场营销管理者要深入了解竞争者的思想和特点。当企业采取某些措施和行动之后，竞争者会有不同的反应。

二、确定竞争对象与战略原则

（一）确定攻击对象和回避对象

在了解竞争者以后，企业要确定与谁展开最有力的竞争。可根据以下几种情况做出决定。

1. 竞争者的强弱

多数企业认为应以较弱的竞争者为进攻目标,因为这可以节约时间和资源,但获利较少;反之,有些企业认为应以较强的竞争者为进攻目标,因为这样可以提高自己的竞争能力并且获利较大,而且即使是强者也总会有劣势。

2. 竞争者与本企业的相似程度

多数企业主张与相近似的竞争者展开竞争,但同时又认为应避免摧毁相近似的竞争者,因为结果很可能对自己反而不利。例如,美国博士伦眼镜公司在20世纪70年代末与其他生产隐性眼镜的公司的竞争中大获全胜,导致竞争者完全失败而竞相将企业卖给了竞争力更强的大公司,结果使博士伦公司面临更强大的竞争者,处境更困难。

3. 竞争者表现的好坏

公司应支持好的竞争者,攻击坏的竞争者。例如,美国奇异灯泡厂生产了一种"日光牌"新型电灯泡,以很低的批发价在我国市场上销售,企图使我国的民族灯泡厂因无法推销产品而关门,进而达到控制我国灯泡市场的目的。在此形势下,我国民族灯泡厂经过调查发现,美国奇异厂蔑视中国主权,没有将"日光牌"商标在我国注册。于是民族灯泡厂就在自己的产品中,抽出一定比例的灯泡冠以"日光牌"商标,大力进行广告宣传,且售价仅为奇异厂产品售价的1/2。奇异厂发现这一情况后,只好登报进行恫吓,导致信誉骤降,其"日光牌"灯泡大量滞销积压。而国产的"亚浦耳"电灯泡销路甚畅,实现了击败奇异灯泡厂的目的。

(二)企业市场竞争的战略原则

1. 创新制胜
它是指企业应根据市场需求不断开发出适销对路的新产品,以赢得市场竞争的胜利。

2. 优质制胜
它是指企业向市场提供的产品在质量上应当优于竞争对手,以赢得市场竞争的胜利。

3. 廉价制胜
它是指企业对于同类同档次产品应当比竞争对手更便宜,以赢得市场竞争的胜利。

4. 技术制胜
它是指企业应致力于发展高新技术,实现技术领先,以赢得市场竞争的胜利。

5. 服务制胜
它是指企业提供比竞争者更完善的售前、售中和售后服务,以赢得市场竞争的胜利。

6. 速度制胜
它是指企业应当以比竞争对手更快的速度推出新产品和新的营销战略,抢先占领市场,以赢得市场竞争的胜利。

7. 宣传制胜
它是指企业应当运用广告、公共关系等方式大力宣传企业和产品,提高知名度和美誉度,以赢得市场竞争的胜利。

三、市场竞争者类型及策略

（一）市场领导者战略

市场领导者指占有最大的市场份额,在价格变化、新产品开发、分销渠道建设和促销战略等方面对本行业其他公司起着领导作用的公司。例如软饮料市场的可口可乐公司等。市场领导者为了维护自己的优势,保住自己的领先地位,通常可采取以下3种战略。

1. 扩大市场占有率

（1）开发新用户

它主要有3种途径。

① 转变未使用者。即说服那些尚未使用本行业产品的人开始使用,把潜在顾客转变为现实顾客。例如香水企业可设法说服不用香水的妇女使用香水。

② 进入新的细分市场。"新的细分市场"指该细分市场的顾客使用本行业产品,但不使用其他细分市场的同类产品和品牌。例如,香水企业说服男士使用香水。强生公司生产的婴儿洗发精是这一市场的领先品牌。当出生率逐渐下降时,该公司对未来的销售成长性忧心忡忡。强生公司的营销人员注意到家庭成员中的其他成员偶然也使用婴儿洗发精。于是,强生公司决定向成人开展广告活动。在很短时间内,强生公司的洗发精成为整个洗发精市场的领先者。

③ 地理扩展。它是指寻找尚未使用本产品的地区,开发新的地理市场。例如香水企业向其他国家推销香水。

（2）寻找新用途

例如,凡士林最初问世时是当作机器润滑油,之后,一些使用者才发现凡士林还可当作润肤脂、药膏等。又如,杜邦公司的尼龙最初是用作降落伞的合成纤维,当它变成一个成熟阶段的产品时,某些新用途又被发现了。它先被用作妇女丝袜的纤维,然后作为男女衬衫的主要原料,后来又用于制作汽车轮胎、沙发椅套和地毯。每一种新用途都使尼龙进入新的生命周期。

（3）增加使用量

① 提高使用频率。例如,时装制造商每年每季都不断推出新的流行款式,消费者就不断地购买新装。流行款式的变化越快,购买新装的频率也就越高。

② 增加每次使用量。例如,宝洁公司劝告消费者在使用海飞丝香波洗发时,每次将使用量增加一倍效果更佳。

③ 增加使用场所。电视机生产企业可以宣传在卧室和客厅等不同房间分别摆设电视机的好处,例如,观看方便、避免家庭成员选择频道的冲突等。宣传这是美好生活的需要,是生活水平提高的表现而不是奢侈或浪费。打破原先只买一台的习惯和"节俭"思想,使有条件的家庭乐于购买两台以上的电视机。

2. 保护市场份额

处于市场领先地位的企业,必须时刻防备竞争者的挑战,保卫自己的市场阵地。例如,可口可乐公司要防备百事可乐公司等。这些挑战者都是很有实力的,主导者稍不注意就可能被取而代之。最好的防御方法是发动最有效的进攻,即使不发动进攻,至少也要加强防御,堵塞漏洞,不给挑战者可乘之机。市场领导者不可能防守所有的阵地,要将资源集中用于关键之处。防守战略的基本目标是减少受到攻击的可能性,或将进攻目标引到威胁较小的区域并设法减弱进攻的强度。防御战略主要有以下6种。

（1）阵地防御

它是指围绕企业目前的主要产品和业务建立牢固的防线,根据竞争者在产品、价格、渠道和促销方面可能采取的进攻战略而制定自己的预防性营销战略,并在竞争者发动进攻时坚守原有的产品和业务阵地。例如,可口可乐公司虽然已经发展到年产量占全球软饮料半数左右的规模,但仍然积极从事多元化经营,例如,打入酒类市场,兼并水果饮料公司,从事塑料和海水淡化设备等工业。

（2）侧翼防御

它是指企业在自己主阵地的侧翼建立辅助阵地以保卫自己的周边和前沿,并在必要时作为反攻基地。例如,在菲律宾,生力啤酒公司的白威士忌受到亚洲啤酒公司"虎"牌啤酒的挑战,生力公司为应付这一挑战,推出了侧翼品牌"金鹰",结果取得了防御成功。

（3）以攻为守

它是指在竞争对手尚未构成严重威胁或在向本企业采取进攻行动前抢先发起攻击以削弱或挫败竞争对手。例如,日本精工集团企业把它的2 000多个款式的手表分销到世界各地,造成全方位的威胁。

（4）反击防御

它是指市场领导者受到竞争者攻击后采取反击措施。具体来说,可实施正面反击、侧翼反击、或发动钳形攻势,以切断进攻者的后路。当市场主导者在它的本土上遭到攻击时,最有效的办法就是也进攻攻击者的主要领地,从而迫使它撤回部分力量守卫其本土。例如,美国柯达胶卷对日本富士胶卷的反击就是如此。

（5）机动防御

它是指市场领导者不仅要固守现有的产品和业务,还要扩展到一些有潜力的新领域,以作为将来防御和进攻的中心。市场扩展可通过以下两种方式实现。

① 市场扩大化。它是指企业将其注意力从目前的产品上转到有关该产品的基本需要上,并全面研究与开发有关该项目的科学技术。例如,把"石油"公司变成"能源"公司就意味着市场范围扩大了,不限于一种能源——石油,而是要覆盖整个能源市场。

② 市场多元化。即向无关的其他市场扩展,实行多元化经营。例如,美国的烟草公司由于社会对吸烟的限制日益增多,纷纷转向其他产业(如酒类、软饮料和冷冻食品等)。

（6）收缩防御

它是指企业主动从实力较弱的领域撤出,将力量集中于实力较强的领域,例如,五十铃公司放弃了轿车市场,转而集中生产占优势地位的卡车。

3. 扩大市场占有率

市场领先者可以通过进一步增加市场份额而提高其利润水平。在许多行业里,市场占有率的一个百分点就价值几千万美元,例如咖啡市场份额的一个百分点值4 800万美元,而软饮料则为1.2亿美元。由此可见,公司的利润与市场占有率成正比,相对市场占有率高的产业,一般而言有较高的投资回报率。但企业不能指望市场占有率的增加能自动改善企业的获利能力,高市场占有率带来高利润的条件是单位成本随市场占有率的增加而降低,以及改善产品质量的成本要低于价格的提高所带来的差额利润。一般而言,如果单位产品价格不降低且经营成本不增加,企业利润会随着市场份额的扩大而提高。

(二)市场挑战者及其策略

市场挑战者指在行业中占据第二位及以后位次,有能力对市场领导者和其他竞争者采取攻击行动,希望夺取市场领导者地位的公司。例如,软饮料市场的百事可乐公司等。市场挑战者如果要向市场主导者和其他竞争者挑战,首先必须确定自己的战略目标和挑战对象,然后还要选择适当的进攻战略。

1. 确定战略目标与竞争对手

战略目标同进攻对象密切相关,对不同的对象有不同的目标和战略。一般说来,挑战者可从下列 3 种情况中进行选择。

(1)攻击市场领导者

这一战略风险大,潜在利益也大。当市场领导者在其目标市场的服务效果较差而令顾客不满意或对某个较大的细分市场未给予足够关注的时候,采用这一战略带来的利益更为显著。例如,任务案例中的百事可乐向可口可乐的挑战就是如此。

(2)攻击与自己实力相当者

例如,麦当劳及其免费儿童乐园赢得了孩子们的欢心。汉堡大王却对孩子们说:"嘿,如果你还是个孩子,请到麦当劳去吧。我们只接待 10 岁以上的成年人。"这样一来,所有 10 岁以上的孩子都骄傲地以成年人身份去选择汉堡大王,而那些 10 岁以下的孩子却渴望长大,拒绝承认自己幼稚的孩子也要求父母带他们去汉堡大王,以体现自己与众不同的品位和超越同龄孩子的特殊身份。因为孩子总是期盼着早日长大,早日拥有自由的力量。

(3)攻击规模较小、经营不善、资金缺乏的公司

这种情况在我国比较普遍,许多实力雄厚、管理有方的外国独资和合资企业一进入市场,就击败了当地资金不足、管理混乱的弱小企业。

2. 选择挑战战略

在确定了战略目标和进攻对象之后,挑战者还需要考虑采取什么进攻战略。这里有 5 种战略可供选择。

(1)正面进攻

向对手的强项而不是弱项发起进攻。在这种情况下,进攻者必须在产品、广告、价格等主要方面超过对手才有可能成功,否则不可采取这种进攻战略。正面进攻的胜负取决于双方力量的对比。正面进攻的另一种措施是投入大量研究与开发经费,使产品成本降低,从而以降低价格的手段向对手发动进攻,这是持续实行正面进攻战略最可靠的基础之一。

(2)侧翼进攻

进攻时要寻找和攻击对手的弱点。

① 分析地理市场,选择对手忽略或绩效较差的产品和区域加以攻击。例如,华为公司的农村包围城市战略,就取得了国内电信网络解决方案供应商的头把交椅。

② 分析其余各类细分市场,按照收入水平、年龄、性别和购买动机等因素,辨认细分市场并认真研究,选择对手尚未重视或尚未覆盖的细分市场作为攻占目标。百事可乐进攻可口可乐所忽视的购回家市场就是侧翼进攻策略。例如,一次成像的宝丽来相机刚进入中国

市场时,曾与某营销策划公司探讨宝丽来的市场机会何在。相对普通相机而言,宝丽来有着很多的产品独特性,例如,快捷、简便、私密性以及不可伪造性。特别是宝丽来定位于不可伪造性,使得其他照相器材无法比拟。

（3）包抄进攻

在多个领域同时发动进攻以夺取对手的市场。例如,近年来日本精工表公司已经在各个主要手表市场的消费中取得了成功,并且以其品种繁多、不断更新的款式使竞争者和消费者瞠目结舌。该公司在美国市场上提供了约 400 个流行款式,其营销目标是在全球制造并销售大约 2 300 种手表。

（4）迂回进攻

避开对手的现有业务领域和现有市场,进攻对手尚未涉足的业务和市场,以壮大自己的实力。实行这种战略主要有 3 种方法。

① 多元化地经营与竞争对手现有业务无关联的产品。

② 用现有产品进入新的地区市场。

③ 用竞争对手尚未涉足的高新技术制造的产品取代现有产品。例如,安怡公司打着"防止骨骼疏松症"的旗号闯入中国奶粉市场（以上海为主）;以产品（高钙脱脂奶）独一无二的绝对优势,满足了消费者的独特需要,从而成为高钙脱脂奶粉市场的第一品牌。面对已成气候的安怡,其后入市的克宁高钙脱脂奶则打出了另一张牌:补充钙质不在于喝多少牛奶,而在于留住多少钙质。克宁特有的金维他命 D,能够帮助身体更充分地吸收牛奶中的钙质。"克宁高钙脱脂奶粉,为你锁住钙质、留住钙质。"克宁另辟蹊径,后发制人,反而显得技胜一筹。

（5）游击进攻

向对手的有关领域发动小规模的、断断续续的进攻,逐渐削弱对手,使自己最终夺取永久性的市场领域。游击进攻用于小公司打击大公司。

金山和微软的竞争就是一场典型的游击战。中国的软件企业起步较晚,且饱受"两座大山"的压迫,被称作"两座大山"的是"前有微软,后有盗版"。在微软这样强大的垄断市场的竞争对手面前,金山在和微软的竞争中要保持不败,要保证生存和发展,就一定要打游击战,开辟敌后战场。金山开发了金山词霸和杀毒软件游击战术等,从而取得了成功。

（三）市场追随者及其策略

1. 市场追随者的含义

市场追随者是指那些在产品、技术、价格等大多数营销战略上模仿或跟随市场领导者的公司。它与挑战者不同,不是向市场领导者发动进攻并图谋取而代之,而是跟随领导者之后自觉地维持共处局面。

VCD 是中国起步较晚、发展较快的一个产业典范。说到 VCD,人们不会忘记万燕和姜万勐,正是他们于 1992 年研制出了世界上第一台 VCD 的样机,才有了中国蓬勃发展的 VCD 产业。万燕最风光的时候,其市场占有率为 100%。由于当时是独家经营,产量不大,万燕不仅没有获得资金上的积累,反而因为没有竞争,掩盖了企业本身大量的矛盾。而后来者爱多、新科、万利达等蜂拥而起,代替万燕,成为新的行业"三巨头"。在万燕由"开国元勋"变为"革命先烈"之后,企业界曾有这样的结论:千万不要轻易地做开拓者,跟随最好。

2. 市场追随者战略

市场追随者应当制定有利于自身发展而不会引起竞争者报复的战略,具体战略可分为3类。

（1）紧密跟随

它是指在各个细分市场和产品、价格、广告等营销组合战略方面模仿市场领导者,完全不进行任何创新的公司。

（2）距离跟随

它是指在基本方面模仿领导者,但是在包装、广告和价格上又保持一定差异的公司。

（3）选择跟随

它是指在某些方面跟随市场领导者,在某些方面又自行其是的公司。

（四）市场补缺者战略

1. 市场补缺者的含义

市场补缺者是指企业为避免在市场上与强大竞争对手发生正面冲突,而采取的一种利用营销者自身特有的条件,选择由于各种原因被强大企业轻忽的小块市场作为其专门的服务对象,对该市场的各种实际需求全力予以满足,以达到牢固地占领该市场的营销策略。

这种策略适宜于中小企业,特别是尚欠发达的我国中小企业更应采取这种市场营销策略。

2. 理想的补缺市场的特征

① 具有一定的规模和购买力,能够赢利。

② 具备发展潜力。

③ 强大的公司对这一市场不感兴趣。

④ 本公司具备向该市场提供优质产品和服务的资源和能力。

⑤ 本公司在顾客中建立了良好的声誉,能够抵御竞争者入侵。

3. 市场补缺者竞争战略选择

市场补缺者发展的关键是实现专业化,主要包括以下途径。

① 最终用户专业化。它是指专门致力于为某类最终用户服务。

② 垂直专业化。它是指专门致力于分销渠道中的某些层面。

③ 顾客规模专业化。它是指专门为某一种规模的客户服务。

④ 特殊顾客专业化。它是指只对一个或几个主要客户服务。

⑤ 地理市场专业化。它是指专为国内外某一地区或地点服务。

⑥ 产品或产品线专业化。它是指只生产一大类产品。

⑦ 产品特色专业化。它是指专门经营某一类型的产品或者特色产品。

⑧ 客户订单专业化。它是指专门按客户订单生产预订的产品。

⑨ 质量—价格专业化。它是指专门生产经营某种质量和价格的产品。

⑩ 服务专业化。它是指专门提供某一种或几种其他企业没有的服务项目。

⑪ 销售渠道专业化。它是指专门服务于某一类分销渠道。

4. 市场补缺者的任务

（1）创造补缺市场

市场补缺者要积极适应特定的市场环境和市场需要，努力开发专业化程度很高的新产品，从而创造出更多需要这种专业化产品的市场需求者。现实中，常有一些只得到局部满足或根本未得到充分满足或正在孕育即将形成的社会需求，这就构成了潜在的市场需求空间。

在电脑行业，竞争可谓刀光剑影，新产品不断涌现，但对于人们常用的从几兆到几百兆之间的数据交换需求却被广大电脑厂商忽略。深圳市朗科科技有限公司总裁邓国顺看到了这一潜在的社会需求，发明了体积小（只有拇指大小）的移动存储器——U盘，在行业掀起了一场革命，当然公司借此获得了迅速的发展。

（2）扩大补缺市场

市场补缺者在赢得特定市场的竞争优势后，还要进一步提高产品组合的深度，增加新的产品项目，从而去迎合更多特殊需要的市场购买者的偏好。

（3）保护补缺市场

市场补缺者还要注意竞争者的动向，如果有新的竞争者出现，要及时采取相应对策，保持在特定市场的领先地位。

耐克公司是一家运动鞋制造商，它一直为各种不同的运动员设计特殊的鞋来创造补缺任务，如登高鞋、跑步鞋、汽车鞋、拉拉队用鞋、气垫鞋等。当耐克为一种特殊用途创造一个市场后，就为这种补缺的品种拓展设计不同的类型和品牌。最后，耐克必须不断更新补缺任务，并逐一完善，确保它的领先地位不被竞争者侵入。

 巩固拓展

核心竞争力

市场竞争中，核心竞争力是企业竞争的最关键、最重要的因素。核心竞争力是一家企业在竞争中比其他企业拥有更具有优势的关键资源、知识或能力，它具有竞争对手难以模仿、不可复制、也不随员工的离开而流失等特点。作为企业竞争优势的来源，核心竞争力使企业在竞争中脱颖而出并且能反映企业的特性。

由于竞争优势不具有绝对的持久性，企业必须在发掘他们现有竞争优势的基础上，利用资源和能力形成新的核心竞争力，进而在将来为企业创造相对竞争优势。对企业核心竞争力做出准确的识别和分析将有助于企业增强竞争优势。

核心竞争力在战略制定中的重要意义在于，它能给公司带来具有某种宝贵竞争价值的能力；它具有成为公司战略基石的潜力；它可能为公司带来某种竞争优势。

知识归纳

1. 影响企业营销活动的宏观环境包括自然地理、人口、经济、文化、政法和科技 6 个方面的因素。

2. 企业营销微观环境包括六大因素,即企业本身、供应商、营销中介、顾客、社会公众和竞争对手。

3. SWOT 分析法是将外部环境所提供的机会和威胁与企业内部条件形成的优势与劣势结合起来分析,从而制订出正确的企业经营战略。

4. 进行竞争力分析,包括识别竞争者;判断竞争者的战略与目标;评估竞争者的实力与反应;确定竞争对象及其战略原则。

5. 根据企业在市场上的竞争地位,把企业分为市场领先者、市场挑战者、市场追随者和市场补缺者。处在不同位置的竞争者,采取的竞争策略各有侧重点。

6. 企业核心能力具有不可复制性、难以模仿性、独特性、不随员工而流失等特征。识别和分析企业核心竞争力将有助于企业增强竞争优势。

 问题探究

1. "十一"长假给企业营销环境带来什么样的变化? 针对长假,应采取什么样的营销策略?

2. 某矿泉水生产企业对外宣布"纯净水不利于健康",给纯净水企业造成巨大威胁。你认为纯净水企业应采取什么策略?

3. 结合案例,分析营销企业如何处理好同新闻媒介的关系。

4. 结合营销环境理论,谈谈职校学生为什么喜欢上课玩手机。

 阅读材料

中国移动、中国联通市场竞争

2006 年,中国的移动通信市场一改往日的表面宁静,突然之间变得充满"血腥和杀气",并连续上演了一连串精彩激烈的对攻战,而战斗的双方则是通信巨头——中国联通和中国移动。

无论从规模还是实力来讲,中国联通都无法与中国移动抗衡。中国移动占据了中国移动通信市场 80% 以上的份额,规模至少是联通的 3 倍以上,其全球通品牌更是囊括了中国手机用户中 95% 的高端用户,手机号段占据从 135 到 139 的 5 个段位;而中国联通则只有一个可怜的 130,而且用户还主要集中在中低端,赢利能力根本不能和中国移动相比。所以,2002年以前中国移动通信市场看似是双寡头垄断的局面,其实本质上还是中国移动一头独大的形势,联通很难和中国移动相提并论。进入 2002 年,中国联通拿出了自己"蓄谋已久"的新的网络通信技术 CDMA,开始对移动通信市场进行大规模进攻,希望扩大自己的市场份额并试图争夺中国移动的用户,中国移动短暂观望后,开始应战。这场大战虽然至今为止还未结束,但已在战略、战术方面留下了许多值得研究的东西。

中国联通和中国移动的竞争还会继续进行下去,结果无非是相对的此消彼涨;或是绝对的共同成长,毕竟中国的移动通信市场的发展空间是巨大的,未来还有很大的成长空间。

一个市场上只有两个参与者,并提供只有某些差别的相似产品,这在经济学上被称为双寡头垄断。按照理论,这种双寡头垄断的模式应该是双方达成协议,共同瓜分市场。然而,中国联通显然不愿意保持在中国移动通信市场上"重在参与"的身份,而是企图与中国移动平起平坐。但依靠原来的 GSM130 网络显然是没有希望的,所以中国联通才走出具有里程碑意义的一步棋——引入 CDMA 技术,成为全球不多的同时经营两张网的电信运营商。联通 CDMA 能否在中国成功?不是技术、市场和消费者任何一个因素能够决定的,因为中国电信市场存在着许多不可预期和控制的因素,同时还要受到国际电信市场的影响。中国的电信市场并不是一个完全竞争的市场,在很大程度上受到政策的影响和体制的约束;未来的通信市场虽然还具有较大的发展空间,但发展速度显然不能和以往相比,新增用户的数量也会逐渐下降。这些对中国联通都是不利的。

作为全球最大的电信运营商,中国移动由于在移动通信市场占据了先发优势,占据了规模最大、质量最好的一批手机用户,因此无论是营运能力还是赢利能力都远远超过中国联通;中国移动通过不断的技术升级,开发新业务和数据业务,优化网络质量和提升服务等手段强化自身的品牌,逐渐强化了自身的核心竞争力,在竞争中保持竞争优势。但随着 3G 时代的到来,中国移动通信市场将出现 4～6 家电信运营商共同参与竞争的局面,到那时竞争将更加激烈,哪家电信运营商要想在竞争中保持绝对优势都是不容易的。

总之,联通 CDMA 以及将来参与竞争的新移动通信运营商的出现,将作为一股新生的力量,至少会给移动通信市场带来新的活力,给消费者更多的选择,最终受益的将是消费者。

1. 变局:联通 CDMA 横空出世格局生变

为了能够和中国移动逐渐缩小差距,中国联通终于决定引进一种网络通信技术——CDMA,这是一种不同于目前广泛使用的 GSM 的网络通信技术,全称为码分多址技术,在技术上具有语音清晰、保密性强、辐射低、绿色环保等特点,并可以从目前第二代的 CDMA 平滑过渡到 3G 时代的 CDMA2000。中国联通非常重视 CDMA 的建设,投入 240 亿元,只用了不到两年的时间就在全国 330 个城市完成网络的铺设,并在 2002 年 4 月正式开通运营。联通 CDMA 网络的建成标志着联通已经有了两种网络通信技术,并同时运营。从某种意义上讲,联通是把 CDMA 当作一种与中国移动的竞争武器来看待的。

为了能够成功地推动 CDMA 的商业运营,中国联通前期做了很多市场工作,它们聘请国际著名战略咨询公司麦肯锡做战略规划,将 CDMA 的市场定位为中高端用户,与自己的 GSM130 网形成错位经营,并给 CDMA 起了一个全新的名称——联通新时空。为了迅速提升联通新时空的品牌知名度和市场销售,联通在前期推出了一系列的电视广告和市场活动,不仅做形象广告,还大做产品广告,至于在全国各大媒体上的新闻公关就更是无处不在,铺天盖地。2002 年的四五月间,中国媒体上最大的新闻热点就是联通 CDMA 和新品牌——联通新时空了。

中国联通还在世界杯足球赛期间参加了《中央电视台》的招标活动,利用世界杯足球赛期间电视火暴的收视大大提升了观众对 CDMA 技术的认知。此外,联通还针对原电信长城的老 CDMA 用户出台了转网补偿方案,在短短一个月内,将 40 万老 CDMA 用户收编进联通新时空。

2. 迎战:移动 GPRS 紧随其后迎战 CDMA

联通推出 CDMA 技术对中国移动是一个不小的挑战,因为 CDMA 代表着更先进的技术,从 CDMA 可以比较容易地过渡到 2.5 代技术的 CDMAIX 和 3 代的 CDMA2000。为了不让中国联通在技术上抢先占据第 2.5 代的优势和先机,中国移动也在 2002 年 5 月 17 日——世界电信日这一天率先推出具有第 2.5 代技术的 GPRS。GPRS 是在第 2 代 GSM 通信技术的基础上发展出来的新一代网络通信技术,具有平滑过渡的优势,也就是说手机用户不需要更换手机号码就可以直接从原来的 GSM 平滑过渡到 GPRS,从而可以更从容地享受更加丰富多彩的数据业务。GPRS 技术具有时时在线、传输效率高、语音数据自由切换、按照流量计费等优点,在理论上是一种更加先进的网络通信技术。

为了推动 GPRS 技术的商业化运营,中国移动发动全国各地的分公司在全国主要平面媒体上掀起 GPRS 的广告宣传攻势,并与数据业务品牌——移动梦网捆绑起来推广,打出"带你进入飞一般的移动梦网"的口号。

由于中国移动在宣传上没有启动电视等媒体,因此在整体上宣传的力度不如联通的 CDMA,更何况要想使用 GPRS 通信网络,需要更换 GPRS 手机,无形中也增加了使用的门槛。因此,GPRS 手机用户的实际增长并不如预料得那么快。

但联通 CDMA 也好不到哪里,在联通新时空刚刚推出的时候,由于各大手机制造商持观望态度导致手机迟迟不能上市,造成一边是联通不遗余力地宣传造势,一边却是手机断货;好不容易等手机出来了,但价格却高得离谱,一款普通的 CDMA 手机就高达三四千元,远远超出消费者的预期。所以在联通新时空刚开通的 3 个月中,新用户增长缓慢,总体用户数量几乎达不到 100 万,更不要说抢夺中国移动的高端用户。

中国联通的每一个动作都会引起中国移动的关注和引发相应的举措。GPRS 技术就是针对联通的 CDMA 推出的,中国移动需要在第 2.5 代网络通信技术领域继续领跑,通过 GPRS 技术更好实现数据业务的开发和高速传输,让手机用户感受更好的沟通体验。同时,GPRS 也为中国移动铺好了通向 3G 的道路,使中国移动始终占据战略上的领先地位。

3. 改变:联通存话费送手机激活市场

以往联通的竞争武器就是价格的相对优势,由于联通有国家政策的倾斜,联通用户在通话资费方面要比中国移动的手机用户相对便宜一些,这也是联通主要吸引了中低端用户的主要原因。与中国移动相比,联通的网络覆盖、通话质量和服务都不占优势,只能靠价格作为竞争手段。

联通 CDMA 虽然表面上是一种先进的技术,但由于网络建设并不完善、手机价格过高,还不能实现数据业务,所以高端定位根本无从谈起。不得已,联通开始了更大一轮的市场攻势。中国联通先是收购了全国 19 家手机制造商的 100 万部手机,很快就推出了新的政策。基本的做法是只要消费者在银行中存入一笔话费就可以免费得到一部手机,具体费用多少与赠送的手机价值具有直接关系,基本上存入的话费数量是手机价格的 1.5 倍,但预存话费需要在两年内消费完。联通在有些地区的分公司还推出更优惠的政策,包括免除基础通话费 50 元,通话费用也从每分钟 0.4 元下降到 0.2 元。这些措施的推出极大地刺激了市场,在短短几个月的时间里,联通 CDMA 用户翻着滚地上升,从 2002 年 7 月的 100 万迅速上升到 10 月的 400 万,平均每个月净增 100 万。但联通付出的代价也是沉重的,虽然用户规模上来了,但免费赠送手机、降低收费标准带来了联通上半年在 CDMA 项目上 6 亿元的亏损。

此时的中国移动基本上保持了按兵不动的策略,静观联通的动作。因为对于移动而言,只要自己的高端用户没有出现大的动摇,中国移动的市场就不会有太大的影响。

进入第四季度,联通的 CDMA 手机用户已经突破 500 万户,为了完成年终 700 万的目标,联通将存话费送手机的促销活动全面公开化,促销广告铺天盖地,优惠手段也多种多样。运营商这种直接介入手机渠道与手机捆绑销售的模式也成为一种新的现象。中国移动终于也在年底针对高端用户推出预存话费送手机的政策,但相对门槛比较高,赠送的机型主要是诺基亚、摩托罗拉、爱立信等国际品牌手机。

4. 广告:两强平面广告大战造成资源浪费

2002 年 8 月下旬到 10 月中旬,北京联通的大版面报纸广告开始全面地出现在北京地区的各大报纸媒体上,几乎每天都可以在《北京青年报》、《北京日报》、《北京晚报》、《京华时报》、《北京娱乐信报》和《精品购物指南》上看到北京联通整版的报纸广告。据不完全统计,北京联通在这些媒体上的投放超过 1 000 万元,可以说是不计成本,铺天盖地。报纸广告的内容几乎没有太大的变化,核心内容就是介绍 CDMA 的几大优势,如何转网,如何有优惠政策。整个广告做得没有什么创意,通篇的文字,完全没有了前一段时间精彩的创意和高质量的画面。

北京联通的广告攻势发动后,北京移动通信也很快应战,同样是选择这些报纸媒体,同样是一掷千金的整版广告,同样是接连不断,唯一不同的是北京移动没有推出相应的政策,而是一如既往地宣传自己的网络多么成熟、覆盖多么全面,最多的人使用移动的网络,用这些事实告诉消费者不要轻易转网,要比较清楚、考虑清楚。有趣的是,联通和移动的整版广告大战的火药味几乎浓烈到在同一个媒体上对着干的地步,前面是北京联通的转网诉求;后面一个版面就是北京移动暗示不要转网的措辞。一时间,消费者也不知道,两家企业玩的是什么游戏,唯一偷着乐的就是北京的报纸媒体,几家媒体不到两个月时间就轻松赚到两千万元,像是天上掉钱一样。

在长达一个多月的广告大战中,北京联通的平面广告几乎如出一辙,没有做太多的调整,给人的感觉是仓促和粗糙,整个版面上毫无美感地堆放着密密麻麻的文字,既看不到联通新时空的标识,也看不到任何宣传用语,更不要说感受企业的品牌形象了;北京移动也好不到哪去,单一的画面用移动的 LOGO 作为背景,几乎一个多月的时间就是不断地重复那几个数据:全球多少用户在用 GSM、网络覆盖达到多少……如果偶尔看一次,也许还有一些感觉,但天天都在各大报纸上出现的是一样的论调,消费者也会没有了感觉,那么投入如此之大的广告费岂不是巨大的浪费? 好在两家企业都财大气粗,钱扔进去了也伤不到筋骨。

5. 新品:中国移动力推 MMS 引领市场

2001 年以来,以短信为代表的数据业务突飞猛进,短信的高速发展使中国移动看到了数据业务的希望,于是开始酝酿更加具有市场潜力的 MMS 业务。

MMS 短信就是多媒体短信,是一种具有声音和图像的短信,只要通过 MMS 手机发送这种具有多媒体信息的短信,对方就可以收到这种形式的短信。从 2002 年 8 月开始,中国移动就开始筹备 MMS 业务的市场推广工作,首先他们在全国范围发起为 MMS 起名的活动,最终获得了 70 万个有效的征集稿件,并从中选出了"彩信"的名字,从此,MMS 多媒体短信就更名为彩信。

中国移动还没有开始全面推广彩信业务,手机制造商却已经等不及了,诺基亚率先推出了可以实现彩信业务的彩信手机 7650,并破天荒地在中央电视台"黄金时段"播放长达 60 秒的电视广告。至于全国各地的卫星电视台更是铺天盖地,一时间电视媒体上到处都是"外星人"和追捕的大片镜头。此外,诺基亚还在全国主要大城市做了规模庞大的路演活动,让消费者亲身体验了彩信手机的神奇功能。不管宣传效果如何,反正诺基亚先做了一次彩信的市场普及和教育工作。

从 2002 年 10 月开始,中国移动才开始在全国范围内全面推广彩信业务,为此拍摄了电视广告,设计了平面广告和各种宣传用品。在全国和各地的电视媒体、报纸和杂志媒体轮番轰炸的同时,各大媒体上关于彩信的软性新闻也是不绝于耳。经过一个月的宣传,再加上几大国际手机品牌的推波助澜,彩信业务初步建立了一定的认知,前期的市场教育工作基本完成。

此时的中国联通则相对低调,没有中国移动的彩信业务,但其实联通也在积极进行自己的 CDMAIX 的建设,2002 年底就率先在广东省开通试运行,而且也推出了类似于中国移动彩信业务,取名为彩 e。看来,在数据业务的竞争方面,联通也不甘长期落后于中国移动,而是通过上市融资、与韩国 SK 集团合作等方式加快 CDMAIX 系统的建设。

达标检测

一、填空题

1. 一般来说,市场营销环境包括_____和_____。

2. 宏观营销环境主要包括_____、_____、_____、_____和_____六大因素。

3. 人口环境可分为_____、_____、_____和性别等几个方面。

4. 食物支出在总支出所占比重越大,说明恩格尔系数越_____。某地区恩格尔系数越大,则表明该地区_____。

5. 微观营销环境可分为_____、_____、_____、_____和_____。

6. 营销中介是指协助企业促销和分销其产品给最终购买者的机构或公司,包括_____、_____、_____和_____等。

7. 市场领导者为了维护自己的优势,保住自己的领先地位,通常可采取_____、_____和_____ 3 种战略。

8. _____指在行业中占据第二位及以后位次,有能力对市场领导者和其他竞争者采取攻击行动,希望夺取市场领导者地位的公司。

9. 市场追随者战略主要有_____、_____和_____ 3 类。

10. 市场补缺者主要任务有_____、_____和_____。

11. 从顾客做出购买决策的过程分析,企业在市场上所面对的竞争者,大体上可分为_____、_____、_____和_____ 4 种类型。

12. 企业市场竞争的战略原则主要有_____、_____、_____、_____、_____、_____和宣传制胜。

二、判断题

1. 市场营销环境通过对企业构成威胁或提供机会影响营销活动。 （ ）
2. 市场营销宏观环境是主观的、不可控的因素。 （ ）
3. 社会文化环境是影响企业市场营销活动的最活跃的因素。 （ ）
4. 任何企业的市场营销活动都不可能脱离环境而孤立地进行。 （ ）
5. 人们在市场上挑选、购买商品的过程,实际上也是一次审美活动。 （ ）
6. 营销中介就是指中间商。 （ ）
7. 微观环境又称间接营销环境,包括供应商、顾客、竞争对手、社会公众等。 （ ）
8. 社团公众是指企业所在地附近的居民和社区团体。 （ ）
9. 市场营销机会和环境威胁在一定条件下会互相转化。 （ ）
10. 恩格尔系数越大表明生活越富裕。 （ ）
11. 随着经济的发展,人们的文化生活日益丰富,这对书刊、报纸等文化产品的行业来说是一种市场机会。 （ ）
12. 微观环境与宏观环境之间是一种并列关系,微观环境并不受制于宏观环境,各自独立的对企业的营销活动发挥着作用。 （ ）
13. 市场补缺者主要采取游击战战术。 （ ）
14. 在一定条件下,企业可以运用自身的资源,积极影响和改变环境因素,创造更有利于企业营销活动的空间。 （ ）
15. 核心竞争力是一家企业在竞争中比其他企业拥有更具有优势的关键资源、知识或能力。 （ ）
16. 市场领导者一般采取扩大市场占有率的战略。 （ ）

三、问答题

1. 简述企业与市场营销环境的关系。
2. 分析企业经济环境应从哪些方面入手?
3. 谈谈社会文化环境对市场营销活动的影响。
4. 分析新闻媒体对企业市场营销活动的影响。
5. 根据所处的市场地位不同,有哪几种类型的企业? 他们的竞争策略有何差异?
6. 利用 SWOT 分析法,谈谈中职生与高职生的比较优势。

项目三

购买者行为

学习目标

通过对本项目的学习,了解如下内容。

- 消费者购买行为和商业购买行为,以及两者的差别。
- 影响消费者和商业购买行为的主要因素。
- 消费者和商业购买行为的决策过程。
- 新产品采用和传播的过程。

在本项目我们将讨论营销环境中最重要的组成部分——消费者。营销的目的是为了在某种程度上影响消费者对组织和组织的营销活动的看法和反映,因此,营销者首先要明白为什么会产生这样的购买行为。

任务一 消费者购买行为

任务案例

20 世纪 80 年代,麦当劳在中国香港开了两家店:一家在铜锣湾,香港的购物中心;另一家在浅水湾,一个高档的外籍人士聚居地。麦当劳高档的美式形象,选择各种小食品的自由,彼此分享饮料的认同,惬意轻松的氛围,在短短几个星期之内,铜锣湾分店吸引了香港那些渴望体验西式用餐方式的年轻人。在周末,该分店的营业额居全球麦当劳之首,远远超过浅水湾分店。那么,什么样的人会光顾麦当劳,铜锣湾分店吸引了哪些人呢?

在亚洲市场,麦当劳食物的味道通常被认为比当地食物差,但是,它的卫生标准为顾客提供了进店的理由,尤其是家长。在价格上,2002 年时一份麦当劳套餐在中国香港是 2.20 美元,在美国本土是 4.99 美元,在中国是 22 元人民币——这是许多中国消费者不能进行经常购买的价格。因此,在亚洲麦当劳给人留下了一个比在美国本土更高档的形象。

在城市里,麦当劳在不同的时间、对于不同的消费群体可以代表不同类型的餐厅。

在一个典型的工作日早晨,当街上的交通还没有开始拥挤之前,麦当劳是一个舒适安静地享受早餐的地方,年轻的专业人士和经理可以一边享受早餐,一边阅读由餐厅提供的晨报。

当上班时间来临,餐厅逐渐变成一个忙碌的地方,顾客排着长队,大部分会要求打包带走食品。上班时间过后,餐厅又宁静了。从 11:30 分开始,来买午餐的年轻职业者和办公室职员逐渐增多。

接下来,从下午 4:00 左右开始,放学回家的学生会蜂拥到餐厅内享用新地、苹果派,把餐厅变成一个学校活动中心。

晚餐时间通常都比较安静,因为亚洲人发现麦当劳提供的所有食品均不适合晚餐食用。晚餐过后,麦当劳又是另外一番景象——成为年轻的办公族和高中生聚会的地方。更晚一些,年轻的情侣会光顾,这样麦当劳结束了一天的营业。

麦当劳在美国瞄准了儿童市场,但在亚洲,儿童只会在周末和家长一起光顾。所以,只有在星期六和星期日,麦当劳才会呈现出典型的美式麦当劳餐厅的景象——有许多孩子跑来跑去。

问题导入:消费者的消费行为有没有一定的模式?哪些因素影响了消费者的行为模式?消费者是怎样做出购买决策的?跨国企业怎样对待不同的消费者?

任务处理

一、消费者的行为模式

麦当劳的例子说明了两个重要问题:许多不同的因素影响着消费者的购买行为;购买行为从来都是不简单的,理解它是市场营销的基本任务。我们认为,消费者购买行为是指最终消费者为满足个人消费而购买商品和服务的个人及家庭的购买行为。

消费者每天都会做出大量的消费决策,并且大多数亚洲家庭习惯每天购物。那么消费者怎样做这个决策呢?许多大型公司通过详细的征询消费者买什么、怎样买等问题,对消费者的购买决策进行研究,研究的起点是刺激——反应模型,如图3.1所示。

图3.1　消费者行为模型

这幅图表明营销刺激和其他刺激因素进入消费者的"黑匣子",然后产生某些反应。"黑匣子"要进行一系列的心理活动,最后形成决策,表现为购买或待购等行为。

营销者最核心的问题是:消费者对公司可能采取的各种营销手段将会有什么反应?或者

说公司怎样刺激"黑匣子"来影响消费者行为呢？让我们先看看影响消费行为的特征因素。

二、影响消费者行为的特征因素

消费者的购买行为受到文化、社会、个人和心理特征的强烈影响。营销者无法控制这些因素的大部分,但必须把它列入考虑范围之中。

（一）文化因素

1. 文化

文化是一个人需要和行为的最基本的动因。一般地,每个群体或社会都有自己的本土文化,而且文化对购买行为的影响可能在国家之间存在巨大差异。当通用汽车争取在中国制造汽车的权力时,通用的高层管理者将蒂梵尼珠宝作为礼物送给中方管理者。但是,他们把蒂梵尼具有标志性的白色彩带换成了红色,因为在中国,红色象征好运气。

营销者总是试图抓住文化变迁来发现市场需要的新产品。例如,对追求美丽和健康这样一种文化变迁,为健康美体服务行业提供了巨大商机,包括美容院、健身中心等。

2. 亚文化

每一种文化下面都包含更小的亚文化,即一群享有以共同的生活经历和状态为基础的价值系统的人。亚文化包括国际、宗教、种族和地理区域。应该注意到每种亚文化下面都包含更小的亚文化,而每个更小的亚文化都有自己的偏好和行为习惯。例如,一个上海或广州的典型消费者有两块以上的手表,他们购买手表的原因是手表吸引人的外观;对居住在我国西部的消费者来说,跟随时下的潮流是购买手表的重要原因。因此在我国东南沿海,生产商会定位在手表的独特设计和个性上;而在西部,生产商会关注手表的设计潮流。

3. 社会阶层

几乎每个社会都有某种形式的社会阶层结构,它不是由单个因素决定的,而是由一系列包括职业、收入、教育、财富状况和其他变量的因素决定的。

通过主要信息提供者的方法,一位香港社会学家发现了香港酒精饮料市场的等级阶层,如表 3.1 所示。

表 3.1　香港的酒精饮品和社会阶层

社会阶层	喜爱的酒精饮品	消费地点
中产上层	红酒	没有偏好
中产上层	红酒和鸡尾酒	西餐厅和家里
中产阶级	白兰地	夜总会和酒店
中产阶级	啤酒	酒吧
中产下层	嘉士伯（啤酒品牌）	酒吧
中产下层	喜力（啤酒品牌）	酒吧
工薪阶层	生力（一种当地啤酒）	路边大排档
工薪阶层	中国白酒	路边大排档

（二）社会因素

1. 群体

一个人的行为受到许多小群体的影响。对群体成员有直接影响的群体称为成员群体。对成员的行为态度起着直接或间接的比较和参考作用的称为参考群体。参考群体使人接触到新的行为方式和生活方式,影响个体的生活态度和自我认知,进而可能会影响其产品和品牌选择。

营销者必须找出群体中的意见领袖并对他们开展营销努力。意见领袖是在一个群体内,由于具有特殊的技能、知识、个性或其他特征而对其他个体施加影响的那些人。一条途径是密切关注目标市场中容易接受该产品的个体。在其他情况下,营销者可以通过征募甚至是制造意见领袖的方式来宣传他们的品牌,即蜂鸣营销。

福特在美国停止了一辑播放了近半年的广告,该广告是宣传其旗下新车福克斯的一辑画面优美的电视广告:劲爆的汽车疾驰画面、俊男美女驾驶汽车、令人陶醉的风景、动听的音乐……这些以往都曾深深打动消费者的广告因素,在这一次的广告战役中却遭遇了滑铁卢。广告播放了半年,调查人员发现仅有19%的观众曾经关注过这则广告,只有6%的观众记住广告中传递的内容,受电视广告的影响去购买该款汽车的消费者更是少之又少。

造成这种尴尬局面的主要原因是由于同一时期各大汽车厂商都在推出多款产品,消费者出现了审美疲劳。更为重要的是,相对竞争对手更加新颖有趣的广告,这款福克斯的广告显得太平常。

福特决定重新设计传播策略,内容的核心信息只有一点:"你是潮流的引领者吗? 来,免费把福克斯开回家去。"福特将广告传播变成一种品牌体验,面向全国招募一些潮流青年,让他们免费试驾福克斯6个月。

这则邀约式的广告吸引了大量的关注,一周内超过5 000人报名,经过挑选,福特在全国5个重点市场雇用了120名潮流引领者,他们获得了免费试驾福克斯6个月的机会。这些试驾者的唯一职责就是经常驾驶这款新车让人们见到,并向对这些车有兴趣的人分发资料。福克斯还为这批潮流引领者提供一笔小小的报酬,让他们可以参加各种酒吧、行业酒会、珠宝鉴赏会等活动。在这些场合上,这批意见领袖会"不经意"地向其他人介绍福克斯的驾驶乐趣。

这种体验式兼口耳相传的营销推广取得了极大的成功,福克斯品牌的知名度大幅度提升,市场销售开始猛增。这款新型福克斯成为不少民众聚会、闲聊中讨论的一个话题。

当产品可以被购买者所尊重的群体看到时,群体影响最为强烈。例如,大学生张倩买了一个相机,那么相机及其品牌都会被她尊重的人看到。因此,她购买相机的决定和品牌选择可能会受到她所在群体的强烈影响。

在我国台湾有一个非常受欢迎的约会电视节目,单身男女在被介绍成为潜在约会对象时,会出现男女双方的支持阵营。这些支持者会"营销"自己支持的对象并积极地将候选人推广给异性,有时候,一些家长还会表示希望双方尽快开始新的家庭生活。这个节目如此受欢迎是因为在我国的文化里,结婚更多地被认为是一个群体的事情而不是个人的事情。孩子上学读书也是如此。

2. 家庭

家庭是社会中最重要的消费者购买组织,营销者关心的是家庭中丈夫、妻子和孩子在购买不同产品和服务时所发挥的影响。传统上,妻子总是家庭中的主要购买者,特别是食品、家庭用品和衣服类商品。

3. 角色和地位

一个人在社会中属于许多群体——家庭、俱乐部和各类组织。个人在每个群体中的位置可以由角色和地位来定义,每个角色都传递一种地位,反映出社会给予此人的尊重程度。人们总是选择那些能够代表他们社会地位的产品。例如,一位女士艳梅,对于父母,她是女儿;对于她自己的小家庭,她是妻子;在公司中,她又扮演店长的角色。由于店长这个角色的社会地位要比作为女儿的社会地位高,所以,艳梅就会购买那些能够体现自己社会地位的服装,并且,当她与老板、丈夫、顾客和朋友交谈时,会分别采用不同的说话方式。

(三) 个人因素

1. 年龄和生命周期阶段

人们在一生中的不同阶段购买不同的产品和服务。营销者通常以生命周期阶段来定义他们的目标顾客市场,并针对每个阶段开发合适的产品和营销计划。

当顾客跨越了生命周期的不同阶段,他们对各种产品和服务的需求将会改变。一个保险公司在深入研究后发现,当有了第一个孩子以后,顾客们开始郑重考虑购买家庭人身保险。基于这个事实,公司设计广告刺激人们的保险需求。广告里一对刚成为父母的夫妻在讨论给孩子取名,当名字确定后,广告中就提出了一个问题:"接下来怎样呢?"他们非常巧妙地将家庭人寿保险产品的需求引导出来,因为这有一个家庭正需要它。

2. 职业

一个人的职业影响他所购买的产品和服务,营销者试图识别出那些对自己的产品和服务比一般人有更多兴趣的职业群体。例如,服装设计师李丽在北京有一间工作室,她经常出入高级写字楼,并与那里的白领们进行交流,而后从他们手里接过许多充满个性的服装订单。

3. 生活方式

生活方式是一个人的生活模式,可以通过他的心理图表被表现出来,它描绘了一个人在这个世界上活动和交流的全貌。

SRI 咨询公司通过对价值和生活方式进行分类,获得了很多有用的成果,使用也非常广泛。它把消费者的生活方式分成 8 类:实现者、满意者、成功者、体验者、信仰者、奋斗者、制造者和挣扎者。铁城啤酒——匹兹堡的一个著名品牌,通过生活方式研究发现,体验者消费饮用的啤酒最多,其次是奋斗者。为了评估铁城啤酒的形象问题,公司对这两个组的人进行访谈。他们给被访者许多不同类型的人的图片,然后让他们挑出那些他们认为的铁城啤酒最核心的消费者,然后再挑出他们认为跟自己最相似的人。被访者把铁城的消费者描绘成在当地酒吧喝酒的蓝领钢铁工人,把自己描绘成更加时尚、勤勉和风趣的人。他们排斥过时的重工业似的匹兹堡形象。在这个调研的基础上,铁城拍摄了新广告,把它的啤酒和目标顾客与新的自我形象联系起来:古老的匹兹堡同年轻的体验者和奋斗者在新城市里尽情娱乐并勤勉工作的场景相融合。仅一个月,这个广告活动就使铁城的销售额飙升了 26 个百分点。

当生活方式概念被小心运用时,它可以帮助营销者理解变化的顾客价值和顾客价值如何影响购买行为。

4. 个性和自我概念

个性指的是一个人独特的心理特征,通常以性格特征的形式反映出来,例如,自信、主导性、交际能力、自我约束能力、自我保护能力、进取心等。个性在分析消费者对某些产品或品牌的选择行为是非常有用的,例如,咖啡经销商就发现那些爱喝咖啡的人通常都比较善于交际。因此,为了吸引顾客,星巴克咖啡和其他咖啡店就为顾客创造了能够一边喝着热气腾腾的咖啡,一边轻松社交的氛围。

品牌也是有个性的,并且消费者总是倾向于选择那些和他们的个性和自我概念相匹配的品牌。研究发现,一系列著名的品牌都与某个特定的特征紧密联系在一起:李维斯牛仔服与"粗犷";MTV 与"激动";CNN 与"能干"。因此,这些品牌将吸引那些有类似性格的人。

(四) 心理因素

一个人的购买行为进一步受4个心理因素的影响:动机、感知、学习及信念和态度。

1. 动机

我们曾经提到张倩想买一个相机,那么她究竟想买什么样的? 她想满足什么样的需要? 当她的需要达到一定程度时,它就变成一种动机。动机就是一种紧迫到使一个人去寻求满足的需要。在研究人类动机的理论中,最著名的是弗洛伊德和马斯洛的理论。

弗洛伊德假定人们在大部分情况下对实际影响他们行为的心理力量是无意识的,他认为一个人并不完全了解他自己的动机。如果张倩想要购买一个昂贵的相机,她可能会把她的动机描述为是为了爱好或工作,但在更深层次上,她购买这个相机可能是为了给人留下才华横溢的印象。

马斯洛试图解释为什么人们会在特定的时间被特定的需求所驱使,为什么有些人在追求个人安全上花大量的时间、精力和金钱;而有些人却花在如何获得别人的尊敬上。马斯洛认为:人的需求呈金字塔状,从底端最迫切的需求到顶端最不迫切的需求,依次包括生理需求(饥饿、口渴)、安全需求(人身财产的安全、保护)、社交需求(归属感、爱)、被尊重的需求(自尊、认同、社会地位)和自我实现的需求(自我发展和实现)。一个人总是首先试图满足最重要的需求,当这个需求被满足以后,它就不再是这个人的行为动机,而这个人就会试图满足下一个最重要的需求。例如,一个饥饿的人(生理需求)对艺术界最新发生的事件毫无兴趣(自我实现的需求),也不在意是否受到他人的注意和尊重(尊重的需要),甚至也不会在意是否呼吸到新鲜的空气(安全需要),但是,当他吃饱了以后呢?

马斯洛的理论在张倩购买相机的行为中揭示了什么呢? 我们揣测张倩已经满足了她在生理、安全和社交方面的需求——它们不是驱使她购买相机的动机;她购买相机的动机可能是来自对受到尊重的强烈需求,或者来自对自我实现的需求——她可能想成为一个具有创造力的人并用摄影表达自己。

2. 感知

一个目的明确的人随时准备行动,然而这个人如何行动受到他对所处环境的感知的影响。感知是人们为了对世界形成一个有意义的图像而选择、整理和理解信息的过程。人们对相同的刺激可以形成不同的感知,这是因为人们经历了3种感知过程:选择性注意、选择性曲解和选择性保留。

如果张倩非常想买一部相机,她会从大量接触的信息中过滤出关于相机的信息,而对其他信息则充耳不闻(选择性注意);她可能会听到某个销售人员说到某个竞争品牌的优点和缺点,由于对尼康相机已有的品牌偏好,她很可能曲解销售人员的话而得出尼康相机更好的结论(选择性曲解);人们会将所学的大部分遗忘,而倾向于保留那些支持自己态度和观点的信息(选择性保留)。因为选择性保留,张倩很可能记住尼康的优点而非竞争品牌的优点。

感知过程说明了为什么营销者在向市场传递信息时会使用那么多的情景并反复进行。

3. 学习

学习是指由经验而引起的个人行为上的改变。学习理论家认为人的大多数行为是通过学习得来的,一个人的学习是通过驱动力、刺激、暗示、反应和强化的交互影响而产生的。

我们看到张倩有一个实现自我的驱动力,当她的驱动力指向一个特定的刺激源时(在此是相机),驱动力就变成了动机。张倩对于购买相机的反应也受到周边的暗示的影响,例如,看到橱窗里的相机,听到一个特别的促销价格,或者得到家人的支持等。假设张倩购买了尼康相机,如果这次的经历是成功的,她对相机的反应将被强化,当再次购买相机、望远镜或其他类似产品时,她继续选择尼康的可能性将增大。

对于营销者来说,利用学习理论可以提高消费者对一种产品的需求。

4. 信念和态度

通过实践和学习,人们获得信念和态度,反过来,信念和态度又会影响人们的购买行为。信念是一个人对某些事物所持的描述性的想法。张倩可能认为尼康相机能拍出好照片,能在恶劣环境下表现出色,并且价格为2 800元人民币。这些信念可能基于实践经验、观点或信仰,也可能包含情感因素。营销者对人们关于特定产品和服务形成的信念很感兴趣,因为这些信念组成了产品和品牌形象的一部分,并且影响着购买行为。如果这些信念不正确,营销者们怎么办?

态度是人们对某个事物或观念所持的一致的评价、感受和倾向。因此张倩可能持有一些态度,例如"购买最好的产品"、"创造力和自我表达是人生中最重要的两件事情"等。如果是这样的话,尼康相机就和张倩现有的态度非常吻合。

三、购买决策行为的类型

消费者购买行为可以分为以下4种类型,如图3.2所示。

	高介入度	低介入度
品牌间存在重大差异	复杂的购买行为	寻求多样性的购买行为
品牌间存在很少差异	减少失调的购买行为	习惯性购买行为

图3.2 购买行为的4种类型

（一）复杂的购买行为

当消费者高度介入到购买中并感知到品牌之间存在重大差别时，他们就是在进行复杂的购买行为。消费者一般在购买那些较昂贵、不常购买、风险较高以及彰显个性的产品时非常仔细。他会经历一个学习的过程：首先产生对产品的信念，接着形成态度，然后做出慎重的购买选择。高度介入产品的营销人员要帮助购买者了解有关产品的属性和各个属性的重要性，还要区别各品牌的特征。

（二）减少失调的购买行为

当消费者高度介入到一个昂贵、不经常发生或高风险的购买行为中，但又看到品牌之间存在很小区别时，减少失调的购买行为就发生了。例如，在购买地毯时，因为地毯的价格昂贵而且可以展示个性，消费者又会认为在一定的价格范围内所有的地毯都差别不大。在这种情况下，由于感知到的品牌差别不大，购买者可能会到处逛逛，了解商场上有哪些品种，但却相对较快地做出购买决定。在购买以后，当他们发现所购地毯的缺点或是听到一些关于其他未购买地毯的好话时，消费者就可能产生购后失调。为了应对这种不协调，营销者在售后应该提供证明，支持帮助购买者对他们的品牌选择保持良好的感觉。

（三）习惯性购买行为

习惯性购买行为出现在低介入度和感知到很少的品牌差异的情况下。以购买食盐为例，消费者购买这类产品的介入度很低——他们只是走进商店，然后挑一个那里有的牌子。如果他们持续地购买一个品牌，那只是出于习惯，而不是强烈的品牌忠诚。消费者对大多数价格低廉、经常购买的产品介入度都较低。此时，营销人员通常使用降低价格和促销来吸引顾客试用。视觉标志和形象也很重要，因为这些容易被消费者记住并和品牌联系起来。广告活动应该包括对简短信息的反复重复。

（四）寻求多样性的购买行为

在介入度很低但又感知品牌之间存在重大差异的情况下，消费者采用寻求多样性的购买行为。此时，消费者会经常进行品牌转换。在这类产品中（如饼干），市场领先品牌和小品牌所采用的营销战略是不同的。市场领先品牌会通过占据货架、保持货架充足和经常做提醒广告来鼓励习惯性的购买行为；市场挑战者会通过提供更低的价格、各种优惠、免费样品等鼓励消费者寻求多样性的行为。

四、购买者的决策过程

消费者的购买决策过程包含 5 个阶段：需求识别、信息搜集、可供选择方案评估、购买决策和购后行为。很明显，购买过程早在实际购买发生之前就开始了，营销者应该关注整个购买过程而不仅仅是购买决定，如图 3.3 所示。

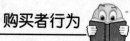

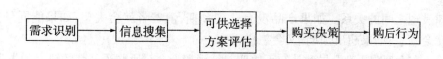

图3.3 购买决策过程

（一）需求识别

购买过程从需求识别开始——购买者认识到一个问题或一种需要。在这个阶段,营销者必须对消费者进行研究来发现出现了什么需要,这些需要是由什么产生的以及这些需要如何驱使消费者购买特定产品。

（二）信息搜集

如果一个消费者的驱动力强烈,而且眼前就有一个令人满意的产品,他很可能就会购买这个产品。如果不是这样,消费者就会记住这个需要或者开始搜集与这个需求有关的信息。至少,张倩会更加留心相机广告、朋友使用的相机和与相机有关的谈话;或者她会主动寻找阅读资料以及给朋友打电话咨询。

消费者可以从以下途径获取信息:个人来源(家庭、朋友、熟人或邻居)、商业来源(广告、销售人员、零售商)、公共来源(大众媒体、消费者组织)、亲身经历来源(处理、检查或使用商品)。总之,消费者从商业来源那里获得的信息最多,然而,最有效的信息来源是个人来源(口碑)。因此,公司会非常关注建立这种口碑来源。这是因为一方面它可信——口碑是唯一一个由消费者发起、为消费者服务的促销方法;另一方面它的成本低廉。

（三）可供选择方案评估

消费者会通过一些评估程序形成对不同品牌的态度,同时消费者如何对可选择的品牌进行评估取决于消费个体和具体的购买环境。

假如张倩已经将她的购买选择缩小到4个品牌,并且假设她已经把注意力集中在4种特性上——成像质量、操作简易程度、方便携带和价格。很明显,如果某个品牌在这4个方面都排名第一,那么我们可以预测张倩将购买这个品牌的相机;如果4个品牌各有千秋,她也可能只以一种特性为基础来决定她的选择。

（四）购买决策

在评估阶段,消费者对品牌进行排名然后产生购买意向。一般来说,消费者的购买决策应该是最喜欢的品牌,但也可能受外界的影响而临时修正。

（五）购后行为

产品卖出以后,营销者的任务并没有结束。因为消费者的满意或不满意将影响他的购后行为。平均来说,一个满意的顾客会向3个人诉说好的产品经历,而一个不满的顾客会向11个人抱怨。实际上,一个研究表明,13%的人在和组织发生矛盾后,会向20个以上的人诉说。很明显,坏口碑会比好口碑传得更快更远。因此,一个公司应该明智地定期衡量顾客的满意度。

什么因素决定了消费者对一次购物是满意还是不满意呢?答案在于消费者的期望和产

品的感知表现之间的关系。如果产品没有达到预期,消费者就会失望;如果能同预期相符,消费者就会满意;如果超出预期,又会怎样呢?

几乎所有大型购买都会导致认知不协调——消费者会对所购买品牌的缺点和失去了没有选择的品牌的优点而感到不安,因此,每个购买行为都包含着妥协——对认知不协调的妥协。

五、新产品的购买者决策过程

在这里,新产品是指被一些潜在的消费者感知为新出现的产品、服务或创意。它可能已经存在一段时间了,但我们关心的是消费者是如何首次了解到这些产品,并决定是否采用它们的。

(一)采用过程的几个阶段

消费者在采用一种新产品的过程中要经历5个阶段。

第一是知晓,消费者认识到一种新产品的存在,但缺乏关于它的信息。

第二是兴趣,消费者寻找关于这种新产品的信息。

第三是评估,消费者考虑尝试这种新产品是否有意义。

第四是试用,消费者少量的试用新产品,以完善他对产品价值的评估。

第五是采用,消费者决定全面地、经常性地使用这种新产品。

下面这个模型建议新产品的营销者应当思考如何帮助消费者经历这些阶段。

在每种产品领域,都存在着消费先锋和早期采用者,其他人则要晚一些才采用新产品。人们可以被划分成不同的采用者类别,如图3.4所示。

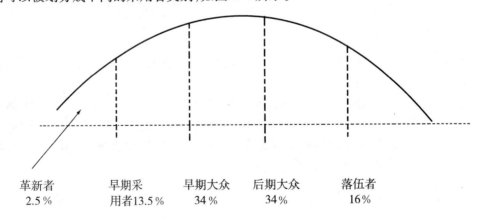

图3.4　基于采纳时间的购买者分类

这种对采用者的划分暗示着一个革新的公司应该研究革新者和早期采用者的特征,并针对他们开展营销努力。一般而言,革新者往往更年轻、受过良好的教育、收入更高;他们更愿意接纳不熟悉的事物,更依赖于自己的价值观和判断,也更愿意冒险;他们具有较低的品牌忠诚,更愿意利用特别促销活动,例如,折扣、优惠券和样品。

(二)新产品的特征对采用率的影响

在影响一项新产品的采用率上,5种特征显得异常重要。以张倩购买的数码相机说明如下。

第一是相对优势,与现有产品相比,革新产品的优越程度。可感知的数码相机的相对优势越强(例如,精致小巧的外观、能够自己制作满意的照片等)数码相机就会越迅速地被采用。

第二是相容性,革新产品与潜在顾客的价值观及个体经验相符的程度。例如,数码相机与现代的生活方式更相容一些,就更容易受到追求现代生活方式的消费者的追捧。

第三是复杂性,该项革新理解或使用的难易程度。数码相机的原理和使用等都不复杂,因而有利于采用。

第四是可分割性,该项创新可以被有限地试用的程度。如果数码相机可以被租赁使用,那对推广该产品将非常有利。

第五是可传播性,使用该项革新的结果能够被观察到或向其他人描述的程度。数码相机的照片本身就是很好的展示和描述,因此,它的使用效果会很快在消费者之间传播。

巩固拓展

跨国企业怎样对待不同的消费者

客隆是一家美国公司,是谷物制方便食品及其他食品的主要生产商,总部设在密西根州巴特克里,其产品行销世界多个国家。在美国,有相当比例的人经常在早餐吃谷类食品,客隆将它的市场营销重点放在说服消费者选择客隆而不是竞争者品牌上;在法国,客隆只是试图让人们相信他们应该将谷类食品当早餐,它的包装上设计了如何准备谷类食品的说明;在印度,客隆则向消费者强调一种更清淡、更富营养的早餐饮食,由于印度消费者更喜欢热早餐,不太喜欢奶制品,于是客隆选择那些希望在早晨享受一下西方生活的高收入者作为目标顾客。

通常,不同国家的消费者在某些事情上可能存在共同点,但他们的价值观、消费态度和行为也常常相差很远。因此,国际营销者必须决定在怎样的程度上修改他们的产品以及市场营销活动,来满足不同市场上的消费者独特的需要。但是,这样做会显著增加国际营销的难度。一方面,国际营销者希望将产品标准化,从而简化运营、降低成本并获利(例如麦当劳);另一方面,不同国家的市场内部又需要运用不同的市场营销战略,以便产品和营销活动能更好地满足本土消费者的需要(例如客隆)。

任务二　商业市场及其购买者行为

任务案例

40 多年来湾流航空公司一直是商务航空的领导者,每年以平均 3 200 万美元的价格售出 100 多架飞机。对公司来说,识别潜在的消费者没有问题,全世界只有大约 300 ~ 500 个消费者——那些有财力拥有和驾驶千万美元的飞机的公司和富豪。难题在于接触到飞机购买的关键决策人,理解他们复杂的动机和决策过程,并设计营销步骤。

研究发现,购买过程最初可能是由首席执行官(CEO)发起的,也可能是由湾流公司的销售代表的拜访引起的,首席执行官是决定是否购买飞机的核心人物,但他会受公司的飞行员、高层管理人员的强烈影响。首席飞行员作为器械专家,常常对购买决策具有否定权。实际上,最重要的影响可能来自 CEO 的配偶。正如一位销售人员所说:"一张订单的关键时刻是当 CEO 的妻子脱掉鞋子开始装饰飞机的时候。"

问题导入:商业市场和消费者市场有何不同? 商业购买者是怎样决策的? 政府的购买行为和企业一样吗?

任务处理

商业购买行为是指那些购买产品和服务用来生产自己的产品和服务或者转售给其他人的购买行为,包括制造商、批发商、零售商等的购买行为。所有这样的购买行为构成了商业市场。在某些情况下,这些购买行为类似于终端消费者,而在另一些情况下,则不尽相同。

一、商业市场的特征

商业市场与消费者市场存在着某种程度的相似性,然而也有差别。最大的不同在于市场结构和需求、购买单位的性质以及所涉及的决策类型和决策过程。

(一)市场结构和需求

与消费者市场相比,商业市场购买者数量少、规模大。例如,普利斯通(一个轮胎制造商)在商业市场的命运取决于屈指可数的大型汽车制造商的订单。

商业市场在地理分布上更加集中。我国的商业购买者集中在主要城市,尤其是沿海城市。而且商业市场的需求是衍生需求——最终来源于市场对消费品的需求。吉利公司购买钢材是为了生产消费者购买的汽车,如果消费者对汽车的需求下降,那么吉利公司对钢材以及其他用来制造汽车的原料的需求都会下降。因此,商业市场营销者有时直接向终端消费者促销他们的产品以提高商业市场的需求。

很多商业市场的需求是非弹性的,即价格变化对商业产品的总需求的影响不大。例如,皮革价格下降并不能使皮鞋制造商购买更多的皮革,除非皮鞋的价格也降低,从而使消费者对皮鞋的需求增加。

商业市场具有更多的需求波动,不但变化频繁,而且也很快。消费品需求增加很小的百分比,可能导致商业需求大量增加。

(二)购买单位的性质

通常,商业采购由经过专业训练的采购代理商完成。因此,商业市场的营销者必须雇用经过良好训练的销售人员,与训练有素的购买者打交道。

(三)决策类型和决策过程

商业购买者往往比消费品购买者面临更复杂的购买决策,因为采购复杂,商业购买者需要花费更长的时间做出购买决策,购买过程也比消费者更模式化。从短期看,销售都流向了那些能够满足购买者对产品和服务的即时需要的供应商,但是,商业市场的营销者必须与顾客建立长久、紧密的合作关系。

联合利华在 1995 年进入越南后,为了获得进一步发展,与 5 个关键供应商建立了稳固的合作关系。联合利华向供应商提供资金支持对设备进行升级,并且提供广泛的安全和环境意识培训项目。结果,联合利华以很低的成本、简单的方式快速建成,也得以快速推出它的产品。

二、商业市场购买者行为模型

商业购买者行为如图 3.5 所示。

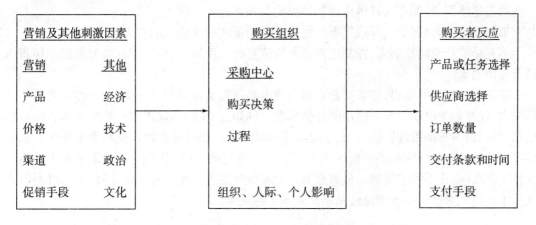

图 3.5　商业购买者行为模型

在组织中,购买活动包含两大部分,由参与购买决策的人组成的采购中心和决策过程。在这一模型里,要研究以下 4 个问题。

(一)购买情况的主要类型

购买有 3 种主要的类型:直接重购、修正重购和新购。

1. 直接重购

购买者不做任何修改地重复购买某些商品,采购过程是由采购部门根据常规做法处理的。基于过去购买的满意程度,购买者简单地从其名单上的多个供应商中选择。名单外的供应商试图提供新产品,或是利用不满意让购买者将他们列入考虑范围。

2. 修正重购

购买者希望修改产品规格、价格、条款或是供应商。名单内的供应商会感到压力,名单外的供应商则会认为这是一次很好的机会。

3. 新购

当一个公司首次购买某种产品和服务时,它面临的是新购。在这种情况下,成本或风险越大,参与决策的人就越多,收集信息的努力就会越大。

在直接重购中,购买者做出的决策最少,而在新购中最多。

许多商业购买者更喜欢从一个销售商那里购买对一个问题的成套解决方案,即系统销售,这是一种常见的赢得和维持订单的关键的商业市场营销战略。它包含以下两个过程,第一,供应商出售一组相关联的产品,例如,供应商不仅出售胶水,还出售喷涂器和干燥剂。第二,供应商出售一个包含产品、库存控制、分销以及其他服务的系统,来满足顾客对顺畅运营的需要。

(二)组织购买过程的参与者

一个购买组织的决策制定单位称为采购中心,即所有参与商业购买决策制定过程的单位和个人。它包括以下 5 种角色。

第一是使用者,组织中将使用产品和服务的成员。

第二是影响者,常常协助确定产品规格,并提供评估备选产品的信息。

第三是购买者,拥有选择供应商和协商购买条件的正式权力。

第四是决策者,拥有选择或批准最终供应商的正式或非正式的权力。

第五是信息流向控制者,控制流向他人的信息流。例如,采购代理往往有权组织销售人员会见使用者。

采购中心概念的提出,要求商业市场营销者必须知道谁参与了决策,每个参与者的相对影响力,以及每个决策参与者使用的评估标准。例如,一家向医院出售一次性手术工作衣的公司,识别出参与决策的医院人员,包括采购部副主任、手术室管理人员和手术医生。采购部副主任分析医院应该购买一次性手术衣还是可重复使用的,如果分析结果倾向于使用一次性工作衣,那么手术室管理人员就会对各种竞争产品进行比较并做出选择,最后外科医生通过汇报他们对这个品牌满意还是不满意来影响决策。

(三)影响商业购买者的主要因素

当供应商的提供物非常相似时,商业购买者几乎没有进行理性选择的依据。由于任何供应商都可以满足组织的目标,购买者会使个人因素在他们的决策中起更大的作用。但是当竞争品有很大区别时,商业购买者会对他们的选择更加负责并倾向于更加关注经济上的因素。

1. 环境因素

商业购买者受当前的和预期的经济环境的影响很大,例如,基本需求水平、经济前景和货币成本;文化和习俗也会影响商业购买者对营销刺激的反应。

2. 组织因素

它包括组织的目标、政策、程序、组织结构和系统等。

3. 人际关系因素

它常常是非常微妙的。采购中心成员中地位最高的人并不总是影响力最大的人,商业市场营销者必须尽力理解这些因素。

4. 个人因素

商业购买决策过程中,每个成员都会带入他们各自的动机、感知和偏好,这些因素被个人特征所影响,应引起营销者的注意。

(四)组织的购买过程

典型的新购会经历 8 个阶段,修正重购和直接重购会跳过其中的某几个阶段,如图 3.6 所示。

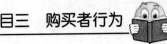

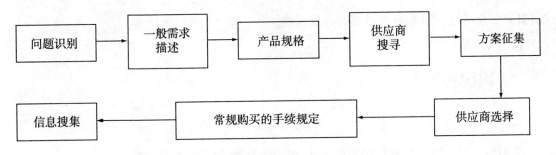

图 3.6　商业购买过程阶段

1. 问题识别

当公司中有人认识到某个问题或需要可以通过获得一种特定的产品或服务得到满足时,购买过程就开始了……就外部因素而言,购买者可能因为参加一个展销会、看见一个广告或是接到一个推销电话而产生新的想法。

2. 一般需求描述

认识到某种需要后,购买者会有一个一般需求描述,说明所需项目的特性和数量。在这个阶段,有经验的商业市场营销者可以帮助购买者定义需要,并且提供各种产品特性价值的信息。

3. 产品规格

产品规格是在价值分析的基础上尽可能降低成本,确定最好的产品特性,并据此进行详细说明。购买者的产品规格是为了实现采购目标,而营销者通过它可能会获得新的业务。

4. 供应商搜寻

供应商搜寻是为了寻找合格的供应商,如今,许多公司将供应商搜寻看成是供应商发展。因此,供应商的任务是跻身于供应商主要目录的名单中,并且在市场上建立良好的声誉。

5. 方案征集

方案征集是指购买者要求合格的供应商提交供应方案。为了回应方案征集,营销者必须精于调查研究、书写并展示方案。供应方案应该是营销文件,而不仅仅是技术文件,应能激起买方的信任。

6. 供应商选择

在选择过程中,采购中心会草拟一份所需供应商的属性及其相对重要性的清单,并据此评估。许多购买者更喜欢选择多个供应来源以便于比较。

7. 常规购买的手续规定

它包括购买者与所选择的供应商之间的最后订单和列举的各项条款,例如,技术规范、需求数量和返还政策等。对于维护、维修和操作条款,购买者可能更倾向于一揽子合同,即建立一种长期关系。在这种关系中,供应商承诺在特定的时期内,根据协议的价格向购买者重复供应所需物品。

8. 绩效评价

绩效评价就是购买者评估自己的满意度等级。绩效评价可能导致购买者继续、变更或是放弃他们原先的安排,销售人员的工作就是观察购买者以确保卖方提供了期望的满意度。

到目前为止,我们讨论了商业购买者的购买行为,这些讨论在很大程度上也适用于公共机构(例如学校、医院)和政府组织的购买实践。

巩固拓展

政府采购

政府购买和商业购买有许多相似之处,但也有一些不同点需要理解。

1. 购买目的的双重性

政府市场采购商品的目的,既有生产需要又有消费需要;既考虑经济因素也考虑政治因素,表现出购买目的之双重性。例如,政府投资的一些工程项目、公共设施等,先进入生产领域,后提供给公众用于公共消费;又如政府购买者可能更倾向于本地的公司或民族企业,以促进平衡发展。

2. 与企业的促销努力关系不大

一般来说,政府的购买支出更多地是由当选的官员决定的。因此,政府项目的竞标者必须和掌权的一方培养良好的关系,并且判断政府中谁会有主要的权力批准一次投标。同样,在一个公开竞标中,广告或是人员销售也与赢得合同关系不大。

3. 配套性强

政府采购的需求往往具有关联性,例如,工程招标对建筑材料的相关需求,采购计算机时对相关软件的需求等,营销者应该成为配套方案的提供者。也有一些公司(如联想)已经为政府购买者建立了定制的营销程序。

4. 购买决策程序复杂

政府具有代表性的购买行为是要求供应商投标,正常情况下会将合同给予出价最低的竞标者。由于政府的支出决策受到公众的评估,政府机构要求供应商完成大量的文书工作,以满足不同部门的需要。因此,供应商必须精通整个系统而且找到合适的方法才能中标。

5. 供应商的风险小

因为政府市场的采购主体是各级国家机关,其采购数量一般严格控制在国家财政预算范围内,有较强的财力保障和较好的信誉,所以供应商的风险小。

6. 政府购买决策过程中非经济标准的作用较大

政府购买过程中往往会优先选择本国供应商,适当照顾经济形势欠佳的地区或企业。尽管价格和质量是选择供应商的重要标准,有时非经济标准的作用也很大。

7. 在线采购正在进行

一些政府通过网站邀请供应商报价或投标,提高采购的透明度。这些网站成为营销者获取政府业务机会的来源。

知识归纳

1. 消费者购买行为是指最终消费者为满足个人消费而购买商品和服务的个人及家庭的购买行为。其基本模型是营销和其他刺激因素经过消费者的黑匣子而促使消费者做出某种反应。

2. 消费者的购买行为受到文化、社会、个人和心理特征的强烈影响。

3. 消费者购买行为可以分为4种类型：复杂的购买行为、寻求多样化的购买行为、减少失调的购买行为和习惯性购买行为。

4. 消费者的购买决策过程包含需求识别、信息搜集、可供选择方案评估、购买决策和购后行为。

5. 新产品的推广过程中应注意不同群体的接受顺序。

6. 商业购买行为是指那些购买产品和服务用来生产自己的产品和服务或者转售给其他人的购买行为，包括制造商、批发商、零售商等的购买行为。

7. 购买有3种主要的类型：新购、修正重购和直接重购。一般会通过采购中心完成，购买过程比消费者复杂。

问题探究

1. 购买雪糕和购买耐用消费品的行为有何区别？
2. 你在购买一种商品（例如便利品、选购品、耐用品或特殊品）时会征求别人的意见？
3. 粮食歉收会引起哪些连锁反应？
4. 交警部门要采购一批监控设备，会有哪些部门参与购买？
5. 在家庭电视机的购买过程中，你扮演了什么角色？
6. 找出你所在群体的意见领袖。

阅读材料

消费行为新动向

"互联网是技术网络，SNS（社会网络服务）是社会网络，信息革命从技术网络发展到SNS是必然的趋势。"中国社会科学院信息化研究中心秘书长姜奇平如是说。我们从门户时代走到了2.0时代，再到如今的SNS时代，真实生活和虚拟网络之间的界限已经越来越模糊。SNS的兴起和发展，代表了互联网进化的趋势和方向。

在国内，SNS的使用和影响都在激增。根据CNNIC（中国互联网络信息中心）发布的《第24次中国互联网络发展状况统计报告》显示，截至2009年6月30日，中国网民规模达到3.38亿，同比增长8 500万人，年增长率高达33.6%。同一时期内，以人人网为代表的八大主要SNS网站用户增长8 200万人，增长率达到120.6%，增量几乎与整个互联网用户的增量持平。

从艾瑞的iUserTracker网民监测系统观察，2008年5月到2009年5月用户日活跃TOP20网站可以发现，排名8～20位的网站变化明显，上升显著的网站包括视频代表网站——优酷；电子商务代表网站——淘宝；SNS代表网站——人人网。并且，网民在这些新兴网站上花费的时间往往更高。可见，网民的行为发生了较显著的变化，2009年的网民行为关键词是:视频、网上购物、SNS。

如此众多的人来到网上,第三代 SNS 就拥有了真实的社会密度。在你所属的社会群体中,如果每个人都在网上,你就可以确定使用 SNS 协调这一群体的社会和商业生活。

未来"湿"世界里,人们不再像机关、工厂那样永远地靠正式制度强制待在一起,而是可以依靠"湿件"的力量轻易地在网上组建各种群体,发现志同道合的人、以从前无法想象的方式一起从事某个项目。SNS 的出现,无疑满足了人们的这一需求,由"人机对话"发展到"人人对话",构建了新型的联络沟通模式。它正不可否认地改变着内容和信息的运作方式,特别是消费行为方面。要有效地利用这一新平台,就必须学会其特殊的规则,了解消费行为的新动向。

1. 双向交流

SNS 的兴起让消费者的角色多元化,他们不只是消费者,同时也是听众、指导者、创造者、传播者与批评者。它实际是把权利赋予了消费者,现在消费者可以不断地通过 SNS 表达自己的想法,他们的在线交谈与传播对于一个公司的品牌资产产生了重要的影响。

不论你是否愿意,关于品牌的讨论时刻进行着。2007 年,时任央视英语主播的芮成钢在其博客上发出抗议,认为"故宫里的星巴克"是对中国传统文化的糟蹋,并以个人名义向星巴克总裁发出抗议书。这个帖子在两天之内被点击了 50 万次,网民表达了对芮成钢的支持,猛烈的批评之声迅速被各大传统和在线新闻媒体转载,星巴克被迫撤出故宫。

2. SNS 已经改变了消费者与品牌的关系以及品牌的运作方式

过去品牌的营销方式都是单向的,现在则需要采用双向沟通。要想利用社交媒体的优势,就必须加入在线对话,与消费者建立联系、进行双向交流。星巴克于 2008 年推出了公司的第一个社会化媒体网站——"我的星巴克点子"(www.MyStarbucksIdea.com)。在该网站上,消费者不仅可以提出各类针对星巴克产品和服务的建议,对其他人的建议进行投票评选和讨论,而且可以看到星巴克对这些建议的反馈或采纳情况。从创建之日起网站就吸引了巨大的流量,在创建的前 6 个月内,网站共收到了约 7.5 万项建议,以及成百上千的相关评论和赞成票。对于星巴克来说,公司由此从消费者那里获得了一些极具价值的设想和创意,用来开发新的饮品、改进服务体验和提高公司的整体经营状况。更为重要的是,通过与消费者进行交流,强化了广大消费者,特别是一些老顾客与星巴克的关系和归属感,也塑造了星巴克关注消费者需求和悉心倾听消费者意见的形象,提升了广大消费者对其品牌的好感度。

达标检测

一、填空题

1. 对消费者的购买决策进行研究的起点是_____。

2. 消费者的购买行为受到_____、_____、_____和_____的强烈影响。营销者无法控制这些因素的大部分,但必须把它列入考虑范围之中。

3. 对群体成员有直接影响的群体称为_____。

4. 个人在每个群体中的位置可以由_____和_____来定义,每个角色都传递一种地位,反映出社会给予此人的尊重程度。

5. 马斯洛认为：人的需求呈金字塔状，从底端最迫切的需求到顶端最不迫切的需求,依次包括_____、_____、_____、_____和_____。

6. _____是人们对某个事物或观念所持的一致的评价、感受和倾向。

二、判断题

1. 根据马斯洛"需要层次理论",只有较低层次的需求得到满足后,人们才有可能产生新的较高层次的需求。　　　　　　　　　　　　　　　　　　　　（　）

2. 动机是引起行为的内在原因和动力,同样的动机只能产生同样的行为。（　）

3. 有需要就会产生动机。　　　　　　　　　　　　　　　　　　　（　）

4. 决策的内容规定着购买行为发生的方式,决策质量决定着购买行为的效用大小。　　　　　　　　　　　　　　　　　　　　　　　　　　　　　　（　）

5. 在直接重购中,购买者做出的决策最少,而在新购中最多。　　　（　）

6. 美容院的兴起与发展是社会因素的变化产生的营销机会。　　　（　）

7. 人们会将所学的大部分遗忘,而倾向于保留那些支持自己态度和观点的信息。这是因为人们的选择性保留。　　　　　　　　　　　　　　　　　　　　（　）

8. 在低介人度和感知到很少的品牌差异的情况下,消费者会采用复杂的购买行为。　　　　　　　　　　　　　　　　　　　　　　　　　　　　　　　（　）

9. 消费者获取的最有效的信息来源是商业来源。　　　　　　　　（　）

10. 商业市场与消费者市场存在着某种程度的相似性,然而也有差别。最大的不同在于市场结构和需求。　　　　　　　　　　　　　　　　　　　　　（　）

三、问答题

1. 举例说明各种特征因素对消费者行为的影响。

2. 消费者购买决策行为有哪几种类型?

3. 消费者的购买决策过程包括哪几个阶段?

4. 商业市场有何特征?

项目四

市场营销调研

学习目标

通过对本项目的学习,了解如下内容。

- 市场营销调研的基本概念。
- 市场营销调研的基本流程。
- 市场营销调研的主要方法。

今天是以信息为基础的社会,掌握有价值的信息能使一个企业超越它的竞争者。而营销调研正是企业了解目标市场诸如消费需求和竞争态势等信息的真正有效手段。随着信息营销在企业的逐步深入,营销调研在全球范围内得到了更为广泛的重视。"没有调查研究,就没有发言权"似乎成了每一位营销人员当前的口头禅。

任务一　市场营销调研概述

任务案例

近年来,市场调查活动似乎空前活跃,市场调查被一些市场调查企业用以骗取暴利,"消费者品牌认知调查"、"首届中国家电跟踪调查"、"中国最佳企业形象调查"和"中国市场商品用户满意度跟踪调查",这些调查的共同点在于操作执行的或是调查企业或是广告企业,组织主办者却是各种协会、学会和委员会,同时还有一些权威传媒作为后援。

调查所用的经费由操作执行者自筹,组织者或主办单位坐收不多的渔利,而那些被"调查"出来的"第一"、"十强"、"最满意"以及"信得过"的企业都必须付出一笔可观的费用,其中最高收费额 100 多万元。品牌上榜,企业也"上绑",进了"屠宰场"。

例如,一个专业协会的用户委员会 2008 年一季度搞了一个连续跟踪调查百家大型商场的家电开箱合格率的活动,先不说组织者有没有权威,有没有资格去调查开箱合格率,仅手段、标准上就让人糊涂。然后弄出来一个排行榜,于是得"第一"的如获至宝,立刻大登广告,数月之后,数个城市的商场外都扎起了铺天盖地的条幅广告,"××洗衣机 2008 开箱合格率第一"。一个季度的统计,变成 2008 年全年的了。企业行为不规范,夸大事实地诱导消费,可根据只是一次不科学、不规范的市场营销调研活动。

问题导入:什么是市场营销调研? 营销调研的要素构成及其相互关系怎样? 在营销调

研中应该遵循什么样的原则? 营销调研的主要类型和内容有哪些?

任务处理

一、营销调研的含义

营销经理往往需要对特定的问题和机会进行深入的调研。他们可能做一个全面的市场调查,可能需要在街头做一项产品口味偏好试验,了解一个媒体的时段广告效果,或者通过调查掌握一个地区的消费水准和市场空间大小等。那么,什么是营销调研呢?

营销调研就是系统地设计、搜集、分析和提出数据资料以及提出跟企业所面临的特定的营销环境状况有关的调查研究结果,从而把握市场的变化规律,为营销决策提供可靠依据的调查研究活动。

理解这一概念的内涵,必须注意以下几个方面的特征。

第一,营销调研是企业的一种有目的的活动。它是指各类企业为解决市场营销问题,为营销决策提供信息而开展的活动。这一特征说明,营销调研本身不是目的,是服从于企业的市场营销活动,并且是营销活动不可缺少的一个有机组成部分。

第二,营销调研是一个系统的过程。它不是单个资料记录、整理或分析活动,而是一个经过周密策划、精心组织、科学实施的,由一系列工作环节、步骤、活动和成果组成的过程。这一特征充分说明,营销调研是一项比较复杂的工作,需要有科学的理论和方法对其进行指导,同时也需要进行科学的组织和管理。

第三,营销调研活动包含着对市场信息的判断、搜集、记录、整理、分析、研究和传播等多项活动。这些活动对企业的营销调研工作都是必不可少的,它们互相联系、互相依存,共同组成营销调研的完整过程。

第四,从本质上讲,营销调研是一项市场信息搜集和处理的工作。它运用一定的技术、方法、手段,遵循一定的程序搜集加工市场营销信息,为决策提供依据。它应包含信息工作中的信息需求、信息处理、信息管理和信息提供的全部职能。

企业面对的是一个复杂多变的市场,不同的地区在经济、文化、社会环境等方面都存在着较大的差异,各个市场又变化多端,孕育着风险和机遇。企业要想在市场上获得成功,就必须认真研究分析市场规律,真正掌握有关市场的详细情况,这样才能准确选择目标市场,有效进入市场,并制定有针对性的营销策略。

二、营销调研的要素构成

在市场营销调研中,主要涉及调研的主体(研究者)、宿体(客户)和客体(被访者),这三者之间的关系如表4.1所示。

表4.1　营销调研的要素构成与相互关系

要素构成	内　　容	各要素之间的关系
调查主体	是整个营销调研活动的具体组织者、操作者,他们主要负责营销调研活动的设计、组织工作,同时还承担市场信息的搜集、整理、汇总和分析等任务	调查宿体提出营销调研的任务和要求,调查主体根据这些任务和要求设计出营销调研方案,并向调查客体进行调查,调查客体向主体提供有关的市场信息,最后,调查主体再对所获取的信息进行整理、分析,得出调查结果,并把调查结果反馈给调查宿体,调查宿体根据调查结果,加以通盘考虑后做出决策
调查客体	是指营销调研过程中的相应调查对象	
调查宿体	调查结果的使用者	

三、营销调研的作用

简要地说营销调研的作用只有一个,那就是给营销经理提供信息,以帮助他认识营销机会和界定营销问题,并做出反应。一言以蔽之,营销调研就是要帮助营销经理更好地决策。

营销调研的详细作用主要体现在以下几个方面。

(一)发现营销机会

通过营销调研,企业可以更清楚地了解到哪些市场存在着未满足的需求,哪些市场是已经饱和的,并从中寻求营销机会。

(二)提供决策依据

第一,产品策略,通过营销调研,可以了解与把握市场的现实与潜在的变化,即具体了解顾客对产品品种、型号、规格、功能以及交货日期、产品售后服务等的需求,使企业的产品策略更具有针对性。

奇喜饮料企业曾推出一种具有绿色概念的新饮料——果蔬汁,想以"绿色"和"健康"概念取胜。但由于前期调查人员在做市调时忽略了消费者对饮料口味的感受,仅确定消费者普遍认为他们最看重的是饮料没有污染,其次是饮料的文化品味和有利于健康和健美(不引发肥胖)等。在消费者缺位的情况下新产品就匆匆被推向市场,结果只有以市场惨败匆匆收场。尽管该产品非常完美——低糖分、不含防腐剂且能保鲜,既"健康"又"绿色",还与"活力无限"的理念相符,但是它失败了。

第二,通过营销调研,可以了解目标市场存在哪些销售渠道、哪些商业机构,客户对何种分销方式及分销机构感兴趣,这将有利于企业做好分销决策。

第三,通过营销调研,可以了解目标顾客对产品价值的需求及同行业竞争者的价格策略,以便企业进行科学的定价决策。

例如,某产品在北方深受顾客青睐,可在南方却销售不畅。通过市场营销调研可以指出问题所在,或许是因南北方顾客的需求差异所致;或许……只有找到原因,才能制定出产品策略。又如,产品的价格不仅取决于产品的成本,还受供求关系、竞争对手、经济环境等多因素的影响。市场上产品的价格瞬息万变,通过营销调研,企业可以及时掌握市场上产品的价格态势,灵活调整价格策略。再如,产品打入市场,能否制定出切实有效的促销策略至关重要,销售渠道是否畅通无阻亦同样重要。这一切都需要通过营销调研来提供市场信息,作为企业制定营销组合策略的依据。

（三）判断营销趋势

营销调研提供了了解市场发展趋势和供求情况的一种手段,可以促使企业有效地调整营销方案,帮助企业根据市场供需的变化、消费者需求的变化、竞争者策略的变化以及营销环境的变化制订生产和采购计划,生产适销对路的产品,疏通销售渠道,加速资金周转,从而增强企业活力,提高经济效益。

以生产牛仔裤闻名世界的李维企业设有专门机构负责市场调查,在调查时应用心理学、统计学等知识和手段,按不同国别,分析消费者的心理和经济情况的变化、环境的影响、市场竞争条件和时尚趋势等,并据此制订出销售、生产计划。1974年企业对联邦德国市场的调查表明,多数顾客首先要求合身,企业随即派人在该国各大学和工厂进行合身测验,一种颜色的裤子就定出45种尺寸,因而扩大了销路。企业根据市场调查,了解到美国青年喜欢合身、耐穿、价廉、时髦,故把合身、耐穿、价廉、时髦作为产品的主要目标,使产品长期打入了美国青年人的市场。近年来,在市场调查中,企业了解到许多美国女青年喜欢穿男裤,企业经过精心设计,推出了适合妇女需要的牛仔裤和便装裤,使妇女服装的销售额不断上升。因此,虽然在美国及国际服装市场业竞争相当激烈,但李维企业靠分类市场调查,他们制订的生产与销售计划同市场上的实际销售量只差1%～3%。

总之,企业开展营销调研,能够为企业在市场上做出各项经营决策提供科学的依据。

四、营销调研的原则

（一）客观性原则

市场调查的根本任务,就是为决策提供真实、可靠的依据,客观性是贯穿整个市场调查和分析研究过程的最重要原则。市场调研中的任何环节,如果存在任何主观臆断的成分,都可能造成数据搜集和调研结果的偏差,最终导致决策的失误。这一原则要求调研对客观事实采取实事求是的态度,而不能带有个人的主观偏见或成见,更不能任意歪曲或虚构事实。

（二）科学性原则

科学性原则主要是指调查研究及其结论的实证性和逻辑性。科学结论所依据的事实应当是全面的、具有内在逻辑性的,而不应当是个别的或偶然的。

（三）系统性原则

所谓系统性原则就是将作为整体的世界分解为相互联系的各个部分、各个要素,然后从不同层次、不同侧面来分析其内在联系,并加以综合——把研究对象的各个层次和侧面,按照现象之间的内在联系结合成一个统一的整体,然后从总体联系上把握社会系统或子系统的结构、功能、作用机制、运行方式、发展规律等。违背系统性原则常犯的错误是不善于以动态的角度从整体与局部、宏观与微观、共性与个性的统一中认识和发现问题。

正如任务案例中看到的,企业通过调查数据和分析结果诱导了消费者、诋毁了竞争对手。可根本问题在于营销调研活动组织的不科学、不客观、不系统和不规范。营销调研的根本任务就是为决策提供真实、可靠的依据,客观性、科学性和系统性是贯穿整个市场调查和分析研究过程的最重要原则。

五、营销调研的类型

按照组织形式可将市场营销调研分为市场普查、重点调查、典型调查、抽样调查几种,如表4.2所示。

表 4.2　营销调研的类型

类　型	内　　容	优　点	缺　点
市场普查	指对市场总体(即某市场范围内的调查对象全体)中的每一个个体(又称为调查单位)进行逐一、普遍的即不重不漏的调查	可全面系统地反映市场总体状况,调查结果直接、准确	耗时长,消耗的人力、物力、财力大
重点调查	指在市场总体中选择一部分重点单位进行调查以了解市场总体状况	省时、省力、省钱,能及时反映出市场总体的基本情况	要求市场总体中有重点单位;只能反映出市场总体的基本情况
典型调查	在市场总体中有意识地选择出一部分有代表性的单位(即典型单位)进行调查	调查单位少,人力和费用开支较省	调查结果受主观影响较大,不能明确表达
抽样调查	在市场总体中按随机的原则抽取一部分单位(称为样本单位)进行调查,并根据样本信息推算出市场总体情况	适用范围广、调查结果快、调查结果准及节省人力、物力、财力	样本需要足够好、有代表性和随机性,具有不稳定性,有偏差

六、营销调研的内容

营销调研包括市场营销因素调研、市场竞争因素调研、市场营销实务调研、企业内部环境调研等方面的内容,如表4.3所示。

表 4.3　营销调研的内容

市场营销因素调研	政治法律环境调研	政治形势和状况(战争等),国家政策、进口限制、外汇控制、方针、法令、法规、条例,贸易惯例和要求,社会发展规划,国家重大活动事件等
	经济环境调研	国民生产总值、人均国民收入、产业发展状况、个人可支配收入、个人可任意支配收入、社会购买力水平、消费收入状况、消费支出状况、消费储蓄和信贷、通货膨胀、就业率、税收、关税、利率等
	人口环境调研	人口数量及增长速度、人口的年龄构成、人口的性别构成、家庭结构状况、种族结构状况、职业、出生率、死亡率、结婚率、地理结构状况
	技术环境调研	科学技术的发明,新技术、新工艺、新材料的发展趋势和速度,技术引进和技术改造,国家有关科研技术发展的方针政策及计划等

（续表）

	地理环境调研	目标市场的地理位置、气候及自然环境条件、运输条件、仓储条件、自然资源状况、生态条件、环境保护等
市场竞争因素调研	社会文化环境调研	人们的教育水平、价值观、宗教信仰和风俗习惯，现实购买者与潜在购买者、消费群体构成、购买动机、行为、心理等
	同行竞争对手调研	竞争对手的数量、经营规模和人员组成，营销机构的情况，市场占有率、供货渠道是否稳定、策略和手段、竞争能力、消费者反应如何，潜在竞争对手出现的可能性，主要竞争者的产品与品牌优劣势，主要竞争者的营销方式与营销策略，主要竞争者市场概况，主要竞争企业对工厂的管理模式，主要竞争对手的促销形式和内容（了解成功的经验和失败的教训）等
	同行竞争产品调研	竞争产品的设计能力、工艺能力，产品的质量、数量、品种、特色、规格、花色、商标、成本、价格、包装、服务、费用水平和赢利能力等
市场营销实务调研	消费者调研	消费心理、消费动机、消费决策及行为特性、消费观念，消费者的媒介喜好状态，消费者（尤其是本产品消费者）分布及特性（地域、年龄、收入、职业）
	产品调研	消费者对产品的性能、设计、质量（性能标准、安全标准、卫生程度、耐用性）、外观、包装、商标、价格、实用方便性和安全性等的评价，本产品及主要竞争者的知名度，本产品及主要竞争者的美誉度和忠诚度，本产品及主要竞争者的品质形象、技术形象与未来形象，本产品的品牌联想形象，对企业改变老产品的反应状况、产品生命周期及开发新产品的可能性和途径
	价格调研	价格的供给和需求弹性，是否受国家价格政策影响，定价策略和方法（高价、满意价、渗透价），产品改变后消费者反映情况、替代品的价格、新产品价格的确定、老产品价格的调整、产品价格的稳定性等
	促销调研 · 推销调研	人员素质、力量、分工、技巧、销售方式与业绩、销售机构和网点的销售效果
	促销调研 · 营业推广调研	营业推广策略调查、营业推广效果调查（营业推广对用户产生影响）、营业推广辅助策略的调查、营业推广失败与成功的调查等
	促销调研 · 公关活动调研	公关活动的主要内容与策略、企业关系网络调查、公关活动和宣传措施对产品销量和企业形象的影响等
	促销调研 · 广告活动调研	广告效果调查（广告内容的意见、反应、信任程度，广告文案的记忆，广告标题、商标的记忆，广告图案的记忆等）、媒体接触率（各媒体的接触率、接触动机、接触时间、接触阶层、内容反应、信任程度分析等）、收视率调查（家庭收入、成员开机率分析，籍贯及地区开机率分析，各台各节目收视率分析，性别、年龄之收视率分析，职业、教育之收视率分析等）、报纸杂志阅读率（阅读的注意率、联想率、精读率分析，产品、厂牌、标题、引句、文句、图案了解程度等）、媒体调查（相关栏目播放内容、时间、相应费用，媒体覆盖范围、消费对象，收视率等效果测试等）等

（续表）

	分销调研	分销管理调研	销售渠道现状的检查与分析,销售渠道选择是否合理、储存和运输安排是否妥当、是否能够降低物流成本,分销渠道的结构和类型,分销渠道的覆盖范围和销售效率,各类中间商(批发商、零售商等)的销售状况,中间商资信与能力调查等
		经销商调研	经销商对本产品行业及几大主要品牌的看法,经销商对本产品、品牌、营销方式、营销策略的看法、意见、建议,本产品的经销网络状态,本产品主要竞争者的经销网络状态
		零售店调研	品牌销售对象、成绩,品牌进货渠道、方式,品牌广告认知和态度,品牌促销认知和态度
企业内部环境调研			企业凝聚力调研、员工满意度调研、员工积极性调研、员工素质调研、员工企业认知调研(企业认同感、归属感和责任感等)、企业团队精神调研、企业公共关系和公共形象调研、企业管理者形象调研、企业人际关系状况调研、企业知识共享情况调研、企业文化建设调研、企业部门协调性调研、企业管理者能力调研、企业外部联络能力调研、企业客户满意度调研、企业产业链调研、企业服务能力调研等

 **巩固拓展**

市场营销调研要素的准则要求

调查主体、客体和宿体三方之间的关系必须遵循一定的规则,例如,在目前中国市场调查业的行业准则还未形成的情况下,我国大部分调查公司都同意先服从"国际商会"和"欧洲民意和市场研究协会"关于市场和社会研究实践的国际准则,准则中详细地规定了被访者的权利、研究者的职责、研究者与客户的相互权利和职责等。

1. 调查客体(被访者)的权利

调查客体(被访者)的权利共有 6 条。例如,被访者的合作完全是自愿的;被访者的匿名权要受到严格的保护;被访者必须能够轻易地检查研究者的身份和真实性;等等。

2. 调查主体(研究者)的职责

研究者的职责共有 7 条。例如,研究者不能做出有损于市场调查行业声誉的举动;研究者不得对其或对其所在机构的技能、经验做不切实际的表述;研究者不得对其他研究者做出不公正的批评;研究者必须不懈地努力,在节约费用并保证质量的前提下设计研究方案,并按与客户合同中的规定去实施调查,研究者必须确保对调查记录的保密;研究者不得有意地散布没有得到数据的充分支持的调查结果,必须随时准备好必要的技术信息,以说明其发布的调查结果的有效性;研究者不得在进行市场调查的同时从事非市场调查活动(例如数据库营销活动等),要明确地将这一类的非市场研究活动与市场研究活动区分开来;等等。

3. 研究者与客户的相互权利和职责

研究者与客户的相互权利和职责共有 14 条。例如,研究者不得泄漏客户的身份;研究者必须向客户告知分包商的身份;研究者不得将调查中得到的数据和发现泄漏给第三方;客户无权知道被访者的姓名及地址;客户不得将研究者的方案和报价泄漏给任何第三方;研究者必须向客户提供调查项目实施的技术细节;客户公布调查结果时仍必须事先咨询研究者, 以确保调查结果不会被误导;等等。

任务二　营销调研的基本流程

 **任务案例**

巴克希尔食品公司的销售经理迈克·吉尔正在与公司的广告代理商讨论巴克希尔咖啡的广告战略前景。此刻讨论的焦点转向杂志广告和这些广告的设计样式。

吉尔先生刚刚参加了一个关于心理感应的会议。会上指出,尽管有"不能以貌取人"这句格言,但在实际的人际交往中,情况不是这样的。一个人对另一个人的第一感觉和反应很大程度上取决于他的外表的吸引力,其研究结果简单地说就是"美的就是好的"。会议上用来引证这个观点的例子,给人留下很深的印象。然而给吉尔先生印象最深刻的是,一个人对另一个外表吸引人的人的好感并不取决于与其的实际交往。如果我们把外表吸引人和不吸引人的照片都给判断者看,这种现象就会发生。

吉尔认为对这个现象的认识有利于巴克希的广告设计。他建议在广告中应出现一个很有魅力的女性的形象。而广告代理商则持相反的观点,他认为应用外表并不出众的人做广告而使得广告更为可信和有效。另外,代理商还建议用男性而不是用女性形象来做广告。经过充分讨论后,广告代理商建议进行如下的研究以回答这些问题:应该用外表吸引人的还是一般的人做广告? 应该用男性形象还是女性形象?

广告代理商设计了如下实验。准备 4 种不同的广告。4 个广告其他方面都一样,只是手拿咖啡的人不同。4 种人分别是:有魅力的男士、有魅力的女士、普通的男士、普通的女士。4 种形象的吸引力是这样确定的,让一组样本看 20 张照片,男女各 10 张,然后评分,1 分最低,7 分最高。最高分和最低分被选作实验广告中采用。

然后,4 种彩色的广告和设计好的杂志就产生了。接着,在纽约市的电话号码簿上通过随机抽样产生参加实验的样本。联系上的被告知邀请参加一项市场研究的实验,并给予报酬,到广告代理商总部的车费可以报销。

96 名志愿者(48 名男士和 48 女士)到广告商总部后,被随机分为 12 组,每组 8 人,每组中有 1 人分派到 4 个广告中的 1 个。每个人看到且只看到 1 个实验的广告。然而,另外还有 3 个虚构的广告,用来掩盖那个我们感兴趣的广告的独特性。每个参加实验者所看到的虚构广告是一样的。在实验开始时,我们对每个参加实验者做以下介绍。我们希望得到你们关于实验广告的观点。每次将向你们展示 4 个广告,看过之后,将询问你们对广告及广告中的产品的反应。请注意这个实验并不是比较哪一个广告更好,你们在评价时无须把 4 个广告相互比较,仅就各个广告本身评价。

在介绍之后,实验者把第一个广告给受实验者。受实验者看完之后,广告被拿走。实验者再给受实验者一份样本调查表。填完表后,再给第二个广告,重复上述过程。在实验过程中,受实验者不能再回头看已经看到的广告。为了使受实验者适应这种工作,实验的广告通常放在第3个。

巴克希尔咖啡的样本调查表

○在下面的空格上,选择最佳的程度数字(从左至右分别是 -2、-1、1、2)描述你所读到的广告(将程度数字填到对应的空格上)。

有趣的____、____、____、____乏味的

不吸引人的____、____、____、____吸引人的

不可信的____、____、____、____可信的

印象深的____、____、____、____印象浅的

信息性强____、____、____、____信息性弱

清楚的____、____、____、____模糊的

惹眼的____、____、____、____不惹眼的

○您对以上广告的总体印象是什么?

不喜欢____、____、____、____喜欢

○就产品本身而言,你认为这个产品与其他厂家生产的类似产品相比如何?

突出____、____、____、____平常

○你愿意尝试一下这种产品吗?

绝对不愿意____、____、____、____绝对愿意

○如果你碰巧在商店看到这种产品,你愿意购买吗?

绝对愿意____、____、____、____绝对不愿意

○你愿意在商店中寻找出这个产品然后购买它吗?

绝对不愿意____、____、____、____绝对愿意

标准:表中选择那些内容的标准是为了观测被测者的认知度、情感与意向。一般说来,认知度可通过可信性、信息性和清晰性来检验;情感会受趣味性、感染力、吸引力和引人注目的程度的影响;意向性则通过调查表最下面的3项行为倾向的内容来检验。

这些预先制定的标准并不是很严格地确定的。若分析中涉及的趣味性的基本内容与这3个都没有关系,就不予考虑。对每个标准的反应总和,就是每个标准的总分。对这些分数的分析结果如下。

① 有魅力的男士形象产生的认知性分数最高。

② 有魅力的形象在异性受实验者中产生的情感性分数最高。

③ 有魅力的男士形象在女性实验个体中的意向分数最高。

同时,普通的女性形象在男性实验个体中的意向分数最高。

在这些结论的基础上,广告代理商建议在广告中采用有魅力的男士形象。

问题导入:巴克希尔食品公司是如何界定问题并确定调研目标的? 广告代理商是如何设计调研方案的? 调研结果是如何影响企业的广告决策的? 为确保调研质量营销调研应遵循怎样的程序?

任务处理

营销调研是一项复杂的科研活动,也是一项细致的工作过程,不仅要求调查者有严肃、认真、踏实的工作作风,而且要求调查者要严格遵循科学的程序来搜集资料,这样才能保证调查工作的顺利进行,才能提高工作的效率和质量,才能使调查结果既精确、可靠,又省时、省力、省钱。有效的营销调研一般可分为6个阶段进行,如图4.1所示。

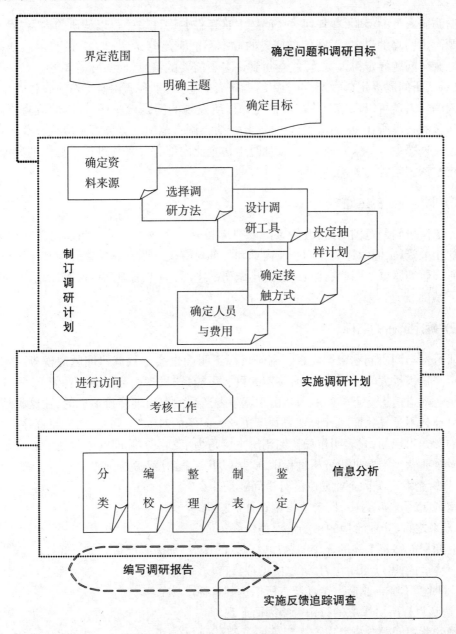

图 4.1 营销调研的程序

一、确定问题和调研目标

营销调研的第一步是明确问题和确定目标。由于企业的生产经营过程相对稳定,而目标市场却千变万化,因此,企业营销与市场需求往往不相适应,这种不相适应性在营销过程中会逐渐显现出来,营销人员必须找出造成这种不适应性的原因,这就是要调查的问题。问题明确了,调研的目标也就可以确定。

(一)界定调研的范围

根据调研人员的经验,在任何一个问题上都存在着许许多多可以调研的内容,除非对该调研问题做出明确的界定,否则信息搜集的成本不能满足营销调研工作的目的。如果企业管理者对调研问题界定得太宽,可能会得到许多不需要的信息,而实际需要的信息又没有得到;如果对调研问题界定得太窄,也会束缚调研者的思路,不利于调研工作的顺利进行。

营销调研人员可以根据企业初步情况分析所发现的问题,进行小范围的调查、研究,以寻找出问题的关键所在,从而减少调查的问题、缩小调查范围。具体可采取请企业内部有关人员或企业外部少数专家开座谈会,或通过走访企业内部有关人员进行小范围的典型调查、重点调查来探测问题的关键。

(二)明确调研的主题

在界定调研问题范围之后,调研者需要搜集和分析企业内部关于问题的各种记录和企业外部的相关资料,同时还需咨询企业内部和外部对有关问题具有丰富知识和经验的专家,从而使所调研问题更加明确,并从中提炼出调研的主题,为正确地制订调查计划和选择调查方式打下基础。

(三)确定调研的目标

调研目标与调研问题密切联系。调研目标不明确也会导致调研问题的模糊。例如,某企业近年来销售量大幅度下降,此时确定的目标可能是"发现引起企业销售额下降的原因"。但如果企业知道销售量下降的原因是由于竞争者产品的大幅度降价造成的,在这种情况下,研究的目标就不是寻找原因,而是"寻找解决这一问题的对策"。可见,研究目标往往是以研究问题的形式出现的,它表明市场营销调研主要是为了解决实际问题或预测未来发展的。

在对企业营销问题进行分析过程中,应从以下 3 个角度来进行。

① 分析企业现况。企业面临的行销问题是什么?

② 诸多市场影响力中,何者值得调查分析?

③ 未来之日,企业希望的市场情况是什么?

企业如果能够将上述的 3 个问题加以深入的探讨,那么必能得到如下好处。

① 市场问题焦点明朗化后,可以协助拟订市场调查架构。

② 可明确了解企业借由市场调查所拟达到目标。

③ 达到目标所可采取的行销策略因而显现。

正确的营销问题分析可以产生明确的营销调研目的,并进一步产生正确的营销调研架构,这是营销调研前不可忽视的一个步骤。

二、制订营销调研计划

营销调研的第二阶段是要制订一个搜集所需信息的最有效的计划。营销经理在批准计划以前需要估计该调研计划的成本。在设计一个调研计划时,要求做出如下决定:确定资料来源,选择调研方法,设计调研手段,决定抽样计划,确定接触方式和确定人员与费用。

(一)确定资料来源

营销人员资料的来源有两个方面,即二手资料和原始资料。二手资料是指经别人搜集、整理过的资料,通常是已经发表过的;原始资料是指调研人员通过发放问卷、面谈等方式搜集到的第一手资料。研究人员通常从搜集第二手资料开始他们的调查工作,并据此判断他们的问题是否已部分或全部解决,以免再去搜集昂贵的第一手资料。第二手资料为调研提供了一个起点和具有成本较低及得之迅速的优点。但是,由于二手资料是过时的、而且是为其他目的搜集整理的,因而很难直接满足企业为特定目的进行的营销调研的需要,所以直接收集和掌握第一手资料是十分必要的。

(二)选择调研方法

调研方法是指取得资料的方法。它包括在什么地点、找什么人、用什么方法进行调查。确定用什么方法进行调查,主要应从调查的具体条件出发,以有利于搜集到符合需要的第一手原始资料为原则。一般地讲,如果直接面对消费者进行调查,直接搜集第一手材料,可以分别采取访问法、观察法和实验法;如果调查内容较多,可以考虑留置问卷法。每类方法适用面不同,究竟采用哪种方法,要依据调研的目的、性质以及调研经费的多少而定。具体内容在下一节中将详细阐述。

(三)设计调研工具

在确定了营销调研的方法之后,就要进行调研工具的设计。如果采用访问法进行调研,就需要事先对调查问卷进行设计,问卷设计中的关键是提什么问题以及提问的方式等。如果采用观察法或实验法,则需要设计记录观察结果的记录表和登记表,还需要考虑进行观察、实验时使用何种设备仪器等。在设计上述各种调研工具时,应考虑到被访问者或参加观察、实验者的文化水平、专业技术等方面的因素。

(四)决定抽样计划

从事营销调研过程中,如果没有调查真正的总体或者没有对总体正确地抽样,就往往不能得到正确的答案。即使用最好的调查表,非常小心地进行调查,并且结合科学的分析和报道手段,若未采用正确的抽样方法或接触真正的总体,其产生的结果会令人误解,甚至害怕。营销调研实践中确实存在因为时间或费用预算紧迫,或过分强调技术,或缺乏对先进管理方法的了解,从而对抽样方案没有引起足够的重视的危机。营销调研中,我们必须真正地同我们将要调查的对象进行交谈,从而制订有效的抽样计划。

抽样计划就是根据调研的目的确定抽样单位、样本数量以及抽样的方法。抽样单位即向什么人调查问题;样本数量即对多少人调查;抽样方法即采取随机抽样还是非随机抽样技术。在其他条件相同的情况下,样本越大越具有代表性,样本数量的多少直接影响结果的精确度,但样本数量过大亦会造成经济上的浪费。因此,在实践中决定样本大小的主要因素是研究经费、允许误差、问题的性质和决策者敢于承担的风险。至于如何有效确定样本计划和样本容量,将在"抽样调查策划"一篇予以详细的阐述。

(五) 确定接触方式

抽样计划被确定后,营销调研者必须决定采用何种接触被调查对象的方法:邮寄调查表、电话访问、人员面谈或在线访问。其中人员面谈访问有安排访问和拦截访问两种形式。安排访问的调查对象是随机挑选的,这种方法因为花费了被访问者的一些时间,而应该给予其一些报酬或奖金,以补偿对受访者的打扰。拦截访问是在商店大堂或商业街上拦截人们要求交谈,拦截访问有非随机抽样的缺点,并且交谈的时间很短。究竟采取哪种方式或以哪种方式为主,应根据调研的实际情况和客观要求来决定。

(六) 确定人员与费用

确定调查人员主要是确定参加市场调查人员的条件和人数,包括对调查人员的必要培训。

第一,由于调查对象是社会各阶层的生产者和消费者,思想认识、文化水平差异较大,因此,要求市场调查人员必须具备一定的思想水平、工作能力和业务技术水平,能正确理解调查提纲、表格、问卷内容,能比较准确地记录调查对象反映出来的实际情况和内容,能做一些简单的数学运算和初步的统计分析。

第二,要求市场调查人员应具备一定的市场学、管理学、经济学方面的知识,对调查过程中涉及到的专业性概念、术语、指标应有正确的理解。要具备一定的社会经验,要有文明的举止,大方、开朗的性格,善于和不同类型的人打交道,取得他们对调查工作的配合。

第三,参加市场调查,不但工作任务复杂繁忙,有时工作也单调枯燥,如果缺乏良好的工作态度,不能严肃认真地按要求去进行调查,那么取得的调查资料将会产生很大偏差,可信程度降低,严重的甚至导致调查工作的失败。因此,要求调查人员必须具有严肃、认真、踏实的工作态度。

每次市场调查活动都需要支出一定的费用。因此,在制订计划时,应编制调查费用预算,合理估计调查的各项开支。编制费用预算的基本原则是:在调查费用有限的条件下,力求取得最好的调查效果;或者是在保证实现调查目标的前提下,力求使调查费用支出最少。

在进行经费预算时,一般需要考虑以下几个方面。

① 调查方案策划费与设计费。

② 抽样设计费。

③ 问卷设计费(包括测试费)。

④ 问卷印刷、装订费。

⑤ 调查实施费用(包括调查费、培训费、交通费、调查员和督导员劳务费、资料搜集复印费、礼品费和其他费用)。

⑥ 数据编码、录入费。

⑦ 计算机数据处理费、数据统计分析费。

⑧ 调查报告撰写费。

⑨ 组织管理费、办公费用。

⑩ 其他费用。

三、实施调研计划

（一）进行访问

进行访问的一般顺序是：第一，调研人员自我介绍，说明来意，作为双方对话的开始。第二，在调研人员与应答者之间初步建立起某种个人联系的基础上，调研人员开始提问，提问是访问的主要部分。第三，在提问和应答过程完成后，调研人员不应急于结束访问，而应该与应答人就某些问题展开简短而非正式的自由讨论，试图引导对方回答先前他们不愿意提供答案的问题，或鼓励对方透露一些暂时保密方案中的某项细节，然后才结束访问。

这一阶段是花费最昂贵、也是最容易出错的阶段。在进行调查时会发生以下一些主要问题。

① 有些被调查者恰好不在家，所以必须再度访问。

② 有人会拒绝合作。

③ 有些人可能会做出有偏见或不诚实的回答。

④ 有些访问人偶尔也会带有偏见或不诚实。

除了以上问题外，调研人员还会在访问中遇到如下障碍。

① 外界干扰。电话、门铃和其他人干扰会打断访问的流畅性。最理想的访问是一对一的场合，因为有其他人在场通常会使应答人不能吐露真情。

② 不合作的应答人。进行访问中，应答人由于各种原因采取不合作的态度。

③ 应答人中途退席。

对于访问中可能会出现的障碍，调研人员应有所准备，以便妥当应对。

（二）考核工作

对调研人员的管理，要贯穿整个调研工作的始终。特别是对调查人员工作表现的考核是保证整个调查活动顺利进行的重要条件。对调查人员工作表现的考核，应注意结合工作成果的大小提出具体的标准。例如，考核问卷回收率，即比较同等工作条件下的调查人员发生拒绝访问的百分比，拒绝访问的少，工作表现好；反之，工作中存在问题。还可以结合调查过程，考核在询问、记录、资料整理、分析等活动中发生错误的次数。考核调查人员的工作表现，要结合工作进度在工作过程中进行，以利于及时推动工作，而不要等到工作结束之后才开始。

四、信息分析

市场调查获得的信息，大多数是分散的、零乱的，难免出现虚假、差错、冗余等现象，甚至加上调查人员的偏见，难以反映调查问题的特征和本质。因此，就必须对搜集得来的信息进行分析处理，使之真实、准确、完整、统一。信息分析处理一般有分类、编校、统计、推断和鉴定5个程序。

（一）分类

分类是信息资料编制整理的基础，也是保证资料科学性的重要条件。分类的方法有以下两种。

一是事先分类，即在问卷设计时已将调查问题预先作了分类编号，资料搜集后只要按预先的分类整理即可。

二是事后分类，市场调查中有些问题事先无法分类，例如，购买动机、非结构性问题的询问等，只能在事后分类。

一般来说，资料分类编组有 4 种类型，即按数量分组、按时序分组、按地区分组和按质量分组。采用哪种类型分类，应根据研究需要而定。

（二）编校

编校就是对搜集到的资料进行检验、检查，验证各种资料是否真实可靠、合乎要求，剔除调查中取得的不符合实际的资料。具体做法如下。

① 检查调查资料的真实性和准确程度。真实性检验，既可以根据以往的实践经验对调查资料进行判断，也可以根据调查资料的内在逻辑关系进行判断。例如，收入和支出之间，如果调查资料显示支出大大超过了收入，显然不符合收支间的逻辑关系。此外还可以通过各种数字运算来进行检查，例如，检验各分组数字之和是否等于总数，各部分的百分比相加之和是否为 100%。

② 要检查搜集到的资料是否齐全，有无重复或遗漏。

③ 要检查记录的一致性、口径的统一性。经过检查，对含糊不清的资料或记录不准确的地方，应及时要求调查人员辨认，必要时，应复核更正。对于不合格的调查资料应剔除不计，以保证资料的完整性、准确性。如果不合格资料占得比重过多，则需要重新进行调查，予以补救。

对资料中出现的问题，所有资料编校人员应使用红笔统一标记，一般为保证资料的真实性，编校人员应尽量避免直接修改资料的内容，经过编辑的资料应妥善保管，以便对照复查。

（三）整理

数据资料的整理一般采取手工方法和计算机方法。手工方法的优点是成本低，发现差错能够随时纠正，但缺点是遇到大量复杂的数据则整理的时间过长；运用计算机的明显特点是效率高，并保证资料整理的准确性。计算机方法比手工方法要先进很多，由于计算速度快、准确性高，对大量复杂的数据处理工作特别有效。

（四）制表

为了对资料进行分析与对比，必须将编校过的资料根据调研目的和重要程度进行统计分类，制成表格或图形，使对资料的把握简洁明了。一般来说，资料较少时可利用人工列表，资料较多时可利用计算机列表（现行情况只要将问卷答案输入电脑，经由 SPSS 套装统计软件，就可列印成表，统计方便且正确性颇高）。

（五）鉴定

从总体中抽取样本来推算总体的调查结果必然带有误差。为了检验所抽取的样本，证实其是否代表总体,需要采取一些方法进行鉴定。一种是凭经验鉴定误差,例如,把所得的样本数据与其他标准数据相比较,以验证其代表性;另一种是用适当的公式计算标准误差和置信度,如果计算结果是在误差范围之内,则认为数据是可靠的。

五、编写调研报告

营销调研必须在调研计划得到执行的基础上,对调研结果写出分析报告,提交给企业的管理部门作为营销决策的依据。市场营销调研报告要应用大量统计数据对市场现象加以描述,应用统计模型对市场现象的规律进行分析,从而得出判断性结论,提出建议性意见。调研报告对市场现象所做的各种分析,应该更直接地为企业管理者进行营销决策服务。

六、实施反馈追踪调查

通过市场营销调查提供的信息情报而制定决策。在决策实施过程中,应该继续注意市场情况变化,以检验所提供资料是否准确有效,并搜集新的信息,保证决策的正确性,从而经过不断的信息反馈发现市场新的趋势,不断总结经验,提高市场营销调查水平。

 **巩固拓展**

良好营销调研的特征

营销调研的结果往往会受到各种误差的影响,管理层应该对这个问题做进一步的研究。营销学大师菲利普·科特勒教授总结了良好营销调研的七大特征,如表4.4所示。

表4.4 良好营销调研的七大特征

科学方法	有效的营销调研使用科学方法的原则有:仔细观察、假设、预测和试验
调研策划的创造性	营销调研最好能发展出创新方法,以解决某个问题。一家服装企业挑选几个男孩,给他们每人一架摄像机,请他们用它记录下他们的生活。然后借用这些题材,在餐馆和其他场合,采用焦点小组访谈的形式讨论青少年的态度
采用多种方法	好的营销调研人员应避免过分依赖一种方法。他们还认识到需要两三种搜集方法来确认调查结果
模型和数据的互赖性	好的营销调研人员懂得从问题的模式中导出事实的意义。这些模式对要搜集的信息类型起指导作用
信息的价值和成本	好的调研人员应该关心衡量信息的价值与成本之比,研究成本容易计算,而价值却很难预料。价值由研究结果的可靠性和准确性以及管理层对调研结果的接受和行动的程度而定
有益的怀疑论	好的营销调研者会对营销经理轻率做出的市场运作方式表示出有益的怀疑,他们对"营销神话"的问题很警觉
道德营销	好的营销调研能给企业和消费者带来好处。然而,对营销调研的滥用不仅有害并会激怒消费者。许多消费者认为,营销调研已侵犯了他们的隐私或错误地诱引他们购买某些东西,对调研行业的不满已成为一个主要问题

任务三　营销调研的基本方法

任务案例

一般人听起来,此乃荒唐之举,对经营决策不会有什么影响,但事实恰恰相反。例如,夏季里从垃圾桶内的丢弃物中观察冷饮包装纸的品牌,可以得知什么牌子的冰棒在该地销路最大;从废易拉罐的分类整理中,可以得知什么牌子的啤酒、饮料在当地最畅销;从损坏的玩具中可以区分出玩具的什么部位最容易被儿童弄坏,以便在新设计的产品中加以改进。

著名的雪佛隆企业即重金邀请亚利桑那大学教授威廉雷兹对垃圾进行研究。教授每天尽可能多地搜集垃圾,然后按垃圾的内容标明其原产品的名称、重量、数量、包装形式等予以分类,获得了有关当地食品消费情况的准确信息。用雷兹教授的话说:“垃圾绝不会说谎和弄虚作假,什么样的人就丢什么样的垃圾。”雪佛隆企业借此做出相应决策,大获全胜。而其竞争对手却始终也没搞清雪佛隆企业的市场情报来源。

问题导入:该案例中雪佛隆企业运用的调查方法是什么? 你得到哪些启示? 企业进行营销调研的常用方法有哪些? 在实际操作中应注意哪些问题?

任务处理

一、实验法

实验调查起源于自然科学的实验求证法。实验者希望能在一定的受控制的环境下,研究各种有关市场活动的效果,例如公司控制价格、包装和广告来研究其对销售量的影响。近来也有直接利用实验法来进行产品促销活动的报道。

（一）实验法的分类

1. 按照调查的环境不同分类

按照调查的环境不同,实验调查可以分为实验室实验和现场实验。

① 实验室实验是在人工的、“纯化的”的环境下进行实验,实验者对实验的环境可进行严格的有效控制。

香水、葡萄酒、药品、玩具和广告做成后的效果测试,都先经过实验室实验调查阶段。英国许多大学的大学生打工的内容之一,就是充当医药厂研制的新药的受试者,16 天可以赚到 900 英镑。美国一家玩具公司专门聘请 1～5 岁的儿童到公司的新产品实验室里玩他们新开发的玩具。实验组织者们发现,许多在大人看来很有趣的玩具并不受儿童们的喜欢,儿童们也并不按大人们原先设想的玩法来玩玩具。公司则根据实验观察的结果,生产儿童们喜欢程度最高的产品。

② 现场实验是在自然的、现实的环境下进行的实验,实验者只能部分地控制实验环境的变化。现场实验最常用的方式是构建"实验市场",即该市场中的顾客日流量、地理位置、试验期间的天气状况、营业时间、商品陈列方式,均尽可能地选择与公司产品即将面对的市场条件相类似的场景,实验者只人为地改变商品的包装这一个实验条件,检验什么样的新包装能使产品畅销。由于这种实验所处的环境,都是自然的现实的环境,其调查结论较易推广应用。

2. 按照实验前后的对比因素不同分类

根据实验前后的对比因素不同,实验调查可以分为实验前后对比实验和实验组与控制组前后对比实验。

① 实验前后对比实验是最简便的实验调查方法。它首先选定实验单位,记录实验前正常情况下实验单位的测量值 y_1,然后进行现场营销实验,经过一段实验时间后,再记录实验后的测量值 y_2,从而了解实验变量的变动效果 $y_2 - y_1$。

例如,某电冰箱厂为扩大销售,准备改进电冰箱外形设计,但对新设计的外形效果没有太大把握,于是决定用实验前后对比实验法进行调查。他们选定一家商场作为实验单位,测量了实验前(改变外观设计前)一个月的销售量为 250 台,然后改售新外观电冰箱一个月,测量其销售量为 290 台,得到实验变量效果为:290 - 250 = 40(台),表明改进外观设计使销售量增加了 40 台。如果经分析无其他因素影响,便可做出采用新型外观设计的决定。

这种实验法简便易行,但必须注意排除因时间不同而可能发生的其他非实验变量(因素)的影响。

② 实验组与控制组对比实验。控制组是指非实验单位(企业、市场),它是与实验组做对照比较的单位,又称对照组;实验组是指实验单位(企业、市场)。控制组同实验组对比实验,就是以实验单位的实验结果同非实验单位的情况进行比较而获取市场信息的一种实验调查方法。

采用这种实验调查方法的优点在于实验组与控制组在同一时间内进行现场销售对比,不需要按时间顺序分为实验前后,这样可以排除由于实验时间不同而可能出现的外来变数影响。例如,在事前事后实验时间不同的情况下,往往由于市场形势的发展(商品购买力的变化以及价格、消费心理、季节变动等)而程度不同地影响实验效果的准确性。而采用同一时间内的对比实验,则会大大提高实验准确性。但是应用这一方法在选择控制组和实验组时,必须注意两者之间要有可比性,即主客观条件要基本相同或相似,例如,规模、类型、购销情况、经营管理要大致一样。

某企业想了解店内广告对其销售量是否有促销作用,决定采用实验组与控制组对比实验来调查其效果。选定 A、B、C 商店作为实验组(店内做广告),D、E、F 商店为控制组(店内不做广告),A 与 D,B 与 E,C 与 F 在规模、经营管理等方面大体相当,实验时间一个月。测量结果如下。

实验组（店内做广告）		控制组（店内不做广告）	
商　店	销售量/箱	商　店	销售量/箱
A	2 500	D	1 400
B	2 600	E	1 200
C	2 300	F	1 700
平均	2 467	平均	1 433

实验变量效果：2 467 - 1 433 = 1 034（箱），表明平均来看，店内做广告比店内不做广告可提高1 034箱产品销售量。

③ 实验组与控制组前后对比实验。它是分别记录实验组在实验前一定时期内的测量值 x_1，和实验后相同时期内的测量值 x_2，再记录控制组实验前后相同时期内的测量值 y_1 和 y_2，得出实验变量效果 $E = (x_2 - x_1) - (y_2 - y_1)$ 如下所示。

组（单位企业）	事前测量	事后测量	变　动	实验效果
实验组	x_1	x_2	$x_2 - x_1$	
控制组	y_1	y_2	$y_2 - y_1$	$(x_2 - x_1) - (y_2 - y_1)$

我们具体分析一下 $(x_2 - x_1) - (y_2 - y_1)$ 这一实验变量效果的基本含义。在实验组的变动结果 $x_2 - x_1$ 中，包含着实验变量（即被考察因素）和外来变数（非考察因素，例如，季节变动因素等）两方面的影响；而控制组的变动结果 $y_2 - y_1$ 中，只包含着外来变数这一因素的结果（因为控制组实验前后唯一变动的因素只有时间）。因此，实验效果 $E = (x_2 - x_1) - (y_2 - y_1)$，实际上是在排除掉外来变数的影响下，实验变量的实际效果。

某公司在下属6个销售部门中进行某种工艺品包装改进效果的实验。选定控制组3个部门，用原包装销售；实验组3个部门，用新包装销售。实验前后对比时期为两个月，测量结果如下。

组　别	实验前两个月销售量	实验后两个月销售量	变动量
实验组	3 000	4 200	1 200
控制组	2 950	3 450	500

实验变量效果：$E = (x_2 - x_1) - (y_2 - y_1) = (4\,200 - 3\,000) - (3\,450 - 2\,950) = 700$（件），表明产品采用新包装后，总体上扩大了销售量。

（二）实验法的优缺点

实验法的优缺点如表4.5所示。

表 4.5　实验调研法的优缺点

优　点	缺　点
所获资料最为客观具体 可排除主观估计的偏差,调研员可有效控制实验环境,进行实验,使调研的结果更明确 直接且真实地反映市场需求	样本获取复杂 实务作业上较困难 实验时间长,成本高

二、观察法

(一)观察法的技巧

观察法是研究者对消费者的反应或公开行动及市场形势做直接的测度。此方法包括以下 3 种技巧。

第一,时间序列分析。就不同的时间加以观察,取得连续的观察记录,作为分析之用。

第二,横断面研究。在一特定时间内,对所出现的情况加以观察记录。

第三,时间序列和横断面综合研究法。即合并前两种方法,以获得纵向及横向的观察资料,对于研究对象的表现了解得更为准确。

(二)观察法的分类

观察法亦可划分为不同的类型。其中主要的分类是:结构式观察与无结构式观察;直接观察与间接观察。

1. 结构式观察和无结构式观察

结构式观察是事先制订好观察计划并严格按照规定的内容和程序实施的观察。其观察过程是标准化的,对观察的对象、范围、内容、程序都有严格的规定,因而能够得到比较系统的观察材料。无结构式观察是指对观察的内容、程序事先不作严格规定,依现场的实际情况随机决定的观察,人们日常所作的观察,大多就属于这一种。

2. 直接观察与间接观察

直接对被观察者的行为进行的观察属直接观察。对自然物品、社会环境、行为痕迹等事物进行观察,以便间接反映调查对象的状况和特征,这就是间接观察。它同样能搜集到有关人们消费行为的大量资料,如任务案例中所分析的那样。

(三)观察法的优缺点

观察法的优缺点如表 4.6 所示。

表4.6　观察法的优缺点

优　点	缺　点
客观正确 减少主观偏见 所获资料较精确 特别适用于无法由受访者正确报告之调查	表面性和偶然性是观察法的最大缺点(该方法不能深究事件的动因和当事人的信念) 实地进行调查时易受阻碍 部分资料无法采用观察法搜集 成本较高

三、个人访问法

调查者在面对面的情况下,向被调查者询问有关问题,根据被调查者的回答当场予以记录。访问通常是依据事先设计的、有一定结构的统一访问问卷进行的,提问也是严格按照问卷上问题的顺序进行。这样的访问由于标准统一,可以对访问结果进行统计分析。也有的采用自由交谈的方式进行提问,被调查者可以随便提出自己的意见。在这种形式的访谈中,被访问者提供的许多事实与想法往往是访问者不曾料到的,因而常给访问者以很大启发。其缺点是访谈时间较长、费用高,调查人员难以控制谈话主题,访谈结果也不能做定量分析。

个人访问法的优缺点如表4.7所示。

表4.7　个人访问法的优缺点

优　点	缺　点
可问较多问题 可针对各种对象访问 可获得回答者的口头语言信息,又可获得体姿语言信息,以检查出回答者是否言不由衷 通过访谈,不仅可以了解市场信息,还可与被访问者交朋友,为今后市场营销打下基础	可能产生诱导性偏见 培训较多的高水平访问员费时、费钱 因访问人员数量问题,调查范围易受到限制 某些问题属敏感问题和隐秘问题,被访问者不愿当面回答或不作真实回答

四、电话访问法

由调查员根据抽样规定或样本范围,以电话的方式询问对方意见。其优点在于能经济、快速地进行广泛的调查,尤其是可以对面谈法不易接触的调查对象进行访问。缺点是不易获得对方的合作,不易对问题进行深入的讨论。并且,调查者要事先掌握抽样样本的全部电话号码。

目前在国内,电话访问主要应用于以下情况。

① 热点问题或突发性问题的快速调查。例如,对2010年南非承办世界杯的评价、对印度进行核试验的看法等。

② 关于某特定问题的消费者调查。例如,对某新产品的购买意向、某新产品推出广告的到达率、某新开播栏目的收视率等。

③ 企业调查。例如,企业领导对某些问题的看法、单位办公室主任对现用传真机的评价以及对新传真机的购买意向等。

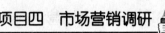

④ 特殊群体调查。例如,新闻记者对塑造企业形象的看法、政府官员对扶植国内名牌的态度、投资者对近期投资意向的打算等。

电话访问法的优缺点如表4.8所示。

表4.8 电话访问法的优缺点

优 点	缺 点
调查时间和费用较经济	抽样容易失去代表性
答案回收快速	无法展示实体产品
可访问广泛样本	访问时间短、意见较有限
受访员影响较少	受访者易有抗拒心理
资料搜集成本低	不能让受访者看卡片、图片或实物,
数据处理成本极低	不利于了解及记忆
方便控制答题与答项顺	不便于进行追踪研究
序、随机轮换	不易搜集到临场观察到的资料

五、评审团调查法

评审团调查法是指将消费者、经销商、生产商、专家组成一个团体,使用个人访问或集体访问(即座谈会的方式)的方法搜集所需资料。也有分别按目标顾客、销售员和专家的身份组成不同的小组,然后分别询问各小组意见的调查方式。

(一)目标顾客意见调查法

以企业推向市场之产品的潜在顾客为样本,了解潜在顾客将来所欲购买的数量。因为只有潜在顾客心里最清楚自己将来欲购买的商品数量,因而他们所提供的情报比较准确。但对不同商品而言,其调查结果的准确性有差异。一般而言,用此法预测非耐久性消费品的可靠性较差,用在耐久性消费品方面可靠性则较高,而用于工业用产品的预测效果最好。

(二)销售员意见调查法

由于销售员最接近顾客,最了解顾客的动向,所做的销售预测极有价值。进行此项调查之前,可先向被调查的销售员提供将来宏观经济环境变化趋势的资料和企业拟上市新产品的资料,销售员可利用这些资料再加上自己以往的销售经验做出预测。调查者再将销售员的意见加以综合,得出相关的调查结论。

(三)专家意见调查法

专家意见调查法又称德尔菲法,德尔菲是古希腊城市,城中有阿波罗神殿闻名于世。此法由美国著名的兰德公司于20世纪50年代首次使用,目前,它在各类调查预测方法的应用比重已达25%。此法的应用过程是:公司邀请对本企业产品拟开发市场有研究的一群专家,就公司所关心的问题征求专家们的意见。征求方式是采用信函的方式,在收到第一轮反馈意见之后,再将意见匿名函告有关专家,让专家根据意见和自己的判断再次做出选择。经过三四轮反馈,即可获得较为一致的专家意见。该法的特点:一是匿名,专家们彼此不知道对方是什么意见,故不会受他人意见干扰;二是多次反复修正意见,直到意见较为一致时结束。

这样结论的可靠性较高。

六、邮寄调查法

邮寄调查法就是调查员将设计好的调研问卷或表格,邮寄给被调查人,要求被调查人自行填妥寄回,借以搜集所需市场信息资料的方法。

邮寄调查法的优缺点如表4.9所示。

表4.9　邮寄调查法的优缺点

优　点	缺　点
调查区域较广,凡邮政所达地区均可列入调查范围 被调查者有充分的时间来回答问题 调查费用低 可避免调查人员实地调查时可能介入的主观干扰和偏见影响 一般被调查人也不需署名,被调查人有可能对某些敏感问题、隐私问题回答出自己的真实情况和看法	花费的调查时间长 问卷回收率低 被调查人可能因误解问卷原意而做出错误的回答 只适用于有一定文化程度的调查对象的简单而易于作明确答复的调查

七、问卷法

问卷法是指调查者将所拟定的调查问卷通过邮寄、登报和发送等方式送到被调查者手上,被调查者填妥问卷后寄回或送给调查者。这种方法的费用较个人访谈法、电话访谈法低,故可用于大范围的市场调查,调查结果亦可做统计分析。其缺点主要是回收率较低,被调查者既不愿花费太多的时间和精力回答问题,又不愿寄回问卷。

不仅在问卷调查法中,而且在访问调查法中,都涉及一个问卷设计的问题。问卷设计得好坏,对调查工作的成败至关重要。因为设计欠妥的问卷,不但使调查结论出现很大误差,而且回答的可信度也低。

设计问卷所要掌握的5个要点是:明确的主题、具体的事实、简明的形式、通俗的文字和答卷者有充分表达自我意见的机会,切忌枯燥无味、高深莫测和空洞无边的问题出现在问卷上。

具体地说,设计问卷应注意以下事项。

① 问卷的最初几条问题,应亲切而有趣,并易于回答,以提高被调查者答题的兴趣。有的问卷设计是将个人背景资料放在最前面,例如,询问被调查者的性别、年龄、职业、教育水平、家庭人口、家庭每月收入等。这些问题一般都易于回答。

② 不要用一般人不易了解的问句提问。例如,GNP(人均国民生产总值)、CI(Corporate Identity——企业形象识别)等专业用语,一般人可能不了解其意,故不宜采用。

③ 所问的句子要尽量客观,尽量符合个人的生活经验或思维方式。例如:

请问您每天从几点到几点看电视?

请问您每天大约看几个小时的电视?

看电视属消闲行为,人们一般未必记得从几点看到几点,但大约看几个钟头则可以估计出来,所以后一问较容易回答。

④ 注意问句的措辞适当。例如:

您认为照相机是家庭必要的东西吗?

您认为照相机是家庭的必需品吗?

"必需品"的措辞强度大于"必要的东西",故人们很可能对第二个问句做否定的回答。

⑤ 一个问句中应只包括一个问题。例如:

您喜欢看电影和电视吗?

看电影与看电视就是两个各自独立的问题,应分别询问。

⑥ 尽量避免使用"为何"的问句。例如:

您为何购买?

这种提问就包含有很难回答的错误。因为朋友推荐、看电视广告、服务好、价钱适合、有奖销售、待机时间长等都可能是购买的原因。故对此类问题应这样问:"您购买摩托罗拉手机是被它的哪一点所吸引?"

⑦ 问题不能带有倾向性和诱导性。例如:

医生认为抽烟对人体有害,您不抽烟,是吗?

这种提问方式就有诱导人们做出"是的,我不抽烟"回答的倾向。被调查者即使是个瘾君子,也可能不做真实的回答。

⑧ 应包括检验答卷可信度的问题。当问卷调查范围广,所雇请的调查员道德操守又不太了解时,应在问卷中设计一些检验可信的问题,以防调查员作弊或被调查者胡乱回答。例如,在一项关于企业员工劳动积极性的调查问卷中,就设计了以下一对问题:

如果您因事因病有几天离开工作岗位,您是否很想念它?

您在上班时是否感觉到时间过得很慢?

若答卷上两个问题都回答"是",则前后矛盾。因为前一个问题表达的意思是很热爱工作,后一个问题的意思正好相反。此份答卷的真实可靠性就值得怀疑。

此外,问卷设计应较为简单,一般应限制在 15～20 分钟之内让被调查者答完。

八、在线访问

目前,在线访问越来越普遍。企业可以把调查问题放到自己的网页上,同时给回答问题者一定奖励;或者把问题放在人们常去浏览的网页上,实行有奖回答;或者企业可以进入一个目标聊天室,在这里寻找愿意接受调查的顾客。但是,在搜集在线所得数据时,我们必须认识到这些数据有一定的局限性。这些数据不能完全代表目标消费者的观点,因为目标消费者中有些人根本不能上网,或者有些人根本不愿意回答问题,这些都会导致结论有失偏颇。当然,假如我们对在线搜集到的数据使用科学的处理方法,那么,这些信息对于调查还是有帮助的。

巩固拓展

如何处理"不知道"或无答案

在回收的问卷中,假如回答"不知道"的比例甚多,则会严重影响到资料的利用价值。例如:"请问你经常到什么地方购买洗发水?"

洗发水购买地点的人数分布如表4.10所示。

表 4.10　洗发水购买地点的人数分布

购买地点	比例分布(%)
百货商场	20
超级市场	35
个体商店	12
不知道	33
合　计	100

在此种情况下必须特别注意,因为"不知道"所占的百分比较大,对此,处理方法大体有以下几种。

① 将"不知道"的答案按比例分配到其他各项下。这是最简单的方法。例如,将前例"不知道"的答案的34%以各项的比例分别摊入其中,消除"不知道"的答案。这种处理方法是假定将"不知道"一项删除后,其他各项足以代表母体的情况,有助于资料的表格化。

② 将"不知道"表现出来,不加以任何更动。这种资料很容易让使用资料的人了解资料搜集时可能的错误,例如,措辞不明、问卷设计不当等情况。

③ 根据其他资料予以推断。回答"不知道"往往是为了掩盖某些事实,在列表的资料中,可以推断出回答"不知道"者的真实情况。例如,针对下列问题"您是否经常吸名牌卷烟?"调查中发现,有25%的访问者在收入调查项目下回答不知道,资料如表4.11所示。

月收入	500 元以下	500~1 000 元	1 000~2 000 元	2 000 元以上	不知道
吸名牌卷烟	20%	33%	42%	55%	51%
不吸名牌卷烟	80%	67%	58%	45%	49%
合　计	100%	100%	100%	100%	100%

由表可知,平均每月收入越高的人,吸名牌卷烟的比例越高;收入越低,比率越低。由资料推断,回答"不知道"的人与月收入2 000元的人相近。这样推断一般不会产生太大的偏差。

当然,"不知道"也可以是一种合理的答案。有些题目是征询被访者对于某种事情的知识,而回答"不知道"是预料之中的答案。

知识归纳

1. 营销调研是系统地设计、搜集、分析和提出数据资料以及提出跟企业所面临的特定的营销环境状况有关的调查研究结果，从而把握目标市场的变化规律，为营销决策提供可靠依据的调查研究活动。

2. 在营销调研过程中应遵循客观性、科学性和系统性三大原则。

3. 营销调研的基本流程主要包括确定问题和调研目标、制订调研计划、实施调研计划、信息分析、编写调研报告和实施反馈追踪调查六大步骤。

4. 营销经理在批准计划以前需要估计该调研计划的成本。在设计一个调研计划时，要求做出如下决定：确定资料来源、选择调研方法、设计调研手段、决定抽样计划、确定接触方式和确定人员与费用。

5. 营销调研的主要方法有实验法、观察法、个人访问法、电话访问法、评审团调查法、电话访问法、邮寄调查法和问卷法等。

问题探究

1. 一个系统完整的市场营销调研方案主要涉及哪些调研内容？

2. 认真了解营销调研的各种方法及优缺点。

3. 自行设计一份比较完整的关于班级课外阅读的问卷，组织调查并进行分析。

阅读材料

营销调研的使用阻碍

有关调查数据显示，在国内只有很少的企业愿意做正规的市场营销调研，这些企业还多是一些跨国企业、合资企业和部分大型私企；而大多数的企业对营销调研的有效性和可信度存在着较大的怀疑，于是他们宁愿凭经验决策行事，增加促销、广告费用，增加大量的生产、科研费用等，也不愿意拿出一点点钱去研究一下市场。其结果呢？可谓正应了中国那句老话"盲人骑瞎马，夜半临深池"。因为现代的市场营销环境在加速变化，在这些变化中，企业对营销信息的实时需要比过去任何时候都更为重要。仅凭以前的经验决策行事带来的不确定性已越来越大，风险也大大提高，这就难以保障企业决策活动的有效和准确。

尽管营销调研技术在迅速地发展，但是，还有很多企业未能充分和正确地予以使用，原因有以下几个方面。

（1）市场调查意识淡薄可能是本土企业营销调研的最大弊病了。很多经营管理者把营销调研仅仅看成是一项调查事实的业务。他们把营销调研人员的职责看成是设计一张调查问卷、选定一组样本、进行面访和报告调查结果，而往往对调查的问题却没有做出详细的界定,或者营销调研人员没有或未能向企业管理层提出可供选择的决策建议。因此,有些调查结果就没有起到应有的作用。这就越发让管理层认为营销调研的用处是有限的。

（2）营销调研人员的素质能力参差不齐。有些经营管理人员把营销调研工作看成是跟抄抄写写的工作相差不大,并据此给予报酬。因此,他们就会雇用能力较差的营销调研人员,这些人员由于缺少训练和缺乏创造力,因而在工作上很难取得出色的成果。但管理层对营销调研的期望值又过高,这种令人失望的结果往往又增加了管理层对他们的偏见。管理层继续向营销人员支付低工资,这一基本问题就一直循环下去。

（3）调查结果到手太迟或偶尔出错。管理者需要及时的统计和调查结论,然而,有效的营销调研往往需要花费一定的人力、财力、物力和时间。当管理层认为进行营销调研时搜集信息的成本过高和太费事时,就把营销调研的价值看低了。他们甚至还常常引用一个著名的调研导致失败的故事——可口可乐企业导入新可乐的例子来为自己"解脱"。

（4）个人作风与行为的差异。产品线经理和营销调研人员之间风格上的差异,常常使他们之间的关系产生问题。产品线经理需要的是具体、简明和确定的报告,而营销调研者的报告可能是抽象的、复杂的和不确定的。而在一些更为规范和成熟的企业里,营销调研活动在持续地得到增加,包括产品经理成为调研人员和他们在营销战略中的影响越来越大。

（5）营销调研往往需要涉及多种技术,例如,计算机模型、统计分析等,而人的能力、专业技术等是有限的,这就对管理人员提出了更高的工作要求:必须认真仔细推敲大量信息,才能得出有用的结论。但管理人员在调研方面投入较多的时间,就耽误了企业其他方面的运作,因此,他们就不愿意过多的涉足营销调研活动。

（6）很多企业认为自己能完成全部的营销调研活动,无须委托专业的营销调研机构,认为花了不少钱买到的仅仅是几个数据,不值得。实际上,即使企业内部已经有了专门的部门从事这一活动,与专业营销调研公司的合作仍然是十分必要的。从社会分工来讲,资源的合理配置有利于提高专业化、提高工作效率、降低成本。营销调研是一门很专业的科学,作为企业完全不必要去建立一支庞大的队伍。另外,营销调研是为企业决策服务的,决策的质量需要成本,与决策失误所产生的损失相比,花在市场调研方面的成本实在是微不足道。

以上种种内容,致使营销调研不能在很多企业得到高度重视及有效实施。有些企业虽然也意识到了营销调研的重要作用,但运作中往往是匆匆忙忙、敷衍了事,任意找几个销售人员到市场上转转,或者随便拉几个消费者问问等。这样的营销调研结果自然不能达到企业预期的效果。人们对市场营销调研活动存在着种种不太乐观的看法,是因为他们大多未能对营销调研有一个全面深刻的认识。

达标检测

一、填空题

1. 营销调研是系统地_____、_____、_____和_____数据资料以及提出跟企业所面临的特定的营销环境状况有关的调查研究结果,从而把握目标市场的变化规律,为_____提供可靠依据的调查研究活动。

2. 在营销调研过程中应遵循_____、_____和_____三大原则。

3. _____就是在市场总体中按随机的原则抽取一部分单位(称为样本单位)进行调查,并根据样本信息推算出市场总体情况。

4. 营销调研计划的制订包括确定资料来源、选择调研方法、_____、_____和_____。

5. 确定问题和调研目标要求调研人员界定_____、明确_____、确定_____ 3部分。

6. 实施调研计划包括_____、对调查人员的工作表现进行_____、对搜集得来的信息进行分析处理、_____、_____、制表和_____。

7. 通过市场营销调查提供的信息情报而制定决策,在决策实施过程中,还应不断地实施_____,提高市场营销调查水平。

8. 公司邀请对本企业产品拟开发市场有研究的一群专家,就公司所关心的问题征求专家们的意见,该方法被称为_____。

9. 设计问卷所要掌握的5个要点是_____、_____、简明的形式、_____和答卷者有充分表达自我意见的机会,切忌枯燥无味、高深莫测和空洞无边的问题出现在问卷上。

二、判断题

1. 调查宿体是指营销调研过程中的相应调查对象。　　　　　　　　　　（　）
2. 抽样调查适用范围广、调查结果快、调查结果准以及节省人力、物力、财力。　（　）
3. 现场实验是在人工的、"纯化的"的环境下进行实验,实验者对实验的环境可进行严格的有效控制。　　　　　　　　　　　　　　　　　　　　　　　　　　（　）
4. 重点调查结果容易受主观影响较大,并且不能够明确表达。　　　　　　（　）
5. 实验法是一种实地调查法。　　　　　　　　　　　　　　　　　　　（　）
6. 邮寄调查不需要专门进行调查人员的招聘、培训、监控以及支付报酬,调查的成本不是很高。　　　　　　　　　　　　　　　　　　　　　　　　　　　　　（　）
7. 面谈调查法是一种观察调查法。　　　　　　　　　　　　　　　　　（　）
8. 在现实生活中,许多人认为年龄、收入、受教育程度等属于个人隐私,不愿意真实回答,所以在设计问卷时可以把这些问题省略,以免影响整个回答的真实性。　　（　）
9. 问卷法可用于大范围的市场调查,调查结果亦可做统计分析。　　　　（　）
10. 个人访问调查不容易产生诱导性偏见。　　　　　　　　　　　　　（　）

三、问答题

1. 用案例说明营销调研的重要作用。
2. 为什么营销调研要遵循客观性、科学性和系统性的原则?
3. 请阐明营销调研的主要流程。

项目五

目标市场营销

学习目标

通过对本项目的学习,了解如下内容。

- 市场细分。
- 目标市场选择。
- 市场定位的方法。

通常情况下,一家公司不可能为整个市场的全体顾客服务。因为顾客人数太多,而他们的需求又各不相同。为了能在激烈的竞争中生存,企业需要确定它能为之提供最有效服务的细分市场。销售者区分主要的细分市场,把一个或几个细分市场作为目标,为每个市场制订产品开发和营销方案,这就是目标市场营销。目标市场营销需要经过3个主要步骤:市场细分、目标市场选定和市场定位。

任务一　市场细分分析

任务案例

在城市街头你会时不时遭遇"奇瑞QQ"的靓丽身影。虽然只是4.98万元的小车,但是"奇瑞QQ"那艳丽的颜色、玲珑的身段、俏皮的大眼睛、邻家小女儿般可人的笑脸,在滚滚车流中是那么显眼!

QQ微型轿车在2003年5月推出,6月就获得良好的市场反应,到2003年12月,已经售出2.8万多辆,同时获得多个奖项。

对市场进行了明确的细分是奇瑞QQ成功的关键第一步。

奇瑞QQ的目标客户是收入并不高但有知识、有品位的年轻人,同时也兼顾有一定事业基础,心态年轻、追求时尚的中年人。一般大学毕业两三年的白领都是奇瑞QQ潜在的客户,人均月收入2 000元即可轻松拥有这款轿车。

为了吸引年轻人,奇瑞QQ除了轿车应有的配置以外,还装载了独有的"I-say"数码听系统,成为了"会说话的QQ",堪称当时小型车时尚配置之最。据介绍,"I-say"数码听是奇瑞公司为用户专门开发的一款车载数码装备,集文本朗读、MP3播放、U盘存储多种时尚数码功能于一身,让QQ与电脑和互联网紧密相连,完全迎合了离开网络就像鱼儿离开水的年轻一代的需求。

　　QQ 的目标客户群体对新生事物感兴趣,富于想象力,崇尚个性,思维活跃,追求时尚。虽然由于资金的原因他们崇尚实际,对品牌的忠诚度较低,但是对汽车的性价比、外观和配置十分关注,是容易互相影响的消费群体。从整体的需求来看,他们对微型轿车的使用范围要求较多。奇瑞把 QQ 定位于"年轻人的第一辆车",从使用性能和价格比上满足他们通过驾驶 QQ 所实现的工作、娱乐、休闲、社交的需求。

　　问题导入:什么是市场细分? 为什么要进行市场细分? 如何进行市场细分? 市场细分与产品分类一样吗?

任务处理

一、市场细分的含义及作用

　　市场细分(market segmentation)是指营销者通过市场调研,依据消费者的需要和欲望、购买行为和购买习惯等方面的差异,把某一产品的市场整体划分为若干消费群的市场分类过程。每一个消费群就是一个细分市场,每一个细分市场都是具有类似需求倾向的消费构成的群体。

　　市场细分不是根据产品品种、产品系列来进行的,而是从消费者(指最终消费者和工业生产者)的角度进行划分的,是根据市场细分的理论基础,即消费者的需求、动机、购买行为的多元性和差异性来划分的。例如,奇瑞公司将家用轿车的顾客细分为以下几个市场。

　　① 年轻、追求时尚的人群。
　　② 事业刚刚起步的年轻人。
　　③ 20～35 岁事业小有成就的、乐观进取的、懂得享受生活的新潮个性人群。
　　④ 拥有一定社会地位的自主创业者或企事业中层人员。
　　⑤ 新一代个体和私营业主、商业精英。
　　⑥ 追求高品质生活、时常出游的城市中青年群体。

　　这几个不同的人群对汽车的需求是有差异的,年轻、追求时尚的人群想要的是一辆外形灵巧、内饰新潮并且价格不高的车;而新一代个体和私营业主、商业精英想要的是一辆外观庄重大气、内部空间大、价格适中的车。因此,奇瑞汽车为不同的细分市场设计生产相应的汽车,如表 5.1 所示。

表 5.1　奇瑞家用轿车的市场细分

细分市场	产品
年轻、追求时尚的人群	QQ3
事业刚刚起步的年轻人	QQ6
20～35 岁事业小有成就的、乐观进取的、懂得享受生活的新潮个性人群	风云 2
拥有一定社会地位的自主创业者或企事业中层人员	A5
新一代个体和私营业主、商业精英	东方之子
追求高品质生活、时常出游的城市中青年群体	瑞虎

很多时候容易把产品分类和市场细分混淆。例如,当我们讨论某家超市的市场细分时,不能说它分为生鲜区、洗化区、食品区,而是看它面向的是大众人群还是只针对高收入人群。

企业进行市场细分可以有以下作用。

(一)可以分析和发掘新的市场机会,制定最佳营销战略

在市场细分的前提下,企业可以把消费者需求同现有市场上的商品进行比较,发现消费者新的需求,或者发现具有新的需求的不同消费者,从而获得新的市场机会。例如,奇瑞公司得知年轻人很想拥有一辆车,但当时市场上的车价格较高,从而发现了"年轻人的低价车"这一空白市场机会。

(二)有利于中小企业开发市场

中小企业一般资源能力有限,技术水平也相对较低,如果同一些实力雄厚的大企业在整个市场上发生正面竞争,绝不会取得较好的经济效益。因此小企业如果善于细分出一个相对较小的市场,集中力量满足这些消费者的需求,在经营中发挥相对优势,则往往能取得较好的经济效益。例如,在20世纪90年代,天津夏利汽车并没有在当时主流的商务车型上和竞争对手展开正面竞争,而是以小排量的经济型小车主攻出租车市场,占领了出租车领域70%的份额。

(三)合理利用企业资源,提高企业的竞争能力

在某一细分市场上,企业能够准确地发现该部分消费者的需求,同时也能发现其他竞争者的优势与弱点,从而有效地利用本企业的资源能力,推出更适合消费者需要的产品。例如,某企业的"长城"牌风雨衣原有一定市场,但是后来由于生产风雨衣的厂家增多,市场变得相对狭小,竞争很激烈。该企业在调查中发现,大部分风雨衣厂侧重于生产低档风雨衣。他们认为,随着人们生活水平的提高,对风雨衣的需求也必然向高档转化。他们撇开低档产品市场,转而生产高档雨衣,以充分发挥本企业的各方面优势,很快就占领了高端市场。

二、消费者市场细分的依据

消费者市场的细分依据可以概括为地理因素、人口因素、心理因素和行为因素4个方面,每个方面又包括一系列的细分变量,如表5.2所示。

表5.2　消费者市场的主要细分变量

地理细分	地理位置、城镇大小、地形、地貌、气候、交通状况、人口密集度等
人口细分	年龄、性别、职业、收入、民族、宗教、教育、家庭人口、家庭生命周期等
心理细分	生活方式、性格、购买动机、态度等
行为细分	购买时间、购买数量、购买频率、购买习惯(品牌忠诚度)、对服务、价格、渠道、广告的敏感程度等

（一）地理细分

按地理因素细分就是按消费者所在的地理位置、气候等变数来细分市场。因为处在不同地理环境下的消费者,对于同一类产品往往会有不同的需要与偏好。

1. 地理位置

可以按照行政区划来进行细分,例如,在我国可以划分为东北、华北、西北、西南、华东和华南几个地区;也可以按照地理区域来进行细分,例如,划分为省、自治区,市、县等,或内地、沿海、城市、农村等。又如,沿海地区居民喜欢海鲜味的方便面,内地居民喜欢红烧牛肉味的方便面。

2. 城镇大小

按照城镇大小划分为大城市、中等城市、小城市和乡镇。处在不同规模城镇的消费者,在消费结构方面存在较大差异。例如,在大中型城市小型轿车是主流,在乡镇微型客车是主流。

3. 地形和气候

按地形可划分为平原、丘陵、山区、沙漠地带等;按气候可分为热带、亚热带、温带、寒带等。防暑降温、御寒保暖之类的消费品就可按不同气候带来划分。例如,在我国北方,冬天气候寒冷干燥,加湿器很有市场;但在江南,由于空气中湿度大,基本上不存在对加湿器的需求。

（二）人口细分

按人口统计因素细分就是按年龄、性别、职业、收入、家庭人口、家庭生命周期、民族、宗教、国籍等变数,将市场划分为不同的群体。由于人口变数比其他变数更容易测量,且适用范围比较广,因而人口变数一直是细分消费者市场的重要依据。

1. 年龄

不同年龄段的消费者,由于生理、性格、爱好、经济状况的不同,对消费品的需求往往存在很大的差异。因此,可按年龄将市场划分为许多各具特色的消费群,例如,儿童市场、青年市场、中年市场、老年市场等;又如,老年人视力、听力欠佳,阿尔卡特专为老年人设计了 C 60 手机,大字体、大按键、大音量。

现在也常用出生年代来细分市场,例如,60 后、70 后、80 后、90 后。不同年代出生有自己的成长背景,各自具有非常独特的性格、爱好等。

2. 性别

按性别可将市场划分为男性市场和女性市场。不少商品在用途上有明显的性别特征。例如,男装和女装、男表与女表。还有一些产品也开始用性别来细分市场了,例如清扬男士专用洗发水。

3. 收入

收入是反映消费者购买力的重要指标。收入水平高、中、低,对商品质量档次的高、中、低的需求具有很大关系。收入高的消费者就比收入低的消费者购买更高价的产品,例如,豪华汽车、豪华家具、高档服饰,出入高档饭店、商场等。

4. 职业

技术人员、管理人员、商务人员、老板、学生、家庭主妇等不同职业的消费者,由于知识水平、工作条件和生活方式等不同,其消费需求存在很大的差异。例如,在校学生喜欢发短信,适合使用中国移动的动感地带,短信十分便宜;而商务人群经常要外出,来往不同的地方,适合使用全球通,漫游的费用比较便宜。

5. 教育状况

受教育程度不同的消费者,在志趣、生活方式、文化素养、价值观念等方面都会有所不同,因而会影响他们的购买种类、购买行为、购买习惯。例如,受教育程度高的人群对食品的健康和营养要求更高。

6. 家庭人口及生命周期

家庭人口的多少对电视机、冰箱的规格大小影响较大。家庭生命周期一般划分为单身阶段、新婚阶段(无子女)、满巢Ⅰ阶段(年轻夫妻,有6岁以下子女)、满巢Ⅱ阶段(年轻夫妻,有6岁以上未成年子女)、满巢Ⅲ阶段(年长的夫妻与未独立的成年子女同住)、空巢阶段(成年子女已独立,留下年长夫妻)和孤独阶段。不同阶段在住宅、家具、家用电器乃至日常消费品等方面都会出现需求差异。

如今,年轻人普遍推迟结婚年龄,单身阶段时间加长。这部分人群的消费能力较高,单身经济潜力巨大,例如,小户型的房子、迷你型的小家电等很有市场。

7. 宗教与种族

宗教可分为佛教、道教、基督教、天主教、伊斯兰教等,不同的宗教有不同的行为方式。例如,伊斯兰教的穆斯林们每天都要面向圣城麦加方向朝拜,有一款手机内置有罗盘,指示麦加方向。有了这款手机,不论穆斯林们身处何地,都能准确地找到麦加的方向。

8. 民族与国籍

世界上大部分国家都拥有多种民族,我国更是一个多民族的大家庭。这些民族都各有自己的传统习俗、生活方式,例如,我国西北少数民族饮茶很多、回族不吃猪肉等。国籍不同的人的生活习惯和购买力也不一样。

(三)心理细分

按心理因素细分就是将消费者按其生活方式、个性等变数细分成不同的群体。

1. 生活方式

来自相同的亚文化群、社会阶层、职业的人可能各有不同的生活方式。生活方式是人们对工作、消费、娱乐的特定习惯和模式,不同的生活方式会产生不同的需求偏好。例如,现在城市的流行生活方式是5天城市工作,两天野外郊游,像途胜、瑞虎这样的城市SUV车型备受推崇。

2. 个性

个性是个人特性的组合,可以通过一些性格特征描述,例如,外向与内向、乐观与悲观、自信、顺从、保守、急进、热情、老成等。性格外向、容易感情冲动的消费者往往好表现自己,因而他们喜欢购买能表现自己个性的产品;性格内向的消费者则喜欢低调,往往购买比较大众化的产品;富于创造性和冒险心理的消费者,则对新奇、刺激性强的商品特别感兴趣。例如,在国内,同样是豪华车,性格张扬的人会购买宝马、奔驰,而性格内敛的人会选择大众辉腾。

(四) 行为细分

按行为因素细分就是按照消费者购买或使用某种商品的时机、消费者所追求的利益、使用者情况、使用率、对品牌的忠诚度等变数来细分市场。

1. 时机

许多产品的消费具有时间性,例如,月饼的消费主要在中秋节以前。因此,企业可以根据消费者产生需要、购买或使用产品的时间进行市场细分,又如,商家在酷热的夏季大做空调广告,以有效增加销量;护肤产品可以根据不同时期肌肤的需要分为日霜、晚霜;牛奶也可以根据人们在不同时机对营养成分需求的差异分为早餐奶和晚餐奶等。

此外,企业也要考虑到人生历程中具有标志性的重要事件,看是否有可满足的产品或服务。这些场合包括结婚、离婚、孩子满月、升学、升职、退休、生日等。例如,白酒企业推出的婚宴用酒、生日酒等。

2. 利益

消费者往往因为所追求的利益不同而购买不同的产品和品牌。例如,人们购买防蛀牙膏是为了防治龋齿;购买盐白牙膏是为了美白牙齿等。

3. 使用者情况

这可分为从未使用者、曾经使用者、潜在使用者、首次使用者和经常使用者。对于不同的使用者,企业要采取不同的市场营销组合,吸引新顾客,稳定老顾客,挖掘潜在顾客。例如,洗发水企业免费发放小包装的洗发水,目的就是为了吸引新顾客试用;某一段时间推出加量不加价的大包装是为了稳定老顾客。

4. 使用率

许多商品的市场还可以按照消费者对该商品的使用率来细分,例如,少量使用者、中量使用者和大量使用者。这种细分又叫做数量细分。大量使用者往往在购买者中所占比重不大,但他们所消费的商品数量在商品总量中所占比重却很大。研究表明,某种产品的大量使用者往往有某些共同的个性、心理特征和广告媒体接触习惯。企业掌握了这些信息,就可以制订合理价格、撰写适当的广告词和选择适当的广告媒体。例如,大商新玛特商场发现其大部分营业额来自于拥有其会员资格的顾客,于是经常举办名为"豪门盛宴"的会员专场,针对这些大量购买者进行促销活动。

5. 品牌忠诚度

企业可以按照消费者对品牌的忠诚程度来细分消费者市场。所谓品牌忠诚度是指由于价格、质量等诸多因素的引力,使消费者对某一品牌的产品情有独钟,形成偏爱并长期购买这一品牌产品的行为。据此可将消费者划分为坚定品牌忠诚者、多品牌忠诚者、转移的忠诚者、无品牌忠诚者等。例如,青岛啤酒拥有众多的坚定品牌忠诚者,他们只喝青岛啤酒;也有一些多品牌忠诚者,他们喝青岛啤酒,也喝雪花啤酒;还有一些转移的忠诚者,原本喝青岛啤酒,后来改喝雪花啤酒了;另外还有一些无品牌忠诚者,他们什么牌子的啤酒都喝。每个企业都拥有比例不同的这4类顾客,企业要采取有针对性的市场营销组合来应对这4类顾客。

6. 待购阶段细分

在某种产品的潜在市场上,有些消费者根本不知道这种产品;有些则已知道;有些消费者已了解这种产品;有些已产生兴趣;有些消费者想购买;还有些正准备购买。针对不同阶段的购买者,企业的营销组合也有极大差异。例如,一家房地产公司的楼盘开售,会通过大量的报纸、广播广告让不知道的消费者了解该楼盘;通过开展看房免费直通车活动吸引那些已产生兴趣的消费者;再通过"交一万顶两万"等活动吸引想购买的消费者。

7. 态度

企业还可根据市场上顾客对产品的热心程度来细分市场。不同消费者对同一产品的态度可能有很大差异,例如,有的持肯定态度,有的持否定态度,还有的则处于既不肯定也不否定的无所谓态度。针对持不同态度的消费群体进行市场细分并在广告、促销等方面应当有所不同。

三、生产者市场细分的依据

许多用来细分消费者市场的标准,同样可用于细分生产者市场。例如,根据地理、追求的利益和使用率等变量加以细分。不过,由于生产者与消费者在购买动机与行为上存在差别,所以,除了运用前述消费者市场细分标准外,还可用一些新的标准来细分生产者市场。

(一)用户规模

在生产者市场中,有的用户购买量很大,而另外一些用户购买量很小。以钢材市场为例,像建筑公司、造船公司、汽车制造公司对钢材需求量很大,动辄数万吨地购买;而一些小的机械加工企业,一年的购买量也不过几吨或几十吨。企业应当根据用户规模大小来细分市场,并根据用户或客户的规模不同,企业的营销组合方案也应有所不同。例如,对于大客户,宜于直接联系,直接供应,在价格、信用等方面给予更多优惠;而对众多的小客户,则宜于使产品进入商业渠道,由批发商或零售商去组织供应。

(二)产品的最终用途

产品的最终用途不同也是工业者市场细分标准之一。工业品用户购买产品,一般都是供再加工之用,对所购产品通常都有特定的要求。例如,同是轮胎生产企业的用户,可以分为自行车生产企业、摩托车生产企业和汽车生产企业等。轮胎生产企业此时可根据用户要求,将要求大体相同的用户集合成群,并据此设计出不同的营销策略组合。

(三)用户的购买状况

根据工业用户购买方式来细分市场。工业用户购买的主要方式包括直接采购、修正采购和全新采购。不同的购买方式的采购程度、决策过程等不相同,因而可将整体市场细分为不同的小市场。

(四)用户的地理位置

每个国家或地区大都在一定程度上受自然资源、气候条件和历史传统等因素影响,形成若干工业区。例如,江浙两省的丝绸工业区、以山西为中心的煤炭工业区、东南沿海的加工工业区等。这就决定了生产资料市场往往比消费品市场在区域上更为集中,地理位置因此成为细分生产资料市场的重要标准。企业按用户的地理位置细分市场,选择客户较为集中的地区作为目标,有利于节省推销人员往返于不同客户之间的时间,而且可以合理规划运输路线,节约运输费用,也能更加充分地利用销售力量,降低推销成本。

四、市场细分的方法

市场细分的方法通常有单一因素法、综合因素法、系列因素法和主导因素法等。

(一) 单一因素法

单一因素法只选用一个因素来细分市场。例如,牙膏企业根据利益因素把市场细分为需要预防龋齿的人群、需要美白牙齿的人群和需要防过敏的人群等。

(二) 综合因素法

综合因素法选用两个或两个以上的因素,同时从多个角度进行市场细分。例如,牙膏企业同时用利益和年龄两个因素来细分市场,就可以得到不同的细分市场,如表 5.3 所示。

表 5.3　综合因素细分市场

利益 年龄	预防龋齿	美白牙齿	防过敏
成人	需要预防龋齿的成人	需要美白牙齿的成人	需要防过敏的成人
儿童	需要预防龋齿的儿童	需要美白牙齿的儿童	需要防过敏的儿童

(三) 系列因素法

系列因素法运用两个或两个以上的因素,由粗到细逐次进行市场细分,也就是在细分市场的基础上再细分。例如,服装可以按照生活方式分为商务的、休闲的,还可以分出商务休闲的。在休闲这个较大的细分市场里,已不能满足消费者更高的需求,因此,休闲里边又分为户外攀岩的、户外野游的、户外运动的和室内休闲的等。

(四) 主导因素法

主导因素法是指一个细分市场的选择存在多种因素时,可以从消费者的特征中寻找和确定主导因素,然后与其他因素有机结合,确定细分的目标市场。例如,职业和收入是影响青年女性选择服装的主导因素,生活方式、个性、教育程度居于从属地位,因此,应以职业与收入作为细分青年女性服装市场的主要依据。

五、有效细分的要求

企业进行市场细分的目的是通过对顾客需求差异予以定位,来取得较大的经济效益。众所周知,产品的差异化必然导致生产成本和推销费用的相应增长,所以,企业必须在市场细分所得收益与市场细分所增成本之间做一权衡。由此,我们得出有效的细分市场必须具备以下特征。

(一) 可衡量性

可衡量性指各个细分市场的购买力和规模能被衡量的程度。如果细分变数很难衡量的

新编市场营销

话,就无法界定市场。

(二) 可赢利性

可赢利性指企业新选定的细分市场容量足以使企业获利。

(三) 可进入性

可进入性指所选定的细分市场必须与企业自身状况相匹配,企业有优势占领这一市场。可进入性具体表现在信息进入、产品进入和竞争进入。考虑市场的可进入性,实际上是研究其营销活动的可行性。

(四) 差异性

差异性指细分市场在观念上能被区别并对不同的营销组合因素和方案有不同的反应。例如,在已婚和未婚妇女中,对牙膏的需求基本相同,就没必要继续细分下去。

(五) 相对稳定性

108

相对稳定性指细分后的市场要有相对的时间稳定性。细分后的市场能否在一定时间内保持相对稳定,直接关系到企业生产营销的稳定性。

 巩固拓展

"超细分"与"反细分"

在市场细分的基础上,企业与细分市场的结构是相对稳定的,然而不是一劳永逸的。它是一个动态结构,需要适时地调整。消费者的需求在发生变化,会在原有的基础上产生出新的消费者群,因此细分市场还要再细分。这样,在原有的结构内部还会形成一个新的结构,即企业与再细分市场的结构,原有的结构与新的结构形成了一个嵌套结构。事实正是这样,在原有结构中,企业可以增强市场调查的针对性,准确地预测各类消费者需求的变化情况,挖掘潜在的需要。这样,企业不仅可以针对消费者现实的需要,以需定产,而且可以根据潜在的需要发展新产品,开拓新市场,满足消费者不断变化的新需求。

实行市场细分是必要的,但并不是分得越细越好。过分强调市场细分也就是超细分,过多、过小的细分市场必然导致产品种类增加,批量变小,成本上升,价格上涨。注意细分本身不是目的,发掘市场机会才是目的。于是"反细分"战略应运而生。"反细分"战略不是反对市场细分,而是将许多过于狭小的细分市场组合起来,以便能以较低的价格去满足这一市场需求。

"反细分"战略包括如下方法。第一,缩减产品线来减少细分市场,主动放弃较小或无利的细分市场。第二,将几个较小的细分市场集合起来提供较低价格和较普通的产品吸引顾客,形成较大的细分市场。有的企业通过提供标准化产品有效降低了成本和价格。

任务二 目标市场选择

任务案例

欧莱雅公司通过对中国化妆品市场的环境分析,采取多品牌战略对所有细分市场进行全面覆盖策略。按照欧莱雅中国总经理盖保罗所说的金字塔理论,欧莱雅在中国的品牌框架包括了高端、中端和低端3个部分。

塔尖部分为高端产品,约有12个品牌构成。例如,第一品牌的赫莲娜,无论从产品品质和价位都是这12个品牌中最高的,面对的消费群体的年龄也相应偏高,并具有很强的消费能力;第二品牌是兰蔻,它是全球最著名的高端化妆品品牌之一,消费者年龄比赫莲娜年轻一些,也具有相当的消费能力;第三品牌是碧欧泉,它面对的是具有一定消费能力的年轻时尚消费者。欧莱雅公司希望将其塑造成大众消费者进入高端化妆品的敲门砖,价格也比赫莲娜和兰蔻低一些。它们主要在高档的百货商场销售,兰蔻在22个城市有45个专柜,目前在中国高端化妆品市场占有率第一,碧欧泉则是第四。

塔中部分为中端产品,所包含品牌有两大类。一类是美发产品,有卡诗和欧莱雅专业美发,其中,卡诗在染发领域属于高档品牌,比欧莱雅专业美发高一些,它们的销售渠道都是发廊及专业美发店。欧莱雅公司认为,除产品本身外,这种销售模式也使消费者有机会得到专业发型师的专业服务。还有一类是活性健康化妆品,有薇姿和理肤泉两个品牌,它们通过药房经销。欧莱雅率先把这种药房销售化妆品的理念引入了中国。

塔基部分是指大众类产品。中国市场不同于欧美及日本市场,就在于中国市场很大而且非常多元化,消费梯度很多,尤其是塔基部分上的比例大。在中国大众市场中,欧莱雅公司目前共推行5个品牌,其中,巴黎欧莱雅是属于最高端的,它有护肤、彩妆、染发等产品,在全国500多个百货商场设有专柜,还在家乐福、沃尔玛等高档超市有售。欧莱雅的高档染发品已是目前中国高档染发品的第一品牌。第二品牌是羽西,羽西秉承"专为亚洲人的皮肤设计"的理念。第三品牌是美宝莲——来自美国的大众彩妆品牌。第四品牌是卡尼尔,目前在中国主要是引进了染发产品,它相比欧莱雅更大众化一些,年轻时尚。第五品牌是小护士,它面对的是追求自然美的年轻消费者,市场认知度90%以上,目前在全国有28万个销售点,网点遍布了国内二、三级县市。

问题导入:欧莱雅是依据什么因素进行市场细分的?欧莱雅选择了哪些细分市场为之服务?欧莱雅采取的是什么目标市场战略?这种战略有什么优缺点?

任务处理

市场细分的主要目的就是为了选择并进入目标市场。所谓目标市场就是企业期望且能够开拓和占领的市场,也就是企业愿意并有能力进入或为之服务的那个顾客群(细分市场)。

在市场细分的基础上,正确选择目标市场是营销成败的关键。

一、目标市场战略

企业在决定为目标市场提供产品或服务时有 3 种战略可供选择。

(一)无差异市场营销

无差异市场营销是指企业在市场细分之后,不考虑各子市场的特性,而只注重子市场的共性,决定只推出单一产品,运用单一的市场营销组合,力求在一定程度上满足尽可能多的顾客的需求,如图 5.1 所示。

图 5.1　无差异营销

例如,在相当长的一段时间内,可口可乐公司因拥有世界性的专利,仅生产一种口味、一种规格和形状的瓶装可口可乐,连广告词也只有一种。它所实施的就是无差异性市场战略,期望凭借一种可乐来满足所有消费者对饮料的需求。

采取这种战略最大的优点是成本的经济性;最大的缺点是忽视了顾客需求在各子市场的差异性,顾客的满意度低。特别是当同行业中如果有几家企业都实行无差异营销时,在较大的子市场中的竞争将会日益激烈,而在较小的子市场中的需求将得不到满足。由于较大的子市场内的竞争异常激烈,因而往往是子市场越大,利润越小。这种追求最大子市场的倾向叫做"多数谬误"。还有就是该战略企业难以长期采用。一旦竞争者采取差异性或集中性的营销策略,企业必须放弃无差异营销,否则,顾客会大量流失。

(二)差异性市场营销

差异性市场营销是指企业决定同时为几个子市场服务,设计不同的产品,并在渠道、促销和定价方面都加以相应的改变,以适应各个子市场的需要,如图 5.2 所示。

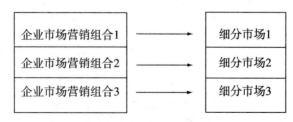

图 5.2　差异性营销

例如,任务案例中欧莱雅主要是将市场划分为高端、中端和低端 3 个细分市场,分别有相应的营销组合来满足相应的细分市场。例如,赫莲娜、兰蔻等对应高端市场;卡诗和薇姿等对应中端市场;美宝莲、小护士等对应低端大众市场。虽然这些产品很相似,但并不影响相互的生意,因为它们是针对不同的细分市场。

差异性营销最大优点是可以有针对性地满足具有不同特征的顾客群的需求,提高产品的竞争能力;并且如果企业的产品同时在几个子市场都占有优势,就能够树立起良好的市场形象,吸引更多的购买者。

差异性营销最大缺点是多品种生产,势必增加生产及营销成本,增加管理的难度。因此,该策略多为实力雄厚的大公司所采用。

(三)集中性市场营销

集中性市场营销是指企业集中所有力量,以一个或少数几个性质相似的子市场作为目标市场,试图在较少的子市场上占有较大的市场占有率,如图5.3 所示。

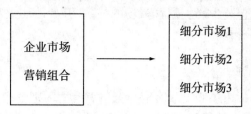

图5.3　集中性营销

例如,采乐洗发水将市场按照消费者想获得的利益进行细分后,只选取了有头皮屑的人群这一细分市场作为自己的目标市场,从而在激烈的竞争市场上获得了一席之地。

实行集中性营销的企业,一般是资源有限的中小企业,或是初次进入新市场的大企业。由于服务对象比较集中,对一个或几个特定子市场有较深的了解,而且在生产和营销方面实行专业化,可以比较容易地在这一特定市场取得有利地位。因此,如果子市场选择得当,企业可以获得较高的投资收益率。实行集中性营销最大的缺点是有较大的风险性,因为企业市场范围比较狭窄,一旦市场情况突然变坏,企业可能陷入困境。

二、选择目标市场战略需要考虑的因素

目标市场营销战略的3 种类型各有优缺点,因而各有其适用的范围和条件。一个企业究竟采用哪种战略,应根据企业资源、产品同质性、市场同质性、产品所处的生命周期阶段、竞争对手的目标市场战略等具体情况来决定。

(一)企业资源

如果企业资源雄厚,可以考虑实行差异性市场营销;否则,最好实行无差异市场营销或集中性市场营销。

(二)产品同质性

产品同质性是指产品在性能、特点等方面的差异性的大小。对于同质产品或需求上共性较大的产品,一般宜实行无差异市场营销;反之,对于异质产品,则应实行差异性市场营销或集中性市场营销。

(三)市场同质性

如果市场上所有顾客在同一时期偏好相同,购买特征相同,并且对市场营销刺激的反应

相同,则可视为同质市场,宜实行无差异市场营销;反之,如果市场需求的差异较大,则为异质市场,宜采用差异性市场营销或集中性市场营销。

(四) 产品生命周期阶段

处在投入期和成长期的产品,市场营销的重点是启发和巩固消费者的偏好,最好实行无差异市场营销或针对某一特定子市场实行集中性市场营销;当产品进入成熟期后,市场竞争激烈,消费者需求日益多样化,可改用差异性市场营销或集中性市场营销以开拓新市场,满足新需求,延长产品生命周期。例如,蒙牛牛奶在1999年刚投入市场时,实行无差异市场营销,只有500毫升利乐枕包装牛奶。随着市场的成熟,开始改用差异性市场营销,用几十种不同的产品占领各个细分市场。

(五) 竞争对手的战略

一般说来,企业的目标市场涵盖战略应与竞争者有所区别,反其道而行之。如果强大的竞争对手实行的是无差异市场营销,则企业应实行集中性市场营销或更深一层的差异性市场营销;如果企业面临的是较弱的竞争者,必要时可采取与之相同的战略,凭借实力击败竞争对手。

此外,企业还可根据市场竞争者数目多少来选择市场营销战略。当同类产品的竞争者很多时,满足各细分市场顾客群的需要就显得十分重要,因此为了增强竞争能力,可以选择差异性市场营销或集中性市场营销。当同类竞争者很少时,企业可采取无差异性市场营销。

 巩固拓展

定制化市场营销战略

这是一种将差异性市场营销战略发展到极致的营销战略。若将市场细分进行到最大限度,则每一位顾客都是一个与众不同的细分市场。由于现代信息技术和现代制造业的迅猛发展,使得为顾客提供量体裁衣式的产品和服务成为可能。

定制化营销战略是指企业在大规模生产的基础上,将每一位顾客都视为一个单独的子市场。通过与顾客进行个体的沟通,明确并把握特定顾客的需求,并为其提供方式不同的满足,以更好地实现企业利益的活动过程。定制化营销战略也被称为一对一营销、个性化营销。

定制化营销战略的适用范围十分广泛,不仅适用于自行车、汽车、服装、家具等有形产品,也适用于金融、咨询、旅游、餐饮等服务领域。

定制化营销战略的突出优点是,能极大地满足消费者的个性化需求,提高企业竞争力;以需定产,有利于减少库存积压,加快企业的资金周转;有利于产品、技术上的创新,促进企业不断发展。

但定制化营销战略有可能导致营销工作的复杂化,增大经营成本和经营风险,因此,定制营销需要建立在定制的利润高于定制的成本的基础之上。另外,生产领域的定制营销还对企业的设计、生产、供应等系统和管理的信息化程度有很高的要求,海尔"定制冰箱"的生产,从设计、模具制造,到生产、配送、支付、服务等各方面都比普通冰箱的要求要高得多。因此,一般的生产企业可能还很难做到,但定制化营销战略仍是众多企业努力的方向。

任务三　市场定位分析

任务案例

一直以来,大多数洗发水企业都被宝洁的巨大成功所诱惑,不由自主顺着宝洁引导的市场方向前行。宝洁推去屑产品,后来者跟着推去屑;宝洁推二合一,后来者跟着推二合一。以去屑为例,做洗发水的企业基本都有去屑产品,竞争异常激烈。做来做去,跟进者始终不可能超过宝洁的海飞丝、飘柔和潘婷,只能在别人的阴影下混点残羹剩汤吃。

要突出重围,就不能按对手的牌理出牌! 必须跳出宝洁现有的细分市场,开创自己的一片蓝海。霸王正是凭这一思路,发现了一个新的细分市场——脱发人群。

在市场研究中,霸王发现专业脱发市场的需求量逐年增加。脱发是一种常见的皮肤病,头发是人类的"头等大事",如果年纪轻轻就秃头,实在是对容貌的最大损害,对自信心更是个极大的打击。而且脱发正呈现出年轻化的趋势,脱发问题已经成为全世界的问题,预防和治疗脱发也已经成为全世界的难题。市场上有一些防脱洗发水存在,但都没有真正形成规模效应。

对于这样一个新兴市场,如果仅仅提出防脱概念,说服力显然不足。市场上的防脱洗发水之所以没有成功,就在于无法给消费者一个有说服力的理由。霸王决定以中药养发为其核心价值,并打造了一个中药养发世家的概念。中药作为中国的国粹,其安全、健康、温和、绿色的特性备受大众推崇,中草药养发在中国有着几千年的历史。霸王的"中药养发"把传统中药文化融入了现代洗发产品中,突出祖传秘方与现代科技的结合,给消费者带来中药养发的理念,使人耳目一新,也为防脱找到了有力的支撑点。

2005 年,霸王防脱洗发水在成龙的广告助阵下大规模推出,让其一夜间在国内日化行业中声名鹊起。由于定位成功,霸王将一瓶 200 毫升防脱洗发水卖到 55.9 元仍受消费者追捧。

短短几年,霸王已经取代舒蕾,成为新一代的本土洗发水老大,担当起挑战宝洁的重任。

问题导入:霸王洗发水的目标市场是什么? 霸王企业的相对竞争优势是什么? 霸王洗发水的定位依据是什么?

任务处理

如今,几乎每一个市场上都有许多同一品种的产品出现。企业为了使自己的产品获得较好的销路,就要赋予产品一定的特色,树立产品鲜明的市场形象,以求在顾客心目中形成一种稳定的认知和特殊的偏爱,这就需要市场定位。

一、市场定位的含义

市场定位是指企业针对潜在顾客的心理进行营销设计,创立产品、品牌或企业在目标顾客心目中的某种形象或个性特征,保留深刻的印象和独特的位置,从而取得竞争优势。

市场定位的实质是取得目标市场的竞争优势,确定产品在顾客心目中的适当位置并留下深刻的印象,以便吸引更多的顾客,由此提高企业产品在顾客心目中的声誉。例如,"好空调,格力造"的市场定位在消费者的心目中牢牢地树立了格力空调高品质印象,吸引了众多注重产品品质的人群。因此,市场定位是市场营销战略体系中的重要组成部分,它对于树立企业及产品的鲜明特色,满足顾客的需求偏好,从而提高企业竞争实力具有重要的意义。

二、市场定位的步骤

市场定位的关键是企业要设法在自己的产品上找出比竞争者更具有竞争优势的特性。竞争优势一般有两种基本类型。一是价格竞争优势,即在同样的条件下比竞争者定出更低的价格。这就要求企业通过一切努力,力求降低单位成本。二是偏好竞争优势,即能提供确定的特色来满足顾客的特定偏好,这就要求企业通过一切努力在产品特色上下功夫。因此,企业可以通过确认本企业潜在的竞争优势、准确地选择相对竞争优势和明确显示其独特的竞争优势来实现其市场定位,如图 5.4 所示。

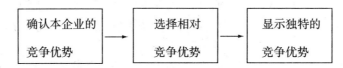

图 5.4 市场定位的步骤

(一)确认本企业的竞争优势

这一步骤的中心任务是要回答以下 3 个问题。第一,竞争对手的产品定位如何? 第二,目标市场上足够数量的顾客欲望满足程度如何以及确实还需要什么? 第三,针对竞争者的市场定位和潜在顾客的真正需要的利益要求,企业应该做什么以及企业能够做什么? 要回答这 3 个问题,企业市场营销人员必须通过一切调研手段,系统地设计、搜集、分析并报告有关上述问题的资料和研究结果。通过回答上述 3 个问题,企业就可从中把握和确定自己的潜在竞争优势在何处。

(二)准确地选择相对竞争优势

相对竞争优势表明企业能够胜过竞争者的能力。这种能力既可以是现有的,也可以是潜在的。准确地选择相对竞争优势就是一个企业各方面实力与竞争者的实力相比较的过程。比较的指标应是一个完整的体系,只有这样,才能准确地选择相对竞争优势。

(三)显示独特的竞争优势

这一步骤的主要任务是企业要通过一系列的宣传促销活动,将其独特的竞争优势准确传播给潜在顾客,并在顾客心目中留下深刻印象。为此,首先,企业应使目标顾客了解、知

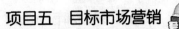

道、熟悉、认同、喜欢和偏爱本企业的市场定位,在顾客心目中建立与该定位相一致的形象。其次,企业通过一切努力强化目标顾客形象,保持目标顾客的信念,稳定目标顾客的态度和加深目标顾客的感情来巩固与市场相一致的形象。最后,企业应注意目标顾客对其市场定位理解出现的偏差或由于企业市场定位宣传上的失误而造成的目标顾客模糊、混乱和误会,及时纠正与市场定位不一致的形象。

我们来回顾一下霸王洗发水的定位过程。

洗发水市场上,去屑、柔顺、滋养以及专业美发等定位都已经被宝洁公司牢牢占据,相应的细分市场也已得到较好的满足。但防脱发市场却被宝洁、联合利华等跨国巨头忽略,虽然也有像索芙特等少数品牌选择防脱发市场,但都还没成气候。而成立于1989年的广州霸王化妆品有限公司,一直致力于中药日化产品的研究,该公司的掌门人陈启源先生号称“中药世家”传人,这一点是国外企业无法拥有的独特优势。于是霸王确立了“中药防脱”这一定位,并且选用成龙作为代言人。成龙最突出的银幕特征就是其中国功夫,而这一传统色彩显著的文化特征与霸王“中药世家”的品牌内涵十分契合,都是中国传统文化中的精华。霸王借助巨星成龙将独特的竞争优势准确传播给潜在顾客,并在顾客心目中留下深刻印象。

三、市场定位的依据

在营销实践中,企业可以依据产品特色、顾客利益、使用者、使用场合、竞争局势等因素或其组合进行市场定位。

(一) 产品特色定位

依据产品的某项特色来定位。例如,农夫果园混合果汁宣传它有“三种水果在里面”,从而和汇源、果粒橙等单一果汁产品区分开来。

(二) 顾客利益

依据产品带给消费者的某项特殊利益(或者说功效)来定位。例如,冷酸灵牙膏“冷热酸甜,想吃就吃”,能解除人们牙齿遇到冷热酸甜后所遭受的痛苦。

(三) 使用者定位

针对不同的产品使用者定位,从而把产品引导给某一特定顾客群。例如,海澜之家服饰定位于“男人的衣柜”。

(四) 使用场合定位

依据产品的主要使用场合来定位。例如,利郎商务男装,定位于商务休闲场合穿着。

(五) 竞争局势定位

突出本企业产品与竞争者同档产品的不同点,采取针对性的定位。例如,五谷道场方便面定位“非油炸,更健康”,就是针对油炸方便面企业的定位。

其实我们前面所讲的许多用来细分市场的依据都可以拿来作为定位的依据,例如,年龄、性别、职业、收入、生活方式、个性、时机等。另外注意,企业也常采用这些依据的组合来定位,例如,利郎商务男装在顾客心目中是中年男性在商务场合穿着的休闲服装,同时使用了使用者和使用场合两种定位依据。

四、市场定位战略

市场上原有产品通常已经在顾客心目中形成一定形象,占有一定地位。例如,可口可乐被视为全世界首屈一指的软饮料;同仁堂中成药在同类产品中质量最好、信誉最高;等等。在这些产品市场上,参与竞争的企业要想争得立足之地,难度很大,当然,要在一般市场上树起自己的形象也并非轻而易举之事。因此,必须有适当的定位战略。

可供市场定位选择的有如下战略。

(一)对峙定位

对峙定位即将自己的产品位置确定在现有竞争产品相类似之处,同竞争者争夺同一细分市场。例如,蒙牛酸酸乳和伊利优酸乳,争夺同一市场,定位也相似,消费者常常将两个产品混为一谈。

(二)避强定位

避强定位指企业避开目标市场上强有力的竞争对手,将其位置确定于市场"空白点",开发并销售目标市场上还没有的某种特色产品,开拓新的市场领域。这种定位战略的明显优势是企业可以避开激烈竞争的压力,风险小、成功率高。

 巩固拓展

避强定位与对峙定位的转换

企业为了避开激烈的竞争而采用"避强定位",想偏安一隅,占有一席之地,然后再图谋发展。然而强大的竞争对手是不会坐视你的"席"越编越大的。当你发展到一定程度,竞争对手就会和你正面交锋。

广州霸王集团成立于 1996 年。1998 年跟随重庆奥妮的首乌洗发露,也开发了果酸首乌、皂角首乌洗发水;2001 年也曾推出丽涛阳离子洗发水。但这些只在华南地区有些市场。而宝洁公司的系列品牌洗发水牢牢地占据着全国市场。霸王要想与行业巨头竞争,必须避其锋芒,也就是采用避强定位,开发目标市场上还没有的某种特色产品,开拓新的市场领域。2005 年,霸王重拳推出防脱洗发水,定位于"中药防脱"这一被宝洁忽视的市场。据相关资料显示,2006 年霸王销售额超过 10 亿元,是前一年的数倍;2008 年更是增加到 18 亿元。

霸王的迅速成长使宝洁公司很难受。2009 年宝洁公司用飘柔品牌推出汉草精华防掉发洗发露,也定位于"中草药"和"防掉发",并且采用远远低于霸王的低价位来争夺市场。宝洁之所以采用针锋相对的对峙定位,目的是为了扼制竞争对手,不给竞争对手留下空白空间任其发展。

知识归纳

1. 市场细分(market segmentation)是指营销者通过市场调研,依据消费者的需要和欲望、购买行为和购买习惯等方面的差异,把某一产品的市场整体划分为若干消费群的市场分类过程。每一个消费群就是一个细分市场,每一个细分市场都是具有类似需求倾向的消费者构成的群体。

2. 消费者市场的细分依据可以概括为地理因素、人口因素、心理因素和行为因素4个方面,每个方面又包括一系列的细分变量。

3. 企业在决定为目标市场提供产品或服务时有3种战略可供选择:无差异市场营销、差异性市场营销和集中性市场营销。

4. 选择目标市场战略需要考虑的因素:企业资源、产品同质性、市场同质性、产品的生命周期阶段和竞争对手的目标市场战略。

5. 市场定位是指企业针对潜在顾客的心理进行营销设计,创立产品、品牌或企业在目标顾客心目中的某种形象或个性特征,保留深刻的印象和独特的位置,从而取得竞争优势。

6. 在营销实践中,企业可以依据产品特色、顾客利益、使用者、使用场合、竞争局势等因素或其组合进行市场定位。

117

 问题探究

1. 如何认识市场细分是从消费者的角度出发,而不是从企业产品角度出发?

2. 分析洗发水、牙膏能用"时机"这一变量进行细分吗?

3. "单身"这一细分市场的扩大会给哪些行业带来机遇?

4. 通过调查,分析肯德基目前采用的目标市场战略是什么?

 阅读材料

企业怎样才能不断找到市场的利基

市场细分的概念是美国市场学家温德尔·史密斯(Wendell R. Smith)于1956年提出来的。它是第二次世界大战结束后,美国众多产品市场由卖方市场转化为买方市场这一新的市场形式下企业营销思想和营销战略的新发展,更是企业贯彻以消费者为中心的现代市场营销观念的必然产物。

营销人员的目标是将一个市场的成员按照某种共同的特性划分成不同的群体。市场细分的方法经历过几个阶段。最初,因为数据是现成的,调研人员采用了基于人口统计学信息的市场细分方法。他们认为不同的人员,由于其年龄、职位、收入和教育的不同,消费模式也会有所不同。后来,调研人员增加了消费者的居住地、房屋拥有类型和家庭人口数等因素,形成了基于地理人口统计学信息的市场细分方法。

后来,人们又发现基于人口统计学的方法做出的同一个市场细分下,还是存在着不同的消费模式。于是调研人员根据消费者的购买意愿、动机和态度,采用了基于行为科学的方法来进行分类。这种方法的一个形式是基于惠益的市场细分方法,划分的依据是消费者从产品中寻求的主要惠益。另一种形式是基于心理描述图的市场细分方法,划分依据是消费者生活方式的特征。

有一种更新的成果是基于忠诚度的市场细分,把注意力更多地放在那些能够更长时间和使企业获得更大利润的客户身上。

总之,市场细分分析是一种对消费者思维的研究。对于营销人员来说,谁能够首先发现新的划分客户的依据,谁就能获得丰厚的回报。

企业怎样才能不断找到市场的利基("利基"是英文名词"Niche"的音译,利基市场指市场中通常为大企业忽略的某些细分市场)?

利基存在于所有市场。营销人员需要研究市场上不同消费者对于产品属性、价格、渠道、送货时间等方面的各种要求。由此,购买者将被分成不同的群体,每一个群体会对某一方面的产品、服务、关系有特定的要求,每一个群体都可以成为一个利基,企业可以根据其特殊性提供服务。

比方说,一家建筑公司可以提供设计任何类型的大厦,或者选择专门设计某特定类型的大厦,像疗养院、医院、监狱或是大学生宿舍。即使选择疗养院时,公司还可以进一步选择高造价疗养院而不是低造价疗养院。更进一步地,它还可以只针对佛罗里达州开展业务。这样,这家公司确定如下的市场利基:为佛罗里达州设计高造价养老院,假定营销调研显示这个利基充分大和具有增长潜力。

此外还可以利用互联网帮助企业进行市场细分。研究者对那些针对特定市场细分的网站印象尤其深刻,像针对新生儿母子的、老年人的、西班牙裔的等。预计未来还会有上百个服务于特定群体的网站,为客户提供信息、购物和互动机会。

今天,网络销售商开始建立一种数据仓库,把客户的名字、前景以及其他很多信息输入其中,营销人员在数据仓库中进行数据挖掘以发现新的市场细分和利基。之后他们将特定的市场供给品提供给潜在客户,这是经典的市场细分。

 达标检测

一、填空题

1. 消费者市场的细分依据可以概括为_____、_____、心理因素和_____ 4 个方面。

2. 许多商品的市场还可以按照消费者对该商品的使用率来细分,例如_____、_____和_____。

3. "使用者情况"属于_____因素。

4. 市场细分的方法通常有_____、_____、_____和主导因素法等。

5. 企业在决定为目标市场提供产品或服务时有 3 种战略可供选择:_____、_____、和_____。

6. _____是指企业在市场细分之后,不考虑各子市场的特性,而只注重子市场的共性,决定只推出单一产品,运用单一的市场营销组合。

7. 采取无差异营销战略最大的优点是_____。

8. _____是将自己的产品位置确定在现有竞争产品相类似之处,同竞争者争夺同一细分市场。

9. 实行集中性营销的企业,一般是_____,或是_____。

10. 市场定位的实质是取得目标市场的_____。

二、判断题

1. 用户规模是消费者市场细分的依据。　　　　　　　　　　　　　　( )

2. 反细分就是反对市场细分。　　　　　　　　　　　　　　　　　　( )

3. 差异性营销最大的缺点是有较大的风险性。　　　　　　　　　　　( )

4. 如果企业资源雄厚,可以考虑实行差异性市场营销。　　　　　　　( )

5. 对于同质产品或需求上共性较大的产品,一般宜实行无差异市场营销。( )

6. 当产品进入成熟期后,市场竞争激烈,消费者需求日益多样化,可改用差异性市场营销战略。　　　　　　　　　　　　　　　　　　　　　　　　　　( )

7. 高露洁"没有蛀牙"是采用顾客利益来定位的。　　　　　　　　　( )

8. "七喜,非可乐"采用使用场合定位。　　　　　　　　　　　　　( )

9. 系列因素法运用两个或两个以上的因素,由粗到细逐次进行市场细分。( )

10. 综合因素法选用两个或两个以上的因素,同时从多个角度进行市场细分。( )

三、问答题

1. 有效细分的要求有哪些?

2. 差异性市场营销有哪些优缺点?

3. 市场定位有几个步骤?

项目六

产品策略

学习目标

通过对本项目的学习,了解如下内容。

- 产品策略的相关概念。
- 产品策略。
- 产品的生命周期。

产品策略是市场营销 4P 组合的核心,是企业市场营销活动的支柱和基石,是价格策略、分销策略和促销策略的基础。

任务一 产品策略的相关概念

任务案例

北京羊绒衫厂(以下简称"京绒")要进一步发展,必须具有产品整体观念,以产品为中心,对构成产品质量和产品形象的关键因素做重大改进。

1. 提高产品的内在质量

羊绒衫是服装中的高档商品,具有轻薄柔软、滑爽、高贵、做工精细、款式讲究的特点,因而在质量上要求严格。与国际羊毛局质量指标相比,京绒在以下方面进行了改进。

(1) 改进生产工艺

为了解决容易变形的问题和增加产品的柔软、滑爽程度,京绒于 1980 年从意大利进口一批干洗机,用干洗缩毛代替传统的水洗缩毛工艺,不仅增强了羊绒衫柔软、滑爽、手感好等特点,还解决了容易变形的难题和羊绒衫容易起球的问题。

(2) 解决防蛀问题

为了解决消费者最关心的防蛀问题,京绒进行了反复研究、多次试验,终于解决了防蛀问题,并已做到了大批量生产。

(3) 提高工人技术本领

为了提高毛纱条干的均匀度,京绒着重对工人进行技术培训,对青年挡车工进行技术考核。

（4）与科研单位合力攻关，提高分梳绒制成率

经过近两年的研究，突破分梳绒制成率 50% 大关，在世界上处于先进水平。为了保证梳毛机梳理羊绒去粗、去杂的效果，京绒公司不惜在中试阶段就用新疆的羊绒为原料进行试验，从而保证了雪莲产品的内在质量。

2. 增加新品种、新款式

服装产品的生命周期很短，企业要发展，必须经常增加新品种，新款式。为此，该厂设立了专门的新产品设计试制组，由副总工程师亲自负责。1980 年，京绒首创全国第一件无虚线提花时装；2003 年，京绒与国际羊毛局合作，首次推出 SP 功能性羊绒新品；2005 年，京绒向市场新推出牛奶纤维、光致变色、数码印花等功能性的羊绒制品。

3. 改进染色工艺，增加产品花色

羊绒衫讲究"流行色"。京绒的羊绒衫过去只有灰、米、驼、蓝等几种颜色，近年来增加了豆绿、米橙、米黄、紫等鲜艳而雅致的颜色。另外，京绒过去采用的工艺是纺成纱后染色，后来改为散毛染色工艺，使羊绒衫的颜色既丰满，又自然，同时大大降低了染花率，提高了产品的外观质量。

4. 改进包装

京绒羊绒衫的包装，原来是一件装一塑料袋，塑料袋上印有雪莲图案，每 10 件装在一大纸盒内。后来用比较精致的长方形浅绿色纸盒包装，盒上有凸出来的白色雪莲花，上半部开一"天窗"，透过玻璃纸可以清楚地看到羊绒衫的颜色和商标。

5. 扩大"雪莲"的知名度

雪莲象征纯洁、高雅，是一个好牌子。经过 40 多年的使用和宣传，"雪莲"在国内外消费者心目中已有一定声望。京绒除在国内设立一些广告牌和进行电视广告宣传外，还利用外商在国外进行宣传。1983 年日本富士电视台两次来北京，拍了"羊绒衫生产和产品"以及"驼绒产品"两部电视片，在日本电视台放映后，效果很好，当年订货 10 万多件。目前，雪莲牌羊绒衫出口数量为全国之冠，已进入日本、德国、美国、加拿大、法国等 20 多个国家和地区，并进入这些国家的大百货公司等高级市场。

6. 及时交货

羊绒衫是季节性很强的商品，能不能按时、按质、按量交货，对于商业信誉和商品价格都会产生很大影响。40 多年来，京绒一直很重视研究进口国家的气候、服装习惯等因素，及时交货，客户对此比较满意。

7. 提供售后服务

羊绒衫价格较高，提供适当的售后服务是必要的。京绒的售后服务包括以下内容。每件羊绒衫上附有一小支本色纱和一枚纽扣，以便修理或换用；由于个人保存、穿着不当造成的破损，工厂给以无偿修补、整理。

京绒紧紧抓住了以上 7 个构成产品质量和产品形象的关键因素，着眼于产品整体观念，在产品的发展上做出了明智的决策。京绒以核心产品为核心，对"雪莲"羊绒衫不断进行改进和改革，使羊绒衫质量不断提高，产量稳步上升，市场进一步扩大，销量不断增加，利润也大幅度上升。

问题导入：产品整体概念的含义是什么？产品整体概念的 5 个层次是什么？产品整体概念对企业的市场营销活动有何重要意义？产品组合概念是什么？相关概念都有什么？企

业如何评价最优的产品组合呢?

任务处理

一、产品整体概念

在现代市场营销学中,产品是指提供给市场,能够满足消费者或用户某一需求和欲望的任何有形物品和无形产品。有形产品包括产品实体及其品质、特色、式样、品牌和包装等,无形服务包括可以给买主带来附加利益的心理满足感和信任感的服务、保证、形象和声誉等。

产品整体概念包含 5 个基本层次,如图 6.1 所示。

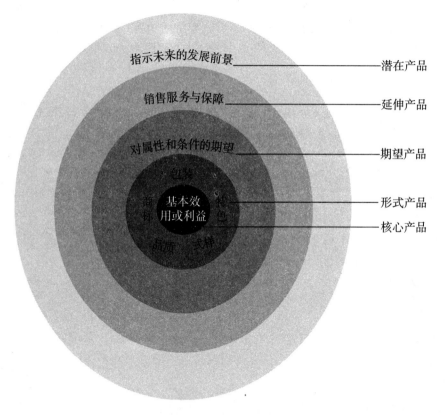

图 6.1　整体产品层次

(一)核心产品

核心产品是向顾客提供的产品的基本效用或利益。"雪莲"羊绒衫从改进工艺,解决虫蛀问题,提高工人技术本领,与科研单位合力攻关、提高分梳绒制成率等方面提高产品的内在质量,加上外国和本土的设计师的创作队伍,再融入一些中国的元素,使得"雪莲"2009 年的产品丰富却不烦琐,一如既往地表现着"时尚、典雅、简约、知性"的品牌定位和"提供高品质的生活方式,尽显知性人生"的品牌诉求。

（二）基本产品

基本产品也称形式产品，是指核心产品借以实现的形式或目标市场对某一需求的特定满足形式。形式产品由 5 个特征所构成，即品质、式样、特征、商标及包装。市场营销人员在着眼于对顾客能产生核心利益的基础上，还应努力寻求更加完善的外在形式以满足顾客的需要。"雪莲"羊绒衫不断增加新品种、新款式，改进包装，扩大"雪莲"的知名度（品牌），是顾客选购"雪莲"羊绒衫的直观依据。

（三）期望产品

期望产品是指购买者在购买该产品时期望得到的与产品密切相关的一整套属性和条件。顾客在购买"雪莲"羊绒衫时期望营业员的素质一流、产品的陈列规范、优雅的购物环境或便利的交通等。

（四）延伸产品

延伸产品是指顾客购买形式产品和期望产品时所提供的产品说明书、保证、安装、维修、送货、技术培训等。例如，"雪莲"的及时供货、适当的售后服务等。

（五）潜在产品

潜在产品是指现有产品在未来的可能演变趋势和前景。2009 年，"雪莲"就成功完成了从传统的"雪莲羊绒"到时尚的"莲裳"和"雪莲天然饰坊"的"蝶变"。渠道的变革要求羊绒产品要逐渐时装化、成衣品牌化，而"雪莲"要想转型成天然成衣的品牌，就要多品牌化发展。

产品整体概念的 5 个层次，十分清晰地体现了以顾客为中心的现代营销观念。这一概念的内涵和外延都是以消费者需求为标准的，由消费者的需求来决定的。

二、产品组合及其相关概念

大部分企业都不止生产一种产品，往往拥有多种产品，如何将这些产品统筹安排好，就是产品组合所要解决的事情。

（一）产品组合、产品线与产品项目

产品组合是指一个企业提供给市场的全部产品线和产品项目的组合或结构，即企业的业务经营范围。产品组合由全部产品线和产品项目构成。

产品线是指产品组合中的某一产品大类，是一组密切相关的产品。例如，宝洁公司产品线有清洁剂、牙膏、条状肥皂、纸尿布和纸巾 5 类。

产品项目是指产品线中不同品种、规格、质量和价格的特定产品。

① 产品组合的宽度是指一个企业的产品组合中所拥有的产品线的数目。产品组合的宽度越大，说明企业的产品线越多；反之，宽度越窄，则产品线越少。

② 产品组合的长度是指一个企业的产品组合中产品项目的总数，以产品项目总数除以产品线数目即可得到产品线的平均长度。

③ 产品组合的深度是指一个企业产品线中的每一产品项目有多少个品种。产品组合

的深度越大,企业产品的规格、品种就越多;反之,深度越浅,则产品就越少。

④ 产品组合的黏度即关联性,指各条产品线在最终用途、生产条件、分配渠道或其他方面相互关联的程度。

宝洁公司的产品组合的宽度为 5 条产品线,如表 6.1 所示(实际上,该公司应包括纺织物及家居护理、美发美容、婴儿及家庭护理、健康护理、食品及饮料等)。

表 6.1 宝法公司的产品组合

	清 洁 剂	牙 膏	条状肥皂	纸尿布	纸 巾
深度	象牙雪 1930	格利 1952	象牙 1879	帮宝适 1961	媚人 1928
	德来夫特 1933	佳洁士 1955	柯克斯 1885	露肤 1976	粉扑 1960
	汰渍 1933		洗污 1893		旗帜 1982
	快乐 1950		佳美 1926		绝顶 1100 1992
	奥克雪多 1914		爵士 1952		
	德希 1954		保洁净 1963		
	波尔德 1965		海岸 1974		
	圭尼 1966		玉兰油 1993		
	伊拉 1972				

宽 度

案例说明:产品项目的总数是 26 个。该公司产品组合就是总长度(26)除以产品线数(5),结果是 5.2。

宝洁公司的产品项目如"佳洁士"牌牙膏有 3 种规格和 2 种配方(普通味和薄荷味)。"佳洁士"牌牙膏的深度就是 6。通过计算宝洁公司每一品牌的产品品种数目,然后加总除以宽度,我们就可以计算出公司的产品组合的平均深度。

由于宝洁公司的产品都通过同样的分销渠道出售,因此可以说,该公司的产品线具有较强的相关性。就这些产品对消费者的用途不同而言,该公司产品线缺乏关联性。

三、整体产品概念对企业营销活动的意义

奔驰汽车公司认识到提供给顾客的产品不仅是一个交通工具,还应包括汽车的质量、造型、功能与维修服务等。以整体产品来满足顾客的系统要求,不断创新,从小轿车到 255 吨的大型载重车共 160 种,3 700 多个型号。"创新求发展"是公司的一句流行口号,推销网与服务站遍布全国各个大中城市。

奔驰汽车公司认识到,整体产品概念对企业营销活动的意义十分重要。

整体产品概念主要包括以下几个方面。

① 整体产品概念体现了以顾客为中心的现代营销观念。

② 整体产品概念把市场营销的产品范围扩展到劳务及其他所有的部门,为企业开发适合消费者需要的有形与无形产品,挖掘新的市场机会提供了新的思路。

③ 整体产品概念包含 5 个基本层次,要求将消费需求视为一个整体系统,给企业产品开

发、设计提供了新的方向。

④ 整体产品概念揭示了企业产品差异可以体现在 5 个层次的任何一个方面,因而也为企业的产品差异化策略提供了新的线索。

⑤ 整体产品概念包含了重视服务的基本思想,要求企业随着实体产品的出售,应加强对不同层次购买者的各种售后服务。

 巩固拓展

产品组合的评价方法

分析产品组合是否健全、平衡的方法称为三维分析图。在三维空间坐标上,以 X、Y、Z 三个坐标轴分别表示市场占有率、销售成长率以及利润率,每一个坐标轴又为高、低两段,这样就能得到 8 种可能的位置,如图 6.2 所示。

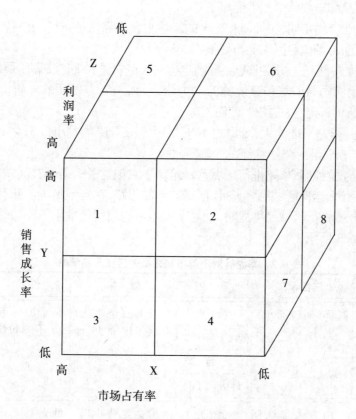

图 6.2　三维分析图

如果企业的大多数产品项目或产品线处于 1、2、3、4 号位置上,就可以认为产品组合已达到最佳状态。因为任何一个产品项目或产品线的利润率、市场成长率和占有率都有一个由低到高又转为低的变化过程,不能要求所有的产品项目同时达到最好的状态,即使同时达到也是不能持久的。

因此企业所能要求的最佳产品组合,必然包括以下几方面。

① 虽不能获利但有良好发展前途、预期成为未来主要产品的新产品。

② 已达到高利润率、高成长率和高占有率的主要产品。

③ 目前虽仍有较高利润率而销售成长率已趋降低的维持性产品以及已决定淘汰、逐步收缩其投资以减少企业损失的衰退产品。

任务二　产品组合策略

任务案例

2003 年,河北省邢台市隆尧县的华龙集团以超过 60 亿包的方便面产销量排在方便面行业第二位,仅次于康师傅。同时与康师傅、统一 形成了三足鼎立的市场格局。华龙真正由一个地方方便面品牌转变为全国性品牌。

在 20 世纪 90 年代初期,康师傅和统一的销售主要依靠城市市场的消费来实现,而中国广大的农村方便面市场蕴藏巨大的市场潜力。

1994 年,华龙在创业之初便把产品准确定位在 8 亿农民和 3 亿工薪阶层的消费群上;同时,华龙依托当地优质的小麦和廉价的劳动力资源,将一袋方便面的零售价定在 0.6 元以下,比一般品牌低 0.8 元左右,售价低廉。

2000 年以前,华龙主推的大众面如"108"、"甲一麦"、"华龙小仔";中档面有"小康家庭"、"大众三代";高档面有"红红红"、"煮着吃"。

作为一个后起挑战者,华龙推行区域营销策略。它创建了一条研究区域市场、了解区域文化、推行区域营销、运作区域品牌、创作区域广告的思路,在当地市场不断获得消费者的青睐。从 2001 年开始推行区域品牌战略,针对不同地域的消费者推出不同口味和不同品牌的系列新品,如表 6.2 所示。

表 6.2　华龙针对不同市场采取的区域产品策略

地　域	主推产品	广告诉求	系　列	规　格	价　位	定　位
河南	六丁目	演绎不跪(不贵)	六丁目	分为红烧牛肉、麻辣牛肉等 14 种规格。	低价位	目前市场上最低价位、最实惠产品
			六丁目 108			
			六丁目 120			
			超级六丁目			
山东	金华龙	山东人都认同"实在"的价值观	金华龙	分为红烧牛肉、麻辣牛肉等 12 种规格。	低价位	低档面
			金华龙 108		中价位	中档面
			金华龙 120		高价位	高档面

（续表）

地 域	主推产品	广告诉求	系 列	规 格	价 位	定 位
东北	东三福	核心诉求是"咱东北人的福面"	东三福	红烧牛肉等6种品味、5种规格	高价位	高档面
			东三福120		中价位	中档面
			东三福130		低价位	低档面
	可劲造	大家都来可劲造，你说香不香	可劲造	红烧牛肉等3种口味、3种规格	高价位	继东三福130之后的又一高档面
全国	今麦郎	有弹性的方便面，向康师傅、统一等强势品牌挑战，分割高端市场	煮弹面	红烧牛肉等4种口味、16种规格	高价位	高档面系列、以城乡消费为主
			泡弹面			
			碗面			
			桶面			

另外，华龙还有如下系列产品。

① 定位在小康家庭的最高档产品"小康130"系列。

② 面饼为圆形的"圆面"系列。

③ 适合少年儿童的 A—干脆面系列。

④ 为感谢消费者推出的"甲一麦"系列。

⑤ 为尊重少数民族推出的"清真"系列。

⑥ 回报农民兄弟的"农家兄弟"系列。

⑦ 适合中老年人的"煮着吃"系列。

以上系列产品都有3个以上的口味和6种以上的规格。

华龙拥有方便面、调味品、饼业、面粉、彩页、纸品等六大产品线，也就是其产品组合的长度为6。方便面是华龙的主要产品线。华龙方便面针对不同地区采取了不同的产品策略，在激烈的市场竞争中拥有了取胜的优势。

问题导入：产品策略应包括哪些？ 产品策略中重点是产品组合策略，产品组合策略都有什么？ 企业还可以实施品牌、包装策略，如何选择合适的品牌、包装策略？

 任务处理

根据对产品线的分析，针对市场的变化，调整现有产品结构，从而寻求和保持产品结构最优化，这就是产品组合策略。它包括如下策略。

一、扩大产品组合

扩大产品组合策略包括开拓产品组合的宽度和加强产品组合的深度。

① 开拓产品组合的宽度是指增加一个或几个产品线，扩大产品经营范围。当某公司预测现有产品线的销售额和盈利率在未来几年要下降时，就应考虑在产品组合中增加新的产品线或加强其他有发展潜力的产品线，弥补原有产品线的不足。

② 加强产品组合的深度是指在原有的产品线内增加新的花色、品种、规格。如果发展与竞争者相近的品牌，企业营销组合应具有一定特色，或者为用户提供更多的运输、信贷等便利条件，或者在价格上更具有竞争力，等等。

③ 扩大产品组合策略还可以不受产品之间关联性的制约，发展与原有产品线毫无关联的产品线或产品项目。

扩大产品组合可以使企业充分地利用人、财、物等资源。一个企业相对稳定的资源状况是同一定产品数量相适应的，企业开辟新的生产线可以充分利用剩余生产能力。扩大产品组合还有助于企业避免风险，增强企业的竞争能力。

二、缩减产品组合

市场繁荣时期，较长较宽的产品组合会给企业带来较多的赢利机会。当市场不景气或原料、能源供应紧张时，缩减产品组合反而会使总利润上升，这时企业应集中力量发展获利多的产品线和产品项目。在这种情况下，需要对产品线的发展进行相应的遏制，剔除那些得不偿失的产品项目，使产品线缩短，提高经济效益。

三、产品线延伸策略

一个企业把自己的产品线长度延伸超过现有范围，具体有向下延伸、向上延伸和双向延伸3种实现方式。

（一）向下延伸

市场定位高的企业通常将其产品线向下延伸，发展低档产品。原因有以下几方面。利用高档名牌产品声誉，吸引购买力较低的顾客购买此生产线的低廉产品；高档市场发展缓慢，影响公司效益，为赢得更多顾客，值得将产品线向下延伸；低档产品为市场空缺，公司如不占领，就会被竞争对手乘虚而入，形成对公司的侧击。向下延伸经常会遇到竞争对手的反击和来自经销商的阻力。

这一策略运用得炉火纯青的当属宝洁集团。在经过多年的中国市场培育和品牌形象打造之后，宝洁已经在中国市场深入人心，飘柔、潘婷、海飞丝等品牌分别以区隔精准的功能定位和"高档"的品牌形象赢得良好的知名度和美誉度。随着中国洗涤日化行业竞争的不断加剧，当越来越多的国产品牌以更占优势的价位和强力的广告宣传纷纷抢占市场时，宝洁推出一系列"平民价位"的产品，给竞争对手以有力的打击。宝洁这一举措丝毫无损于它一贯的"高档"形象，反而给人"更具亲和力"的感觉。

（二）向上延伸

定位低的企业将其产品线向上延伸，发展高档产品。原因有以下几方面。高档产品的高增长率和高利润率吸引；企业的技术设备和营销能力已具备加入高档市场的条件；企业要重新进行产品线定位。这一策略对公司来说风险很大，要改变产品在顾客心目中的地位是相当困难的，处理不慎，还会影响原有的产品的市场信誉。

（三）双向延伸

原定位于中档产品市场的企业掌握了市场优势以后，决定向产品线的上下两个方向延伸。原因有以下几方面。企业的技术设备和营销能力已具备加入高档产品市场的条件;企业要重新进行产品线定位,一方面增加高档产品,另一方面增加低档产品,来扩大市场阵地。双向延伸是企业寻求市场领导地位的重要途径。但企业会受到来自各方面的挑战,对企业的各方面能力都是极大的考验。

在得克萨斯仪器公司的便携式计算机进入市场前,该市场主要由玻玛公司低价低质的计算机和惠普公司高质高价的计算机所控制。得克萨斯仪器公司以中等价格和中等质量向市场推出了第一批计算机。然后,它又逐步向市场的高低两端增加计算机品种。该公司推出了质量优于玻玛公司但价格与之持平甚至更低的计算机品种,击败了玻玛公司;该公司还设计了高质量的但售价低于惠普公司的计算机,夺走了惠普公司高端产品的大部分市场,控制了高档市场。

双向延伸策略使得克萨斯仪器公司占据了便携式计算机市场的领导地位。

四、产品进化策略

企业随着科学技术和市场需求的变化而对产品的创新。产品进化策略包括"渐进型"模式和"突变型"模式。

"渐进型"模式的策略是指企业利用已有的产品技术优势与市场网络,在原有产品基础上进一步提升产品技术含量,将市场用户不断地转移到较高一级的改进产品上,从而进一步强化其产品网络,形成一个产品价值链。通过对这个产品用户网络基础与价值链的经营,企业能够扩张与发展其垄断优势,继续获取未来的利润,这种策略成功的关键就在于要对现有产品的性能、技术进行持续快速的升级。

"突变型"模式的策略是指企业在促进现有产品升级换代的同时,应密切注意科技发展上的重大突破,及时促进产品质的变化,开拓出新的更高技术含量的新产品替代已经成熟的旧的高科技产品,在下一个波长的技术发展中继续占据有利地位。

成立于1975年的微软公司经过20多年的发展,在全球50多个国家和地区设有分公司,共有员工4.4万多人,其董事长比尔·盖茨在2000年前后荣登世界首富的宝座,并造就了3 000多个百万富翁。

微软公司在其产品的进化过程中,采用了"突变型"和"渐进型"两种方式。例如,在Dos与Windows 1.0的转变中,以及Windows 3.2到Windows 95的转变中,微软公司采取了"突变型"产品进化模式,与Dos命令形成强烈的反差,Windows 95的出现,给人们带来了视觉一新的效果。"我的电脑"、"我的文档"、"控制面板"等人性化的操作,使大多数人摆脱了语言的限制,即使没有受过专业训练的人也能顺利操作。从Windows 95到Windows XP,微软采取了"渐进型"模式的新产品的进化策略,开发出视窗系统系列软件产品,包括基本的软件操作平台Windows,也包括在其环境下运行的Word软件、Excel软件。通过与信息高科技产品相配套的其他相关产品系列,强化其市场地位,获得较高利润,增加资本积累。

微软的成功,在很大程度上取决于其产品组合策略、产品进化策略运用得当。

巩固拓展

如何选择合适的品牌、包装策略

为了便于销售和顾客选购,企业产品需要选择恰当的品牌策略和包装策略。

1. 企业通常采用的品牌策略

（1）品牌有无策略

品牌有无策略是指企业决定是否在自己的产品上使用品牌。

（2）品牌归属策略

品牌归属策略又称品牌使用者策略,分为制造商品牌、中间商品牌和混合品牌企业决定使用自己的品牌叫做制造商品牌。例如,"海尔"、"长虹"、"娃哈哈",我国知名品牌中大都为制造商品牌;企业决定将其产品大批量的产品卖给中间商,中间商再用自己的品牌将货物转卖出去的叫做中间商品牌。例如,英国的马狮百货集团销售的所有产品,统一采用自己的品牌;企业决定有些产品用制造商品牌,有些产品用中间商品牌的叫做混合品牌。

（3）家族品牌策略

家族品牌策略是指企业对其生产的各种产品是全部使用一种品牌,还是分别使用不同的品牌。在这个问题上,有若干不同的可供选择的决策。个别品牌即企业决定其各种不同的产品分别使用不同的品牌名称。例如宝洁公司的洗衣粉使用了"汰渍"、"碧浪";统一品牌即企业决定其所有的产品统一使用一个品牌名称。例如,美国通用电气公司的所有个别品牌名称的产品都统一使用"CE"这个品牌名称;分类品牌即企业经营的各类产品分别使用不同的品牌。例如,娃哈哈集团,其纯净水用"娃哈哈"品牌,碳酸饮料用"非常可乐"品牌;企业名称加个别品牌即企业决定其各种不同产品分别使用不同的品牌名称,而且,各种产品的品牌名称前面还冠以企业名称。例如,美国凯洛格公司推出"凯洛格米饼"、"凯洛格葡萄干"。

（4）多品牌策略

多品牌策略是指企业决定同时经营两种或两种以上相互竞争的品牌。二战以前,宝洁公司的"潮水牌"洗涤剂畅销,1950年公司又推出"快乐牌"洗涤剂。"快乐牌"虽然抢了"潮水牌"的一些生意,但两种品牌的销售总额却大于只经营潮水一个品牌的销售额。

企业品牌使用品牌名称可以使企业易于管理,有可能吸引更多品牌忠诚者,还有助于企业细分市场,有助于树立良好的企业形象。但是,产品品牌化也会增加成本和费用,企业必须在经过权衡之后做出正确的品牌决策。

2. 企业通常采用的包装策略

（1）类似包装策略

产品信誉较高的生产经营企业,对其生产的产品采用相同的图案、近似的色彩、相同的包装材料和相同的造型进行包装,便于顾客识别出本企业产品。

（2）分类包装策略

企业依据产品的不同质量档次或不同容量或营销对象等采取不同的包装。例如,四川特产榨菜,过去基本上是大坛包装,获利甚微;上海有些商店进货后,将大坛改为中坛,获利见涨。香港人买入装进小坛出售,获利倍增;日本人买入后则破坛切丝,装入小袋中出售,竟获利数倍。

（3）配套包装策略

按不同的消费者习惯将企业生产经营的有关联的产品放在同一包装中,既便于消费者购买、使用和携带,又可扩大产品的销售。例如,把世界名酒小瓶分装,再装在同一包装物中,顾客就能够花较少的钱尝遍世界名酒。

（4）再使用包装策略

产品使用完后包装物还有其他的用途。例如,各种形状的香水瓶可做装饰物,罐头的外包装可用做茶杯或者作为其他容器等。这种包装策略可使消费者感到一物多用而引起其购买欲望,而且包装物的重复使用也起到了对产品的广告宣传作用。

（5）附赠品包装策略

在商品包装物内附赠奖券或实物,以诱发消费者购买,或包装本身可以换取礼品,引起顾客的惠顾效应,导致顾客重复购买。像市场上出售的"小浣熊"干脆面,包装袋中附有水浒英雄卡,提高了小朋友的兴趣,进而重复购买这种干脆面。这种策略较适用于儿童。

（6）不同容器包装策略

主要根据产品的性质及消费者的使用习惯,设计不同形式、不同重量、不同体积的包装。例如,将大米包装设计成 5 kg 装、10 kg 装、20 kg 装等不同重量的包装,适应了不同消费者的购买习惯。

（7）改变包装策略

改变和放弃原有的产品包装,改用新的包装。由于包装技术、包装材料的不断更新,消费者的偏好不断变化,采用新的包装以弥补原包装的不足。例如,可蒸煮的产品袋、可烘烤的产品盒、饮料复合罐、方便罐等也就应运而生。

（8）简化包装策略

简化包装策略以简易包装,降低售价来吸引顾客。"包装趋于零"也是现代包装设计中的一个趋势。

任务三　产品生命周期

任务案例

美国可口可乐公司挤占中国市场之初,并没有采用大规模的强势行销,而是考虑了中国的市场环境和市场条件后,将市场营销策略分为几步来实施。第一,采用赢利很低的委托寄售方式,委托北京友谊商店和一些涉外宾馆代销。代销者没有任何风险,还可以无本求利,适当赚取一些外汇,因而销售的兴趣很大。第二,在中国消费者初步接受了可口可乐以后,向中国免费赠送价值 300 万美元的可口可乐生产设备。这时,面对着日益增大的需求,中国不得不进口可乐原浆。可口可乐公司以有限设备赠送,刺激了原浆的极大需求,原浆进口量高达一万多吨。第三,在时机成熟时,他们又与中国合作开办工厂,终于开拓了需求潜力十

131

分惊人的中国市场。现在,可口可乐系列产品已经走进了千家万户。

　　无独有偶,不甘示弱的百事可乐公司为了击败其主要竞争对手可口可乐公司,已进入印度这个庞大的市场,他们首先与印度集团组成一个合营企业,并提供了特别优惠的合营条件。百事可乐公司提出,他们将帮助印度出口农产品,并使其出口额大于进口饮料浓缩液的成本。此外,百事可乐公司保证,他们不仅要在城市销售,而且要尽最大努力把可乐销往农村地区。百事可乐公司还提出把食品加工、包装和渗水处理等新技术提供给印度,显然,由于百事可乐公司采取了一系列措施保障,维护了印度利益,使其能够赢得印度政府及其利益集团的支持,从而在印度市场站稳了脚跟。

　　问题导入:市场的空间拓展是延伸产品市场生命周期的一种重要手段,什么是市场的生命周期? 市场的生命周期主要有哪些阶段? 各自有何优缺点? 应该采取什么措施? 新产品如何开发?

任务处理

一、产品生命周期的概念

　　所谓产品生命周期(PLC)是指某产品从进入市场到被淘汰退出市场的全部运动过程,受需求与技术的生命周期的影响。

二、产品生命周期阶段划分

　　产品生命周期分为4个阶段:产品引入阶段、市场成长阶段、市场成熟阶段和市场衰退阶段,如图6.2所示。

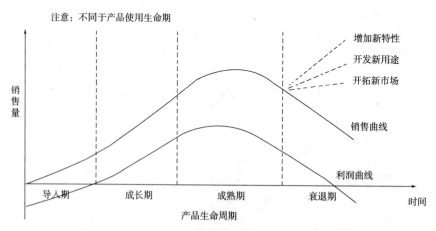

图6.3　产品生命周期及其阶段划分

三、产品种类、产品形式、产品品牌的生命周期

　　产品种类是指具有相同功能及用途的所有产品。
　　产品形式是指同一种类产品中,辅助功能、用途或实体销售有差别的不同产品。

产品品牌则是指企业生产与销售的特定产品。例如,白沙牌过滤嘴香烟,香烟表示产品种类;过滤嘴香烟是香烟的一种形式,即产品形式;白沙牌过滤嘴香烟则专指过滤嘴香烟中的一种特定产品,即产品品牌。

产品种类的生命周期要比产品形式、产品品牌长,有些产品种类生命周期中的成熟期可能无限延续。产品形式一般表现出上述比较典型的生命周期过程,即从导入期开始,经过成长期、成熟期,最后走向衰落期。至于品牌产品的生命周期,一般是不规则的,它受到市场环境及企业市场营销决策、品牌知名度等影响。品牌知名度高的,其生命周期就长,反之亦然。像国际知名品牌"可口可乐"百年来仍是如此受欢迎。

四、产品市场周期各阶段的特征与营销策略

(一)导入阶段的特点与营销策略

在此阶段,产品销量少,促销费用高,制造成本高,销售利润很低甚至为负值。企业应努力做到以下几点。投入市场的产品要有针对性;进入市场的时机要合适;设法把销售力量直接投向最有可能的购买者,使市场尽快接受该产品,以缩短导入期,更快地进入成长期。

在产品的导入期,一般可以由产品、分销、价格、促销4个基本要素组合成各种不同的市场营销策略。

1. 快速撇脂策略

以高价格、高促销费用推出新产品。实行高价策略可在每单位销售额中获取最大利润,尽快收回投资;高促销费用能够快速建立知名度,占领市场。实施这一策略要要满足以下条件。产品有较大的需求潜力;目标顾客求新心理强,急于购买新产品;企业面临潜在竞争者的威胁,需要及早树立品牌形象。一般而言,在产品引入阶段,只要新产品比替代的产品有明显的优势,市场对其价格就不会那么计较。

2. 缓慢撇脂策略

以高价格、低促销费用推出新产品。目的是以尽可能低的费用开支求得更多的利润。实施这一策略要满足以下条件。市场规模较小;产品已有一定的知名度;目标顾客愿意支付高价;潜在竞争的威胁不大。

3. 快速渗透策略

以低价格、高促销费用推出新产品。目的在于先发制人,以最快的速度打入市场,取得尽可能大的市场占有率。然后再随着销量和产量的扩大,使单位成本降低,取得规模效益。实施这一策略要满足以下条件。该产品市场容量相当大;潜在消费者对产品不了解,且对价格十分敏感;潜在竞争较为激烈;产品的单位制造成本可随生产规模和销售量的扩大迅速降低。

4. 缓慢渗透策略

以低价格、低促销费用推出新产品。低价可扩大销售,低促销费用可降低营销成本,增加利润。实施这一策略满足以下条件。市场容量很大;市场上该产品的知名度较高;市场对价格十分敏感;存在某些潜在的竞争者,但威胁不大。

(二)成长阶段的特点与营销策略

如果新产品能满足市场的需求,它就会进入成长期。这时期,早期使用者会重复购买,

而跟随者会随领先者购买产品,特别是听说新产品的良好口碑后。受到利润机会的吸引,新的竞争者会涌入市场。随着竞争的加剧,新的产品特性开始出现,产品市场开始细分,分销渠道增加。企业为维持市场的继续成长,需要保持或稍微增加促销费用,但由于销量增加,平均促销费用会有所下降。针对成长期的特点,企业为维持其市场增长率,延长获取最大利润的时间,可以采取下面几种策略。

1. 改善产品品质

例如,增加新的功能、改变产品的款式、发展新的型号、开发新的用途等。对产品进行改进,可以提高产品的竞争能力,满足顾客更广泛的需求,吸引更多的顾客。

2. 寻找新的细分市场

通过市场细分找到新的尚未满足的细分市场,根据其需要组织生产,迅速进入该市场。

3. 改变广告宣传的重点

把广告宣传的重心从介绍产品转到建立产品形象上来,树立产品名牌,维系老顾客,吸引新顾客。

4. 适时降价

在适当的时机,可以采取降价策略,以激发那些对价格比较敏感的消费者产生购买动机和采取购买行动。

(三) 成熟阶段的特点与营销策略

在此阶段,产品销量增长缓慢,逐步达到最高峰,然后缓慢下降;产品的销售利润也从成长期的最高点开始下降;市场竞争非常激烈,各种品牌、各种款式的同类产品不断出现。

对成熟期的产品,宜采取主动出击的策略,使成熟期延长,或使产品生命周期出现再循环。可以采取以下 3 种策略。

1. 市场调整

这种策略不是要调整产品本身,而是发现产品的新用途,寻求新的用户或改变推销方式等,使产品销售量得以扩大。例如,强生公司的婴儿爽身粉和洗发水将成年人也设定为目标顾客,同时采用在现有消费层中提高使用量的方法。

2. 产品调整

这种策略是通过产品自身的调整来满足顾客的不同需要,吸引有不同需求的顾客。整体产品概念的任何一层次的调整都可视为产品再推出。例如,汽车制造商可以重新设计汽车的风格,吸引那些需要新造型的买主。

3. 市场营销组合调整

即通过对产品、定价、渠道、促销 4 个市场营销组合因素加以综合调整,刺激销售量的回升。例如,企业可以采取廉价销售、去零优惠、抽奖和有奖游戏等,公司可以为顾客提供崭新的或改善性的服务。

(四) 衰退阶段的特点与营销策略

大多数产品形式和品牌的销售最终将进入衰退期。产品销售量急剧下降;企业从这种产品中获得的利润很低甚至为零;大量的竞争者退出市场;消费者的消费习惯已发生改变等。面对处于衰退期的产品,企业需要进行认真的研究分析,决定采取什么策略,在什么时间退出市场。通常有以下几种策略可供选择。

1. 继续策略

继续延用过去的策略,仍按照原来的细分市场,使用相同的分销渠道、定价及促销方式,直到这种产品完全退出市场为止。

2. 集中策略

把企业能力和资源集中在最有利的细分市场和分销渠道上,从中获取利润。这样有利于缩短产品退出市场的时间,同时又能为企业创造更多的利润。

3. 收缩策略

抛弃无希望的顾客群体,尽量减少促销费用,以增加目前的利润。这样可能导致产品在市场上的衰退加速,但也能从忠实于这种产品的顾客中得到利润。

4. 放弃策略

对于衰退比较迅速的产品,应该当机立断,放弃经营。一是采取完全放弃的形式,例如把产品完全转移出去或立即停止生产;二是采取逐步放弃的方式,使其所占用的资源逐步转向其他的产品。

产品生命周期特征与营销策略如表6.2所示。

表6.2 产品生命周期特征、营销目标和营销战略

		导入阶段	成长阶段	成熟阶段	衰退阶段
特征	销量	低	迅速增长	高峰	下降
	成本	单位顾客 成本最高	单位顾客 成本一般	单位顾客 成本低	单位顾客 成本低
	利润	负	上升	高	下降
	顾客	革新者	早期采用者	中间大多数	迟缓者
	竞争者	极少	数量逐渐增长	数量稳定开始下降	数量减少
销售目标		创造产品知晓和试用	最大化市场份额	保卫市场份额和利润最大	消减支出获取收益
战略	产品	提供基本产品	提供产品的延伸服务、担保	品牌和式样多样化	淘汰衰退品种
	价格	采用成本加成法	市场渗透价格	模仿或打击竞争者的价格	降价
	分销	建立选择性分销	建立密切分销	建立更加密集的分销	淘汰不获利的分销点
	广告	在早期的使用者和经销商建立知晓度	在大众市场培育知晓度、兴趣	强调品牌的差异和利益	减少到能够保持忠诚使用者的水平
	促销	大量使用促销来吸引顾客	减少促销、充分利用大量消费的需求	增加促销鼓励品牌转换	减少到最低水平

新编市场营销

136

巩固拓展

新产品开发的过程

开发新产品对企业而言,是应付各种突发事件,维护企业生存与长期发展的重要保证。新产品开发过程由8个阶段构成,即寻求创意、甄别创意、形成产品概念、制定市场营销战略、营业分析、产品开发、市场试销和批量上市。

1. 寻求创意

新产品开发过程是从寻求创意开始的。新产品创意的主要来源有:顾客、科学家、竞争对手、企业推销人员和经销商、企业高层管理人员、市场研究公司、广告代理商等。除了以上几种来源外,企业还可以从大学、咨询公司、同行业的团体协会、有关的创刊媒介那里寻求有用的新产品创意。

企业应当主要靠激发内部人员的热情来寻求创意。这就要建立各种激励性制度,对提出创意的职工给予奖励,而且高层主管人员应当对这种活动表现出充分的重视和关心。例如,海尔为了鼓励员工参与产品更新,其发明创意均是以发明者的名字命名的。

2. 甄别创意

取得足够多的创意之后,要对这些创意加以评估,研究其可行性,并挑选出可行性较高的创意,这就是创意甄别。创意甄别的目的就是淘汰那些不可行或可行性较低的创意,使公司有限的资源集中于成功机会较大的创意上。甄别创意时,应考虑两个因素。一是该创意是否与企业的战略目标相适应,表现为利润目标、销售目标、销售增长目标、形象目标等方面。二是企业有无足够的能力开发这种创意。这些能力表现为资金能力、技术能力、人力资源和销售能力等。

3. 形成产品概念

经过甄别后保留下来的产品创意还要进一步发展成为产品概念。应当明确产品创意、产品概念和产品形象之间的区别。产品创意是指企业从自己的角度考虑,它能够向市场提供的可能产品的构想。产品概念是指企业从消费者的角度,对这种创意所作的详尽的描述。而产品形象则是消费者对某种现实产品或潜在产品所形成的特定形象。

4. 制定市场营销战略

形成产品概念之后,需要制定市场营销战略,企业的有关人员要拟定一个将新产品投放市场的初步的市场营销战略报告书。

5. 营业分析

企业市场营销管理者要复查新产品将来的销售额、成本和利润,看看它们是否符合企业的目标。如果符合,就可以进行新产品开发。

6. 产品开发

产品概念通过了营业分析,研究与开发部门及工程技术部门就可以把这种产品概念转变成为产品,进入试制阶段。在这一阶段,文字、图表及模型等描述的产品设计才变为确实物质产品。产品概念能否变为技术上和商业上可行的产品,产品开发至关重要。如果不能,除在全过程中取得一些有用副产品即信息情报外,所耗费的资金则全部付诸东流。

7. 市场试销

企业的高层管理对某种新产品开发试验结果感到满意,可以用品牌名称、包装和初步市场营销方案把这种新产品装扮起来,把产品推上真正的消费者舞台进行试验。要充分了解掌握经销商和消费者对于经营、使用和再购买这种新产品的实际情况和市场大小,然后再酌情采取适当对策。

市场试验的规模决定于两个方面。一是投资费用和风险大小,二是市场试验费用和时间。投资费用和风险越高的新产品,试验的规模应越大一些;反之,投资费用和风险较低的新产品,试验规模就可小一些。

8. 批量上市

经过市场试验,企业高层管理者已经占有了足够的信息资料来决定是否将这种新产品投放市场。一旦决定向市场推出,企业就须再次付出巨额资金:一是建设或租用全面投产所需要的设备。很多公司为了慎重起见都把生产能力限制在所预测的销售额内,以免新产品的赢利收不回成本;二是花费大量市场营销费用。

 知识归纳

1. 产品策略直接影响和决定着其他市场营销组合策略,对企业市场营销的成败关系重大。产品整体概念包含核心产品、基本产品和期望产品、延伸产品、潜在产品5个层次。

2. 产品组合是指某一企业所生产或销售的全部产品大类、产品项目的组合。产品组合具有宽度、长度、深度和关联性。常用的产品策略有产品组合策略、包装策略、品牌策略、产品生命周期策略和新产品策略。

3. 产品组合策略是指根据对产品线的分析,针对市场的变化,调整现有产品结构,从而寻求和保持产品结构最优化。它包括扩大产品组合策略、缩减产品组合策略、产品线延伸策略和产品线进化策略。

4. 品牌是销售者给自己的产品规定的商业名称,通常由文字、标记、符号、图案和颜色等要素或这些要素的组合构成,用作一个销售者或销售者集团的标识,以便同竞争者的产品相区别。常用的品牌策略有品牌负责人决策、品牌质量策略、家族品牌策略等三大品牌策略。

5. 包装策略是产品整体营销策略的一个重要组成部分。企业通常采用的包装策略主要有类似包装策略、分类包装策略、配套包装策略、再使用包装策略 、附赠品包装策略、不同容器包装策略和改变包装策略。

6. 典型的产品生命周期一般可分为4个阶段,即介绍期(或引入期)、成长期、成熟期和衰退期。产品生命周期与产品使用寿命无必然联系。产品生命周期各阶段的营销策略是为了有针对性地采取市场营销策略。企业营销策略的总要求如下。缩短投入期,使产品尽快为消费者接受;延长成长期,使产品尽可能保持增长势头;维持成熟期,使产品能尽量保持较高的销售额,增加利润收入;推迟衰退期,尽量延缓产品被市场淘汰的时间。

7. 新产品开发过程由8个阶段构成,即寻求创意、甄别创意、形成产品概念、制定市场营销战略、营业分析、产品开发、市场试销和批量上市。随着社会的发展和工业的进步,产品功能和形式的进步与创新,成为企业竞争的主要手段。

 问题探究

1. 列举并解释学校教育这种产品的核心产品、实际产品和附加产品。其中哪些产品可以很容易移到网上?

2. 列举一些品牌延伸对制造商、零售商和消费者带来的问题?品牌延伸是否越多越好?

3. 作为一个营销经理会倾向于选择产品线填补还是产品线扩展?

4. 选择一种软饮料、汽车、时装、食品或电器,追踪产品的生命周期。哪个产品的生命周期最重要?哪个阶段风险最大?哪个阶段赢利潜力最大?哪个阶段需要大量有实践经验的管理者?

5. 假如你受雇于快乐蜂,负责开发一种吸引素食主义者的汉堡,请提出 3 种新汉堡的产品概念,哪种产品概念最有前途?

6. 外国人对中国产品有"一流的品质,二流的服务,三流的价格,四流的包装"的印象,我们对此应如何改变以提高产品的国际竞争力?

7. 分析下列产品的生命周期阶段:家用汽车、汽车电话、家用电脑、微波炉、电视机、卡式录音机和教育培训。

 阅读材料

可口可乐公司和百事可乐公司的产品组合策略

可口可乐公司一改"给世界一罐可口可乐"的风格,正在向所有可饮用产品领域进军。由于可口可乐的旗舰产品难有再多的起色,公司不再将精力集中在充气苏打水上,而是致力于扩大饮料的品种。进入中国市场 20 年以来,可口可乐从推出单一品牌"可口可乐",到拥有"雪碧"、"芬达"等国际品牌和"天与地"、"醒目"、"津美乐"等中国本土品牌,其发展速度非常迅猛。3 种主要产品可口可乐、雪碧、芬达的销售额约占公司总销售额的 20%、20% 和 10%。但可口可乐并没有实施多元化战略,因为它过去在发展饮料之余,也曾做过酒厂,开过种植场,甚至涉足电影业,却都遭到了失败。因此可口可乐公司总部规定,公司可以涉足茶、减肥饮料、八宝粥在内的所有饮料行业,但不能搞多元化。专注于饮料业的可口可乐把主业做得精益求精。它在发展任何一种饮品的时候都可以利用原有的销售渠道,使新产品迅速打开市场,同时也大大节约了成本。

百事可乐公司是世界第二大软饮料生产商,公司生产的软饮料包括百事可乐、激浪、斯里塞等世界著名品牌。1965 年百事可乐公司兼并了 Frito - Lay 公司,在 1989 年 Frito - Lay 公司成为其赢利最多的子公司,销售额和利润分别占到公司的 35% 和 40%;1977 年百事可乐公司收购了必胜客,其年销售额达 33 亿美元,在国际餐馆业中发展迅速,已经进入 27 个国家;1980 年公司销售额 150 亿美元。百事可乐的国际开拓落后于可口可乐公司。百事可乐公司还涉足餐馆和小吃食品;1986年百事可乐公司收购了肯德基,其年销售额在美国为30亿美元,在海外达23亿美元,遍布57个国家。太坎贝尔1986年被百事可乐收购,它是美国最大的墨西哥食品快餐店,年销售额达20亿美元。美国的小吃食品包括糖果、薯片、甜饼和饼干,Frito-Lay公司是行业主导者,其市场份额达40%。

分别分析可口可乐公司和百事可乐公司的产品组合的宽度、长度和关联性(密度)。你认为哪家公司的产品组合策略更好?为什么?

达标检测

一、填空题

1. 产品整体概念包括_____、_____、_____、_____和_____5个层次。

2. 原定位于中档产品市场的企业掌握了市场优势之后,决定向产品大类的上下两个方向延伸,这种产品组合策略叫_____。

3. 在原有产品大类中又增加新的产品项目,这种做法属于_____。

4. 一个企业产品组合中所包含的产品项目总数,称为_____,某产品组合有产品线6条,产品项目共27个,则每个产品线的平均长度为_____。

5. 企业在调整和优化产品组合时,可供选择的决策有_____。

6. 美国桂格麦片公司成功地推出桂格超脆麦片后,又利用这一品牌及其图样特征,推出雪糕、运动衫等产品,其使用了_____。

7. 有些大公司在一个市场上往往有多个品牌,例如宝洁公司的洗发精有"飘柔"、"潘婷"、"海飞丝"等,这种做法属于_____品牌策略。

8. 产品生命周期主要包括_____、_____、_____和_____4个阶段。

9. 产品的包装策略一般包括_____、_____、_____、_____、_____、不同容器包装策略和改变包装策略。

二、判断题

1. 形式产品是指向顾客提供的产品的基本效用和利益。　　　　　　　　　　　（　）

2. 品牌的实质是卖者对交付给买者的产品特征、利益和服务的一贯性的承诺。　（　）

3. 商品包装既可以保护商品在流通过程中品质完好和数量完整,同时,还可以增加商品的价值。　　　　　　　　　　　　　　　　　　　　　　　　　　　　　　（　）

4. 产品生命周期中成长期是对企业贡献最大的时期。　　　　　　　　　　　（　）

5. 企业的维修服务、咨询服务等属于产品的核心。　　　　　　　　　　　　（　）

6. 在产品的成熟期,企业的利润达到最高峰。　　　　　　　　　　　　　　（　）

7. 任何产品都必须经过一段成长期才能达到成熟期。　　　　　　　　　　　（　）

8. 顾客购买商品实际是购买某种功能。　　　　　　　　　　　　　　　　　（　）

9. 实务、组织、思想、主意等可以是产品。　　　　　　　　　　　　　　　（　）

10. 中间商品牌终究会击败所有企业品牌。　　　　　　　　　　　　　　　　（　）

11. 当大多数消费者还不了解某种新产品时,采用快速撇脂策略肯定有效。　　（　）

12. 企业采用的多品牌策略,可以占有更多的货架空间,因而获得更大的利润。　　（　　）

三、问答题

1. 如何理解整体产品的概念?

2. 什么是产品生命周期? 各阶段特点及营销策略有哪些?

3. 新产品开发过程包括哪几个阶段?

项目七

价格策略

学习目标

通过对本项目的学习,了解如下内容。

- 影响定价的主要因素。
- 产品定价的主要方法。
- 产品定价策略。
- 价格调整策略。

产品的销售价格是一个十分敏感而又最难有效控制的因素,它直接关系着市场对产品的接受程度。影响着市场需求量即产品销售量的大小和企业利润的多少。价格的高低涉及生产者、经营者和消费者(或用户)三方的利益,再好的产品如果定价过高或过低,都会使其市场缩小、销路不畅或利润下降。因此,无论是生产者、顾客还是竞争对手,对产品的价格都十分关注。价格在市场营销活动中有着十分微妙的作用,成功的企业都善于巧妙地利用价格策略去吸引更多的顾客。

任务一 影响定价的主要因素

任务案例

凯特比勒公司是生产和销售牵引机的企业,它的计价方法十分奇特,一般牵引机的价格均在 2 万美元左右,然而该公司却卖 2.4 万美元,虽然一台高 4 000 美元,却卖得更多!

当顾客上门,询问为何该公司的牵引机要贵 4 000 美元时,该公司的经销人员给他算了以下这笔账:

① 20 000 美元是与竞争者同一型号的机器价格。

② 3 000 美元是产品更耐用多付的价格。

③ 2 000 美元是产品可靠性更好多付的价格。

④ 2 000 美元是公司服务更佳多付的价格。

用户买了该公司的产品,需要换零件时,不管他在世界任何地方,保证在 48 小时内把零件送到他的手里。

⑤ 1 000 美元是保修期更长多付的价格。

由此可得,28 000 美元是上述总和的应付价格。其中,4 000 美元是折扣。所以,24 000 美元是最后价格。

问题导入:凯特比勒公司的产品定价考虑了哪些因素? 这些因素是如何影响价格的?

任务处理

影响定价的因素是多方面的,包括成本、市场需求、市场竞争、企业定价目标以及国家政策等。

一、成本

这里的成本包括制造成本、营销成本和储运成本等。它是价格构成中一项最基本、最主要的因素。

(一)生产成本

生产成本是企业生产过程中所支出的全部生产费用,是从已经消耗的生产资料的价值和生产者所耗费的劳动的价值转化而来。短期成本可以分为固定成本与可变成本。

(二)销售成本

销售成本是商品流通领域中的广告、销售费用。在市场经济体制下,广告、销售等是商品实现其价值的重要手段,用于广告、销售的费用在商品成本中所占的比重也日益增加。因此,在确定商品的营销价格时必须考虑销售成本这一因素。

(三)储运成本

储运成本是商品从生产者手中转移到消费者手中所必须的运输和储存费用。商品畅销时,储运成本较少,商品滞销时,储运成本增加。

成本是产品定价的最低限度。产品价格必须能够补偿产品生产、分销和促销的所有支出,并补偿企业为产品承担风险所付出的代价。企业利润是价格与成本的差额,因而企业必须了解成本的变动情况,尽可能去掉产品的过剩功能,节省一切不必要的消耗,降低成本,降低价格,从而扩大销售,增加赢利。

在一般情况下,企业商品的成本高,其价格也高;反之亦然。因此,企业商品的成本与其价格有着直接联系。

二、市场需求

价格会影响市场需求,根据需求规律,市场需求会按照与价格相反的方向变动。价格提高,市场需求就会减少;价格降低,市场需求就会增加。这是供求规律发生作用的表现。但是也有例外情况。菲利普·科特勒指出,显示消费者身份地位的商品的需求曲线有时是向上倾斜的。例如,香水提价后,其销售量却有可能增加。当然,如果香水的价格提得太高,其需求和销售将会减少。可见,市场需求对企业定价有着重要影响。

由于价格会影响市场需求,所以企业所制定的价格高低会影响企业产品的销售,因而会影响企业市场营销目标的实现。因此,企业的市场营销人员在定价时必须知道需求的价格弹性,即了解市场需求对价格变动的反应。换言之,需求的价格弹性反映需求量对价格的敏感程度,以需求变动的百分比与价格变动的百分比的比值来计算(用字母 I 表示),也就是价格变动百分之一会使需求变动百分之几。

在现实生活中常见的是缺乏弹性和富有弹性两种情况。当 I < 1 时,缺乏弹性,即价格的大幅度变动对需求量变动影响不大,此时可以维持原价或提高价格;当 I > 1 时,富有弹性,也就是说价格的微小变动能够引起需求量的较大变动,此时可以适当调低价格,薄利多销。通常情况下,出现需求缺乏弹性的条件可能有以下几点:第一,市场上没有替代品或者没有竞争者;第二,购买者对较高价格不在意;第三,购买者改变购买习惯较慢,也不积极寻找较便宜产品;第四,购买者认为产品质量有所提高,或者认为存在通货膨胀等,价格较高是应该的。如果某种产品不具备上述条件,那么这种产品的需求就是富有弹性。在这种情况下,企业高层管理者需考虑适当降价,以刺激需求,促进销售,增加销售收入。

服装的价格弹性

低档服装:没有自己的销售渠道,主要集中在批发市场及摊位销售的廉价服装产品。低档服装的原材料及劳动力成本占售价的比重高,产品赢利空间小。由于具有生活必需品性质,产品价格弹性低。大多是成本推动型价格上涨,一般不会引起需求明显变化。

中档服装:这类产品具有自己的品牌。销售模式包括自营店、特许加盟以及在商场或超市中设立专柜等。中档服装制造成本占售价的比重较低,产品的赢利空间较大,定价也比较灵活。虽然消费者对其价格变动不十分敏感,但价格弹性要大于低档产品,即价格涨幅过大会引起需求下降,价格下调会刺激产品需求,因此中档服装企业往往采用高定价,再打折方式促销。

高档服装:指具有较高品牌知名度的服装,甚至属于类奢侈品的范畴。一般都具有自营店面或在高档商场内设置专柜。这类服装在消费结构中的比重不到5%。高档服装由于定价很高,成本占售价的比重很小。由于消费群体较小,价格变化对高档服装销量的影响没有对中档服装那样显著。

三、市场竞争

产品的最高价格取决于该产品的市场需求,最低价格取决于该产品的成本费用。在这种最高价格和最低价格的幅度内,企业能把产品价格定多高,则取决于竞争者同种产品的价格水平。企业必须采取适当方式,了解竞争者所提供的产品质量和价格。企业获得这方面的信息后,就可以与竞争产品比质比价,更准确地制定本企业产品价格。如果两者质量大体一致,则两者价格也应大体一样,否则本企业产品可能卖不出去;如果本企业产品质量较高,则产品价格也可以定得较高;如果本企业产品质量较低,那么,产品价格就应定得低一些。还应看到,竞争者也可能随机应变,针对本企业的产品价格而调整其价格;也可能不调整价格,而调整市场营销组合的其他变量(例如增加推销人员或加大广告投入等),与企业争夺顾客。当然,对竞争者价格的变动,企业也要及时掌握有关信息,并做出明智的反应。

四、企业定价目标

在市场经济条件下，企业为产品定价时必须有明确的目标。不同企业、不同产品、不同市场有不同的营销目标，因而也就需要采取不同的定价策略。而决定企业定价的营销目标主要有以下 5 种。

（一）维持企业生存

当企业由于经营管理不善，或由于市场竞争激烈、顾客需求偏好突然变化而造成产品销路不畅、大量积压、资金周转不灵，甚至濒临破产时，企业应为其积压产品定低价，只要能收回变动成本或部分固定成本即可，以求迅速出清存货，减少积压，收回资金。有时为了避免更大损失，甚至可以使售价低于成本。这种目标只能是企业面临困难时的短期目标，长期目标仍然是要获得发展，否则企业终将破产。

（二）当期利润最大化

追求当期利润最大化而较少考虑企业的长期效益，以此为目标定价，是将几种不同价格与其相应的需求量，并结合产品成本进行比较综合考虑，从中选择一个适当的价格，即可以取得当期最大利润、最大现金流量和最大投资收益的价格。最大利润是企业在一定时期内可能并准备实现的最大利润总额，而不是单位商品的最高价格，最高价格不一定能获取最大利润。以当期利润最大化为目标来定价，必须具备一定条件，即当产品声誉卓著，在目标市场上占有竞争优势地位时，可以采用；否则，还是要以长期目标为主。

（三）保持或扩大市场占有率

市场占有率是企业的销售量(额)占同行销售量(额)的百分比，是企业的经营状况和企业产品竞争力的直接反映，它的高低对企业的生存和发展具有重要意义。一个企业只有在产品市场逐渐扩大和销售额逐渐增加的情况下，才有可能生存和发展。因此，保持或提高市场占有率是一个十分重要的目标。许多企业宁愿牺牲短期利润，以确保长期的收益，即所谓"放长线，钓大鱼"。为此，就要实行全部或部分产品的低价策略，以实现提高市场占有率这一目标。

（四）保持最优产品质量

有些领先企业的目标是以高质量的产品占领市场，这就需要实行"优质优价"策略，以高价来保证高质量产品的研究与开发成本和生产成本。采取这种定价目标的企业，其产品一般都在消费者心目中享有一定声誉，利用消费者的求名心理，制定一个较高的产品价格。

（五）抑制或应付竞争

有些企业为了阻止竞争者进入自己的目标市场，故意将产品价格定得很低。这种定价目标一般适用于实力雄厚的大企业。还有些中小企业在市场竞争激烈的情况下，以市场主导企业的价格为基础，随行就市定价，从而也可以缓和竞争，稳定市场。

五、国家政策

我国的大多数商品采用市场价格,少数关系国计民生的重要产品,国家仍然制定指令性价格和指导性价格。为了指导生产和消费,控制物价上涨和调节市场价格,国家必然会制定一系列有关物价的方针政策,这是企业制定产品价格时必须遵循的准则。

根据商品和服务的垄断程度、资源稀缺程度和重要程度,政府在必要时对以下5类商品和服务可以实行政府指导价和政府定价。

一是与国民经济发展和人民生活关系重大的极少数商品。目前,这类商品有原油价格、天然气的出厂价、粮食定购价格、棉花收购价格、重要药品价格、食盐价格等。

二是资源稀缺的少数商品。例如,金银矿产品的收购价。这类商品价格放开,并不能促进产量增长;相反,会引起价格上涨,资源遭到破坏。

三是自然垄断经营的商品。自然垄断主要是指由于自然条件、技术条件以及规模经济的要求而无法竞争或不适宜竞争形成的垄断。例如,自来水、燃气、集中供热、供电网等。

四是重要的公用事业。这是指为适应生产和生活需要而经营的具有公共用途的服务行业,例如,公共交通、电信等。

五是重要的公益性服务。这是指涉及公众利益的服务行业,例如,学校、医院、博物馆、公园等。

除了上面提到的因素外,企业定价时还必须考虑其他环境因素,例如,国内外的经济形势、货币流通状况、是否通货膨胀、经济繁荣或萧条、利率的高低等,都会影响产品成本和顾客对产品价格与价值的理解,从而影响企业定价方法和策略的选择。

 巩固拓展

价格/质量战略

在菲利普·科特勒的价格/质量战略表中给出了9种战略,说明一个公司将价格定位在高中低档时的情况,如表7.1所示。

表7.1　9种价格/质量战略

		价　格		
		高	中	低
产品质量	高	1. 溢价战略	2. 高价值战略	3. 超值战略
	中	4. 高价战略	5. 中等价值战略	6. 优良价值战略
	低	7. 骗取战略	8. 虚假经济战略	9. 经济战略

菲利普·科特勒以价格和质量为两个重要因素,对市场上的竞争产品进行划分,展示了产品的9种可能采取的价格/质量战略。

表中对角线的灰色格(第1、5、9战略),分别表示的产品定价战略是:提供优质高价产品、以普通价格提供一般质量的产品、以低价格销售劣质产品。这3类产品可以在同一消费市场中长期共存、并行不悖。因为他们属于不同的竞争层次:坚持质量者、坚持价格者、介于两者之间者。

表中对角线以上的白色格(第2、3、6战略),分别表示的产品定价战略是:第2战略——"我们的产品质量和第1战略一样好,但我们的售价比较低";第3、6战略——表达同样的意思,但售价更低。这些产品如果获得了对质量敏感的消费者的信任,那消费者将会明智地选择购买这些产品以节约金钱(除非采取高价的公司的产品具有独特的吸引力)。

表中对角线以下的白色格(第4、7、8战略),表示的是与产品价值相比,产品价格过高的定位。购买了这类产品的消费者,会觉得"花了冤枉钱"、"上当受骗了"等。这样以来消费者再也不会问津该产品,并且可能四处抱怨,散布该产品的坏话。这些战略是专业营销人员应当极力避免踏入的雷区。

任务二　产品定价的主要方法

任务案例

一位服装经销商引进了一个以英国最著名大学名字命名的男装品牌,计划利用国内消费者的崇洋心理,定位高档,走英国绅士风格,而且会选在世界一线奢侈品牌店的旁边开店,那些奢侈品牌的西装卖1万元,他就卖6 000元,利用这种价格差吸引顾客。这样操作行不行呢?

要想确定这个问题,首先要了解愿意花6 000元购买一套西装的男人的消费心理,以及价格在其中是怎样发挥作用的。

价格定位是品牌定位中很重要的一部分,是指客户愿意为某种商品支付的货币成本。消费者之所以愿意支付货币,是因为他觉得值,也就是获得了相等的价值。这个价值包括物理价值、心理价值。而不同的人对于同一种商品的物理价值、心理价值大小的判断是不一样的,就算是同一个人,也会因购买地点、购买时间的不同而对同一件商品的价值判断有差异。最简单的例子就是,你愿意在超市花5块钱买瓶啤酒,但也愿意花25元在酒吧买一瓶同样的啤酒。

一般来说,服装类产品的价值包括3部分:一是由款式、面料、花色、做工等构成的产品功能价值;二是由终端的位置、大小、格调、所处商场的地位以及导购服务等所构成的表层心理价值;三是由口碑、广告信息、消费经验、品牌文化等构成的深层次心理价值。

在目前中国社会,愿意买6 000元一套西装的人,基本上都属于职业经理人、私企老板等这类中上层群体。当他们对一件西装掏出6 000元时,不只是看重了这件西装的产品功能价值,也不会停留在表层心理价值,他们更关心深层次心理价值。

很明显,上述这个品牌单靠英国著名大学的名字做招牌,外加把店开在那些奢侈品牌的旁边,是不足以满足目标客户深层次心理价值需求的。

问题导入:你认为案例中服装经销商的定价合适吗?应该如何给服装定价呢?给高档服装定价应该侧重考虑哪几个因素呢?

任务处理

一、企业定价的程序

企业在掌握了各有关影响因素后,就开始具体定价活动。这必须按照商品价格制定的一般程序,估算销售潜量,预测竞争反应,选择定价方式。只有如此,才能制定出适合自身发展的价格。商品价格的制定程序一般包括如下步骤。

(一)确定营销价格目标

首先根据企业经营目标,确定相应的定价目标。

(二)估算市场销售潜量

市场销售量大小的估算关系到新产品投放市场和老商品拓宽市场的成败,其方法如下。

1. 了解市场预期价格

预测价格是影响商品定价的一个重要因素。商品价格高于或低于预期价格,都会影响商品的销售。因此,企业在进行市场销售潜量估算时,首先要了解市场上是否已存在预期价格。

2. 估算不同价格下的销售量

计算各种销售价格的均衡点以及何种价格最为有利。

(三)分析竞争对手反应

现实的和潜在的竞争对手对于商品价格的影响极大,特别是那些容易经营、利润可观的产品,潜在的竞争威胁最大。

(四)预计市场占有率

市场占有率反映企业在市场上所处的地位,市场占有率不同,则营销价格策略和方法也不同。因此,企业在定价之前,应准确测定现有市场占有率,预计、推测产品上市后的市场占有程度。

(五)考虑企业经营活动的有关计划

企业在定价之前要综合、全面地考察企业整个的市场营销计划,例如,产品开发计划、商品销售计划以及分配渠道的选择。

(六)选择定价方法

经过以上诸程序的分析、研究,企业最后选择具体的定价方法来确定商品的价格。

二、企业定价的主要方法

成本、需求、竞争是影响企业定价的最基本因素,因此,企业制定价格时应全面考虑这些因素。但是,在实际定价中往往只侧重某一方面的因素。大体上,企业定价有 3 种导向,即成本导向、需求导向和竞争导向。

(一)成本导向定价法

1. 成本加成定价法

所谓成本加成定价是指按照单位成本加上一定百分比的加成来制定产品销售价格。加成的含义就是一定比率的利润。其计算公式为:

$$单位产品价格 = 单位产品成本 \times (1 + 加成率)$$

例如,某手表厂生产某牌子的石英表,其单位成本为 120 元,加成率为 50%,则每只手表价格 $= 120 \times (1 + 50\%) = 180(元)$。

企业采用这种方法的优点是简单、公平。但这种方法只是从保证卖方利益出发,忽视了消费者的需求。仅仅适用于销量与单位成本相对稳定、竞争不激烈的商品。

2. 售价加成定价法

售价加成定价法也叫毛利率法,这种方法与成本加成定价法类似,实际上就是成本加成定价法变通的一种形式。零售企业往往以售价为基础进行加成定价。这里的进价就是商业企业的进货成本,加成率就是商业毛利率。其计算公式为:

$$加成率(毛利率) = (计划售价 - 成本)/计划售价 \times 100\%$$
$$单位产品价格 = 单位产品成本/(1 - 加成率)$$

此方法的加成率因不同商品而异,通常罐头、冷冻食品等加成率低;而服装鞋帽等款式变化快、经营风险大或损耗大的商品加成率高。

家乐福超市的商品价格就是以成本价加上一个固定的毛利率。其商品的一般毛利率,食品、饮料、日用品类为 3%~5%,鲜活类为 17%,服装类为 30%,玩具类为 20%,家具类为 20%~30%,家电类为 7%,文化用品为 20%。

使用这种方法,首先保证了商场的赢利,同时在竞争日趋激烈的市场上,也缓和了与对手的相互对抗。但如果单纯的使用这种方法,则不能适应市场的变化,很容易被对手在价格上占优,因而最好同时也采用竞争导向定价法。

3. 目标投资收益率定价法

目标投资收益率定价法也称目标利润定价法,是以投资额为基础,再加上投资收益来制定价格的方法。其计算公式为:

$$单位产品价格 = \frac{总固定成本 + 目标收益}{预期销售量} + 单位商品变动成本$$
$$目标收益 = 投资总额 \times 投资收益率$$

这种方法全面地考虑了企业投资的经济效益,能够保证企业在一定时期内收回投资。但是,能否完成预期销量很难把握。

(二)需求导向定价法

所谓需求导向定价法是依据买方对产品价值的感受和需求强度来定价,而不是依据卖方的成本定价。这一类定价方法主要包括感受价值定价法、反向定价法和需求差异定价法 3

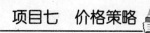
种。这里我们只介绍感受价值定价法。

所谓"感受价值"或"认知价值"是指买方在观念上所认同的价值,而不是产品的实际价值。因此,卖方可运用各种营销策略和手段(如优美的装潢、优雅的环境、高质量的服务、良好的品牌形象等),影响买方的感受,使之形成对卖方有利的价值观念,然后再根据产品在买方心目中的价值来定价。

顾客对价值的感受,主要不是由产品成本决定的。例如,一小瓶法国香水,其成本不过十几法郎,而售价高达数百法郎,就因为它是名牌商品,其他牌子的香水即使质量已赶上并超过该名牌商品,如果名气不够仍然卖不了那么高的价格。又如,在市场上,一罐可口可乐零售价格不过 3 元左右,而在高级饭店饮用要付 10 元甚至更多。这就是由于环境、气氛、服务、品牌形象等因素提高了产品的附加值,使顾客愿意支付那么高的价格。这就是感受价值定价法。

针对本任务中的任务案例,就可以考虑采用感受价值定价法。我们给这家经销商两种定价方案以供参考。

第一种,定 6 000 元以上的高价。但是必须提升该品牌深层次心理价值,即在衣服本身的品质有保障的前提下,通过明星代言、密集推广等方法,提高品牌的曝光度来提升品牌形象。但这需要大把的钱和较长的时间做铺垫。

第二种,定 3 000 元左右的中档价位。着重打造表层心理价值,即同时多开几家店,并着力打造卖场环境、导购服务等创造良好客户体验的要素。

感受价值定价法如果运用得当,会给企业带来许多好处,可提高企业或产品的身价,增加企业的收益。但是,这种定价方法要正确地运用,关键是找到比较准确的感受价值,否则,定价过高或过低都会给企业造成损失。如果定价高于顾客所感受的价值,产品就无人问津,企业销量就会减少;定价低于顾客所感受的价值,又会使企业减少收入,也有可能使消费者不屑一顾,产品卖不出去。这就要求企业在定价前认真做好营销调研工作,将自己的产品与竞争者的产品仔细比较,从而对感受价值做出准确估测。

(三)竞争导向定价法

所谓竞争导向定价法是通过竞争者或竞争引导来定价的一种方法。它的具体方法通常有 3 种:即随行就市定价法、投标定价法和拍卖定价法。

1. 随行就市定价法

所谓随行就市定价法是指企业按照行业的平均现行价格水平来定价。在以下情况下往往采取这种定价方法。

① 难以估算成本。

② 企业打算与同行和平共处。

③ 如果另行定价,很难了解购买者和竞争者对本企业价格的反应。

不论市场结构是完全竞争的市场,还是寡头竞争的市场,随行就市定价都是同质产品市场的惯用定价方法。在完全竞争的市场上,销售同类产品的各个企业在定价时实际上没有多少选择余地,只能按照行业的现行价格来定价。某企业如果把价格定得高于市价,产品就卖不出去;反之,如果把价格定得低于市价,也会遭到降价竞销。在寡头竞争的条件下,企业也倾向于和竞争对手定价相同。这是因为,在这种条件下市场上只有少数几家大公司,彼此十分了解,购买者对市场行情也很熟悉,因此,如果各大公司的价格稍有差异,顾客就会转向价格较低的企业。

家乐福的竞争导向定价法在前期相对来说用得比较多。开业初期,它采用低价策略成功地打开了市场后,下一步便是针对主要对手来制定价格。每周三它都要派出大量人员到两个主要竞争对手燕莎望京、普尔斯马特去采价,然后迅速汇总,星期四晚上调整价格,迎接双休日的销售高峰。

在竞争导向定价法中,它主要运用了随行就市法,以燕莎望京的价格作为基础,只是稍微进行下调,从而既保证了价格的优势,也不致使收入过分降低。

然而随着万客隆的开业,它在价格上就无法与其进行全面竞争了,也正是这样,家乐福趋向以成本导向定价为主,同时把价格的主要竞争放在了食品、饮料、干果类上,这样一方面保证了价格优势,另一方面也突出了商场的经营特色,迎合了当前的商场发展趋势。

2. 投标定价法

这种方法通常是政府采购机构在报刊上登广告或发出函件,说明拟采购商品的品种、规格、数量等具体要求,邀请供应商在规定的期限内投标。政府采购机构在规定的时期内开标,选择报价最低的、最有利的供应商成交,签定采购合同。某供货企业如果想做这笔生意,就要在规定的期限内填写标单,上面填明可供应商品的名称、品种、规格、价格、数量、交货日期等,密封送给招标人(即政府采购机构),这叫做投标。这种价格是供货企业根据对竞争者的报价的估计制定的,而不是按照供货企业自己的成本费用或市场需求来制定的。供货企业的目的在于赢得合同,所以它的报价应低于竞争对手的报价。这种定价方法叫做投标定价法。

一般而言,报价低于竞争者,可以增加中标的机会,然而企业的报价不能低于边际成本,否则将不能保证适当的利润。

3. 拍卖定价法

由卖方预先发表公告,展出拍卖物品,买方预先看货,在规定时间公开拍卖,由买方公开竞争叫价,不再有人竞争的最高价即为成交价格,卖方按此价格拍板成交。这是西方国家一种古老的传统买卖方式,例如早期奴隶市场通用此法;现代一般在出售文物、旧货以及处理破产企业财物时,仍沿用此法。

拍卖价格与投标价格的形成有所不同,其区别在于前者是买方公开竞价,取最高价;后者是卖方密封报价,在同等条件下取最低价。

 巩固拓展

汽车产品的定价过程

2006 年,华晨骏捷以 8.58 万元的超低价上市,给华晨集团公司带来了复兴。而北京现代雅绅特,因为定价失误,市场销售业绩平平。这两个案例都与汽车价格息息相关,下面就产品的定价过程、定价技巧等问题,进行简单诠释。

产品的价格,看似只有简单的几个数字,却涉及到了企业的研发、市场、财务等多个部门和环节,实则非常复杂。

任何一个新产品的开发,都需要经历构思产生、筛选、概念测试、开发新品、商品化5个基本阶段。

由于价格策略与市场整体策略密不可分,又由于这个产品的开发构思、基本数据都来源于汽车消费者、使用者、竞争对手的研究和分析,因此在构思产生阶段,便大体决定了产品开发的价格空间。企业的产品需要进入哪个目标市场,大体的价格区间,都是在这个阶段确定下来的。

第一阶段只从战略层面基本确定产品价格的大概空间,还需要企业的营销部门,根据市场环境和竞争对手情况、消费者反馈等综合因素,提出更加具体的定价,这是影响产品价格的关键环节。例如,凯美瑞刚上市时,是在对中高级车的竞争对手雅阁、领驭等车型充分分析后,确定了基本款19.78万元的价格。雅阁、领驭基本款的定价都在20万元以下,因为是市场后来者,价格比竞品高了,很难形成热点;价格太低了,新产品投放市场面临较高的成本。因此,在品牌影响力相差不大的情况下,凯美瑞选择了紧跟竞争对手的定价。

另外,新车在正式上市之前厂家还会经过三番五次的公布"预售价"来试探媒体和潜在消费者对新车定价的反应,从而为制定一个合适的价格提供依据。

营销或是市场部门,根据竞品和消费者的反馈提报的定价建议,还不是产品的最终定价。该价格还需要企业的财务部门进行成本利润分析,这个环节必不可少。

营销部门可能没有充分考虑企业的利润问题。而财务部门,又只考虑利润指标。在这个过程中,市场和财务都会有一个妥协的过程,例如,市场部门可以提出,减掉不必要配置,降低成本达到降低价格的目的。目前,汽车产品基本款普遍偏低的原因就在于此,而这些基本款的价格,大多只是有价无车。但是低价车型,却吸引了不少人气。消费者因为基本款的配置偏低,反而选择了更高价位的车型。例如,骏捷1.6升排量的低价车型,到目前依然没有供应市场。

营销和财务部门共同提报的产品定价,一般情况是产品的最终定价,但是也有特殊情况。例如,企业决策层,根据企业战略,对产品的价格进行大胆调整;又如,骏捷车型对华晨来说,可谓背水一战,意义非凡,所以企业采取了超出常规的低价策略。

据悉,骏捷的定价从利润角度分析,至少在销售3万台以上时,公司才有利润。但是正因为公司利润的提前透支,骏捷不仅带来了可观的销售业绩,更带来了整个华晨集团的复兴。

任务三 产品定价策略

任务案例

生产个人护理用品的吉列公司知名度历来都是很高的,因为每天全球有数千万男人在使用吉列刀片。

在19世纪末期的几十年中,美国有关安全剃须刀方面的专利起码有几十个,吉列只不过是其中之一。使用安全剃须刀不像先前的折叠式剃须刀那样易刮伤脸,又可免去光顾理发店的时间和金钱,但是这种看似很有市场的商品却卖不出去,原因是它太贵了。去理发店只花 10 美分,而最便宜的安全剃须刀却要花 5 美元。这在当时可不是一个小数目,因为它相当于一个高级技工一星期的薪水。

吉列的安全剃须刀并不比其他剃须刀好,而且生产成本更高,但别人的剃须刀卖不出去,吉列的剃须刀却是供不应求。原因就在于他实际上贴本把剃须刀的零售价定为 55 美分,批发价 25 美分,这不到其生产成本的 1/5。同时,他以 5 美分一个的价格出售刀片,而每个刀片的制造成本不到 1 美分,这实际上是以刀片的赢利来补贴剃须刀的亏损。当然吉列剃须刀只能使用其专利刀片。由于每个刀片可以使用六七次,每刮一次脸所花的钱不足 1 美分,只相当于去理发店花费的 1/10,因而有越来越多的消费者选择使用吉列剃须刀。

问题导入:吉列采用的是什么定价方法? 吉列的定价方法为后来的许多企业所模仿,你能举出一些例子吗? 这种定价方法需要具备哪些条件才能成功?

任务处理

定价策略是指企业根据市场中不同变化因素对商品价格的影响程度,采用的不同定价方法,制定出适合市场变化的商品价格,进而实现定价目标的企业营销战术。

一、折扣定价策略

企业为了鼓励顾客及早付清货款、大量购买、淡季购买,可以酌情降低其购买价格。这种价格调整叫做价格折扣。价格折扣策略主要有以下 5 种。

(一)现金折扣

这是企业给那些当场或折扣期限内付清货款的顾客的一种减价。例如,顾客在 30 天内必须付清货款,如果 10 天内付清货款,则给予 2% 的折扣,这种折扣方式可以简单地表示为"2/10, net/30"或"2/10, n/30"。因折扣带来的回报率通常要比银行利率明显高一些,所以顾客一般都不会放弃这种折扣价格。另一方面可加强卖方的收现能力,减少信用成本和呆账。

(二)数量折扣

这种折扣是企业给那些大量购买某种产品的顾客的一种减价,以鼓励顾客购买更多的物品。因为大量购买能使企业降低生产、销售、储运、记账等环节的成本费用,而且能够快速回笼资金。例如,顾客购买某种商品 100 单位以下,每单位要付 10 元;购买 100 单位以上,每单位只付 9 元,这就是数量折扣。这种折扣通常有累计折扣和非累计折扣两种。非累计折扣则是顾客一次购买达到规定数量所给予的一种折扣方式;累计折扣是指顾客购买物品累加达到一定数量所给予的一种折扣方式。

(三)功能折扣

它是指制造商根据中间商的不同类型和不同分销渠道所提供的不同服务所给予的不同

折扣。功能折扣的目的是为了占领更广泛的市场,利用中间商努力销售产品。例如,制造商报价:"100 元,折扣40% 及 10%",表示给零售商折扣40%,即卖给零售商的价格是 60 元;给批发商则再折扣 10%,即卖给批发商的价格是 54 元。这是因为批发商与零售商相比,还要多承担渠道推广的功能。

交易折扣的多少,随行业与产品的不同而不同;相同的行业与产品,又要看中间商所承担的商业责任的多少而定。如果中间商提供运输、促销、资金融通等功能,对其折扣就较多。

(四) 季节折扣

这种价格折扣也称季节差价,是指企业给那些购买过季商品或服务的顾客的一种减价,它可以使企业的生产和销售在一年四季保持相对稳定,加速资金周转和节省费用,鼓励客户淡季购买商品。例如,旅馆、航空公司等在淡季营业额下降时给旅客以季节折扣。

(五) 价格折让

价格折让是生产企业对中间商积极开展促销活动所给予的一种补助或降价优惠,又称推广津贴。中间商分布广,影响面大,熟悉当地市场状况;因此企业常常借助他们开展各种促销活动,例如,刊登地方性广告,布置专门橱窗等。对中间商的促销费用,生产企业一般以发放津贴或降价供货作为补偿。

二、地区定价策略

所谓地区定价策略就是企业要决定对于卖给不同地区(包括当地和外地不同地区)顾客的某种产品,是分别制定不同的价格,还是制定相同的价格。也就是说,企业要决定是否制定地区差价。地区性定价包括以下形式。

(一) FOB 原产地定价

FOB 原产地定价就是顾客(双方)按照厂价购买某种产品,企业(卖方)只负责将这种产品运到产地某种运输工具(例如卡车、火车、船舶、飞机等)上交货。交货后,从产地到目的地的一切风险和费用均由顾客承担。如果按产地某种运输工具上交货定价,那么每一个顾客都各自负担从产地到目的地的运费,这是很合理的。但是,这样定价对企业也有不利之处,即远地的顾客就可能不愿购买这个企业的产品,而购买其附近企业的产品。

(二) 统一交货定价

这种形式和前者正好相反。所谓统一交货定价就是企业对于卖给不同地区顾客的某种产品,都按照相同的厂价加相同的运费(按平均运费计算)定价,也就是说,对全国不同地区的顾客,不论远近,都实行一个价。例如,卓越购物网,不论城市远近,快递送货上门统一 5元运费。

(三) 分区定价

这种形式介于前两者之间。所谓分区定价就是企业把全国(或某些地区)分为若干价格区,对于卖给不同价格区顾客的某种产品,分别制定不同的地区价格。距离企业远的价格区,价格定得较高;距离企业近的价格区,价格定得较低。在各个价格区范围内实行一个价。

企业采用分区定价也有一些问题。

① 在同一价格区内,有些顾客距离企业较近,有些顾客距离企业较远,前者就不合算。

② 处在两个相邻价格区界两边的顾客,他们相距不远,但是要按高低不同的价格购买同一种产品。

(四) 基点定价

基点定价即企业选定某些城市作为基点,然后按一定的厂价加上从基点城市到顾客所在地的运费来定价(不管产品实际上是哪个城市起运的)。有些公司为了提高灵活性,选定许多个基点城市,按照顾客最近的基点计算运费。

(五) 运费免收定价

有些企业因为急于和某些地区做生意,负担全部或部分实际运费。这些卖主认为,如果生意扩大,其平均成本就会降低,因此足以抵偿这些费用开支。采取运费免收定价,可以使企业加深市场渗透,并且能在竞争日益激烈的市场上站得住脚。

三、心理定价策略

心理定价策略是针对消费者的不同消费心理,制定相应的商品价格,以满足不同类型消费者的需求的策略。心理营销定价策略一般包括尾数定价、整数定价、习惯定价、声望定价、招徕定价和最小单位定价等具体形式。

(一) 尾数定价策略

尾数定价又称零头定价,是指企业针对的是消费者的求廉心理,在商品定价时有意定一个与整数有一定差额的价格。这是一种具有强烈刺激作用的心理定价策略。这种策略通常适用于基本生活用品。

在举重运动中,500磅的重量曾一直被认为是人类不可逾越的极限。前苏联运动员阿历克谢以及其他人,以前都举起过离这个界限相差无几的重量,但从未超过。有一次,教练告诉他,他将举起的是一个新的世界纪录——499.9磅。结果他举了起来!教练称了重量,并指给他看,实际上是501.5磅!教练把500磅以上故意说成499.9磅,让阿历克谢没有了心理负担,完成了飞跃。这个例子说明,数字对人的心理暗示作用是如此巨大!同样的道理,这种心理暗示也适用于消费者。例如,某品牌的彩电标价998元,给人以便宜的感觉。认为只要几百元就能买1台彩电,其实它比1 000元只少了2元。尾数定价策略还给人一种定价精确、值得信赖的感觉。

除了9之外,以5和8作尾数也能提升销量。

(二) 整数定价策略

整数定价与尾数定价相反,针对的是消费者的求名、求方便心理,将商品价格有意定为整数。

整数定价可以给顾客一种干脆的感觉,同时整数定价还便于计算和收款。整数定价法通常适用于以下几种情况。

一是对于一些礼品、工艺品和高档商品制定整数价,会使商品愈发显得高贵,满足部分消费者的虚荣心理。例如,一件高档西服,如果完全追随竞争者同类商品平均价格,定价应1 797元。但有经验的商家则会把零售价格标为2 000元,这样不仅不会失去顾客,还能增强顾客的购买欲望。原因在于此类高档品的购买者多系高收入者,重视质量而不很计较价格,认为价格高就是质量好的象征。

二是对方便食品、快餐,以及在人口流动比较多的地方的商品制定整数价格,适合人们的"惜时心理",同时也便于消费者做出购买决策。人们容易记住商品的整数价,因此,会加深商品在消费者心理上的印象。例如,肯德基快餐店新推出的法风烧饼,定价10元。

(三)习惯性定价策略

某些商品需要经常、重复地购买,因此这类商品的价格在消费者心理上已经"定格",成为一种习惯性的价格。

许多商品尤其是家庭日常生活用品,在市场上已经形成了一个习惯价格。消费者已经习惯于消费这种商品时,只愿付出这么大的代价,例如,买一块肥皂、一瓶洗涤灵等。对这些商品的定价,一般应依照习惯确定,不要随便改变价格,以免引起顾客的反感。善于遵循这一习惯确定产品价格者往往受益匪浅。

例如,食醋每袋1元,这对于顾客购买心理来说是个习惯价格。突然食醋涨至每袋1.5元,顾客在购物时心理就会有些排斥。但是,如果商品的生产成本过高,又不能涨价该怎么办呢? 其实可以采取一些灵活变通的办法。例如,可以用廉价原材料替代原来较贵的原材料;可以减轻分量,以前是250克/袋,现在可以做成235克/袋。

(四)声望定价策略

这是整数定价策略的进一步发展。消费者一般都有求名望的心理,根据这种心理行为,企业将有声望的商品制定比市场同类商品价高的价格,即为声望定价策略。它能有效地消除购买心理障碍,使顾客对商品或零售商形成信任感和安全感,顾客也从中得到荣誉感。

北大和清华的MBA学费几乎每年都有所上升,且上升的幅度不算小。北大MBA的学费中在职班学费涨幅最大,从最初的3万元涨到5万,2009年时涨到9.8万,2010年则高达12.8万。虽然价格一涨再涨,但报考热度不减。人们普遍认为:一流的价格才能请到一流的师资,才能打造一流的学员。

(五)招徕定价策略

招徕定价又称特价商品定价,是一种有意将少数商品降价以招徕吸引顾客的定价方式。商品的价格定得低于市价,一般都能引起消费者的注意,这是适合消费者"求廉"心理的。例如,家乐福超市对鸡蛋、食用油、大米等敏感商品定超低价,吸引人群,从而带动文具、体育用品、瓷器等非价格敏感商品的销售。

（六）最小单位定价策略

最小定价策略是指企业把同种商品按不同的数量包装,以最小包装单位量制定基数价格,销售时,参考最小包装单位的基数价格与所购数量收取款项。一般情况下,包装越小,实际的单位数量商品的价格越高,包装越大,实际的单位数量商品的价格越低。

对于质量较高的茶叶,就可以采用这种定价方法,如果某种茶叶定价为每 500 克 150 元,消费者就会觉得价格太高而放弃购买。如果缩小定价单位,采用每 50 克为 15 元的定价方法,消费者就会觉得可以买来试一试。如果再将这种茶叶以 125 克来进行包装与定价,则消费者就会嫌麻烦而不愿意去换算出每 500 克应该是多少钱,从而也就无从比较这种茶叶的定价究竟是偏高还是偏低。

最小单位定价策略的优点比较明显。一是能满足消费者在不同场合下的不同需要,例如便于携带的小包装食品、小包装饮料等。二是利用了消费者的心理错觉,因为小包装的价格容易使消费者误以为廉价,而实际生活中消费者很难也不愿意换算出实际重量单位或数量单位商品的价格。

四、差别定价策略

所谓差别定价也叫价格歧视,就是企业按照两种或两种以上不反映成本费用比例差异的价格销售某种产品或劳务。差别定价有 4 种形式。

（一）顾客差别定价

顾客差别定价即企业按照不同的价格把同一种产品或劳务卖给不同的顾客。例如,公园、展览馆的门票对某些顾客群(如学生、军人、残疾人等)给予优惠价;有些企业对新老顾客实行不同的价格;保险公司同样的险种对不同年龄、不同性别的顾客索取不同的价格。

（二）产品形式差别定价

产品形式差别定价即企业对不同型号或形式的产品分别制定不同的价格,但是,不同型号或形式产品的价格之间的差额和成本费用之间的差额并不成比例。例如,同一品牌的礼盒包装巧克力比同量的散装巧克力价格高数倍。

（三）产品部位差别定价

产品部位差别定价即企业对于处在不同位置的产品或服务分别制定不同的价格,即使这些产品或服务的成本费用没有任何差异。例如,剧院虽然不同座位的成本费用都一样,但是不同座位的票价有所不同,这是因为人们对剧院的不同座位的偏好有所不同。

（四）销售时间差别定价

销售时间差别定价即企业对于不同季节、不同时期甚至不同钟点的产品或服务也分别制定不同的价格。例如,旅行社根据淡旺季调整价格;KTV 包房晚间价格比白天高出数倍;许多面包房晚上 7 点以后打七折。

五、新产品定价策略

新产品的定价是营销策略中一个十分重要的问题。关于新产品的定价策略,主要有3种,即撇脂定价策略、渗透定价策略和满意定价策略,如表7.2所示。

表7.2　新产品常用定价策略及其应用时机

价　格	市场 需求量	产品特点 突出程度	产品价格 弹性	产品的 可替代性	投资回收 速度
撇脂价格	高	大	小	低	快
满意价格	↓	↓	↑	↑	↓
渗透价格	低	小	大	高	慢

(一)撇脂定价策略

它是指企业在产品生命周期的投入期或成长期,利用消费者的求新、求奇心理,抓住激烈竞争尚未出现的有利时机,有目的地将价格定得很高,以便在短期内获取尽可能多的利润,尽快地收回投资的一种定价策略。

目前国内洗发水超过50%的需求是在去屑产品上,去屑类洗发水虽然品种繁多,但消费者对去屑品牌认同的程度并不太理想。消费者对效果明显的去屑洗发水具有强烈的需求。2007年,联合利华推出新产品清扬(CLEAR)男士去屑洗发水。由于其独特的市场细分和定位,清扬上市采用了撇脂定价,200毫升清扬定价19.70元,有意识地与相同容量和品质的宝洁产品海飞丝(价格17.90元)拉开距离,以标榜高端身份。这样不仅能给消费者一种高品质的印象,并能使清扬在当前去屑市场上脱颖而出。

(二)渗透定价策略

渗透定价策略又称薄利多销策略,是指企业在产品上市初期,利用消费者求廉的消费心理,有意将价格定得很低,使新产品以物美价廉的形象,吸引顾客,占领市场,以谋取远期的稳定利润。

(三)满意价格策略

满意价格策略又称平价销售策略,是介于撇脂定价和渗透定价之间的一种定价策略。由于撇脂定价法定价过高,对消费者不利,既容易引起竞争,又可能遭到消费者拒绝,具有一定风险;渗透定价法定价过低,对消费者有利,对企业最初收入不利,资金的回收期也较长,若企业实力不强,将很难承受。而满意价格策略采取适中价格,基本上能够做到供求双方都比较满意。

六、产品组合定价

（一）产品线定价

当企业产品需求和成本具有内在关联性时，为了充分发挥这种内在关联性的积极效应，可采用产品线定价策略。在定价时，首先，确定某种产品价格为最低价格，它在产品线中充当招徕价格，吸引消费者购买产品线中的其他产品；其次，确定产品线中某种产品的价格为最高价格，它在产品线中充当品牌质量象征和收回投资的角色；最后，产品线中的其他产品也分别依据其在产品线中的角色不同，而制定不同的价格。

例如，某服装店对某型号女装制定 3 种价格：260 元、340 元、410 元，在消费者心目中形成低、中、高 3 个档次，人们在购买时就会根据自己的消费水平选择不同档次的服装，从而消除了在选购商品时的犹豫心理。

（二）互补品定价

有些产品需要附属或补充产品。例如剃须刀需要刀片。制造商经常为主要产品（剃须刀）制定较低的价格，同时对附属品制定较高的价格。例如，本任务中任务案例说到的，吉列就是采用的这种定价策略。

惠普公司打印机也采用这种定价策略，他们低价销售打印机，然后高价出售墨盒。这种定价模式既让惠普公司牢牢控制住打印机市场的市场份额，又能源源不断地攫取高额利润，惠普从打印机和墨盒的销售中得到的利润几乎是公司的全部利润。

当然这种做法需要具备一些条件。一是亏本的产品与赢利的产品一定要配套。假如消费者买了惠普低价的打印机，又可以从别的厂商那里买到低价的墨盒，那么等待惠普的结果只有一个——破产。二是对消费者的消费情况一定要有一个准确的判断。也就是墨盒的使用量要足够大，否则也就亏定了。三是别人的模仿不会对其造成重大威胁。

（三）选择产品定价

许多企业在提供主要产品的同时，还会附带一些可供选择的产品。这种选择的定价方案是鼓励顾客多买商品。例如，购买了麦当劳的任意套餐，再加 1 元钱即可购买蛋筒冰激凌 1 个，但如果单独购买蛋筒冰激凌要 3 元 1 个。

（四）模块化定价

装配式产品或组合性产品是由不同的相对独立的功能模块构成，可以先确定基本配置的价格，以此为基准，再对不同模块分别定价，以便顾客自由地选择。例如计算机产品可以这样定价：基本配置 5 000 元，如果想把基本配置中的 19 英寸显示器改为 21 英寸再加 300 元。

新编市场营销

巩固拓展

个人化定制和差别定价

要从信息产品中获得最大价值,方法有两点。首先,对产品进行个人化定制,使它对顾客具有最大的价值。其次,建立能从这种价值中获取最大利润的定价机制。个人化定制现在有个时髦的叫法——"一对一营销"。而获取最大利润的定价机制就是"差别定价"。厂商实行"个人化定制"和"差别定价"的基础是低的边际成本和差异性很大的顾客认知价值,以及网络提供的互动的交易空间。消费者可以定制一张只包含自己喜爱的歌曲的 CD,也可以按照自己研究的需要购买统计数据,甚至可以量身定制一件牛仔裤。未来市场的主流将是"趣味经济"和"商品的民主作风"。

对不同的人收取不同的价格是一种完全价格歧视,又称"一级价格歧视";把产品进行版本划分,让消费者自我选择,这是"二级价格歧视";针对不同的消费者群体设置不同的价格,这是"三级价格歧视"。完美的价格歧视能够使厂商的利润最大化,并且能够最大限度地占有"消费者剩余",消除"无谓的损失"。

159

信息产品的差别定价

信息产品版本划分是很常见的,一般划分标准是"顾客认知价值"和"价格敏感度",例如,把新闻划分为普通报道和深度报道;把软件划分为学生版和企业版等。学生版和普通报道收取低价(甚至免费以求"锁定"),企业版和深度报道收取高价。与传统商品差异化不同的是信息产品的高端版本并不比低端产品花费更多的成本,相反有时后者成本可能更高些,因为初期生产出来的往往是高端产品,而需要额外的成本来降级为低端产品。

基于顾客心理的差别定价

心理学有所谓的"极端转移"。如果可乐只有大杯和小杯两种,很多消费者会选择小杯;而当增加一种特大杯时,更多的消费者会转向大杯。所以在不知道设置多少版本时,最佳选择是 3 种。特别地,有时候可以设置一个功能超出常规所需、价格/性能比相对较高的"黄金版",以提高厂商主推的中级产品的"真正经济价值"。

任务四 价格调整策略

任务案例

一个分析师曾这样形容英特尔公司的定价政策:"这个集成电路巨人每 12 个月就要推出一种新的、具有更高赢利的微处理器,并把旧的微处理器的价格定在更低的价位上以满足需求。"当英特尔公司推出一种新的计算机集成电路时,它的定价是 1 000 美元,这个价格使它刚好能占有市场的一定份额。这些新的集成电路能够增加高能级个人电脑和服务器的性能。如果顾客等不及,他们就会在价格较高时去购买。随着销售额的下降及竞争对手推出相似的集成电路对其构成威胁时,英特尔公司就会降低其产品的价格来吸引下一层次对价格敏感的顾客。最终价格跌落到最低水平,每个集成电路仅售200美元多一点,使该集成电路成为一个热线大众市场的处理器。通过这种方式,英特尔公司从各个不同的市场中获取了最大量的收入。

问题导入:英特尔公司每次推出新的计算机集成电路时,采取的是什么定价策略? 后期英特尔公司为什么降低其产品的价格? 消费者会怎么看待这种降价?

任务处理

企业处在一个不断变化的环境中,为了生存和发展,有时候需主动降价或提价,有时候又需对竞争者的变价做出适当的反应。

一、降价与提价

(一) 企业降价的原因

在现代市场经济条件下,企业降价的主要原因有以下几方面。

① 企业的生产能力过剩,因而需要扩大销售,但是企业又不能通过产品改进和加强销售工作等来扩大销售。

② 在强大竞争者的压力之下,企业的市场占有率下降。

③ 企业的成本费用比竞争者低,企图通过降价来掌握市场或提高市场占有率,从而扩大生产和销售量,降低成本费用。

(二) 企业提价的原因

虽然提价会引起消费者、经销商和企业销售人员的不满,但是一个成功的提价可以使企业的利润大大增加。引起企业提价的主要原因如下。

① 由于通货膨胀,物价上涨,企业的成本费用提高,因此许多企业不得不提高产品价格。在现代市场经济条件下,在通货膨胀条件下,许多企业往往采取种种方法来调整价格,对付通货膨胀。具体包括以下措施。

第一,采取推迟报价定价的战略,即企业决定暂时不规定最后价格,等到产品制成时或交货时方规定最后价格。在工业建筑和重型设备制造等行业中一般采取这种定价战略。

第二,在合同上规定调整条款,即企业在合同上规定在一定时期内(一般到交货时为止)可按某种价格指数来调整价格。

第三,采取不包括某些商品和服务定价战略,即在通货膨胀、物价上涨的条件下,企业决定产品价格不动,但原来提供的某些服务要计价,这样一来,原来提供的产品的价格实际上提高了。

第四,减少价格折扣,即企业决定削减正常的现金和数量折扣,并限制销售人员以低于

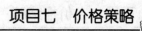

价目表的价格来拉生意。

第五,取消低利产品。

第六,降低产品质量,减少产品特色和服务。企业采取这种战略可保持一定的利润,但会影响其声誉和形象,失去忠诚的顾客。

② 企业的产品供不应求,不能满足其所有的顾客的需要。在这种情况下,企业就必须提价。提价方式包括取消价格折扣、在产品大类中增加价格较高的项目或者开始提价。为了减少顾客不满,企业提价时应当向顾客说明提价的原因,并帮助顾客寻找节约途径。

二、顾客对价格变动的反应

企业无论提价或降价,这种行动必然影响购买者、竞争者、经销商和供应商,而且政府对企业变价也不能不关心。在这里,首先分析购买者对企业变价的反应。顾客对于企业的某种产品的降价可能会进行以下解释。

① 这种产品的样式老了,将被新型产品所代替。

② 这种产品有某些缺点,销售不畅。

③ 企业财务困难,难以继续经营下去。

④ 价格还要进一步下跌。

⑤ 这种产品的质量下降了。

企业提价通常会影响销售,但是购买者对企业的某种产品提价也可能会进行以下解释。

① 这种产品很畅销,不赶快买就买不到了。

② 这种产品很有价值。

③ 卖主想尽量取得更多利润。

一般地说,购买者对于价格高低不同的产品价格的反应有所不同。购买者对于那些价值高、经常购买的产品的价格变动较敏感,而对于那些价值低、不经常购买的小商品,即使单位价格较高,购买者也不太注意。此外,购买者虽然关心产品价格变动,但是通常更为关心取得、使用和维修产品的总费用。因此,如果卖主能使顾客相信某种产品取得、使用和维修的总费用较低,那么,他就可以把这种产品的价格定得比竞争者高,取得较多的利润。

三、竞争者对价格变动的反应

企业在考虑改变价格时,不仅要考虑到购买者的反应,而且还必须考虑竞争对手对企业的产品价格的反应。当某一行业中企业数目很少,提供同质的产品,购买者颇具辨别力与知识时,竞争者的反应就愈显重要。

企业如何去估计竞争者的可能反应呢?

假设企业只面临一家大的竞争者,竞争者的可能反应可从两个不同的出发点加以理解。一个假设是竞争者有一组适应价格变化的政策,另一个假设是竞争者把每一次价格变动都当作单一挑战。每一假设在研究上均有不同的含义。

假设竞争者有一组价格反应政策,至少有两种方法可了解它们,通过内部资料和借助统计分析。内部情报的取得方法有好几种,有些是可以接受的,有些则近乎刺探。有一种方法是从竞争者那里挖来经理,以获得竞争者考虑程序及反应形式等重要情报。此外,还可以雇用竞争者以前的职员专门建立一个单位,其工作任务就是模仿竞争者的立场、观点、方法思考问题。关于竞争者想法的情报,也可以由其他渠道如顾客、金融机构、供应商、代理商等获得。

四、对竞争者发动的价格变动的反应

在同质产品市场上,如果竞争者降价,企业也必须随之降价,否则顾客就会购买竞争者的产品而不购买企业的产品。如果某些企业提价,其他企业也可能会随之提价(如果提价使整个行业有利)。但是如果一个企业不随之提价,那么最先发动提价的企业和其他企业也不得不取消提价。

在异质产品市场上,企业对竞争者的价格变动的反应有更多的自由。在这种市场上,购买者选择卖主时不仅考虑产品价格高低,而且考虑产品质量、服务、可靠性等因素,因而在这种产品市场上,购买者对于较小的价格差额无反应或不敏感。

企业在对竞争者价格变动做出适当反应之前,须调查研究和考虑以下问题。

① 为什么竞争者要变价?

② 竞争者打算暂时变价还是永久变价?

③ 如果对竞争者的变价置之不理,将对企业的市场占有率和利润有何影响?其他企业是否会做出反应?

④ 竞争者和其他企业对于本企业的每一个可能的反应又会有什么反应?

在现代市场经济条件下,市场领导者往往遇到一些较小的企业进攻。这些较小企业的产品比得上市场领导者的产品,它们往往通过"侵略性的削价"和市场领先者争夺市场阵地,提高市场占有率。在这种情况下,市场领导者有以下几种选择。

① 维持价格。因为市场领先者认为,如果降价就会使利润减少过多;保持价格不变,市场占有率不会下降太多;以后能恢复市场阵地。

② 保持价格不变,同时改进产品、服务、沟通等,运用非价格手段来反攻。采取这种战略比削价和低价经营更合算。

③ 降价。市场领先者之所以采取这种战略,那是因为他有以下分析。第一,降价可以使销售量和产量增加,从而使成本费用下降;第二,市场对价格很敏感,不降价就会使市场占有率下降;第三,市场占有率下降,以后就难以恢复。但是企业降价后,应当尽力保持产品质量和服务水平,而不应降低产品质量和服务水平。

④ 提价,同时推出某些新品牌,以围攻竞争对手的品牌。受到竞争对手进攻的企业必须考虑下面的问题。产品在其生命周期中所处的阶段;它在企业产品投资组合中的重要性;竞争者的意图和资源;市场对价格和价值的敏感性;成本费用随着销售量和产量的变化的情况。

在变动价格时,花很多时间分析企业的选择是不可能的。竞争者可能花了大量时间来准备变价,而企业可能必须在数小时或几天内明确果断地做出适当的反应。缩短价格反应决策时间的唯一途径就是预计竞争者的可能价格变化,并预先准备适当的对策。

休布雷公司在美国伏特加酒的市场上,属于营销出色的公司,其生产的史密诺夫酒,在伏特加酒的市场占有率达23%。20世纪60年代,另一家公司推出一种新型伏特加酒,其质量不比史密诺夫酒低,每瓶价格却比它低1美元。

按照惯例,休布雷公司有3条对策可选择。

① 降价 1 美元,以保住市场占有率。

② 维持原价,通过增加广告费用和销售支出来与对手竞争。

③ 维持原价,听任其市场占有率降低。

由此看出,不论该公司采取上述哪种策略,休布雷公司都处于市场的被动地位。

但是,该公司的市场营销人员经过深思熟虑后,却采取了对方意想不到的第 4 种策略。那就是将史密诺夫酒的价格再提高 1 美元,同时推出一种与竞争对手新伏特加酒价格一样的瑞色加酒和另一种价格更低的波波酒。

这一策略,一方面提高了史密诺夫酒的地位,同时使竞争对手新产品沦为一种普通的品牌。结果,休布雷公司不仅渡过了难关,而且利润大增。实际上,休布雷公司的上述 3 种产品的味道和成分几乎相同,只是该公司懂得以不同的价格来销售相同的产品的策略而已。

知识归纳

1. 影响定价的因素是多方面的,包括成本、市场需求、市场竞争、企业定价目标以及国家政策等。

2. 价格会影响市场需求,根据需求规律,市场需求会按照与价格相反的方向变动。

3. 产品的最高价格取决于该产品的市场需求,最低价格取决于该产品的成本费用。

4. 成本、需求、竞争是影响企业定价的最基本因素。

5. 所谓需求导向定价法是依据买方对产品价值的感受和需求强度来定价,而不是依据卖方的成本定价。

6. 企业处在一个不断变化的环境中,为了生存和发展,有时候需主动削价或提价,有时候又需对竞争者的变价做出适当的反应。

问题探究

1. "价格就是价值"这个观点正确吗?

2. 找一个上市初期采用撇脂定价策略的产品,分析它以后的价格走势会如何。

3. 你兴高采烈地买了一双 198 元的运动鞋,可是两天后在店里看到,由于厂家搞促销标价仅仅是 60 元,对于这种定价方式你是否同意?厂家这种做法会对自身产生什么样的影响?

4. 找一家超市,分析它所采用的定价策略。

阅读材料

药品定价有"道道"

药品价格是营销药店经营最重要的因素之一,也是消费者最敏感的因素之一。营销大师说:没有降价2分钱买不到的忠诚。那么,药店该如何确定药品价格才更合理、最有效呢?这里面的"道道"还是很多的。

道道一——尾数定价

藿香正气口服液3.25元、双黄连口服液9.85元……药品价格均带有一定的尾数,而不是恰好的整数。尾数定价能使消费者产生药品价格较廉、药店定价认真以及售价接近成本等信任感。

道道二——招徕定价

药店特意将某种或某些药品的价格定得较低,让顾客产生该药店药品价格低的错觉,从而吸引大量顾客光临。顾客在购买低价、特价药品时总会顺便购买一些其他药品,而足够的人气对药店生意是至关重要的。通常药店开业初期或举行庆祝活动时都会举行此类活动,推出一些特价药、"零利润"药等。

招徕定价法选择的低价药品通常有以下几种情况。

① 针对某一企业的药品。这种情况必须事先加强与有关药品厂家的沟通,取得厂家支持或共同展开活动为最好,避免"后院起火",甚至遭遇恶意抢购,影响药店正常经营。

② 针对某一类药品。这种情况大多结合时令、新近病情(例如夏季为防暑药品)及药店促销品种等进行。

③ 限量或者限时购买。这种情况便于药店控制,采用较多。

道道三——"会员价"带动购买力

实行会员制的药店,也可发挥会员制的作用,促进药店销售量。例如,对部分药品实行"零售价"和"会员价"两种标价方法,或者设立"会员专柜"药品等。非会员顾客要以会员价购买药品,可采取现场办理会员卡方式。

应该注意的是,这里实行会员制定价的目的,不在于通过会员增加多少销量,而在于通过"会员独享"这一具有象征意义的"待遇",带动起一般顾客的购买力。

道道四——"声望定价"提升形象

利用消费者中普遍存在的仰慕名牌、信任名牌、消费名牌所产生的趋高心理,在国家允许范围内把药品价格定成高价,以达到展示药店实力、提升药店形象、促进药品销售的目的。高档中药材、名贵中成药、进口药品、高档保健品等最适宜采用声望定价法。

达标检测

一、填空题

1. 竞争导向定价法的具体方法通常有3种,即:_____定价法、_____定价法和_____价法。

2. _____是企业给那些当场或折扣期限内付清货款的顾客的一种减价。

3. _____指制造商根据中间商的不同类型和不同分销渠道所提供的服务不同给予不同的折扣。

4. _____就是顾客(双方)按照厂价购买某种产品,企业(卖方)只负责将这种产品运到产地某种运输工具(例如卡车、火车、船舶、飞机等)上交货。

5. _____是指企业针对的是消费者的求廉心理,在商品定价时有意定一个与整数有一定差额的价格。

6. 同一品牌的礼盒包装巧克力比同量的散装巧克力价格高数倍,采用的是_____定价。

7. 在采用产品线定价时,首先确定某种产品价格为最低价格,它在产品线中充当_____,吸引消费者购买产品线中的其他产品;其次,确定产品线中某种产品的价格为_____价格,它在产品线中充当品牌质量象征和收回投资的角色。

8. 超市适合选择_____、_____、_____等敏感商品采用招徕定价。

9. 拍卖价格与投标价格的形成有所不同,其区别在于前者是_____公开竞价,取最高价;后者是_____密封报价,在同等条件下取最低价。

10. 所谓"感受价值"或"认知价值"是指买方在_____所认同的价值,而不是产品的_____。

二、判断题

1. 数量折扣是企业给那些大量购买某种产品的顾客的一种减价,以鼓励顾客购买更多的物品。　　　　　　　　　　　　　　　　　　　　　　　（　　）

2. 卓越购物网,不论城市远近,快递送货上门统一5元运费。这种定价法叫原产地定价。　　　　　　　　　　　　　　　　　　　　　　　　　　　（　　）

3. 招徕定价又称特价商品定价,是一种有意将少数商品降价以招徕吸引顾客的定价方式。　　　　　　　　　　　　　　　　　　　　　　　　　　　（　　）

4. 对于质量较高的茶叶,就可以采用较小单位定价方法。　　　　　　　（　　）

5. 顾客差别定价是一种价格歧视。　　　　　　　　　　　　　　　　　（　　）

6. 制造商经常为主要产品制定较低的价格,同时对附属品制定较高的价格。这种定价法叫选择产品定价。　　　　　　　　　　　　　　　　　　　　（　　）

7. 销售时间差别定价即企业对于不同季节、不同时期甚至不同钟点的产品或服务也分别制定不同的价格。　　　　　　　　　　　　　　　　　　　　　（　　）

8. 超市的体育用品适合采用招徕定价。　　　　　　　　　　　　　　　（　　）

9. FOB定价是企业选定某些城市作为重点,然后按一定的厂价加上从基点城市到顾客所在地的运费来定价(不管产品实际上是哪个城市起运的)。　　　　　　（　　）

10. 我国的大多数商品采用市场价格,少数关系国计民生的重要产品,国家仍然制定指令性价格和指导性价格。　　　　　　　　　　　　　　　　　　　（　　）

三、问答题

1. 企业定价的目标主要有哪些?

2. 企业降价的原因有哪些?

3. 顾客对价格的变动有什么反应?

项目八

营销渠道策略

学习目标

通过对本项目的学习,了解如下内容。

- 营销渠道。
- 宽窄渠道与垂直渠道系统。
- 营销渠道管理。
- 渠道成员分销功能分析。
- 如何获取营销渠道的竞争优势。

在热闹非凡的中国市场,当大部分企业还在津津乐道包装广告明星,还在给中间商丰厚的返利和回扣,还在对消费者大搞促销抽奖、进行价格大战时,一些聪明的企业已经开始了营销渠道的建设,在对中间商的选择和规范行为方面做文章,对终端铺货及管理方面投入大量的人力、物力和财力。中国企业终于明白,渠道的建设与维护是赢取市场的关键。

任务一　认识营销渠道

任务案例

尽管迈克·戴尔被誉为华尔街的赚钱机器,但他从来不被认为是一名技术先锋,其成功大半归结为给计算机业带来翻天覆地变化的"直销飓风":越过零售商,将产品直接销售给终端用户。正如戴尔所言:"远离顾客无异于自取灭亡。还有许多这样的人——他们以为他们的顾客就是经销商!"

DELL 公司为何能独领风骚? 其经验可归纳为 5 点。

① 为客户提供"量体裁衣"式服务。

② 采用零库存运行模式。

③ 速度最快,应用最新的零件技术,快速组装。

④ 销售渠道最短,消费者通过免费直拨电话定制。

⑤ 网络销售,80%的新客户都通过这一渠道。

依靠直销模式,DELL 公司取得了巨大成功,创造了网络时代一个让人热血沸腾的神话。

问题导入:DELL 公司为什么能取得巨大成功? DELL 公司的渠道特点是什么? 什么是

营销渠道？它的特点、流程、级数和功能是什么？

任务处理

一、营销渠道的概念

（一）营销渠道的经济效果

生产者为何愿意把部分销售工作委托给中间机构呢？这种委托意味着放弃对于如何推销产品和销售给谁等方面的某些控制。然而从另一角度看，生产者从中间机构中获得下列好处。

① 许多生产者缺乏进行直接营销的财力资源。例如，通用汽车公司在北美通过 8 100 多个独立经销商出售它的汽车。要买下这些经销商的全部产权，即使是通用汽车公司也很难筹集到这批现金。

② 在某些情况下，直接营销并不可行。例如，双汇火腿肠不可能在全国各地都建立火腿肠小零售店，或挨家挨户去出售，或者邮购等，这些都是不现实的。

③ 有能力建立自己的销售渠道的生产者常能通过增加其主要业务的投资而获得更大的利益。如果一个公司在制造业上的投资报酬率是 20%，而零售业务的投资报酬率只有 10%，那么它就不会自己经营零售业务。

这些营销中间机构中，有的（例如批发商或零售商等）买进商品，取得商品的所有权，然后再将商品出售出去，它们就叫做买卖中间商。其他（例如经纪人、代理商等）则寻找顾客，他们有时也代表生产厂商同顾客进行谈判，但是不取得商品的所有权，他们就叫做代理商。还有一些（例如运输公司、独立仓储、银行和广告代理商等）则支持分销活动，它们既不取得商品的所有权，也不参与买或卖的谈判，他们叫做辅助机构。

生产者利用中间商的目的就在于它们能够更加有效地推动商品广泛地进入目标市场。营销中间机构凭借自己的各种联系、经验、专业知识以及活动规模，将比生产企业自己干得更加出色。

利用中间商是实现经济效益的一个主要源泉，如图 8.1 所示。

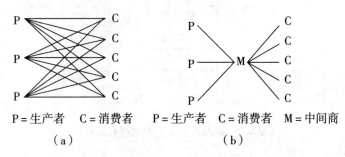

P＝生产者　C＝消费者　　　P＝生产者　C＝消费者　M＝中间商

（a）　　　　　　　　　　（b）

图 8.1　营销渠道的经济效果

（a）部分显示了 3 个生产者，每个生产者都利用直接营销分别接触 5 个顾客。这个系统要求 3×5＝15 次交易联系。

（b）部分显示了 3 个生产者通过同一个分销商和 5 个顾客发生联系。这个系统只要求 3 + 5 = 8 次交易联系。这样，渠道中中间商就减少了必须进行的工作量。

（二）营销渠道的含义

营销渠道是促使产品或服务顺利地被使用或消费的一整套相互依存的组织。也就是说，一条市场营销渠道包括某种产品的供产销过程中所有的企业和个人，例如，资源供应商、生产者、商人中间商、代理中间商、辅助商以及最后消费者或用户等。

（三）营销渠道的特点

① 营销渠道主要是由参与商品流通过程的各种类型的机构组成的。通过这种机构网，产品才能上市行销，从生产者流向最终消费者或用户，实现商品的价值。

② 营销渠道的起点是生产者，终点是通过生产消费和个人生活消费能实质上改变商品形态、使用价值和价值的最后消费者和用户。

③ 在商品从生产者流向最终消费者或用户的流通过程中，最少要经过一次商品所有权的转移。

④ 营销渠道并不是生产者和中间商之间相互联系的简单结合，而是企业之间为达到各自或共同目标而进行交易的复杂行为体系和过程。

二、营销渠道的流程

渠道成员的活动主要包括实体转移、所有权、促销、谈判、资金、风险、订货和付款等。成员的上述活动在运行中形成各种不同种类的流程，这些流程将组成渠道的各类组织机构贯穿起来。最主要的流程包括实物流、所有权流、促销流、谈判流、资金流、风险流、订货流、付款流及市场信息流。下面以汽车为例来进行说明，如图 8.2 所示。

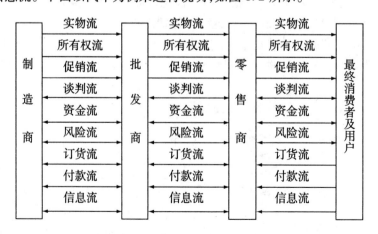

图 8.2　商品营销渠道的流程与流向

（一）实物流

实物流指实体产品及劳务从制造商转移到最终消费者和用户的过程。例如，汽车厂在汽车成品出厂后，必须根据代理商的订单交付产品给代理商，再运交顾客。若遇到大笔订单的情况,也可由仓库或工厂直接供应。在这一过程中,至少须用到一种以上的运输方式,如铁路、公路、水运等。

(二) 所有权流

所有权流指货物所有权从一个分销成员手中到另一个分销成员手中的转移过程。在前例中,汽车所有权经由代理商的协助而由制造商转移到顾客手中。

(三) 促销流

促销流指广告、人员推销、宣传报道、公关等活动由一个渠道成员对另一个渠道成员施加影响的过程。促销流从制造商流向代理商称为贸易促销,直接流向最终顾客的话则称为最终使用者促销。所有的渠道成员都有对顾客促销的职责,既可以采用广告、公共关系和销售促进等针对大量促销的方法,也可以采用人员推销针对个人促销的方法。

(四) 谈判流

谈判流指在分销渠道中,商品实体和所有权在各成员间每转移一次,就必须进行一次谈判,这些谈判也构成一个流程。例如,上例中代理商必须就汽车的价格、交货日期、付款方式等问题与其供应者——汽车制造商和最终消费者进行谈判。

(五) 资金流

资金流指在分销渠道各成员间伴随所有权转移所形成的资金交付流程。例如,信用卡发卡单位就能为消费者买汽车提供消费者信用。

(六) 风险流

风险流指各种风险在分销渠道各成员之间转移与预防风险的过程。这里的风险包括产品过时、报废和由于失火、洪水、季节性灾害、经济不景气、竞争加剧、需求萎缩、产品认同率下降及返修率过高等因素造成的风险。

(七) 订货流

订货流指渠道成员定期向其供应商发出订货命令。这里的订货或是由顾客直接发出,也可能是某种成员为保持适量库存以应付潜在需求,或为减少因未来价格可能上升而导致的费用成本增加而发出的。

(八) 付款流

付款流则是指货款在各分销成员之间的流动过程。例如,顾客通过银行或其他金融机构向代理商支付账单,代理商扣除佣金后再付给制造商。此外还需付给运输企业及仓库。

(九) 市场信息流

市场信息流指在分销渠道中,各营销中间机构相互传递信息的过程。通常渠道中每一相邻的机构间会进行双向的信息交流,而互不相邻的机构间也会有各自的信息流程。

以上 9 种流程中最为重要的是实物流、所有权流、付款流程和市场信息流。不同流程的流向也有很大区别,像实物流、所有权流、促销流在渠道中的流向是从生产者指向最终消费者或用户;付款流、信息流和订货流则是从消费者或用户指向制造商;而资金流、谈判流及风险流则是双向的,因为一旦不同成员之间达成交易,其谈判、风险承担及资金往来均是双向的。

分销渠道中,由于各成员所承担的功能与职责不同,因而其所对应的流程也不尽相同。

三、营销渠道的级数

生产者和最终顾客是每个渠道的组成部分。我们用中间机构的级数来表示渠道的长度。下面举例说明了几种不同长度的营销渠道,如图 8.3 所示。

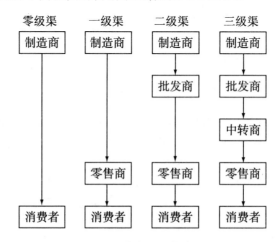

图 8.3　消费者市场营销渠道

零级渠道(也叫直接营销渠道)是由生产者直接销售给最终顾客。直接营销的主要方式是上门推销、家庭展示会、邮购、电话营销、因特网销售和制造商自设商店。例如,雅芳公司的销售代表基本上都是上门向妇女推销化妆品等。

一级渠道包括一个销售中间机构,例如零售商。二级渠道包括两个中间机构。在消费者市场,它们一般是一个批发商和一个零售商。三级渠道包括三个中间机构。例如,在肉类包装行业中,批发商出售给中转商,它再售给零售商。级数更长的营销渠道也还有。然而从生产者的观点看,渠道级数越高,获得最终用户信息和控制也越困难。

下面是常见的工业品市场营销渠道。工业市场生产者可利用其销售人员直接销售产品给工业品顾客;或者可销售给工业品经销商,由他销售给工业品顾客;或者可通过生产商的代表或自属的销售分支机构直接销售给工业品顾客;或者通过工业品经销商销售给工业品顾客,如图 8.4 所示。

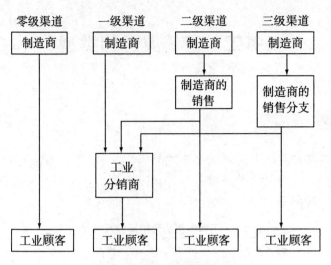

图8.4 工业市场营销渠道

 **巩固拓展**

营销渠道的功能

一个营销渠道执行的功能就是把商品从生产者那里转移到消费者手里。它弥补了产品、服务和其使用者之间的缺口，主要包括时间、地点和持有权等缺口。营销渠道的成员执行一系列重要功能。

① 它们搜集和传播营销环境中有关潜在与现行顾客、竞争对手和其他参与者力量的营销调研信息。

② 它们发展和传播有关供应物的富有说服力的吸引顾客报价的沟通材料。

③ 它们尽力达成有关产品的价格和其他条件的最终协议，以实现所有权或持有权的转移。

④ 它们从制造商处获得订单。

⑤ 它们在不同的营销渠道层面收付存货资金。

⑥ 它们在执行渠道任务的过程中承担有关风险。

⑦ 它们提供与产品实体有关的一系列的储运工作。

⑧ 它们通过银行或其他金融机构为买方付款。

⑨ 它们提供物权从一个组织或个人转移到其他人。

这些功能交给中间商来执行比生产者自己承担可节省很多费用，亦能提高效率和效益，更好地满足目标市场的需要。

任务二　营销渠道的类型

 **任务案例**

　　液态奶是中国各类产品中渠道最为复杂的品类之一,从省会城市,到地级城市、县级乡镇市场,液态奶企业蒙牛、伊利等对终端的争夺越发激烈。在这场终端掠夺战中,不同类型的渠道及特点逐步显现出来,如表8.1所示。

表8.1　不同类型的营销渠道及特点

主要渠道	特　点	适销产品	受限因素
大卖场	有完善的冷藏条件,适宜家庭和团购	各类保鲜和常温产品	门槛较高
连锁超市	冷藏条件一般 但分布广泛	以超高温瞬时处理(UHT)技术的利乐砖、利乐枕包装(常说的纸包装)	保鲜产品有障碍
便利店	新兴业态 24小时经营 在上海冷链发达	屋顶包类保鲜产品 利乐枕、百利包、杯酸类产品	陈列排面很小 靠自然流量 促销很难开展
食杂店	传统业态 便利,但几乎没有冷链	利乐砖为主	销量较小 价格高
批发市场	传统渠道 分销主导	常温产品	发达地区逐渐萎缩
酒店、餐饮店	新兴渠道 具有高溢价能力	屋顶包 塑瓶	门槛较高 一次性投入大
流动街头散摊	早晚出现 以当地品牌为主	保鲜奶 乳饮料、杯酸	气候影响大 操作不规范
烟摊、水摊	较为固定	利乐砖和塑料乳饮料	量很小、价格高
乳品专卖店	区域品牌主导 具有排他性	各类乳制品 保鲜类销量大	投入成本大
送奶上户(邮政、报纸、订奶、宅配)	直接到消费者 销量稳定 获利空间大	保鲜类产品	需要冷藏车配送
蛋糕店	新兴渠道	保鲜和常温	流量小

（续表）

主要渠道	特　点	适销产品	受限因素
学生奶	特殊渠道 多为政府行为	保鲜产品	对质量要求高 社会敏感度高
特通（航空、铁路、团购）	特殊渠道	常温产品	进入不易
娱乐场所——KTV、健身中心	新兴渠道	常温产品	流量小
送水站	新兴渠道 整箱购买 直达消费者	常温产品	水站密集度和成熟度
电子商务	新兴渠道 潜力巨大	保鲜和常温产品	主要在一级市场

问题导入：中国液态奶市场主要有哪些营销渠道？有哪些启发？营销渠道的主要类型有哪些？分别有什么特点？

任务处理

一、宽渠道与窄渠道

（一）宽渠道

营销渠道的"宽度"取决于渠道的每一个层次中使用同种类型中间商数目的多少。例如，卷烟厂通过许多批发商、零售商将其生产的香烟推销到广大地区和广大消费者手中，这种产品分销渠道就较宽。

特点：宽营销渠道范围广，广大消费者可以随时、随地买到企业的产品；而且可以造成中间商之间的竞争。但由于同类型的中间商数目多，使中间商推销企业的产品不专一，不愿为企业付出更多的费用。另外，在宽营销渠道下，生产企业和中间商之间的关系松散，使得在交易中的中间商会不断变化，如图8.5所示。

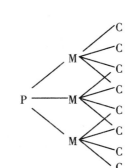

P＝生产者　　C＝消费者　　M＝中间商

图8.5　宽渠道系统

（二）窄渠道

营销渠道的"长度"取决于商品在流通过程中经过的不同类型的机构（层次）数目的多少。例如，摩托车生产企业只通过少数批发商或零售商推销其产品，或在某一地区只授权某一批发企业或零售企业经销其产品，这种营销渠道就比较窄，如图8.6所示。

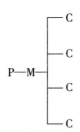

P＝生产者　　C＝生产者　　M＝中间商

图8.6　窄渠道系统

特点：窄营销渠道使用范围较窄，适用于销售技术性强、生产批量小的商品，生产企业只选择那些熟悉本企业产品技术性能的中间商经销自己的产品。它的优点是生产企业和中间商之间的关系密切，相间有较强的依附关系，销售和生产相互促进。不足的是风险较大，一旦双方关系出现变化，便会影响生产或销售。

二、垂直渠道系统

垂直营销系统是由生产者、批发商和零售商所组成的一种统一的联合体。一个渠道成员作为渠道领袖拥有其他成员的产权，或者是一种特许经营关系，或者这个渠道成员拥有相当实力，其他成员愿意合作。垂直营销系统有利于控制渠道行动，消除渠道成员为追求各自利益而造成的冲突。它们能够通过其规模、谈判实力和重复服务的减少而获得效益。在消费者销售中，垂直营销系统已经成为一种占主导地位的分销形式，在市场中占有较大的比重，垂直营销系统的3种类型是公司式、管理式和合同式。

（一）公司式垂直营销系统

公司式垂直营销系统是由同一个所有者名下的相关的生产部门和分销部门组合成的。

垂直一体化被公司所喜爱是因为它能对渠道实现高水平的控制。例如,一些大零售公司拥有和统一管理若干批发机构、工厂等,采取工商一体化经营方式,综合经营零售、批发、加工生产等业务。

(二) 管理式垂直营销系统

管理式垂直营销系统的生产和分销是由一家规模大、实力强的企业出面组织的。名牌制造商有能力从再售者那里得到强有力的贸易合作和支持。例如,可口可乐、柯达、宝洁公司等,能够在有关商品展销、货柜位置、促销活动和定价政策等方面取得其再售者的非同寻常的合作。

(三) 合同式垂直营销系统

合同式垂直营销系统是由各自独立的公司在不同的生产和分配水平上组成,它们以合同为基础来统一它们的行动,以求获得比其独立行动时所能得到的更大的经济和销售效果。合同式垂直营销系统近年来获得了很大的发展,成为经济生活中最引人注目的发展之一。合同式垂直营销系统有 3 种形式,如表8.2 所示。

表8.2　垂直营销系统

类　型	说　明	范　例
以批发商为核心的自愿连锁销售网络	批发商倡办的自愿连锁组织。批发商组成独立的零售商成立自愿连锁组织,帮助它们与大型连锁组织相抗衡。批发商制定一个方案,根据这一方案,使独立零售商的销售活动标准化,并获得采购经济的好处,这样就能使这个群体有效地和其他连锁组织竞争。这种分销网络往往集中在日杂用品、五金配件等领域	美国"独立杂货店联盟"
零售商自愿合作销售网络	零售商可以带头组成一个新的企业实体来开展批发业务和可能的生产活动。成员通过零售商合作组织集中采购,联合进行广告宣传。利润按成员的购买量比例进行分配。非成员零售商也可以通过合作组织采购,但不能分享利润。这种关系网络成员间的联系程度要松散一些,合作事项也少	美国 Top Co 协会
特许经营销售网络	特许经营是近年来发展最快和最令人感兴趣的零售形式。尽管基本思想还是老的,但是,有些特许经营的形式是崭新的。特许经营销售网络是指拥有某种独一无二的产品或服务、或某种经营方式、或商标专利权的特许人和经营者之间通过契约而形成的关系模式 特许经营销售网络主要有 3 种特许模式。① 由生产制造商组织的零售商特许专营网络。② 由生产制造商组织的批发商特许专营网络。③ 由服务性企业倡办的特许专营网络	美国通用汽车公司建立了若干根据地区划分的授权专营点,每个授权代理协议经销"通用"产品 麦当劳通过特许协议成为快餐业王国

三、水平渠道系统

水平渠道系统指由两个或两个以上的企业自愿组成长期或者短期联合关系,共同开拓新市场的渠道系统。这种企业间的联合行为可以是长期的、短期的,甚至可以成立专门的公司。这种联合可以取得更大的协同效应,还可以分担资金和风险压力。

四、多渠道系统

过去,许多公司一般采用单一渠道进入市场,现在,越来越多的公司采用两条或更多的分销渠道以到达一个或者更多的消费者细分市场。例如,计算机公司不仅直接向消费者出售计算机,还通过电器店、计算机专业商场等出售产品。通过多渠道营销,不仅增加了市场覆盖面,而且还降低了成本。但是,采取多渠道营销系统,引进新渠道时要注意渠道冲突的控制。

 巩固拓展

营销渠道的成本优势

产品营销渠道的成本地位产生于其价值活动的成本行为,而成本行为往往受到一些成本驱动因素的影响。能够决定商品营销渠道成本优势的驱动因素主要有规模经济、联系、相互关系等。

1. 规模经济与分销成本

它包括分销在内的各种价值活动,常常受制于规模经济或规模不经济。规模经济产生于以不同方式和更高效率来进行更大范围的活动的能力,或者产生于从更大的销量来分摊无形成本如广告费等的能力,或者产生于随着一种活动规模的扩大,支持该项活动所需要的基础设施或间接费用的增长低于其扩大的比例。商品分销具有比以往任何形式的流通组织或营销渠道更高的分配效率,因而,通过这种新型方式及较高分配率而获得规模经济的好处,是显而易见的。假如你自己开个小日化超市,和保洁公司签订购买飘柔洗发露 500 瓶的合同,而沃尔玛、家乐福和保洁公司签订飘柔洗发露 50 万瓶合同,谁的采购价格更便宜? 道理不言而喻。

此外,商品营销渠道中,每一渠道及其成员的选定与布局,都是依据其所针对的特定目标市场的需求特点、需求潜力及盈利规模而进行的。因而,每一渠道及成员都对其目标市场的规模具有敏感性,而采取相应成本行为,从而获得本渠道的规模经济,并进而实现整个营销渠道的规模经济。另外,商品营销渠道中某些活动的共同化,如信息服务、物流服务等,也体现着规模经济性的要求。随着分销规模的扩大,可以大大提高信息服务和物流基础设施的利用效率,且无需追回大量投放。

总之,商品营销渠道中的许多价值活动具有规模经济性,因而,有助于其获得低成本的领先地位和优势,尤其在建立起了商品分销网络之后。

2. 相互联系与成本优势

一种价值活动的成本往往受到其他活动实施情况的影响。相互联系可分为企业内部各种价值活动的联系和企业与其供应厂商和销售渠道的价值活动的纵向联系。通过对相互联系的价值活动之间相互联系的典型表现,通过改善对这种联系的管理来减少库存是极其可能的。

商品营销渠道是利用生产企业、中间商和最终用户之间存在的纵向联系,并使之协调和最优化而形成的。由于渠道成员间在某种程度是居于同一利益共同体的，因而对相互联系的活动可以进行协调和优化，从而降低渠道的分销成本，获得成本优势。例如，生产企业的供货频率和及时性是与各渠道成员的库存量相联系的，必须从渠道的整体利益出发，对此种联系进行最优化，使两者的总成本达到最低。

3. 相互关系与成本优势

企业与其他相关经营单位之间也存在着种种影响成本的相互关系。最重要的相互关系是某一种价值活动可以影响他们合用时的关系。例如，美国医疗器材供应公司发现与许多生产医疗用品的单位合用一个订单处理系统和销售组织，可使成本获得重要的改善；而象西尔斯、沃马特等企业可以成为许多生产企业共同的分销系统。

合用一种价值活动可以提高该活动的生产、经营能力的利用效率，从而获得成本领先的地位。这就表明，任何一种商品的营销渠道，在形成和运作中，并不是一个排他的系统，而是一个可以为若干企业共享的开放系统。通过这种使用，可以大大提高渠道的运行效率，既提高了渠道的收益，也使合用的企业降低了成本开支。

此外，例如，各种分销形式的时代选择，渠道成员的地理分布等因素也是影响分销渠道成本的驱动因素，是企业选择和组建商品分销渠道时不应忽视的成本因素和取得成本优势的潜在来源。

任务三　渠道成员的分销功能分析

任务案例

1962年，山姆·沃尔顿在美国阿肯色州本特维拉市开设了第一家以沃尔玛命名的商店，时至今日，沃尔玛已一跃成为全球最大的连锁零售经销商。

1996年，沃尔玛进入中国，在深圳开设了第一家沃尔玛购物广场和山姆会员商店。沃尔玛全球采购中心总部于2002年在深圳设立。经过10多年的发展，目前，沃尔玛已经在中国经营多种业态，包括购物广场、山姆会员商店、社区店，已经在全国20多个省的90多个城市开设了超过180家商场。沃尔玛至今在华创造了超过5万个就业机会。

沃尔玛成功的奥秘是什么呢？

1. 商品采购管理实行80/20原则

沃尔玛实行进销分离的体制，地区总部采购部负责所有分店商品的采购，而各分店则是一个纯粹的卖场。沃尔玛现在已放弃了系列化经营原则，他们发现，一个商店80%的销售额通常是由20%的商品创造的，采购员的任务就是要经常分析这20%的商品是什么，然后采购。进货之后，要监控销售情况，根据商品的不同表现，决定增加或删减。

2. 电脑信息系统

沃尔玛中国有限公司的信息管理系统来自强大的国际系统支援，公司总部与全球各分店和各个供应商通过共同的电脑系统进行联系，拥有相同的补货系统、相同的EDI条形码系统、相同的库存管理系统、相同的会员管理系统、相同的收银系统。这样的系统能从一家

新编市场营销

商店了解全世界的商店的资料。

① 计算机系统中保存两年的销售记录,记载了所有的商品——具体到不同的规格、花色、款式的每一件商品的销售数据,这样的信息支持能够使商店采购适应顾客需求的商品及保持适当的库存。

② 供应商享受同样信息。供应商在任何时候都可以在沃尔码的计算机系统中查到自己商品的销售、库存的详细资料。这对按需生产十分有利。

③ 商店员工应用扫描枪扫描商品的条形码时,能够显示价格、当前库存、建议订货数量、在途数量及最近各周期销售数量等信息。

3. 本地化政策

沃尔玛虽然是地地道道的美国商场,但在中国市场上出售着95%左右的地地道道的中国货。

4. 奉行"管理倒三角"法则

领导在最基层,员工是中间原支架,而顾客则永远高高在上。领导为员工服务,员工为顾客服务。

5. 高周转率

6. 经营高质量商品

7. 强调毛利、低价格和高销售量

8. 连锁经营

9. 便利社区居民

10. 天天平价

11. 比竞争对手更节省开支

问题导入:沃尔玛处于什么样的渠道环节? 营销渠道的主要成员有哪些? 其分别在渠道链上扮演什么样的角色? 如何才能确保渠道成员之间的密切衔接以保证渠道的快捷与顺畅?

任务处理

渠道是由一系列相对独立的环节穿缀而成的链条,不同的环节在渠道中扮演着不同的角色,承担不同的功能,渠道成员之间的密切衔接才能保证渠道的快捷与顺畅。

一、消费者功能分析

消费者也是渠道成员。如果得罪了消费者,那渠道的作用可能就会大大受阻了。轻视消费者的错误表现有以下几个方面。

① 强力推销,将消费者视为一个消极被动者。

② 没有注意到"消费者"本身是一个内涵相当丰富的概念,不认真辨析消费者群体的差异性,空喊"我们要为消费者献爱心"。

③ 渠道运作之后,不重视消费者对渠道所安排的各种营销刺激因素会做出任何反应,所以经常会出现渠道设计者为自己的"杰作"暗自欢喜、服务对象却莫名其妙的可悲景象。

④ 不了解消费者的购买动机、购买习惯、价值偏好及购买行为模式，以一种"想当然"的思维方式进行渠道操作。

⑤ 渠道长短、宽窄的设计，中间商的选择，渠道政策的制定，都没有设身处地地为消费者着想，而是以厂家和商家如何最大限度地获利为出发点。

⑥ 不想与消费者建立起长期的"合作伙伴关系"，而仅仅将之视为一次交易的参与者，缺乏"客户是资源"的理念。

⑦ 不注意在售后环节下功夫，对消费者"口碑效应"缺乏清醒的认识，殊不知"一言既可兴邦，亦可毁邦"。

⑧ 缺乏"诚实信用"意识，以"坑、蒙、拐、骗"为行为准则，渠道仅仅是一个实施欺诈的工具。

所以对于厂家和商家而言，将消费者置于提高消费的中心绝对是一种明智的选择。原因包括以下几点。

① 消费者是商品和服务的最终购买者。

② "消费者主权"时代的到来使消费者对商品和服务有更多的选择权。

③ 行业竞争的压力。

④ 实施顾客满意策略越来越成为企业竞争克敌制胜的法宝。

⑤ 谁能最大限度地接近消费者，谁就能最先获得令人艳羡的丰厚回报。

企业在进行渠道建设的过程中，首先应认清消费者在渠道建设中所扮演的角色。这点至关重要，相当多的渠道陷入困境，就是因为对消费者的角色认识不清。消费者在渠道建设中扮演如下角色。

① 渠道的神经末梢。

② 渠道服务的最终受益者。

③ 渠道建设效果的最权威评判者。

④ 渠道的维护者和推动者。

⑤ 渠道的监督者和终结者。

⑥ 营销信息的原始提供者。

⑦ 营销博弈格局中强有力的谈判者。

二、批发商功能分析

（一）批发商的压力

批发商在渠道中所扮演的是承上启下的角色。但是，近年来批发商的商业地位却受到了巨大的冲击，其压力主要来自于以下方面。

① 大制造商越过批发商自设分销机构或直接面对最终消费者。

② 零售业连锁店的发展催生了大批量、多品种、高周转的进货方式，使大零售商与供应商直接打交道更为划算。

③ 直销营销方式的冲击。

（二）批发商的渠道优势

面对大制造商、大零售商以及"零渠道"3 种力量的夹击，批发商的日子的确不好过。

那么,在渠道越做越短的今天,批发商是不是真的到了该退出舞台的地步呢? 当然不是,批发商仍然还具有自己的独特优势。

① 小制造商开发市场能力弱,又无力建立自己的分销机构,而批发商的存在则可弥补这一点。

② 即使是大制造商自建分销机构,也要考虑管理、资金投入效果等问题。

③ 整买整卖功能和规模经济效益。

④ 与零售网点接触面广,有自己的零售商关系网。

⑤ 具有仓储功能,可减少厂家的库存成本。

⑥ 具有融资功能,可提前订货和及时付款。

⑦ 具有共担风险功能,在分销过程中,拥有商品的所有权,可以分担风险。

⑧ 具有运输功能,大批发商可利用自己的运输工具快速向买方送货。

⑨ 厂家和零售商的信息纽带。

三、零售商功能分析

零售商与消费者的距离最近。在整个供应链系统中,零售点是最重要的一环,可以说,渠道的终端就在柜台,柜台决定企业的生死。绝大多数消费品是在商店中购买的,如果厂家无法使消费者在零售点中看得到、买得到、乐意买、愿意再买,那么,你的产品就永远卖不出去。

(一)零售商的魅力

① 消费者的注意力是稀缺资源,谁能吸引他们的目光,谁就把握住了先机。

② 货架是一种稀缺资源,不是谁想上就能上的。

③ 渠道竞争日趋白热化,柜台是最激烈的战场。

④ 进知名度高的商场、争取更大的排面、更好的陈列是柜台竞争的主要目标。

⑤ 明知进大商场费用贵得惊人,可拟入者仍趋之若鹜,原因如同股市一样,"高风险带来高回报"。

(二)零售业态的特征

主要零售业态的特征如表8.3所示。

表8.3 主要零售业态的特征

业 态	特 性
专业商店	产品线窄,花色品种多。专业零售的例子有服饰商店、运动用品商店、书店和花店
百货商店	规模大;商品丰富,能提供多条产品线;商品附加值高;服务项目多
超级市场	营业面积大;客流量大;品种丰富,低成本,可满足家庭主妇"一揽子"购物需求;自动服务;明码标价,集中付款
便利商店	商品相对较少,位于住宅区附近,营业时间长,规模小,品种少;见缝插针,灵活;与老百姓日常生活联系最为密切,主要经营日杂用品

（续表）

业 态	特 性
折扣商店	出售标准商品,价格低于一般商品,毛利较低,销售量大。真正的折扣商店用低价定期地销售其商品,提供最流行的全国性品牌
专卖店	经营某一产品线或某一品牌;产品线单一,但花色品种较为齐全,个性化服务;位于商业中心区;以专和精为定位目标;品牌经营
仓储商店	库存销售合一;不经过中间环节,从厂家直接进货;大批量;讲究品牌;店堂布置洁;实行会员制自动服务;低成本运营;以经营消耗性、通用性商品为主
步行街	只允许步行者通过的商业街区,由步行通道和林立两旁的商店组成;松散经营;商品丰富;追求文化、情调,集购物、休闲、旅游于一体

四、生产厂家功能分析

厂家在渠道中扮演重要角色,从某种意义上说,整个渠道就是按照厂家的意图运作的。具体来说,厂家的渠道功能主要体现在以下几点。

① 提供产品或服务。

② 制定渠道游戏规则。

③ 决定渠道政策。

④ 管理渠道运作。

⑤ 调整渠道运作模式。

事实上,绝大多数厂家都希望做渠道的主宰者,控制渠道,使其按照自己的意志去运作。而厂家通过以下方式行使渠道功能。

① 提供热销产品或优质服务。

② 制定合理的渠道规则和政策。

③ 促进渠道合作,激励渠道成员。

④ 协调渠道矛盾。

⑤ 协助中间商开拓市场。

⑥ 不断创新。

⑦ 以实力和影响控制渠道。

⑧ 对渠道做全盘规划。

要掌握渠道主动权,厂家的量化作业管理是很有必要的,如表8.4所示。

表8.4　量化管理作业模式

要 素	作业要点
绘制图表	包括销售网点分布图、客户登记表、客户服务表及订货表
设定工作区域	划分业务员工作范围
标示工作线路	要求业务员按线路拜访客户
确定工作量	客户数量、访问频率、访问质量等
制定拜访频率	根据销售业绩,确定客户等级标准,重点客户重点访问

巩固拓展

遴选零售商的7个条件

1. 地点

消费者去哪儿买,产品就在哪儿卖。在选择零售商时,不能仅仅考虑产品的性质,而且还应以方便消费者购买为原则。

① 调查店铺的商业性质、商圈消费者数量、竞争店数量、经营业绩、客流状况、交通是否便利、周边店铺情况、场地条件、规模大小及商誉等。

② 零售商的地理区位优势。一般来说,位于闹市、转角等人口流动率较高或交通较为便利的地点分销量大一些。当然,对有的产品相对来说并不重要,例如汽车。

2. 零售业态与产品特性

不同的零售业态有不同的产品分销优势,例如,日杂店对于各种便利品或中低档选购品来说,是比较好的零售渠道。中高档化妆品和大型家用电器应选择分布在客流量较高的闹市区的经销店,以便于顾客挑选。

3. 零售商的主力产品

主力产品代表了业态的主要功能和核心能力,商家与商家的竞争就是核心能力的竞争,"你无我有,你有我优,你优我新,你新我变"。主力产品确定后,方能考虑辅助产品和关联产品。

4. 市场开发能力

表现在商品吞吐规模、市场开发投入、促销的技能以及在困境中突破重围的行为能力等方面。

5. 服务能力

例如广告宣传力度、店堂演示、产品咨询、技术服务、送货、养护、退货等。

6. 经验

经验就是财富,经验可以使厂家免去很多不必要的开支,也使得商家在谈判桌上增加了讨价还价的砝码。

7. 预期合作关系

合作关系有紧密和松散之分。所谓紧密型合作关系可能意味着双方以产权为联盟纽带实现产销一体化,或即使不以产权为纽带,而由于厂家强大的管理能力可以控制商家所形成的命运共同体。至于松散型合作关系,交易行为大多是一次性的、短暂的,缺乏战略考虑。不同的合作关系,会产生不同的结果。

任务四 营销渠道的管理

任务案例

宝洁公司在中国市场取得的成功是有目共睹的。除了产品品质一流、科研实力强大、管理体系完善、人员素质较高等优势外,大多数营销界人士认为巨额广告投放是宝洁成功的关键因素。而真正令业内人士佩服的是宝洁的"秘密武器"——渠道运作综合管理体系。

渠道运作综合管理体系,简单地讲就是由厂方代表通过全面控制经销商下属宝洁产品专营队伍,高效执行各种销售方案,以实现最大网络覆盖、最佳销售陈列的宝洁助销模式。"经销商即办事处"是宝洁公司的一句口号,但这不是一句普通的口号,它是宝洁公司渠道管理理念通俗化、形象化的写照。它意味着宝洁公司的一切市场销售、管理工作均以经销商为中心;一切终端铺货、陈列等工作,必须借助经销商的力量。这意味着,宝洁公司视经销商为密切合作伙伴的同时,更视之为公司的下属销售机构,可见终端市场实际上掌握在宝洁公司手中。

全面支持、管理、指导并控制经销商是宝洁管理渠道的核心。宝洁公司每开发一个新城市市场,原则上只找一家经销商,派驻一位厂方代表。该厂方代表办公室场所就设在经销商营业处,肩负全面开发管理该区域市场的任务,其核心职责是管理经销商及经销商下属的销售队伍。

宝洁要求经销商组建宝洁产品专营小组,由厂方代表负责该小组的日常管理。专营小组构成一般10人以上,具体又可分为针对大中型零售店、批发市场、深度分销3个销售小组。每个销售人员在给定的目标区域、目标客户范围内,运用"路线访销法"开展订货、收款、陈列、POP(卖点促销)张贴等系列销售活动。

为了提高专营小组的工作效率,一方面宝洁公司不定期派专业销售培训师前来培训,具体内容涉及公司理念、产品特点、谈判技巧等各个方面,进行宝洁"洗脑式"培训;另一方面,厂方代表必须协同专营小组成员拜访客户,不断进行实地指导与培训。

同时,为了确保厂方代表对专营小组成员的全面控制管理,专营小组成员的工资、奖金,甚至差旅费、电话费等全部由宝洁公司负责发放。厂方代表依据销售人员业绩,以及协同拜访和市场抽查结果,确定小组成员的奖金额。宝洁还要求经销商配备专职文员以及专职仓库人员,工资、奖金亦由宝洁公司承担。通过组建宝洁产品专营小组,宝洁公司基本掌握了终端网络。

问题导入:宝洁公司渠道运营的"秘密武器"是什么? 它们是如何进行渠道管理的? 企业应该如何选择和培训渠道成员? 如何激励和评估渠道成员?

一、如何选择和培训渠道成员

(一)影响渠道成员选择的因素

企业在具体选择中间商的过程中,一般应当认真考察,慎重甄选。这是选择中间商时必须要做的基础工作,在选择时应着重了解中间商以下情况。

1. 市场能力

经销其他品牌的产品能否达到目标卖场?铺货覆盖率达到百分之几?批发能力如何(几级批发构成)?网络能否渗透到周边市场?直销能力如何?能否控制价格?业务人员是否熟练精干?促销手段是否科学、有效?

2. 财务能力

注册资金、实际投入的资金是否有宽裕?必备的经营设施(如仓储、运输、营业场地等)是否能够承受目前业务?给厂家付款的方式如何?资金周转率、利润率如何?银行贷款能力如何?

3. 信誉能力

同行口碑、厂家评价(合作程度)、卖场的评价(如送货是否及时、促销是否到位等)、当地政府、工商、税务、银行、媒体的评价。中间商在一个具体的局部市场上具有较好的声誉,目标消费者和二级分销商就会更愿意光顾甚至愿在那里出较高价格购买商品。这样的中间商在消费者的心目中具有较好的形象,能够烘托并帮助企业建立品牌形象。

4. 管理能力

员工是否协调一致?有无长期发展战略?货物流向控制能力如何?公司的经营理念是什么?

5. 家庭和个人情况

很难想象,一个家庭不和、邻居讨厌的公司最高管理人员能够管理好一个公司。业务员不要被外表迷住,分析他的性格和为人处事的态度,看看能不能与他长期合作。了解经销商个人的情况,例如,性格、爱好、志趣、经历等,对于接近和打动经销商很重要。

6. 经营理念

最关键的一点是中间商与厂家的经营思路是否一致。尽可能地把本公司的情况、本产品的特色、本公司的经营理念、战略战术详细地介绍给中间商,看能否达成共识?倾听其对产品的看法,是否符合本公司产品市场开发思路,对其提供的意见更要仔细分析。

(二)渠道成员的培训

公司需要仔细地计划它们的分销商和经销商,并执行之。因为中间商可以被看成是公司的最终用户。下面是一些对在售商培训的例子。

福特汽车公司通过它的以卫星为基础的"福特之星网络"向它的6 000多个经销点发送训练程序和技术信息,每一个经销商的服务工程人员坐在会议桌旁观看,监视器中正在播放内容,其中一名教师正在向他们解释一些程序,例如,怎样修理车板电子设备,并向他们提问和回答问题。

一些企业也逐步认识到通过培训提高渠道成员整体素质的重要意义,他们也开始邀请专家为成员们进行实战培训。一方面作为企业对渠道成员的一种福利;另一方面通过培训使企业的营销理念在整个渠道中更好地贯彻,使渠道更顺畅。

二、渠道成员的激励与评估

（一）渠道成员的激励

美国哈佛大学的心理学教授威廉·詹姆士在《行为管理学》一书中认为,合同关系仅仅能使人的潜力发挥 20%～30%;而如果受到充分激励,其潜能可发挥至 80%～90%,这是因为激励活动可以调动人的积极性的缘故。

中间商作为重要的渠道成员之一,他的销售商品的积极性主要来自哪里呢? 一般来讲,要有效地调动中间商的销货积极性,必须了解他们的需求。对中间商而言,他们的需求主要有以下几个方面:

① 好销的产品。

② 优惠的价格。

③ 丰厚的利润回报。

④ 一定量的前期铺货。

⑤ 广告支持。

⑥ 业务人员指导。

⑦ 业务销售技巧方面的培训。

⑧ 及时的供货。

⑨ 特殊的补贴和返利。

⑩ 优厚的付款条件等。

产品从厂商到达用户的整个过程需要催化剂,有效的激励措施就是这种催化剂。对于厂商而言,催化剂的目的无非就是希望经销商、二级批发商、零售商等能更多提货、更早回款,从而降低厂商的运作风险。因此,了解需求只是激励的第一步,随后应该做的是采取有效的激励措施。

"野老"牌稻田除草剂的生产厂家浙江天丰化学有限公司在进军湖北市场时,向基层几千家中间商发布消息:1999 年将评选"野老"除草剂十大中间商。具体办法是在每箱产品(一箱 200 小包)中放置一张抽奖券和一张调查问卷。中间商填好抽奖券和调查问卷后寄回公司,公司根据中间商寄来的抽奖券数量的多少,评选出十大中间商,每个获奖中间商奖长虹 29 英寸彩电一台。这种销售竞赛活动,能刺激销售行为较强的中间商多进货、多销货。

对中间商的激励措施如表8.5 所示。

表8.5　对中间商的激励措施

措　施	相关说明
价格折扣	现金折扣,回款越早,力度越大
	数量折扣,数量多、金额大,折扣越丰富
	功能折扣,中间商依据自己在渠道中的等级位置,享受相应待遇
	季节折扣,旺季鼓励经销商多进货,减少厂家仓储保管能力;进入旺季前,加快折扣的递增速度,促使渠道进货,达到一定的市场铺货率,以占热销先机
	根据提货量,给予一定的返利,返利频率可根据产品特征、市场销售等情况定
提供市场基金	即市场启动基金,给中间商一个市场报销的额度,用于调动中间商在各个环节的能动性
库存保护	使中间商保持适度的库存量,以免断货
开拓市场	使中间商获得广阔的发展空间的机会
设立奖项	如设立合作奖、开拓奖、回款奖、配合奖、专售奖、信息奖等
产品及技术支持	为中间商提供优质的产品和强有力的技术支持及服务,对中间商来说是最实在的,因为产品卖不出去,给的奖励再多也没有用
补贴	协助力度补贴。针对中间商对本厂产品的陈列状况,如陈列数量、场所、位置、货架大小等,来决定是否给予一定补贴
	库存补贴。它包括点存货补贴和恢复库存补贴。前者是指促销活动开始时,中间商清点存货量,再加上进货量,减去促销活动结束时的剩余库存量,其差额即厂商需给予补贴的实际销货量,再乘以一定的补贴费;后者是指点存货补贴结束后,如果经销商将库存量恢复到过去的最高水平,厂商会给予一定的补贴

（二）渠道成员的评估

生产商必须定期按一定标准衡量中间商的表现。例如,销售配额完成情况,平均存货水平,向顾客交货的时间,对损坏和遗失商品的处理,于公司促销和培训计划的合作情况。

一位生产商偶然发现它为特定的中间商所做的实际工作付费太多了。一位制造商也发现,它在为分销商仓库中的存货而向其做补偿,但分销商实际上将货仓变为由生产商付费的公共仓库。生产者应该建立当贸易渠道的服务达到某一水平时,它们应付报酬的功能折扣。生产商要对为其工作的中间商做出评议、训练或激励,如果不能胜任时应中止其业务。

 **巩固拓展**

渠道冲突的原因

渠道冲突是指某渠道成员从事的活动阻碍或者不利于本组织实现自身的目标,进而发生的种种矛盾和纠纷。从本质上讲,造成冲突的原因有以下7种。

1. 角色对立

角色是对某一岗位的成员的行为所做的一整套规定。应用于营销渠道中,任一渠道成员都要实现一系列应该实现的任务。

2. 资源稀缺

特许权授予者应该向特许经营者提供广泛的经营协助以及促销支持;反之,特许经营者也应该严格按照特许权授予者的标准经营程序来经营。如果有一方偏离其既定角色(例如,特许经营者决定制定一些自己的政策),冲突就产生了。有时,渠道成员要实现其各自的目标,在一些贵重资源的分配问题上产生了分歧,此时也会产生冲突。

3. 感知差异

一个代表性的例子是关于购买现场(POP)促销的。采取这种方式的制造商认为 POP 是一种有效的促销方式,可以提高零售量。而零售商通常视现场宣传材料为废物一堆,占用了宝贵的空间。例如,一硬木地板制造商印制了自认为精美的四色宣传册以展示其产品在豪华家居中的功用,这些册子原打算发给光顾商店的顾客,向其展示地板的质量、美观度及使用范围。数以千计的宣传册连同展示的地板送达一个大型家具零售中心,可零售商非但没有拿出这些册子,反倒将大部分册子压成用于装退货的纸盒装材料。

4. 期望差异

典型的例子是全美最大的传输维修业务公司 Aamoco 公司。Aamoco 特许经营商预测随着汽车制造商提供的维修保证越来越多,他们今后的业务会越来越难做。这种业务会削减的预期使很多特许经营商迫切要求将特许使用费率从 9% 降至 5%,同时扩大其经营区域。激烈的冲突由此而引发。Aamoco 公司辩解道,因为预期未来传输维修业务将会下降,公司需要提高特许权费以做更大的广告宣传。

5. 决策领域有分歧

价格决策正是一个典型的例子。许多零售商认为价格决策属于他们的决策领域,而有的制造商则认为他们才有权定价。这样一来,制造商巧妙地告知零售商,如果他们不接受制造商的定价建议,就会失去货物的供应。那些在激烈竞争的市场中需要定价灵活性的零售商时常感到制造商试图通过操纵定价侵入其领域。这时就会导致长期的激烈冲突。

6. 目标不一致

以一家百货店的男士衬衫部为例,这里同时销售 3 种品牌。该部门的目标甚至超过品牌目标,至于卖出哪个品牌的衬衫都无所谓。而对于制造商来讲,其特定品牌产品的销售量和市场占有率决定其"生死存亡",其品牌销售观与零售商有着天壤之别。若其中一家厂商感到零售商无视其品牌,零售商的行为就会被厂商视为对其所定目标的阻碍,由此也就埋下了目标冲突的种子。

7. 传播障碍

以 Alpha Graphics(亚细亚图文)公司为例,作为特许权授予者,它在美国及国外有 300 家特许经营店。很多特许经营者连连抱怨,觉得 Alpha Graphics 公司对其缺乏支持,他们交了特许经营费却不知这笔钱如何改善其业务。一些特许经营者气愤地起诉了特许权授予者,Alpha Graphics 公司为自己解释,他们需从特许经营者那里得到全面的信息。例如,只有不到半数的特许经营者按 Alpha Graphics 公司的要求每月交财务报表。针对这种窘境,Alpha Graphics 公司的总裁麦克尔声称:"除非特许经营者每月按时上交财务报表,否则 Alpha

Graphics 公司难以帮助其改善业务。"为了化解矛盾,Alpha Graphics 公司重新修订了特许经营合同,规定增加了特许权授予者如何使用特许费的透明度,同时要求特许经营者必须及时向公司提供详尽的财务报表。

同时,冲突还有一个直接根源那就是生产企业与经销商、网络成员都在追求利润最大化。

知识归纳

1. 营销渠道是促使产品或服务顺利地被使用或消费的一整套相互依存的组织。也就是说,一条市场营销渠道包括某种产品的供产销过程中所有的企业和个人,例如,资源供应商、生产者、商人中间商、代理中间商、辅助商以及最后消费者或用户等。最主要的流程包括实物流、所有权流、促销流、谈判流、资金流、风险流、订货流、付款流及市场信息流。

2. 一个营销渠道执行的功能就是把商品从生产者那里转移到消费者手里。它弥补了产品、服务和其使用者之间的缺口,主要包括时间、地点和持有权等缺口。生产者和最终顾客是每个渠道的组成部分,我们用中间机构的级数来表示渠道的长度,不同的企业和产品有不同的渠道长度。

3. 营销渠道的"宽度"取决于渠道的每一个层次中使用同种类型中间商数目的多少,而"长度"取决于商品在流通过程中经过的不同类型的机构(层次)数目的多少。

4. 在消费者销售中,垂直营销系统已经成为一种占主导地位的分销形式,在市场中占有较大的比重,垂直营销系统的 3 种类型是公司式、管理式和合同式。

5. 对于营销渠道的管理,关键在于选择和培训渠道成员、激励评估渠道成员。

问题探究

1. 对于营销渠道的级数来说,和企业的规模有一定的关系,但是有的企业反其道而行之,试问这样做有什么风险?

2. 戴尔对顾客量体裁衣的做法,成本必然增高,但是他们还是获得了丰厚的利润,他们成功在什么地方?

3. 每条营销渠道都有不同的地方,各有各的特色,试探索一两个不同品牌的商品,分析他们营销渠道的独特之处。

阅读材料

终端为王

伴随着市场经济的不断规范、成熟,市场竞争进一步加剧。这种大环境下,越来越多的厂家开始重视终端经营,饮料头羊可口可乐、食品先锋双汇、家电代表海尔等企业无不向我

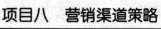
们展示着这一特征。究其原因,主要包括以下方面。

第一,信息化时代的到来要求信息传递的快速、简单化。这就要求厂家到目标顾客的信息流进一步缩短。一个规范化的终端网络适应了这一趋势,能够严格执行厂家经营中的战略和策略,从而保证了企业执行力的到位。同时,市场经济下相关政策法规还不完善,各行业都还处于一种"不是你死就是我活"的恶性竞争状态。因缺乏联合,面对终端建设出现了"你不做我做,你不掏我掏"的尴尬局面,例如,"进店费"、"堆头费"、"买断促销权"等的出现,最终便终端得利,地位提升。

第二,零售业已成为一种发展趋势。随着买方市场的形成,顾客已经走到市场的前沿,成为导向。对于终端商,他们处于分销渠道末梢,直接与顾客沟通、接触,能直接降低顾客的体力成本、时间成本和货币成本。这些优势对中间商来说是不具备的。另外直接通过终端厂家能够快速捕捉到顾客需求,从而便于企业调整产品结构、降低产品投放风险及加快新产品的研发速度。某鞋厂老板在一家百货公司鞋帽商场了解到一条消息,一个肥胖青年提出能否给他制作一双多功能室内拖鞋,既可以走路,又可擦地,因为自己身体太胖,弯腰擦地太费劲。鞋厂老板听到这个消息后确信只要有需求就一定有市场。结果没几天,一种鞋底上有圈圈的纱线能牢牢"抓"住地板上灰尘的拖鞋便被制作出来了,新产品在市场上很受欢迎。

第三,渠道缩短,厂家成本和风险降低,利润增加。渠道过长,层层加价,必将降低产品的竞争力。渠道缩短后,厂家可直接将产品送到终端,物流和资金风险降低,终端产品的销量也能被厂家牢牢掌握,企业物流配送更为畅通,产品价格也可得到统一控制,便于厂家稳定市场。同时,渠道简化使信息反馈更及时、确切。这样就有效缩短了信息传播的层次,不仅可直接将厂家的相关信息传达给消费者,且还可以及时得到终端信息的反馈。海尔接到四川农民提出的异议,开发研制出了能洗地瓜的洗衣机;按市场反馈信息把冰箱的内凹式拉手变为外凸式;根据上海人爱清洁而又精于算计的特点,又率先推出占据空间少、容积小的"小小神童"……

第四,终端商已成为一种资源。他们的品牌号召力逐渐增强,往往拥有大批顾客,形成了自己的势力范围和完善的管理、配送系统,能够保证企业产品在区域范围内的销量。控制好终端就意味着控制了整个区域市场。

第五,终端便于厂家树立品牌形象。终端商对产品在售点的陈列、展示有决定权,好的陈列不仅可起到实体广告的作用,还可促进产品销售。建立起良好的终端形象,便于厂家推拉战术的有机结合,也便于厂家统一实施促销计划,避免品牌形象的分散。很多终端规模不是太大,但其分布广,遍布各个城区、乡镇、甚至大街小巷。厂家促销活动一实施,可形成席卷之势,达到立体作战之效果。

第六,也有很多厂家开始担心中间商实力过大将不利于自己对市场的控制,再加上部分中间商唯利是图,信誉度降低,这些也成为终端地位不断上升的关键因素。某厂家为促销白酒,在酒盒内放了数千枚金戒指并以此向目标客户宣传。但过了一段,消费者根本就没有"喝"到金戒指,厂家一调查,发现经销商早已通过先进仪器的探测取走了"囊中宝物"。

第七,种种迹象表明终端商的地位在不断提升,但是终端商并不是万能的,就目前来说,中间商还有其独特的网络优势。

达标检测

一、填空题

1. 营销渠道是促使_____顺利地被使用或消费的一整套相互依存的_____。

2. 渠道成员的活动主要包括_____、_____、_____、谈判、资金、风险、订货和付款等。

3. 零级渠道也叫_____,是由生产者直接销售给最终顾客。直接营销的主要方式有上门推销、家庭展示会、邮购、电话营销、因特网销售和制造商自设商店。

4. 在消费者销售中,垂直营销系统已经成为一种占主导地位的分销形式,在市场中占有较大的比重,垂直营销系统的3种类型是_____、_____和_____。

5. 对于营销渠道的管理,其关键在于_____和_____渠道成员,_____和_____渠道成员。

6. 渠道是由一系列相对独立的环节穿缀而成的链条,不同的环节在渠道中扮演着不同的角色,承担不同的功能,_____才能保证渠道的快捷与顺畅。

7. 批发商在渠道中所扮演的是承上启下的角色。但是,近年来批发商却面对_____、_____以及_____3种力量的夹击。

8. 能够决定商品营销渠道成本优势的驱动因素主要有_____、联系和_____等。

9. _____营销系统是由各自独立的公司在不同的生产和分配水平上组成,它们以合同为基础来统一它们的行动,以求获得比其独立行动时所能得到的更大的经济和销售效果。

10. 企业在具体选择中间商的过程中,一般应当认真考察中间商的_____、_____、_____、_____、经营理念、家庭和个人情况。

二、判断题

1. 雅芳公司的销售代表基本上都是上门向妇女推销化妆品,雅芳的渠道级数为一级。　　　　　　　　　　　　　　　　　　　　　　　　　　　（　　）

2. 从生产者的观点看,渠道级数越高,获得最终用户信息和控制也越困难。（　　）

3. 营销渠道的起点是中间商,终点是通过生产消费和个人生活消费能实质上改变商品形态、使用价值和价值的最后消费者和用户。　　　　　　　　（　　）

4. 营销渠道的"宽度"取决于商品在流通过程中经过的不同类型的机构（层次）数目的多少。　　　　　　　　　　　　　　　　　　　　　　　　（　　）

5. 在窄营销渠道下,生产企业和中间商之间的关系松散,使得交易中的中间商会不断变化。　　　　　　　　　　　　　　　　　　　　　　　　　　（　　）

6. 强力推销是将消费者视为一个消极被动者是轻视消费者的错误表现。（　　）

7. 公司式垂直营销系统是由一家规模大、实力强的企业出面组织的。（　　）

8. 窄营销渠道使用范围较窄,适用于销售技术性强、生产批量小的商品。（　　）

9. 生产者市场多采用间接渠道,消费者市场多采用直接渠道。（　　）

三、问答题

1. 生产者委托中间机构进行销售的原因是什么?
2. 简述宽渠道与窄渠道之间的异同。
3. 如何提高渠道成员的积极性?

项目九
促销策略

学习目标

通过对本项目的学习,了解如下内容。

- 促销目的与促销组合。
- 广告的定义、目标与类型。
- 广告媒体及其选择和广告设计策略。
- 公共关系的概念、作用及基本原则。
- 人员推销的概念与特点。
- 人员推销的步骤及技巧。

现代营销不仅要求开发优良的产品、制定有吸引力的价格,企业还必须与它们现行和潜在的利益关系和公众沟通,每个企业都不可避免地担当起传播者和促销的角色。对大多数企业来说,问题不在于是否要制定促销策略进行连续传播,而在于说什么、对谁说和怎么说。

任务一　促销组合

任务案例

联合利华与宝洁在国际市场上的竞争一直没有停止过。

在清扬上市前,从 2003 年到 2006 年期间,联合利华组织了 200 多场不同形式的消费者调查与访谈活动。为了防止消息泄露,不少活动是揉在力士、夏士莲的消费者调查里展开的。最终,从调查中找到了一个重大的突破口——洗发水购买与使用频次最高的是年轻人群,而非成人或中年人群。于是,清扬下定决心将产品塑造为年轻人更喜欢的、更个性、更有主张的形象,同时强调品牌的专业性,以争取到家庭购买者的信任。这一形象也与海飞丝的定位针锋相对,海飞丝进入中国市场已有 20 多年时间,在消费者心中,几乎已成为职业人士和成熟人群去屑洗发水的代言者。

2007 年 3 月,联合利华在中国市场强力推出继力士、夏士莲之后的第三大洗发水品牌——清扬,采取了一系列的促销组合策略向宝洁公司多年来收益最丰的去屑洗发水市场发起了进攻。

广告策略。2007 年 2 月底,海飞丝抢先推出了新版广告,喊出了"七大功效,彻底去屑"

的口号。几天以后,清扬正式在各主流电视台播出了以"六大功效"为核心诉求的广告片。两周以后,清扬"六大功效"广告停播,"小 S 版"广告上市。在这条广告的画面中,小 S 斜靠在桌前,以挑衅的眼神面对观众,说:"假如有人一次又一次地对你撒谎,你一定会甩了他,对吗?"同时用手将桌上的洗发水瓶子扫落在地。随后,小 S 继续说:"在清扬法国技术中心,我找到了说话算数的。"以此暗示清扬的专业性和值得信赖。就在海飞丝还没有什么反应的时候,清扬展开了又一轮次的进攻——推出了以"男性头皮是不同的"为主题的产品广告,以清扬法国技术中心为画面背景,将"男性头皮是不同的"以研究成果的方式表现出来,正式将清扬"男士系列"推向消费者。

公关策略。2007 年 3 月,中国保健协会公布了《中国居民头皮健康状况调查报告》,报告指出:20 年来消费者受头屑困扰的人群比例由 70%上升为 83%。这一数据被清扬在日后的公关媒介发布中广为引用,暗示作为过去 20 年来中国地区最主要的去屑品牌,海飞丝难逃其咎。同时,提出了"头皮护理是去屑关键"的论点,配合小 S 版广告,意图将自己打造成头皮护理专家。借助海飞丝遭遇信任危机,清扬开始大举进攻,策动了一个以"千万人挑战,头屑不再来"为主题的产品体验活动,在全国超过 2 000 个终端向消费者提供免费试用装,并现场进行头皮检测。海飞丝也充分调动了媒体工具开始反击。进入 5 月,一些网站上也开始出现了质疑清扬产品功效以及清扬法国技术中心是否存在的话题。于是,清扬在 7 月 4 日邀请了全球四大皮肤健康协会之一的国际美容皮肤科学会,联合召开了 2007 首届国际去屑及头皮健康研讨会。在会上清扬公布了最新临床实验报告,报告显示所有接受临床实验的中国消费者在持续使用清扬 4 周以后头屑不再出现。这次公关活动看似为化解危机而策划,实则使清扬进一步确立了自己的专业形象。短短几个月内,清扬与海飞丝通过几个回合赚足了眼球,清扬加强了品牌的渗透并初步建立了自己的专业品牌形象,而其他弱小品牌逐步被市场淡忘。

终端促销。清扬在终端发起了大规模的促销活动。在货面的安排上,清扬的货架产品陈列几乎全部紧挨海飞丝,同时还用蓝瓶男士系列包装与白瓶海飞丝进行色彩上的区隔,形成视觉上的冲击。从 2007 年 1 月开始,清扬在全国大规模招聘促销员,提供比其他品牌促销员高出 2 倍的薪资标准。从 3 月上市到 5 月,清扬全国 300 个大卖场的促销员几乎没有下过终端。庞大的促销团队和紧密的促销排期为清扬带来了迅猛的销售提升,市场占有率在短短 3 个月内上升了 3 个百分点。宝洁用低价和赠送的方式予以回击,占据重要卖场核心促销堆位和陈列位置,意图将清扬挤出卖场。面对这样的情况,清扬开始考虑采取联盟的手段,充分调动卖场终端的积极性,以"利益联盟"的手段化解来自海飞丝的强大压力。从 4 月起,清扬在全国核心城市超过 300 家店建立去屑体验区,为消费者进行现场去屑检测,吸引了大量人流,终端给予了不少店面资源,例如,免费堆头、终端 POSM(辅助销售材料)陈列等方面的支持。另外,针对屈臣氏等特殊卖场,清扬还推出了 2 元体验装产品,以满足一些喜欢尝鲜但不愿大投入的消费者试用产品。进入 6 月,清扬与沃尔玛等核心大卖场开展清扬环保行动,鼓励以旧换新。种种行为都大量提升了商超的人流,促进了商超与清扬的合作兴趣,也让清扬自己的商业联盟逐步成形。

在短短的半年时间里,两大竞争对手在去屑洗发水领域展开了一场激烈的"厮杀",作为竞争者的清扬显得信心十足,有备而来;作为领导者的海飞丝则是一一应对,游刃有余。两家企业、两个品牌都是胜利者。清扬的加入,对领导品牌构成一定威胁,把更多的二线品牌逼入绝境,从而改变了市场格局。

问题导入:面对强有力的竞争对手,联合利华是如何开展促销活动的?什么是促销组合?影响企业促销组合的因素有哪些?促销的基本策略有哪些?

任务处理

一、促销目的和促销组合

(一) 促销目的

通过信息沟通,帮助消费者认识产品的特点和性能,引起其注意和兴趣,以改变其态度,激发购买欲望和行为,扩大销售,是促销策略的最终目的。

(二) 促销组合

今天流行的是把促销作为企业和它的顾客在售前、售中、消费和消费后诸阶段的双向对话。企业不仅要自问"我们怎样接触我们的顾客?"还要问"我们怎样发现一个方法使顾客接触到我们?"

在企业促销过程中,常见的促销工具主要有广告、公共关系、人员推销和营业推广这几种。在营销过程中,企业有目的、有计划地把它们及其他促销形式结合起来,综合运用,便形成了一个完整的优化促销策略,我们称之为促销组合策略,如图 9.1 所示。

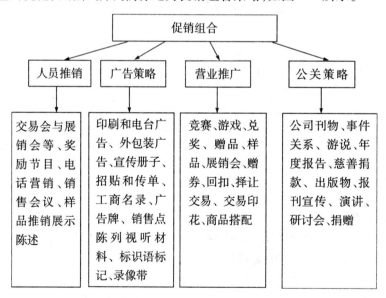

图 9.1 促销组合

(三) 促销方式的优缺点

要正确地进行促销组合,必须首先了解各种方式的优缺点,如表 9.1 所示。

表 9.1　促销方式优缺点

促销方式	优　点	缺　点
人员推销	信息沟通直接、反馈及时、可当面促成交易	占用人员多、费用高
广告	传播面广、声情并茂、形象生动、节省人力	支付费用高,须通过一定的媒体,难以立即成交
营业推广	容易激发购买欲望,促成消费者当即采取购买行动	有时必须以降低商品身价为代价
公共关系	可信度高,社会效应好	见效慢

二、影响促销组合的因素

（一）促销目标

　　企业在不同时期及不同的市场环境下都有其特定的促销目标,致使促销组合也有差异。在一定时期内,有的企业的营销目标是在某一市场迅速增加销售量,扩大企业的市场份额;而另一些企业的总体营销目标是在该市场上树立企业形象,为其产品今后占领市场赢得有利的地位。显然,前者的促销目标强调的是近期效益,属短期目标,由此促销组合的选择、配置将更多地使用广告和营业推广。而后者属长期目标,需制定一个较长远的促销方案方能实现。因此,宣传报道、建立广泛的公众关系及与之适应的公共关系则显得非常重要。

（二）产品因素

　　一般来说,消费品更多地使用广告宣传作为主要促销手段;而生产资料则更多地采用人员推销。至于营业推广和公共关系,无论对消费者还是生产资料市场都处于较次要的地位,如图 9.2 所示。

图9.2　消费品和工业品的促销手段及其比重

（三）产品的市场生命周期

　　由于产品市场生命周期不同,促销目标也有差异,故而在促销组合的选择和编配上也要有相应的变化,如表 9.2 所示。

表9.2　产品市场生命周期各阶段的促销组合及策略

产品市场生命周期	促销目标重点	促销主要方式
导入期	认识了解产品	各种介绍性广告、人员促销
成长期	提高产品知名度 增进兴趣与偏爱	改变广告形式
成熟期	增加产品美誉度	同上(如形象广告)
衰退期	促成信任购买	营业推广为主,辅以 提醒性广告、减价等
市场生命周期各阶段	消除顾客的不满意感	改变广告内容 利用公共关系

(四)促销预算费用

　　企业在选择促销组合时,首先应考虑两个主要问题:一是促销预算费用多少;二是预算费用在众多促销手段中如何分配。也就是说,综合和分析比较各种促销媒体的费用与效益,以尽可能低的促销费用取得尽可能高的促销效益。促销媒体不同,费用差异很大。在预算费用小的情况下,企业往往很难制定出满意的促销组合策略。然而,最佳促销组合并不一定费用最高。企业应全面衡量、综合比较,使促销费用发挥出最大效用。

(五)市场特点

　　目标市场的性质、规模和类型不同,亦应采用不同的促销组合。对于规模小而相对集中的市场,应突出人员推销策略;范围广而分散的市场,则应多采用广告;对文化水平高、经济状况宽裕的消费者,应多采用广告和公共关系;反之,则应多用营业推广和人员推销。消费品市场主要用广告宣传,而工业品市场应以人员推销为主。另外,市场供求的变化,也会影响到促销组合。

 巩固拓展

促销的基本策略

　　为了使促销能够起到提供信息、沟通关系、激发需求、扩大销售、突出特点、树立形象、形成定势、稳定销售的作用,企业需要使促销策略与营销组合的其他因素协调配合,形成一个整体营销的战略。因此,企业营销经理的任务,并不在于从事具体的促销活动,更重要的是在于确定促销目的、制定促销策略,并且使促销策略同产品策略、价格策略和渠道策略互相配合,形成整体营销战略,如图9.3所示。

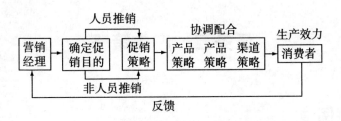

图9.3　促销策略与其它营销策略的配合

根据企业市场运营的经验,我们一般将企业促销的基本策略分为"推"的策略和"拉"的策略两种,如图9.4所示。

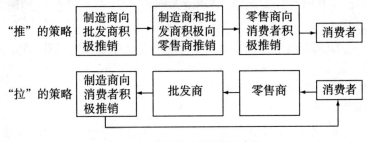

图9.4　"推"销、"拉"销示意图

1. "推"的策略

"推"的策略主要是运用人员推销和营业推广手段将产品推向市场,常用的策略有以下几点。

① 产品推销员携带样品或者产品目录走访顾客,进行送货推销、巡回推销或访问销售。

② 建立和健全产品销售网点,扩大销售。

③ 通过售前、售中和售后服务促进销售。

④ 举办产品技术应用讲座与实物推销。

2. "拉"的策略

"拉"的策略主要指企业将大量的费用运用于广告、公共关系及营业推广上,激发消费者对商品的兴趣,产生购买欲望,从而吸引经销商主动进货并经销企业的产品。常用的策略有以下几点。

① 通过广告宣传促进销售。

② 组织产品展销会、订货会促进销售。

③ 通过代销、试销方式促进销售。

④ 通过创名牌、树信誉、实行"三包",增强消费者对产品和企业的信任,以促进产品的销售。

上述两种策略,在营销中具体实行哪一种,应根据具体情况而定,从营销实践看,一般二者兼用,各有侧重。

新编市场营销

198

任务二 广告策略

任务案例

有人曾做过这样一个实验,在两个擦鞋机面前,各挂出一块小广告牌,一个标题是:"请坐,擦鞋",另一个是"约会前,请擦鞋"。结果,后者因语言生动,并能引起人们的联想,比前者的效果要好得多。其语言朴实无华,但却使人感到亲切,从而产生一种信赖感,取得了良好的效果。

假如早上你翻开报纸——你的浏览习惯往往是先从标题开始,这时候,你看到了同一版面的两则广告标题。

标题一:"用左手一定抽到奖,用右手随时抽到大奖"。

标题二:"回馈消费者,百分百抽奖"。

会出现什么结果呢? 因为好奇心驱使,你无疑会把第一个标题的广告先看下去。这是一个多么神气的标题呀,就像是变魔术一样,把一个普通的抽奖活动变成了一个左手和右手的运气定律。

再看一个例子,同样是兰芬内衣广告的两个标题,但是却有着不同的效果。

第一个标题是:"我梦想穿上兰芬内衣在上海的淮海路上行走"。

第二个标题是:"兰芬内衣,曲线身材,自由自在"。

如果你是一个有着虚荣心的女人,如果你知道上海的淮海路是一个美女出没的地段,你应该更喜欢第一个标题的广告。

问题导入:为什么不同的广告标题会出现不同的广告效果? 什么是广告? 广告媒体如何选择? 怎样才能设计出优秀的广告? 广告效果如何进行评估?

任务处理

广告已不再是商业性内容的诉求,也不仅只是企业想要告知或游说大众的事物,它已成为人们社会生活文化的一部分。

一、广告的定义、目标与类型

(一) 广告的定义

美国市场营销协会对广告的定义是:"由特定广告主以付费方式对于构思、货物和劳务的非人员介绍及推广。"这是一个广义的概念,既包括营利组织的广告,也包括非营利组织的广告,这里所探讨的主要是营利组织的广告。

广告是由广告者、广告媒体、广告信息、广告费用4个互为条件的要素构成的,缺一就构不成现代广告。广告策略是企业在广告活动中为取得更好的效果而采取的行动方案和对策，是市场营销策略的一个重要组成部分。

（二）广告的目标

广告目标指一定期限内必须针对既定的受众达到的特定沟通任务。各种可能的广告目标可依据告知、说服或提醒等目的分类。

1. 告知

它包括推出新产品、说明所提供的服务、提示产品的新用途、更正错误的印象、通知价格变动、减少消费者的不安、介绍产品功能、建立企业形象等。

2. 说服

它包括树立品牌偏好、说服顾客马上购买、鼓励消费者改用企业的品牌、说服顾客接受推销访问、改变顾客对产品特性的感受等。

3. 提醒

它包括提醒消费者以后说不定会用得上该产品、在产品的淡季仍使顾客记得该产品、提醒购买的地点、维持极高的知名度等。

（三）广告的类型

广告的 3 种目标，决定了相应的广告类型。

1. 告知性广告

它主要用于新产品的引进时期，旨在建立基本需要，即对某类产品的需要。说服性广告在竞争日趋激烈时愈显得重要，其目的在建立选择性需要，即对特定品牌的需要。

2. 比较性广告

它利用与同类产品的其他品牌直接或间接进行比较，来衬托出某一品牌的优越性。比较性广告在今天的运用已日渐增多，目前使用这种方法的产品有非酒精饮料、电脑、除臭剂、牙膏、汽车、酒及止痛药。

3. 提醒性广告

它在产品成熟的阶段相当重要，这类广告旨在强化消费者对此产品的记忆。

二、广告媒体及其选择

（一）广告媒体

广告媒体是广告者向广告对象传递信息的载体。它包括印刷媒体、电子媒体、流动媒体、邮寄媒体、户外媒体、展示媒体等。其中，报纸、杂志、广播、电视、因特网是常见的广告媒体。不同广告媒体的优点与局限，如表 9.3 所示。

表9.3　不同广告媒体的优点与局限

媒 体	优 点	局 限	备 注
报纸	影响广泛,覆盖率高;印象深刻,便于查阅;选择性大,自主灵活;费用低廉,经济合算;介绍详细,权威性高	单调呆板,形象效果差;内容繁杂,分散注意力;时效较差,受文化水平影响较大	新闻宣传最有效、运用最广泛的舆论工具,也是目前我国和世界上许多国家的企业乐意选用的主要广告媒体
电视	图文并茂、形象生动;现场感强,感染力好;覆盖面广,收看率高;娱乐性趣味性强,宣传效果好;参与感强,可信度高	播放时间短,消逝快;编导制作复杂,费用昂贵	集声音、图像、色彩、动作、文字于一体,诉诸于听觉和视觉,可生动具体地介绍、反映商品的性能、品质、特点和用途
广播	能充分利用语言和音响艺术,引起听众注意,收听方便、传播快、范围广、制作简便、价格低廉、听众不受文化程度限制、听觉效果好	稍纵即逝,一听即过;有声无形象,印象不深,听众难以掌握,效果难以估计	以声音传递信息
杂志	对象明确,针对性强;保存期长,可充分处理命题;内容集中,注意力强;图文并茂,印制精美	传递信息慢,影响范围受限制	以刊登各种专业文章为主
户外广告	灵活性好,复现率高,费用低,媒体竞争少,位置选择灵活	观众选择性差,创造性差	
直邮	观众选择性强,灵活性好,同一媒体没有竞争对手,个性化	相对费用高,广告形象差	

（二）广告媒体的选择

现代社会中可供选择的广告媒体越来越多,报纸、杂志、印刷画片、产品目录、电视、广播、电影、幻灯、路灯路牌、街口、车船流体、现场展览和橱窗陈列等,都有其不同的长处与弱点。目前,企业衡量选择广告媒体的标准有以下7个。

1. **广告媒体范围**

它是指广告能够接受的观众和听众的人数。

2. **广告媒体的地区**

它是指有的广告媒体出现和影响的地区很广,而有的广告媒体则影响很小。例如,国家性报刊、广播电台和电视台的传播地区很广;地方性报刊、杂志、电台则在一定地区传播;而路牌广告、霓虹灯广告只在所设立的地点才会有影响。所以企业在选择广告媒体时,一定要从产品的特点和广告宣传的目的出发。

3. **广告媒体的对象**

它是指各种广告媒体所拥有的不同对象。对企业营销来说,广告可通过不同媒体传播到不同的市场,但恰好传播到目标市场而又不造成浪费的广告媒体,才算最有效的媒体。企业必须研究目标市场的消费者经常接触什么广告媒体。例如,妇女杂志的读者主要是妇女,那么妇女用品的广告则宜刊登在妇女杂志上。

4. 广告媒体的频率

它是指在一定时间内所进行广告的次数。例如,报纸上的广告,当天观众多,过期的报纸往往很少有人看;而商店的橱窗和路牌广告,却可以在较长的时间里,反复被人看到。

5. 广告媒体的声誉

它是指各种广告媒体由于其创办的历史、经历、成就和地位的不同,在读者和观众心目中有不同的声誉。一些声誉卓著的广告媒体往往需要较高的广告费用,而新开辟的广告媒体则费用较低。

6. 广告媒体的能力

它是指对观众或听众的吸引力和感染力。也就是哪一类广告媒体最能引人注意,最有利于消费者接受,包括媒体的地点、时间、内容、光线、色彩等。

7. 广告媒体的成本

它是指广告活动应当考虑费用与效果的关系,既要使广告达到理想的效果,又要考虑企业现有的负担能力。当二者发生矛盾时,企业应根据自己的财力决策,选择相应的广告媒体。

三、广告设计策略

(一) 广告设计

广告设计是企业在广告发出之前,根据广告内容的要求,预先制订的广告文字与艺术形式。广告设计内容包括文字设计与艺术设计,其中艺术设计又包括图案、色彩、绘画、音响及动作形态等。在广告实际编排过程中,它包括确定广告吸引购买者的方法、广告标题、图像拟定方式以及最佳的文字内容,还要决定标题、副标题、图面和文字等要素的位置和他们之间的联系。广告设计中的任何微小差别,都可能产生难以想象的效力。

(二) 广告技巧

现代广告不仅要制定广告策略,掌握广告方法,还要运用广告技巧。广告技巧涉及的内容比较宽广,主要有如下几个方面。

1. 广告标题的技巧

标题是广告的生命,一则广告的成败,在很大程度上取决于它的标题的质量。一般来说,广告标题的作用主要表现在 3 个方面。

第一,一个好的标题能吸引消费者的注意,获得立刻打动人心的效果。第二,好的标题不仅本身具有吸引力,并且能把消费者引向看、读广告的正文和全篇,从而收到预期效果。第三,广告标题有利于突破广告结构上的单调,用丰富多彩的表达形式,加深广告宣传的印象。

正是由于广告标题的这些宝贵价值,因此作为优秀的广告作家总是要经过十几次、几十次甚至上百次的反复推敲,才能捕捉到最能扣人心弦的标题。

广告标题的写法技巧主要有以下 10 种,如表 9.4 所示。

表9.4 广告标题的写法技巧表

技 巧	内 容
记事式	标题应庄重、严肃,客观如实地介绍产品和服务项目
新闻式	标题应使人感兴趣。广告新闻和新闻报道不同,新闻报道必定是全新的事物,而广告新闻并不一定要求是全新的
问题式	好奇心是人们自然而普遍的本性,任何一个问题都很容易引起人们去思考。一个问题式的广告标题往往能启发思考,引人入胜,使消费者产生共鸣,并下最后的购买决心
祈使式	这类广告标题是用礼貌的态度和语言要求顾客采取行动,多用于礼品、食品和装饰广告
赞扬式	这类广告标题多用于在国内外享有盛誉的名牌产品,说明其特殊的长处,而不是滥用"历史悠久、质量第一"等词句
催促式	比祈使式更进一层,在写法上应尽量写得恳切实在,催促早购
比较式	该类广告标题借以烘云托月,显示优点
比喻式	它用大家熟知的事物来比喻印象不深的事物,有助于引起联想
悬念式	广告标题布下悬念,使人产生惊奇而读正文。但必须是"意料之外,情理之中",否则就会弄巧成拙
图解式	图解式使广告标题与广告插图相配合,相得益彰

此外,一些好的广告,还能灵活运用副标题。副标题虽然是从属的,但往往可以达到多种目的。

衡量广告标题成功与否的原则是简单明了,引人入胜,摆明事实,能够立刻对读者发挥作用,能用文字或其他暗示使漫不经心的读者产生兴趣,激发起其潜在需求,并能够突出其特点。介绍产品须符合产品的特色,所宣传的产品将能满足读者一个或几个欲望。有独创性,对文字应精心选择,句式、语气和表现方法能别出心裁,注重产品的标记和象征性的价值,必须竭力避免使用令人乏味的陈词滥调。富有趣味性,要同消费者的利益、兴趣、感情联系起来,迎合他们的好奇心和模仿,唤起心灵上的共鸣。标题要与广告中的其他内容,例如,插图、正文、产品的性质等协调一致。

2. 广告文字技巧

在选定了最佳的标题并已拟定了广告的最终形态之后,便开始准备撰写广告正文了。一些成功的文字广告所采用的顺序一般如下。对广告标题许诺内容的阐明;对广告标题许诺内容的证实;与同类产品相竞争的优点以及欲达到的目的等。广告正文的写法,通常有如下体裁,如表9.5所示。

表9.5 广告文字体裁表

体 裁	内 容
布告体	常见的形式如开业启事、通知海报、招聘与业务声明等。布告体在写作上要求表述恰当、严肃庄重,事由、项目、条件和注意事项交代清楚,文字结构条理清晰,标点、句段表述正规、严格

（续表）

体 裁	内 容
新闻体	挖掘内在的兴趣性,借题发挥,显出新鲜别致的味道,但要注意严肃,防止过分夸大其词
格式体	简短实在、眉目清楚。如影剧节目,出版新书等
简明体	简明扼要地介绍产品的特长,可配合图片,加深印象
论说体	用充分的证据和雄辩的逻辑,宣传产品的优点
对话体	用对话问答的方式说出宣传产品的意思,针对性强,逐点解释,较具说服力,听起来也比较亲切。多用于介绍价值较高、消费者尚不太了解的新产品。对话体广告要求对话写得生动、有趣,且要符合对话者的身份
证明体	搬出权威方面的鉴定、奖评,或知名人士的赞扬、见证、一定数目的使用情况的统计资料等,来表达、证明广告宣传的内容,具有定论性和说服力。这类体裁多用于名牌产品、高级精密仪器和药品等
描写体	在一篇广告中描述一种产品或介绍一个服务项目及其特点,这对广告作家来说是一个严峻挑战。如果写得不好,便会使人感到难以忍受的乏味;反之优秀描述性的广告,则能唤起鲜明的形象并加深印象
小说体	用故事的形式写广告文字,故事情节不能太复杂,但也要有点曲折。最好说明由某种产品或服务解决了矛盾、难题,颇能引人入胜,揭示真正意图
诗歌体	用诗歌做广告,富有感情色彩、形象魅力、语言节奏和韵律协调,易读好记,能加深印象
戏剧体	采用短剧、借用对话和语言的艺术形象与感染力,做广告宣传,往往能收到较好效果
幽默体	用幽默的笔法和俏皮的语言,在活泼逗趣之中宣传产品,能很有效地诱起人们的购买欲望,并能加深消费者的记忆。在大多数情况下,利用幽默性广告只适用于销售低档产品和日用品,而不适用于销售高档产品及生产资料产品
对联体	对联是我国的一种古老的民间文学。人们除用它言志抒情、渲染装饰外,还利用它来做广告,对联广告在我国的服务行业、旅游行业、饮食行业及手工业中有着悠久的历史

203

3. 广告图画技巧

广告图画作为一种非文字形式,与文字表达方式不同,它可以通过形状、色彩和画面,形象地表达作者的思想、感情和概念,沟通作者与读者的联系。在现代经济社会,图画作为一种表达方式,在广告中具有十分重要的地位。广告图画按其形式来看,主要有照片、图画和银屏图像3类。

为了增强广告图画的宣传效果,广告图画的设计和创作应注意目标明确、中心突出,设计巧妙、吸引读者,符合实际、令人信服和精心构思、增强效果4个特点。好的广告图画应注意平衡性、节奏感、结构好。

理想的广告图画,其画面应该占据着比整个版面的一半稍大的篇幅。据调查资料显示,美女型广告的插图超过版面50%时,事后能回忆起的人占视者总数的32%;反之,就只有21%。在处理图画与文字的关系时,应该把大标题安放在插图之上,因为有标题的广告图画比没有标题的广告图画能吸引更多的读者。由于同一主题的反复强调有助于广告设计的整体感,所以图画、标题、正文、色彩等不同成分的自然结合,能使广告显得紧凑。

广告图画的表现手法主要有以下 8 种,如表 9.6 所示。

表9.6　广告图画表现手法

表现手法	内　　容
写实	如实地表现产品的外观、局部或使用情况,其优点是给人以真实感;在描写产品的细节方面,具有独到之处,缺点在于不能使不同水平的受众迅速理解作者的创作意图并引起共鸣
对比	通过两个事物的对比,可突出产品的显著优点,迅速吸引广告观众得出合乎逻辑的结论,从而使消费者产生购买欲望等;其局限性在于当某些观众对作者通过对比表现出来的特点不感兴趣时,这幅广告图画就从根本上失败了
寓意	用借喻或象征的办法来介绍产品或宣传某一事物的特色,寓意广告的特点是构思巧妙、含意深刻、说服力强。但是如果寓意不准不深,则寓意手法就失去了意义
比喻	比喻手法与寓意手法的区别在于,比喻是拿一个常见的具体的事物来形象地比拟另一个事物。它的长处是比寓意手法更为浅显明白地给人以生动深刻的印象,不仅有强烈的吸引力,而且给人以艺术享受。比喻手法的困难在于较难找到确切的比喻对象
夸张	通过一定的艺术手法,在情理允许的范围内,使产品的特点更加突出。优点是通过变形的处理、风趣的特性、简明的意图使广告增添意想不到的效果。但夸张超出了一定限度,使人感到不可相信的话,这幅广告图画也就失败了。夸张手法多见于广告漫画,有时不仅形象夸张,而且文字也夸张
悬念	用非常的绘画题材和构思,先造成观众的悬念或惊奇,然后吸引观众进一步了解情由,来表达产品的性能特点。常用于保险,卫生事业以及游艺活动和影剧节目的广告宣传
卡通	卡通就是通过画一些幽默滑稽人物的夸张而有趣的行动,吸引观众领会画意,借以说明产品的性能特点,卡通广告画的幽默感常常能使广告宣传的内容经久难忘
结构图	是一种特别的艺术形式,适用于表现复杂的产品结构,使读者能很快领悟新产品的构成、新技术的原理,以及产品的使用和保养方法。其缺点是缺乏吸引力和感染力,仅仅对那些想深入了解产品情况的读者提供进一步的细节,因此在广告图画中它常常作为"附页"或"附图"出现

(三)广告设计策略

广告设计策略是指在广告创作中运用艺术手段和科学方法以达到广告作品的最佳宣传效果。广告设计策略运用得好坏,直接影响到广告效益。常用的策略有以下几种。

1. 连续性策略

连续性策略指广告在长期的信息传播中,其口号、内容、风格、商标、包装、服务特色等保护连续的形象和特点,使消费者心中形成长期固定的印象。

2. 竞争性策略

竞争性策略是一种挑战性策略,是指在广告设计中针对竞争对手的广告策略。它用突出自身的经营实力、商品或经营特色等,压倒对手,以增强本企业及其产品在消费者心目中的影响。

3. 委婉性策略

委婉性策略指在广告语言设计方面没有任何向消费者推销商品的硬性词调,而是运用多种修辞手法,从顾客角度以间接方式使其在无意中接受广告诉求的内容,无形中说服消费者,使其对广告产生一种信任感,从而树立良好的商品或企业形象。

四、广告的经济效果及其评定

按照现代管理思想,广告过程是一个复合反馈的过程。广告工作者不仅事先要有充分准备,在制作出良好广告作品后要正确测定,而且在投入市场后要分析广告宣传的实际效果,并把测定和分析结果及时反馈,从而不断地调整广告策略,不断提高广告的效益。所以当企业推出广告后,要认真检查广告的效果。

广告效果一般有经济效果、社会效果和心理效果之分。经济效果通常表现为销售额和利润的增加,流通费用的节约;社会效果表现在消费者对产品或企业的认识程度;心理效果是广告对广告对象心理作用的反响,包括接触效果、印刷效果、关心效果和行动效果等。经济、社会、心理这 3 种效果密不可分,而效果的测定往往不能面面俱到。这里仅就经济(销售额和利润的增加)效果的测定方法做简单介绍。此种测定方法首先记录广告前的销售额,然后在广告后的某一日期,再统计销售额。其公式为:

$$R = \frac{(S_2 - S_1) P_1}{P_2}$$

式中,R——每元广告费用收益;

$\quad$ S_2——本期登广告之后的平均销售量;

$\quad$ S_1——未登广告之前的平均销售量;

$\quad$ P_1——产品单位价格;

$\quad$ P_2——一定时期的广告总费用。

某种产品在做广告后每月销售量是 10 000 件,未登广告前是 6 000 件,广告费用为每月平均 5 000 元,产品销售单价为 1 000 元,则每元广告收益为:

$$R = \frac{(10\ 000 - 6\ 000) \times 1\ 000}{5\ 000} = 800(元)$$

即投入每元广告费用所创造的收益为 800 元。

广告与销售额之间的关系并非成绝对正比,还应考虑其他因素的影响,例如,经济上的宏观调整、市场上的偶然变化和激烈的竞争因素等。因此在分析广告经济效果时,应剔除这些因素,而不能把由于市场供求情况的变化而增加或减少销售量的结果都归于广告的作用。

 巩固拓展

广告的"理性诉求"和"情感诉求"

1. 理性诉求

理性诉求绝对是个专业名词,但不难理解。一个广告只要说明了产品的特性或使用这个产品的好处,就是采用了"理性诉求"的策略。高露洁牙膏广告说明牙膏中的双氟能防止儿童龋齿;力士柔亮营养洗发水广告强调它含有全新去屑配方OCTO,能有效去除头屑;娃哈哈AD钙奶广告则宣传:"要补钙,维生素D不可少";爱文电脑有限公司的第一句广告词是:"教你使用最容易学会的汉字输入法。表形码,形象直观,易学好用,一天学会,终身难忘。"这些广告都直接表明了产品的特点或优势,即通过讲道理来说服人。

每个产品可能有多种特性或好处。好易通双插卡式电脑辞典的广告罗列了它的许多好处:"真人发声字库;传真及数码录音;电子图书;英汉汉英辞典;大容量记事;手写输入"。但广告不会介绍一个产品的全部特点。采用理性诉求策略,广告制作者通常只介绍别的广告没有宣传过的特性或好处。惠普打印机肯定与其他打印机有一些相同的特点,但它的报纸广告没有说一句这些特点,只通过一个"暴风雨摧毁了屋顶,而惠普激光打印机却能运行如初"的故事,强调了惠普打印机本身的制造质量(而不是打印质量)。

想象一下,如果一部打印机因突发事件而暴露在风雨中,任凭风吹、雨打、水浸……它还能继续工作吗?而这一切确是事实。1992年,OPEL飓风摧毁了AT&T公司卡兰·克瑞安女士的屋顶,使她的惠普激光打印机在风雨中听天由命……飓风终于过去,打印机已浸透雨水,聪明的克瑞安女士并没有把它扔到垃圾堆里去,而是给惠普打了个咨询电话。按惠普的建议,克瑞安女士先用电吹风将打印机烘干,24小时之后再开机。她试探着打印了一份文件,你猜怎么样,结果实在令人惊喜,一张精美的彩色文件竟被打印出来,而且毫无缺憾!

读者无法辨明事件的真假,但却对惠普打印机的质量有了深刻的印象。这则报纸广告巧妙地表明:"从此,惠普激光打印机又多了一个风雨无惧的美名"。用一个"又"字,暗示惠普打印机的打印效果已经很不错了,无需再说。

所有广告都十分努力地将产品的优势告诉大众。只不过有的广告比较巧,有的广告比较笨罢了。比较巧的广告告诉你关于产品的一个非常突出的优势,给你留下深刻的印象;比较笨的广告则告诉你关于产品所有的优势,电视或广播播音员要在有限的30秒或60秒里讲述各种优势,累得不行,上气不接下气,你却什么也记不住。

2. 情感诉求

心理学研究说明,我们每个人都有非常强烈的情感性需要。我们需要安全,需要爱,需要幸福、愉快、骄傲和成就感,有时也很怀旧,或感到悲伤。我们每个人也都有强烈的社会性需要,我们需要有归属感,需要被接受、被赞扬、被尊敬,希望自己能有很高的地位,我们本能地害怕被别人拒绝……广告充分地利用了我们这些需要,将产品与我们的爱、幸福、快乐、成就感、渴望被赞赏等需要联系起来,以使我们建立对产品的好感。

广告推出"聪明营养液",是因为我们梦想成功——电视画面上是许多头戴博士帽的年轻人,一展成功后的灿烂笑容。

"金帝巧克力,送给最爱的人",是因为我们渴望爱。

"春兰空调,春天将永远陪伴着您",是因为我们崇尚大自然。

随着一声悠长的"黑芝麻糊哎",暗淡的电视画面上出现了一位慈祥的母亲,旧时的音乐唤起了我们对往事的回忆,是因为我们常常怀旧。

霞飞保湿嫩白蜜令你"处处感受和煦春光的照拂,时时泄露缱绻浪漫的动感",是因为我们需要浪漫。

这就是情感诉求。

与理性诉求不同,情感诉求策略不是要告诉我们关于产品的特性或好处,而是要通过激发我们的情感或情绪,使我们获得对产品的好感。

最常见的情感诉求方式是快乐、幽默、爱和恐惧。

饮料、食品广告通常是采用快乐诉求策略,快节奏的音乐烘托着热热闹闹的气氛,少男少女们在大海边、在高山上、在舞厅里、在豪华装饰的家庭里,尽情地挥洒着青春和热情。他们跳啊、唱啊,然后喝一口广告饮料,或将广告食品潇洒地扔给同伴,同伴会向观众露出一个迷人的微笑……

实验证明,恰当地在广告中使用幽默,能够加强我们对广告的记忆力,所产生的快乐感瞬间转变成对产品的好感。所以,广告很推崇幽默。国外一个著名的交通安全广告是:"阁下驾驶汽车,时速不超过 30 公里,可以欣赏到本市的美丽景色;超过 60 公里,请到法庭做客;超过 80 公里,请光顾本市设备最新的医院;上了 100 公里,祝您安息吧!"

"爱"被称作是人类最伟大的情感。每个人都需要爱,也都希望将自己的爱带给亲人和社会。"当太阳升起的时候,我们的爱天长地久",这是广东太阳神集团为第三届全国残疾人运动会所做的公益广告。这则广告的画面展示了残疾儿童的一双脚,左脚趾握一根针,右脚趾拿一根线,正在用脚代替手来穿针,生动地表现了残疾儿童对生活的渴望、顽强的精神以及社会对他们的爱。"柔柔的风,甜甜的梦",这是鸿运电风扇广告,它没有直接宣传这种电风扇风力柔和的特点,而是强调了青年父母的爱子之情。"妈妈不再弯腰",这是一种不用系鞋带的新式健身鞋广告,表达了年轻人对年迈父母的一片深情。

恐惧诉求经常用于戒烟、防癌等公益广告中,它使人产生恐惧感,进而改变自己的行为。最典型的恐惧诉求广告是美国的一则戒烟广告。美国著名光头演员尤伯·连纳身患绝症,面对摄影机说了一段话:

"我将不久于世。我吸烟太多,吸烟会致癌,请不要吸烟。"

他死后,电视台立刻推出这则广告。尤伯·连纳的蜡黄的脸,深沉的语调,实在令人悲伤和恐惧,给人留下难忘的印象。香港的一则戒烟广告比较直截了当:"为什么要冒这个险呢"?美国另一戒烟广告则说:"为了使地毯没有洞,也为了使您的肺部没有洞——请不要吸烟"。目前,我国的药品、保健品广告也常使用恐惧诉求,其最普遍的表达模式是:如果你不吃——药或保健品,你将缺少……(某种营养),会得……病。

在理性诉求与情感诉求中,广告制作者更钟情于情感诉求,不仅因为情感诉求常常比理性诉求更有效,是现代广告的潮流,也因为它为广告制作者提供了更多的发挥创造才能的机会。

任务三　公共关系策略

任务案例

"丰田汽车在全球范围实施了大规模的召回,也给中国消费者带来了影响和担心,在此我表示真诚道歉。"2010 年 3 月 1 日,北京见面会上,日本丰田汽车公司总裁丰田章男从开场白开始就延续了之前的"煽情"风格——鞠躬、道歉。随后,他还就脚垫、油门踏板、制动系统3个方面进行说明并回答了媒体记者的提问。

日本丰田汽车公司的全球召回事件,可谓一波未平一波又起。2010年1月16日,丰田通报国家公路交通安全局,美国零部件供应商CTS集团生产的油门踏板存在缺陷。自此,丰田部分车型曝出的"踏板门"事件持续发酵。2月4日又传出丰田混合动力车普锐斯的刹车系统出现问题,使丰田全球召回事件"雪上加霜"。最终,由于质量原因,丰田在全球多个国家进行了召回,召回总量逾800万辆,堪称全球最大汽车召回事件。

对于最初爆发于美国的召回事件,除了在报纸上刊登召回的消息之外,丰田公司没有采取任何其他举措,没有发表任何公开声明。但随着召回事件在美国的愈演愈烈,丰田公司总裁丰田章男出席美国听证会的态度也由之前的不确定转变为异常坚定。

随后,丰田章男又马不停蹄地赶赴中国等国家,就"召回门"事件做出道歉和说明。同时,丰田也成立了专门的机构来处理此事,并承诺改进质量。

经济危机后坐上全球汽车第一把交椅之后,丰田此前的谨慎开始逐渐淡化,而这种心态的转变也直接决定了在"召回门"事件中丰田开始在策略上的失误:过于自信、危机公关启动迟缓。好在丰田及时调整了自己的策略,并在随后的危机公关中打出来最富人情味的情感牌。即使2月底丰田章男在美国国会两次出席听证会时眼含泪花,仍被美国议员们批为"没有足够的悔意"。在中国的道歉秀也被媒体指责为"对中国消费者区别对待"。

遇到危机时,采用"拖"字诀,是企业危机处理不成熟的表现。这次丰田召回事件的根本是质量问题,但过于自信、危机公关启动迟缓是关键。能否成功化解危机的差别或许只是在头几天就采取行动还是拖上一两周。另外公司还必须费力地同政界、媒体、有权益关系者、分销商、供应商等人重建关系,最忌继续保持高高在上的态度。还需要切记的是,一定要一视同仁。

问题导入:丰田公司的公关案例给你带来了哪些启示? 公共关系策略有什么作用? 做好公关的基本原则有哪些? 制定公共关系策略的方式和程序是什么?

 ## 任务处理

一、公共关系的概念与作用

(一)公共关系的概念

公共关系是一个组织遵循诚实无欺的原则,以传播沟通为手段,通过有计划、持久的努力,提高企业的知名度和美誉度,影响公众行为,为企业塑造良好形象的现代管理活动。它通过协调与沟通内外部公众关系,为企业创造良好的市场营销环境。

(二)公共关系的作用

公共关系的根本目标就是为组织塑造良好的形象。具体来说有以下几个方面的作用。

1. 沟通信息

公共关系本身就是组织与公众之间的"双向信息交流"。对信息的搜集整理和传递、反馈,是公共的重要职责。沟通包括传播和反馈两方面。一是要搜集有关市场供需信息、价格信息、公众消费心理及倾向信息、产品及企业形象信息、竞争对手信息以及其他的经济政治和社会环境信息。二是要将有关产品及组织的各种信息及时、准确、有效地传播出去,争取公众对组织的了解和理解,提高组织的知名度和美誉度,为组织树立良好的形象,创造良好的社会舆论。同时,还要处理好突发事件及有损组织形象的事件,尽量沟通,达成理解。

2. 建立信誉

信誉是企业的生命。一方面要树立产品的信誉;另一方面,企业的工作要为公众着想,经常分析公众的心理、意向及其变化趋势,注意社会舆论的发展变化趋势,调整自我以适应公众,博取好感,树立企业信誉。对企业来说,优良服务和优质产品是建立信誉的基础,广泛的参与、积极的投入、持久的努力是建立信誉的保证。

3. 协调关系

公共关系被誉为"广结人缘的艺术"。现代社会生活,导致任何组织面临更加复杂的社会关系和社会环境,为此,组织必须进行广泛的社会活动,处理好各种关系,增进彼此的感情,减少摩擦系数,否则会给组织带来众多的麻烦和损失。公共关系要协调的内容如下。协调内部领导与员工的关系;协调企业各管理部门、管理层次之间的关系;协调企业与外部公众的关系。

4. 决策咨询

所谓咨询就是企业公共关系人员,根据企业经营的具体情况和问题,在广泛搜集信息的基础上,向企业决策者和管理者提出有针对性的建议和办法的行为活动。公共关系人员不是决策者,但参与决策。现代经济活动复杂多变、竞争激烈、问题繁多,必须进入及时、全面、系统、深入的分析和研究,才能进行正确决策和有效管理,以取得最好的经济效益和社会效益。但企业领导者的知识、经验、精力、能力等方面客观上存在着一定的局限性。解决这一难题的有效的方法是由各方面的专业人员来为领导者进行各种咨询并提出建议,而公共关系人员无疑在这方面起到重要的作用。咨询建立的内容如下。本企业的声誉及知名度的情况;有关公众、特别是消费心理咨询;有关企业的方针、政策及实施结果情况咨询;外部环境的情况咨询等。

二、公共关系的基本原则

公共关系的基本原则是指公共关系工作的指导思想和行为准则,主要包括以下几方面。

(一)事实性原则

公共关系工作必须懂得先有事实后有公共关系的道理,离开客观实际的一切公共关系活动都是毫无意义的。尊重事实,就是从组织的真实形象出发,从事实的本来面目出发,从组织与公众双方的实际需要出发。只有按这样的规律办事,才能使公关工作达到预期的目标。

(二)互利互惠原则

公共关系是以一定的利益关系为基础的。任何组织的公众,均是对该组织的目标和发展具有实际的或潜在的利益关系或影响力的个人、群体和组织。这就特别强调平等相待、互利互惠。光顾本单位的利益而不择手段,不顾后果,不尊重或损害他人利益,就毫无公共关系可言。"和自己的公众对象一同发展"这是公关的重要原则。因此,应注意本组织利益与公众利益的平衡协调,根据双方利益的共同点建立平等互利的真诚合作关系。

(三)形象原则

公共关系的最终目的与真谛是树立良好的组织形象,它是一门塑造形象的艺术。信誉和形象是企业最宝贵的财富,它无时无刻不关系到组织的生存和发展。因此,在公关工作中,要特别注意维护企业的声誉和形象,甚至可视为组织的生命。一切公关工作从形象出发,肯定是成功的。

(四)长远打算原则

良好的公共关系不是一朝一夕的事情,更不是一招一式就能解决的。要在公众中树立良好形象必须经过长期不懈的努力,甚至需要付出巨大的代价。公共关系着眼于长远效果,这是公关与其他促销方式的重要区别。

三、公共关系活动

公共关系活动即运用传播沟通的方法去协调组织的社会关系影响组织的公众舆论,塑造组织的良好形象、优化组织的运作环境的一系列公共关系工作。

(一)公共关系活动的方式

1. 通过新闻媒介宣传企业

主要通过新闻媒介向社会公众介绍企业和产品,不仅可以节约广告费用,而且由于新闻媒介的权威性和广泛性,使得比广告效果更为有效。这方面的活动包括撰写各种新闻稿件,例如,企业介绍、产品介绍、人物专访、事件特写、介绍服务项目等。

2. 加强内部员工的联系

组织内部员工进行丰富多彩的活动,例如,文娱活动、体育活动、参观旅游、演讲、各种竞赛等,以培养集体意识,增强凝聚力。组织各种座谈会、茶话会,交流思想,沟通信息,协调上下左右关系,处理各种事件。

3. 加强企业与外部联系,建立良好的外部环境

同政府机构、社会团体、社区、媒介以及供应商、经销商、顾客等建立公开的信息联系,争取他们的理解、支持与合作。并通过他们的宣传,树立企业及产品的信誉和形象。例如,通过赠送企业产品或服务项目的介绍和说明,企业月报、季报和年报,开放企业参观等,形成有利于企业生存的外部氛围。

4. 借助公共关系广告,介绍宣传企业,树立企业形象

公共关系广告形式和内容大致包括以下几方面。

第一,致意性广告,即向公众表示节日致庆、致谢或致歉等。

第二,创意性广告,即以企业名义率先发起某种社会活动或提倡某种有意义的新观念等。

第三,解释性广告,即就某方面情况向公众介绍、宣传或解释。

第四,企业形象广告,主要介绍企业各方面的积极情况,以树立良好的企业形象。

5. 举办专题活动

通过举办各种专题活动,扩大企业的影响。这方面的活动包括以下方面。举办各种庆祝活动,例如厂庆、开工典礼、开业典礼等;开展各种竞赛活动,例如知识竞赛、劳动竞赛、有奖竞赛等。

6. 参与公益性活动

通过参与各种公益活动和社会福利活动,协调企业与社会的关系,博取社会好感、赢得信誉。这方面的活动包括以下方面。安全生产和环境卫生、防止污染和噪音等;赞助社会公益事业、为社会慈善机构募捐等。

(二) 公共关系活动的程序

公共关系活动的程序,一般包括以下几个步骤。

1. 公共关系调查

公共调查是公关活动的前提,是公关活动过程的开端。它包括组织形象调查和社会环境调查。其目的是为了搜集有关组织形象、社会环境的现状及发展趋势信息,也就是了解社会公众对本组织的认识、态度和意见,了解各类公众情况的变化以及对组织产生的影响,以此发现组织存在的问题,找出不足之处,为寻找建立信誉、树立良好形象、协调组织与公众关系、增进组织和社会效益及制定合理的公关方案提供依据。

2. 制订计划和方案

在制订方案时,首先要确定目标,然后要对公众进行研究;接着选择合适的媒介,进行预算。在制订方案时要注意以下几点。具有创造性;既要全面又要突出重点;体现公关工作的连续性和阶段性;公关方案要易懂、易记、易操作;预算应留有余地。

3. 实施与传播

实施的过程中,一定要把原则性和灵活性结合起来,注意发挥人员的主观能动性和创造力,尽量使公关方案具体化。要正确地选择媒介和公关活动的方式,主动处理实施中的障碍,更好地完成公关计划,实现公关工作目标。

4. 评价

公关实施之后,还要采取一切方法,认真评估实施的结果,总结经验,为下步工作提供重要依据。

巩固拓展

如何写公共关系策划书

一份标准的公关策划书通常包括以下4个部分。

1. 背景分析

这部分主要目的在于就公关传播中存在的问题进行陈述与分析,并阐明公关计划的首要目标。这部分陈述是制定项目策划方案和实施计划的基础。背景分析中可以包括以下几方面,例如,目标受众、最新调查结果、企业立场、行业发展历史以及要实现既定目标需要克服的障碍等。在公关策划书中,我们可以将最终的公关传播目标分成几个小目标,每个小目标都要能够回答同一个问题:我们希望获得什么样的结果?

2. 项目策划书

策划书的第二部分就是准备公关项目策划书的制定,这将为我们有效解决问题提供一个大的框架。这部分主要是从战略角度对策划方案进行阐述,内容包括实现传播目标所必须采取的方法和手段。

虽然每一份公关策划方案的内容都不尽相同,但通常情况下,它应该包括以下几部分。

① 任务实施范围和目标。对任务性质的描述,明确项目要实现的目标是什么。

② 目标受众。明确目标受众群体,并根据某一标准将其分成几组,以便于管理。

③ 调研方法。明确将采用的具体的调查手段。

④ 主要信息。明确主要诉求,在确定诉求之前,不妨先问自己以下几个问题。

我们想向受众传达什么信息?

我们希望他们对我们产生什么样的看法?

如果他们收到了我们的信息,我们期望他们做出什么样的反馈?

⑤ 传播工具。从战术的意义上,明确计划采用的传播工具,包括散发宣传资料、演讲、巡展、开设专栏和开辟网络聊天室等。

⑥ 项目组成员。明确参加本项目的主要管理和工作人员名单。

⑦ 计时与收费标准。项目进展阶段划分和完成日期,以及每阶段所涉及的成本预算。

3. 实施方案

公关策划书的第三部分主要是将前面的战术进行激活处理。这里涉及到对每个相关活动实施情况的具体描述,其中也包括所有参与其中的人员名单和工作安排,尤其是最终期限和活动目标。

至关重要的是,这部分要对每个活动的时间要求和预算进行最真实而详尽的监控和评估,为后期跟踪提供参考依据。在项目进行过程中,如果有突发事件发生,也应该随时对相关因素进行更正与补充。

4. 效果评估

这是最关键的部分,即根据事先的预测,对整个公关过程进行绩效评估。这时,我们的主要任务就是为下面的问题提供答案。

本项目是否有效?

哪部分获得的效果最佳?哪部分效果最差?

活动的实施是否严格按照我们策划书内容进行?

受众对我们工作的认可度是否令人满意?

最重要的是,活动结束后,社区、消费者、管理层或广泛意义上的公众,是否像我们最初策划时所期望的那样,对我们的态度有所改观?

任务四　人员推销策略

任务案例

20世纪60年代,美国一家公司生产出了无声打字机,这种打字机在打字的时候不会发出任何声音。那时,电脑还没有大量地普及和运用,各大公司都是用打字机来打文件。打字机在打字的过程中会发出"嗡嗡"的声响,而这家公司生产的打字机在打字时没有声音。该公司的推销员带着他的打字机去拜访客户,他们对客户进行了产品演示,产品的优异性能够吸引住顾客,顾客都纷纷称赞这是一个好产品,但是到了最后一个问题,也是最关键的一个问题,当问大家买不买的时候,没有一个顾客要买。他们都说,我们现有的打字机还能用,等我们的打字机坏了,到了不能用的时候,我们再买你的无声打字机。

无声打字机的推销人员向顾客介绍,我们的打字机多么多么好,它的性能是多么多么的优秀,顾客会立即购买你的产品吗? 可能不会,原因也非常简单,他的办公室里已经有了打字机。因此,顾客对推销员说:等我的打字机坏了,不能再用了,再买你的打字机。这样我们的产品就不能卖出去,那么我们应该向顾客推销什么? 应该推销无声这个特点带给顾客的好处。大家从国内国外的电影中可以看到,在外国的企业,公司的高层主管是和秘书在一块儿办公的,秘书在打字的时候发出的声响要影响到高层领导思考问题,影响到他们的工作。当你把打字机不影响高层领导办公这个道理向他讲清楚的时候,无声打字机的市场也就被打开了。

问题导入:以上案例分析使你对人员推销有了哪些新的认识? 人员推销有哪些显著的特点? 其步骤是什么? 有哪些专业技巧需要掌握?

213

任务处理

一、人员推销的概念和特点

（一）人员推销的概念

人员推销是指企业派出推销人员或委派专职推销机构向目标市场的消费者和用户推销商品或劳务的经营活动。人员推销既是一种古老的售货方式,也是现代产品销售的一种重要方式。

（二）人员推销的特点

人员推销与其他促销手段相比具有不可替代的作用。它具有以下特点。

1. 针对性强、灵活多变

推销人员一般携带样品、说明书等直接登门与顾客联系。可以根据各类潜在用户的需求、动机及购买行为,有针对性地进行推销,介绍产品的性能、使用、安装和保管方法。也可立即获知顾客的反应,并据此适时地调整推销策略和方法,及时回复和澄清顾客的疑问,使买主产生信任感,促成购买。

2. 选择性强,成功率高

在每次推销之前,可以选择具有较大购买可能的顾客进行推销,并可事先对未来顾客做一番研究,拟定具体的推销方案、推销策略及方法,以提高成功率。这是广告推销所不及的。

3. 当面推销,增进友谊

面对面推销,容易使双方从单纯的买卖关系发展到建立深厚友谊,彼此信任,互相谅解,从而有利于长期合作。

4. 及时反馈,完善自我

推销人员在推销产品或劳务的同时,可及时听取和观察买方对产品和劳务的态度,收集市场情况,了解市场动态,并迅速给予反馈,使企业经营更适合消费者的需要,完善自身管理。

但是,人员推销也有不足之处,它的成本费用比较高,在市场范围广阔而买主又较为分散的状态下,显然不宜采用此法。

二、人员推销的步骤

人员推销的步骤主要可以分为以下 7 个方面。

(一) 寻找客户

大多数公司要求它们的销售员自己寻找线索,有的公司为了使销售人员更好地运用他们的宝贵时间,就自己负起了寻找客户的责任。公司和销售人员可以通过以下几个方法寻找线索。

① 逐户访问。

② 广告搜寻。

③ 通过老客户的介绍。

④ 查询资料,例如,人名地址簿、登记录以及专业名册等。

⑤ 名人介绍。

⑥ 利用参加会议的机会搜寻。

⑦ 电话寻找。

⑧ 直接邮寄寻找。

⑨ 利用市场信息服务机构所提供的有偿咨询服务来寻找。

⑩ 观察。

⑪ 利用代理人来寻找。

⑫ 从竞争对手手中抢客户。

然后,公司对潜在的客户,通过邮件或电话估计他们的利益和财务能力。其线索可分类为热线、温线和冷线预期客户。热线预期客户要派现场销售人员去访问;温线预期客户用电话追踪。在一般情况下,一个预期客户需要访问 4 次才能完成业务交易。

（二）评估客户

销售人员或公司寻找到自己的客户之后,取得了潜在客户的名单,这时并不意味着马上就要开始去和预期潜在客户打交道了,他们还必须根据企业自身产品的特点、用途、价格及其他方面的特性,对预期客户进行更深入的衡量和评价,其主要包括对预期客户需求度、需求量、购买力、决策权、信誉度等方面的评估和审查。

（三）接近客户

销售人员应该知道初次与客户交往该怎样制定自己的拜访计划;该弄清楚自己使用什么样的销售工具才有效;该怎样会见和向客户问候,从而使双方的关系有一个良好的开端,这包括销售员的自我心态、专业熟练程度以及接近客户的一些技巧等。接下来便可讨论某些主要问题或恭听,以了解客户和他们的进一步需要。

（四）讲解和示范

销售人员在接近客户之后,紧接着的工作就是要与客户进行洽谈,以正确的方法向客户描绘产品带给他们的利益。销售员会使用特征、优势、利益和价值方法。特征描述了一个市场提供的物理特点,例如,一个芯片的处理速度或存储能力;优势描述了为什么这些特征能向客户提供优势;利益描述了该提供提交的经济、技术、服务和社会利益;价值描述了它的总价值(经常用金钱表示)。但很多销售人员在向客户推荐产品过程中总是过分地强调产品的特点(产品导向),而往往忽略了客户的利益(客户导向)。

（五）处理客户异议

客户在产品介绍过程中,或在销售人员要他们订购时,几乎都会表现出抵触情绪,即对销售人员及其在销售中的各种活动所做出的一种反应。一般表现在对销售介绍和销售演示而提出的怀疑、否定或不同意见与不同看法。要应付这些抵触情绪,销售员应采取积极的方法。请客户说明他反对的理由,向客户提一些他们不得不回答的他们自己的反对意见的问题,否定他们意见的正确性,或者将对方的异议转变成购买的理由。如何应付反对意见是谈判技巧的一部分。

（六）诱导交易

现在,销售人员该设法达成交易了。有些销售人员的客户开发活动不能达到这一阶段,或者在这一阶段的工作做得不好。他们缺少信心,或对要求客户订购感到于心有愧,或者不知道什么时候是达成交易的最佳心理时刻。销售人员必须懂得如何从客户那里发现可以达成交易的信号,包括客户的动作、语言、评论和提出的问题。达成交易有几种方法。销售员可以要求客户订货,重新强调一下协议的要点;秘书填写订单,询问客户是要产品 A 还是产品 B,让客户对颜色、尺寸等次要内容进行选择;或者告诉客户如果现在不订货将会遭到什么损失。销售员也可以给予客户以特定的成交劝诱,例如,特价、免费加量赠送、或是赠送一件礼物等。

(七) 售后服务

我们的产品与客户达成交易,并不代表我们的销售活动就结束了。如果销售人员想保证客户感到满意并能继续订购,这最后一步是必不可少的。交易达成之后,销售人员要向客户提供服务,以努力维持和吸引客户,因为这对合同履行、下次交易等诸多方面都有直接影响。很多公司往往更青睐于和其他客户做更多的生意,而忽略了售后服务环节。然而,假如公司无法提供恰当的售后服务,则很可能使原本满意的客户变得不满意。尽管售后服务的准确内容取决于特定的产品或市场状况,但仍然有一些销售人员可以用来确保客户满意的普遍技巧。

三、专业推销技巧

(一) 甄别客户的真实需要

1. 寻找决策人

寻找决策人如图 9.5 所示。

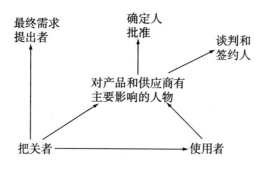

图 9.5　寻找决策人

主要商品(生产资料)的采购平均有 7 个决策者,主要服务的购买平均有 5 个决策者。了解谁是决策者、在哪个阶段决策、谁是影响人、在哪个阶段影响,绝不可忽视对购买决策有影响的人物,即使他(她)不是最终决策者。要避免以下错误。

对一位不做决策的人物花费过多时间和精力;对一位在决策过程中有重要影响的人物没有沟通或接触。

2. 评估客户的需要是否现实

① 客户需要

用途:客户想用设备做什么? 客户期望达到什么效果?

生产条件:客户的主要生产设备是什么? 想把设备用在什么样的生产线上?

知识:客户以前是否听说或接触过设备? 目前使用什么设备/手段?

② 需要是否有能力

计划:为什么想买设备? 是否有采购的确切计划?

资金:资金是否落实? 大约多少资金? 资金从哪儿来?

③ 需要如何满足

经验:客户是否有过使用设备的经验? 客户用的是什么品牌? 评价如何?

环境:客户的生产环境如何?

设备的要求:客户使用设备生产出的产品,是否符合客户的要求?

选型因素:客户选型优先考虑的因素是什么? 例如,价格、耗材成本、可靠性、易操作性、服务便利、交货时间、付款条件和试机等。影响客户决策的因素是什么? 例如,从众心理、熟人推荐、先入为主、集团因素、过去经验和上层指示等。

竞争:竞争对手是谁? 竞争对手推荐的机型是什么? 竞争对手提供的条件是什么?

潜力:客户在行业中的影响力如何? 客户的发展潜力如何?

(二)向客户推销产品的利益

客户想要的,不一定是需要的;客户需要的,不一定是想要的。

所以,客户需要教育。教育引导客户认识对我有利的"需要"和"想要"。要牢记一点,客户想要的和需要的是利益而非特点。

四、推销人员的管理

(一)推销人员的素质

推销人员经常直接与广大顾客接触,个人素质的高低,对推销的成败关系极大,因而对推销人员的素质要求是相当高的。推销人员的素质主要包括以下方面。

1. 思想素质

推销人员在本职工作中,要有强烈的事业心和责任感,具备艰苦踏实的作风,有良好的职业道德和价值观。在与顾客接触时,应举止文雅、仪表端正、态度谦和、平易近人,能为顾客着想,在各种场合受到顾客欢迎。

2. 业务素质

推销人员应有丰富的业务知识。具体包括以下内容。

① 企业知识。掌握本企业在同行业中的地位、彼此的经营规模和特点、管理水平和方针、生产和设备能力、产品结构及技术水平等,以便在推销过程中有理有据地说服顾客。

② 产品知识。不但要掌握本企业产品的规格、型号、质量、性能、用途、价格、生产工艺、使用及维修办法,而且也要熟悉竞争企业同类产品的优劣情况。

③ 专业知识。熟练掌握与推销活动有关的各种专业理论和知识。例如,市场营销学、消费心理学、市场行情分析、公共关系学、经济法和谈判等方面的知识。

3. 业务能力

它是推销人员思想和业务素质的反映,主要包括观察力、分析能力、综合判断能力、决策能力、应变能力、创新能力、公关能力、沟通能力、说服他人能力、交际能力等。

(二)推销人员的选聘

推销人员选聘的基本标准如下。

① 具有以消费者为中心、全心全意为消费者服务的经营观念和经营意识。热爱推销工作,在推销工作中坚持"顾客第一、服务第一、信誉第一"的经营思想,兢兢业业地做好推销服务工作。

② 认真贯彻国家下达的有关方针、政策、法令,坚持推销人员的职业道德,自觉维护消费者的消费利益和正常权益。

③ 具有丰富的文化知识、企业知识、产品知识,以及消费心理知识、市场营销知识、现代科学技术知识、国家经济政策与法规知识等。

④ 具备一定的社交能力、观察分析能力、推销能力、信息反馈能力、创新开发能力、随机应变能力等。

⑤ 仪表端庄、举止大方、态度和蔼、谦恭有礼、作风正派,能使顾客感到亲切、诚实、可靠、放心。讲究语言艺术,知晓各种地方语言,这样更容易接近顾客,说服顾客使用本企业的产品和所提供的服务。

⑥ 身体健康,精力充沛,任劳任怨,能适应和操作各种交通工具。

（三）推销人员的训练

对新录用的推销人员的培训,首先应设计培训计划,明确培养目标及所要达到的程度。训练内容要根据培养目标、企业市场营销策略的特点和学员的实际情况而定,主要内容如下。

① 企业情况介绍。

② 产品知识材料的训练。

③ 市场情况介绍。

④ 推销方法与技巧训练。

⑤ 企业各种制度的规定,推销人员应履行的工作手续和工作职责介绍。

⑥ 有关知识的介绍等。

培训的方法,可以采取讲课或示范教学、讨论等集体培训法;也可采用模拟形式或请有经验的推销人员"传、帮、带"等个别训练。

（四）推销人员的激励与评估

1. 激励

具备了良好素质和能力,并不意味着都能自觉努力地完成工作。为了发挥其工作积极性和提高工作水平,必须采取正确合理的激励方法。

① 奖励。它主要包括经济报酬和精神鼓励两种。经济报酬是根据推销人员完成和超额完成计划的情况,给予相应的经济待遇,以此激发其工作热情。精神鼓励如表扬、晋升、授予荣誉称号等,以增强其荣誉感和责任心。

某饮料企业的一名推销人员兢兢业业,取得不俗业绩,年终总经理把他单独叫到办公室,对他说:"由于本年度你工作业绩突出,公司决定奖励你10万元!"推销员非常高兴,谢过总经理后拉门要走,总经理突然说道:"回来,我问你件事。""今年你有几天在家,陪你妻子多少天?"该推销员回答说:"今年我在家不超过10天。"总经理惊叹之余,拿出了1万元递到他手中,对他说:"这是奖给你妻子的,感谢她对你工作无怨无悔的支持。"然后,总经理又问:"你儿子多大了,你今年陪他几天?"这名推销员回答说:"儿子不到6岁,今年我没好好陪过他。"总经理激动地又从抽屉里拿出1万元钱放在桌子上,说:"这是奖给你儿子的,告诉他,他有一个伟大的爸爸。"该推销员热泪盈眶,千恩万谢之后刚准备走,总经理又问道:"今年你和父母见过几次面,尽到当儿子的孝心了吗?"该推销员难过地说:"一次面也没见过，只是打了几个电话。"总经理感慨地说;"我要和你一块去拜见伯父、伯母,感谢他们为公司培养了如此优秀的人才,并代表公司送给他们 1 万元。"这名推销员此时再也控制不住自己的感情,哽咽着对总经理说:"多谢公司对我的奖励,我今后一定会更加努力。"同样是 13 万元,如果企业老总直接将钱发给这名推销人员,那效果我们可想而知。

② 监督。有效的监督是调动推销人员积极性的方法之一,监督的主要手段有推销定额、推销报告和沟通情况等。

2. 评估

评估就是考核。为了对推销人员进行有效的管理,企业营销部门必须对推销员的工作业绩建立科学的评估、考核制度,以此作为分配报酬的依据。评估内容包括以下 3 个方面。

① 绩效评定。最重要的是推销计划的执行情况与新增加的客户数。

② 绩效比较。它包括两种比较:横向比较——推销员之间的比较;纵向比较——同一推销员现在与过去推销业绩的比较。

③ 素质评估。它包括对推销员有关产品、企业、客户、竞争对手和职责资料等了解状况的考核;也包括对知识、人格、思想品质、仪表风度、言谈和气质等的评估。

巩固拓展

推销能力测验

以下是一些简单的自我测验题,可以帮助您改善推销技巧,请对每一问题诚实地回答。

您的开场白是否立即引起顾客的注意及兴趣?

不同类型的顾客您是否准备了不同的接近方式?

当您进入推销主题的时候,您是否能够肯定顾客对您的诚实及能力已具信心?

您的商谈主题是否能够有说服性地表明您的产品或服务所能够提供的所有利益?

在商谈的过程中,顾客是否对某些部分感到麻木或缺乏兴趣?

你的推销商谈是否有某些部分较其他部分对顾客缺乏说服力?

您能否在商谈中使顾客有更多的参与?

在商谈中,您的产品或服务有没有一套有效的示范方式?

每个业务员都宣称自己的产品比别人的好,但是您能否极具说服性地证明给他呢?

在您的商谈中有没有某些地方经常遭到顾客反对?

您能否不陷入争论的泥潭或引起顾客的反对,而克服顾客的异议?

您是否有一套好而快的结论?

对不同类型的顾客,您是否以不同的方式要求成交?

万一不幸您的商谈没有成功,您是不是有一套好方法能够使您重新再获机会进行一次推销访问?

任务五　营业推广策略

任务案例

世界著名的连锁便利公司 7 - 11 的店铺一般营业面积为 100 平方米,店铺内的商品品种一般为 3 000 多种,每 3 天就要更换 15～18 种商品,每天的客流量有 1 000 多人,因此,商品的陈列管理十分重要。

曾经就有这样一个趣事:一位女职校生在 7 - 11 的店铺中打工,由于粗心大意,在进行酸奶订货时多打了一个零,使原本每天清晨只需 3 瓶酸奶变成了 30 瓶。按规矩应由那位女职校生自己承担损失,这意味着她一周的打工收入将付之东流,这就逼着她只能想方设法地争取将这些酸奶赶快卖出去。冥思苦想中的高中生灵机一动,把装酸奶的冷饮柜移到盒饭销售柜旁边,并制作了一个 POP(卖点促销),写上"酸奶有助于健康"。令她喜出望外的是,第二天早晨,30 瓶酸奶不仅全部销售一空,而且出现了断货。谁也没有想到这个小女孩的戏剧性的实践带来了 7 - 11 的新的销售增长点。从此,在 7 - 11 店铺中酸奶的冷藏柜便同盒饭销售柜摆在了一起。由此可见,商品陈列对于商品销售的促进作用是十分明显的。

问题导入:女职校生为何取得了成功? 什么是营业推广? 营业推广的形式有哪些? 如何进行营业推广?

任务处理

营业推广策略是对广告、人员推销的一种补充,是一种不经常的无规则的促销活动。典型的营业推广一般用于暂时的和额外的促销工作,是为了促使购买者立即采取购买活动。针对性强、促销见效快是其显著特点。但是,攻势过强,易引起顾客反感,且耗费大。因此,应慎重使用。

一、营业推广的概念及形式

(一)营业推广的概念

营业推广是指企业为了刺激早期需求、吸引消费者或其他顾客大量购买而采取的除人员推销、广告和宣传以外的那些特种促销活动。

(二)营业推广的形式

营业推广形式很多,大体上可分为营业宣传推广和营业销售推广两种。

1. 营业宣传推广

营业宣传推广从某种角度上讲类似广告宣传,但又是实现直接销售的有效手段。它包括以下几方面内容。

① 营业场所的装饰与布置。根据顾客的购买心理与特点,设计出使顾客赏心悦目、心情舒畅的购物环境,从而吸引购买者。

② 样品陈列及橱窗布置。样品陈列是待销商品的最好示范,能诱导购买行为,橱窗布置又是无声商品广告,能刺激顾客的购买欲望。

③ 商品试验。商品试验是检验商品质量、消除顾客疑虑、赢得顾客的重要手段。

④ 提供咨询服务。为顾客提供信息,传播商品知识,解决顾客疑难问题,从而使顾客坚定购买信心。

2. 营业销售推广

营业销售推广是刺激和鼓励成交的重要手段,它包括直接对消费者的、对中间商的和对推销人员的 3 种形式,如图 9.6 所示。

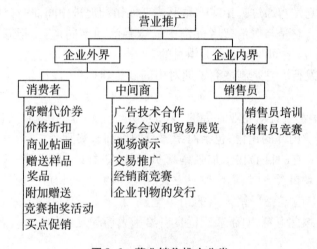

图9.6　营业销售推广分类

（1）对消费者

这一类促销活动的对象是消费者,也是最终购买者,因此是最直接的促销方式,使用频率也很高,其中主要包括 8 种手段。

① 赠寄代价券。它是指向顾客用邮寄、或在商品包装中或在广告中附赠小面额的代价券,持券人可凭券在购买某种商品时得到优惠。

② 价格折扣。它是指直接采用降价或折扣的方式招徕顾客,包括廉价包装和降价招贴。

③ 商业贴花。它是指消费者每购买单位商品就可以获得一张贴花,若筹集到一定数量的贴花就可以换取这种商品或奖品。

④ 赠送样品。它是以实物赠送给消费者,使消费者了解及接受产品的内容。

⑤ 奖品。它有两种类型:一种是顾客将购买凭证如发票去换取奖品;另一种是将奖品与产品一起包装,通过消费者购买行为来到达他们手中。

⑥ 附加赠送。它是指按消费者购买商品金额比例附加赠送同类商品。

⑦ 竞赛抽奖活动。它是通过竞赛或抽奖活动,将奖品发给优胜者,吸引消费者。

⑧ 买点促销。它又叫 POP 广告,即放置于店面的广告物,例如,放在架子上的小卡片、

小册子,或竖在门口的大型夸张物件,或悬挂在天花板上的标语等。

（2）对中间商

把产品卖给消费者的是中间商,所以对于制造商而言,对中间商促销,提高他们的积极性,也是非常必要的,主要有以下6种形式。

① 广告技术合作。它是通过合作和协助方式,赢得中间商的好感,促使他们更好地推销企业产品。例如,与中间商合作做广告,提供详细的产品技术宣传资料,帮助中间商培训销售技术人员,以及帮助中间商建立有效的管理制度,协助店面装潢设计等。

② 业务会议和贸易展览。它是指邀请中间商参加定期举办的行业年会、技术交流会、产品展销会等,以此传递产品信息,加强双向沟通。

③ 现场演示。它是指制造商安排中间商对企业产品进行特殊的现场表演或示范及提供咨询服务,表演者由制造商培训过的代表担任,代表制造商形象。

④ 交易推广。它是指通过折扣或赠品形式来促销和促进中间商的合作。

⑤ 中间商竞赛。它是与对消费者促销中的竞赛活动不同,它是指制造商采用现金、实物或旅游等形式来刺激中间商以达到促销目的。

⑥ 企业刊物的发行。它是制造商定期对中间商传达信息、保持联系的一种有效做法。

（3）对销售员

上面两大类促销都是针对企业外界的,第3类是企业内部的促销,其目的是建立员工的意识,而不是指对企业内部的销售,包括对销售员的培训和奖励。

① 销售员培训。它的目的在于加强销售员的知识、技能、态度等。以集体培训方式来说,典型的做法有课堂讲授方式、集体讨论方式、个案研究方式和角色扮演方式等。

② 销售员竞赛。它是指以销售员的销售金额、新开拓客户数目、总利润额以及各种评估结果,促使销售员彼此竞赛,对于表现优良者给予表扬和发给奖品。

二、营业推广运作

营业推广运作是指组织者对营业推广活动及其有关因素的分析与决策过程。它包括确定目标、选择方式、制定方案、方案实施与评价。

（一）确定营业推广目标

营业推广的目标按其作用对象划分有3种类型。

1. 针对消费者

目标是灌输某种观念,刺激消费者购买。

2. 针对批发商或零售商

目标是吸引其购买并经销商品,使经销商产生对品牌或厂家的忠诚。

3. 针对推销人员

目标是鼓励其推销产品,刺激其寻找更多的潜在顾客。

（二）选择营业推广方式

营业推广的方式很多,企业要根据市场类型、销售目标、竞争环境以及各种推广方式的成本和效益等选择适当的营业推广工具。对不同的推销对象,其工具也不同。

（三）制订营业推广方案

企业在制订营业推广方案时应考虑如下因素。

1. 决定推广规模

如果能选择费用有限而效益最高的推广办法,有一定的规模就够了。确定规模较佳的依据是推广刺激费用与营业收入之间的效应关系。

2. 参加者的条件

要根据顾客或经销商的具体特点,选择能产生最佳推广效果的刺激对象。

3. 推广途径

企业应根据其普及面及费用合理选择。必须选择既能节约推广费用,又能收到效果的营业推广工具。常规途径有包装分送、商店分发、邮寄广告。

4. 推广期限

期限应适当,若时间过短会使一部分潜在顾客来不及购买。时间过长,会产生对某种商品的变相大拍卖的印象,激发不起购买积极性,且费用大而效益小,甚至影响企业声誉。因此,合理安排推广期限,能使企业获得理想的效益。

5. 推广时机的选择

推广时机选择得好,能起到事半功倍的效果,时机选择不当,则效果适得其反。企业应综合考虑产品的生命周期、顾客收入状况及购买心理、市场竞争状况等,不失时机地制订营业推广策略。

6. 推广费用预算

营业推广固然可以使销售增加,但同时也相应增加了推广费用。企业要权衡刺激费用与营业受益的得失,比较推广费用与收益的比值,从而确定促销的规模和程度。

（四）营业推广的实施与评价

企业应为每一种营业推广方式确定具体实施方案。如果条件许可,在实施前应进行测试,以便明确所选方案是否恰当。在具体实施过程中应把握两个时间因素:一是实施方案之前所需的准备时间;二是推广始末的实践间隔。实践证明,从正式推广开始到大约95%的商品已推广售完的时间为最佳期限。

巩固拓展

营业推广的主要功能

营业推广能达到以下功能。

① 有效地加速品牌及产品进入市场的进程,被消费者认知和接受。当消费者对新进入市场的品牌及产品还未能有足够的了解和做出积极反应时,通过一些必要的促销措施,可在短期内迅速地为消费者熟悉。例如,让消费者试吃/试用新品,以引起消费者对该品牌产品的兴趣和了解。

② 说服初次消费/使用者再来购买或使用,提高频率,以建立他们的购买/消费习惯。

例如,麦当劳、肯德基拟订的持续消费赠礼品的营业推广计划,即要求消费者不断重复消费,以换取系列的赠品,从而形成购买习惯。因此好的营业推广计划能提供再度消费的激励。

③ 增加产品的销售,提升销售额。明确并推出和告知新产品的特色,将会增加消费者对该项产品的兴趣,从而提升销量。例如,"肯德基"与"百事可乐"、"麦当劳"与"可口可乐"、"小天鹅"与"碧浪"的联合终端促销即是提升销售额的著名案例。

④ 有效抵御和击败竞争对手的促销活动。当竞争对手大规模地发起促销活动时,如不及时采取针锋相对的促销策略和措施,往往会大面积地失去已有的市场份额和原有的顾客群。因此,营业推广是市场竞争抵御和反击竞争者的有力武器。尤其是作为某区域市场的领导品牌,为维持自身市场占有率,常常使用营业推广作为强势对抗的手段。

但是,值得注意的是,虽然营业推广具有以上强大的促销功能,但是它也并不是万能的。一般情况下,一方面单靠营业推广不能建立品牌忠诚度,营业推广的各种方法,可能在短期经营中使顾客消费,而一旦推广停止,顾客就可能转移到其他品牌,除非该产品真正是消费者喜爱的;另一方面,营业推广不能挽回衰退的销售趋势,如果产品因产品生命周期、季节性原因或消费者的动机及喜好而导致销售大幅度下滑,则营业推广只能供给瞬间收益,并不能挽回下滑的趋势,它不是一剂灵丹妙药。

知识归纳

1. 通过信息沟通,帮助消费者认识产品的特点和性能,引起其注意和兴趣,以改变其态度,激发购买欲望和行为,扩大销售,是促销策略的最终目的。

2. 广告是由广告者、广告媒体、广告信息、广告费用4个互为条件的要素构成的,缺一就构不成现代广告。广告策略是企业在广告活动中为取得更好的效果而采取的行动方案和对策,是市场营销策略的一个重要组成部分。

3. 公共关系是一个组织遵循诚实无欺的原则,以传播沟通为手段,通过有计划、持久的努力,提高企业的知名度和美誉度,影响公众行为,为企业塑造良好形象的现代管理活动。

公共关系的根本目标就是为组织塑造良好的形象,具体来说有沟通信息、建立信誉、协调关系和决策咨询。公共关系有事实性原则、互利互惠原则、形象原则和长远打算原则等4条基本原则。

4. 人员推销是指企业派出推销人员或委派专职推销机构向目标市场的消费者和用户推销商品或劳务的经营活动。人员推销具有针对性强、灵活多变,选择性强、成功率高,当面推销、增进友谊,及时反馈、完善自我等特点。

5. 典型的营业推广一般用于暂时的和额外的促销工作,是为了促使购买者立即采取购买活动。

问题探究

1. "推"销与"拉"销之间的差异?
2. 针对一条自己印象深刻的广告,说出它的标题、产品卖点以及广告策略。
3. 对于大中型企业来说,大量的广告宣传无疑是一种很好的产品宣传手段,但是对于小型企业,什么样的宣传手段是比较可行的?

阅读材料

多点开花　创造神话

据有关机构的数据显示:1999 年宝洁在中国的产品销售额已超过 130 亿元。海飞丝、飘柔、潘婷、沙宣 4 种洗发水占洗发水市场份额 60%以上;汰渍、碧浪两种品牌洗衣粉市场份额的 33%;舒肤佳香皂占香皂市场份额的 41%;护舒宝卫生巾占卫生巾市场的 36%。这些惊人的数据表明,宝洁已成为中国日用品市场上无人能敌的"霸主"。只要有宝洁品牌销售的地方,该产品就是市场的领导者。

宝洁公司从 1988 年进入中国市场至今已有 22 年。在这 22 年里,宝洁每年至少推出一个新品牌,尽管推出的产品价格为当地同类产品的 3~5 倍,但这并不阻碍其成为畅销品。

那么,宝洁能在中国取得如此大的成功,用的是什么方法呢?

1. 广告宣传

广告是所有快速消费品成功的重要法宝。宝洁也运用广告成功地推出它在中国的第一个产品——海飞丝。宝洁通过对中国消费者调查,发现许多中国人都有头屑,而中国国内没有生产洗发水的厂家,并且也没技术解决这一难题,于是宝洁决定将去头屑作为广告诉求点,使得海飞丝一举成名,并最终成为国内去屑洗发水的代表。

宝洁进攻市场最常用的手段是广告。据权威的市场调查公司统计,1999 年宝洁在中国市场上投入的广告费用超过 5 亿元,占中国日化用品领域的 10%左右。宝洁的广告很有特色与说服力。它的电视广告最常用的两个典型公式是"专家法"与"比较法"。"专家法"的模式是这样的:首先,宝洁会指出你面临的一个问题来吸引你的注意;其次,便有一个权威的专家来告诉你,有个解决的方案,那就是用宝洁产品;最后,你听从专家的建议后,你的问题就得到了解决。"比较法"的模式是这样的:宝洁将自己的产品与竞争者的产品相比,通过电视画面的"效果图",让你清楚地看出宝洁产品的优越性。

另外,宝洁也非常善于策划事件来宣传自己的产品,以建立消费者的品牌偏好。例如,"护舒宝护士"活动,请专家向中小学生讲授青春生理者的品牌偏好。举行"飘柔之星"活动以及碧浪洗净全球最大衣衫等活动。

2. 人员推销

宝洁不惜每年花费 2 000~4 000 万美元从美国本土派 100 多名美国人进驻中国。这

100 多名美国人带着美国宝洁的商业观念,来到中国招兵买马。宝洁用优厚的薪金在中国最优秀的大学招聘最优秀的大学生,这些大学生进入宝洁后便进行培训,接受美国企业管理思维。现在,经宝洁训练出的中国员工已为宝洁在中国攻占市场立下了汗马功劳。

宝洁在中国的经营理念是:只要有销售宝洁同类产品的地方就一定要有宝洁的产品;而且宝洁的产品要做到最好。中国已有 300 多个 20 万人口以上城市的百货商店、小卖部被宝洁列入其战略版图。在那些地方,每天太阳升起,一批身着宝洁产品广告衫、号称"胜利之队"的销售员,就骑着自行车或摩托车,穿街过巷,到处去推销。在那些城市,甚至不卖东西的自行车修理点都卖宝洁产品!

宝洁在中国市场上费尽了心思,现在它不光在城市巩固与扩张,还向农村发起了进攻。据某媒体报道,宝洁在农村市场已取得了相当不错的业绩。

3. 公共关系

西方企业与国内企业在资金的使用上存在着理念的不同,它们对经营目标所需要的资源计算得十分精确,对资金的使用方面更注重效果,在执行的过程中显得理性与科学。

宝洁作为一家全球经营的跨国企业,其在多个国家的经营经验使它知道,若想在当地获得成功,就必须得到当地政府和人民的支持。故宝洁进入中国后,十分注重与当地政府和人民搞好关系。进入中国的最初 3 年里,尽管宝洁在广州投资的企业还没有盈利,却依然很慷慨地向中国一些活动捐款以建立良好的公众关系。例如,向广州妇女儿童发展基金募捐 5 万元,向全国第三届残废人运动会募捐 5 万元,向亚运会捐款 10 万元。1991 年 7 月,向华东特大洪涝灾区捐款 100 万元。现在,以宝洁出资资助的公关活动项目已深入到中国社会的许多重要团体。如在一些重点大学设立奖学金,成立中国科学院宝洁科教基金,向中国希望工程捐款 1 250 万元。据估计,宝洁在中国以捐款作为公关手段已累计超过 5 000 万人民币。

宝洁所做的公关宣传活动给它在中国开展业务带来了极大的好处与方便。宝洁在中国 10 多年,不仅将国内一些小企业无情击溃,也将一些大的国有企业逼得喘不过气来,但政府并没有制定政策来限制宝洁在中国的发展。曾有一本杂志进行大学生毕业后最想去的单位的调查,宝洁公司名列榜首。可见宝洁的公关做得多么的到位!

宝洁进入中国 14 年,给国内一些企业带来了太大的生存压力。但是,如果不引进外国企业与中国自己的企业竞争的话,消费者又如何能有更多更好的选择呢? 而国内的企业又如何能长大呢? 正如美国 GE(通用电气)总裁杰克·韦尔奇所说:"美国人天生就是赢家,而不是抱怨者,所以不要纵容、资助或设法保护他们。让他们接受挑战,去打破所有造成分化与停滞不前的障碍,并将废除官僚体制与老旧的工业政策。让他们以平常心去看待所经历的事。"这句话,放之四海皆准,中国亦然。

分析:

创业初期,广告为宝洁立下了汗马功劳;而如今,宝洁称霸中国也离不开广告。不只广告,它还用了所有的促销手段。营销人员通过各种方式将有关企业产品的信息传递给消费者,影响并说服消费者购买,有时宝洁还大搞公关活动,为自己塑造了一个良好的形象,促使消费者对宝洁及其产品产生信任和好感,而这多种促销手段包括以下内容。

(1)广告。适合向分散的众多目标顾客传递销售信息。单就向目标顾客传递信息而言,其成本是很低的,宝洁也把广告视为进攻市场的最有效手段。

（2）人员推销。成本高昂，但人员推销能面对面地传递信息，效果最好。

（3）营业推广。有很多具体做法，但作为一个有长远计划的企业，一般不会单独或长期运用营业推广，而是把它当作整个促销中一个有力的辅助。

（4）公共关系。众所周知，只有知名度而没美誉度，那是臭名远扬。宝洁显然知道这一点，所以通过捐款等极力打造自己良好形象，并最终取得了高美誉度，可谓众口皆碑。

这些促销手段组合运用，制造了宝洁神话，不光稳居霸主地位，还获取了巨额利润，这对于只知道降价的商家，值得深思。

达标检测

一、填空题

1. 在企业促销过程中，常见的促销工具主要有_____、公共关系、_____和_____这几种。企业有目的、有计划地把它们及其他促销形式结合起来，综合运用，便形成了一个完整的优化促销策略，我们称之为_____。

2. 影响促销组合的因素主要有_____、_____、产品的生命周期、_____和_____。

3. 根据企业市场运营的经验，我们一般将企业促销的基本策略分为_____策略和_____策略两种。

4. 广告是由_____、_____、_____、_____ 4 个互为条件的要素构成的，缺一就构不成现代广告。

5. 广告目标指一定期限内必须针对既定的受众达到的特定沟通任务。各种可能的广告目标可依据_____、_____或_____等目的分类。

6. 公共关系的根本目标就是_____。

7. 公共关系的主要作用是_____、_____、_____、_____。

8. 公共关系的基本原则有_____、_____、_____、_____。

9. 人员推销的主要步骤包括_____、_____、接近客户、_____和售后服务。

10. 营业推广形式很多，大体上可分为_____和_____两种。

二、判断题

1. 人员推销的优点是信息沟通直接、反馈及时、可当面促成交易，不足是见效慢。（ ）

2. 一般来说，消费品更多地使用广告宣传作为主要促销手段；而生产资料则更多地采用人员推销。（ ）

3. 对文化水平高、经济状况宽裕的消费者，应多采用推销和公共关系。（ ）

4. 预算越多，促销组合策略的效果就越好。（ ）

5. 在产品的成长期，宜多采取人员推销策略。（ ）

6. 通过创名牌、树信誉、实行"三包"，增强消费者对产品和企业的信任，以促进产品的销售，是典型的"推"的策略。（ ）

7. 比较性广告,在产品成熟的阶段相当重要,这类广告旨在强化消费者对此产品的记忆。　　　　　　　　　　　　　　　　　　　　　　　　　　　　　　　　　　（　）

8. 公共关系最容易激发消费者的购买欲望,促成消费者当即采取购买行动。　（　）

9. 商业贴花是对中间商采取的最有效的促销方式。　　　　　　　　　　　（　）

10. 人员推销的成本费用比较高,在市场范围广阔而买主又较为分散的状态下,显然不宜采用此法。　　　　　　　　　　　　　　　　　　　　　　　　　　　　　　（　）

三、问答题

1. 促销策略的最终目的是什么?

2. 公共关系的作用及基本原则是什么?

3. 针对一个你所熟知的产品,谈谈它的促销组合策略。

网络营销

学习目标

通过对本项目的学习,了解如下内容。

- 网络营销的概念、特点。
- 网络营销与传统营销的区别。
- 网络营销策略的内容。

随着上网人数的不断增长和互联网应用的迅速发展,网络营销已经成为企业常用的营销方式之一。知名网站 www.hao123.com 的创办人王通说过:今后,不懂网络营销的企业,将会首先被市场淘汰。网络营销作为以互联网为主要手段的一种新型营销手段,尽管历史较短,但已经在企业经营策略中发挥着越来越重要的作用,网络营销的价值也为越来越多的实践应用所证实。

任务一　网络营销概述

任务案例

通用汽车公司以巨大的人力资金投入,全力建设自己的网站(www.gm.com)。通用汽车公司将网站视为客户信息、客户联系技术以及客户经济状况的采集窗口,又是企业与客户联系的纽带,同时作为企业"客户信息管理"系统的外延。在其品牌优势的基础上,通用汽车致力于建立和强化与公众的关系,利用互联网的辐射力开展关系营销。

在信息组织脉络上,分为产品介绍、企业介绍和汽车导购。网站上,不但有通用汽车公司的一般介绍,而且还有经销商的评价。通过通用汽车公司的网站,客户不仅可以了解到公司的发展、起源、历史、产品的特点,通用汽车公司的产品跟其他产品的性能、价格比较,通用汽车各种产品的报价单,以及通用汽车公司在销售和服务过程中对社会和客户所做出的承诺等知识,还可以了解到很多跟汽车相关的其他知识。

通用汽车网站不仅为客户提供企业、产品或服务信息,更向客户提供购物时的决策信息或服务。网站提供快速定购、跟踪、估价功能,帮助客户确定、挑选和采购适合其需要的最有效的购物方案。可以说,通用汽车建立了一个跨行业的网络超市。

个性户的产品和服务是提升网站吸引力的关键。通用汽车在利用互联网的众多特性开展营销中,特别强调了以交互性和个性化信息服务来联系客户大众。通用汽车可以向不同客户展现完全不同的网页,使每个客户都能够享受到根据其行业特点和需求信息定制的服务。

与微软合作,成为其"汽车销售点"上最大的广告客户;通用汽车公司又在雅虎网站建立了广告机构。网络广告使通用汽车公司在市场营销方面取得巨大回报,远胜于广播电视的30秒广告。短短两个月中,通用汽车成功地吸引了5 000名汽车买主。

问题导入:什么是网络营销? 网络营销与传统营销的区别在哪里? 网络营销给企业带来什么变化?

任务处理

一、网络营销的含义

与许多新兴学科一样,"网络营销"目前同样不但没有一个公认的、完善的定义,而且在不同时期从不同的角度对网络营销的认识也有一定的差异。这种状况主要是因为网络营销环境在不断发展变化,各种网络营销模式不断出现,并且网络营销涉及多个学科的知识,不同研究人员具有不同的知识背景,因此,在对网络营销的研究方法和研究内容方面有一定差异。

从网络营销的内容和表现形式来看,人们对网络营销同样有不同的认识。有些人将网络营销等同于在网上销售产品,有些则把域名注册、网站建设这些基础网络服务内容认为是网络营销,也有些人只将网站推广认为是网络营销。应该说,这些观点都从某些方面反映出网络营销的部分内容,但并没有完整地表达出网络营销的全部内涵,也无法体现出网络营销的实质。

为了对网络营销有一个全面的认识,有必要为网络营销下一个比较合理的定义。在当前,多数人较为认同的一个定义如下。

网络营销是指企业以现代营销理论为基础,利用互联网技术和功能,最大程度地满足客户需求以达到开拓市场、增加赢利目标的经营过程。它具体包含网络推广发布、网络互动交流、网络在线销售。

网络营销是企业整体营销战略的一个组成部分,作为企业经营管理手段,是企业商务活动中最基本和最重要的网上商业活动。营销的核心是商家与客户的沟通。网络营销并不能完全替代传统营销,是对传统营销的扩展和延伸。

二、网络营销的发展

网络营销是随着互联网进入商业应用而逐渐诞生的,尤其是万维网(WWW)、电子邮件(E-mail)、搜索引擎等得到广泛应用之后,网络营销的价值才迅速凸现出来。网络发展过程如表10.1所示。

表 10.1 网络发展大事记

时 间	事 件
1969 年 10 月	互联网诞生
1971 年 10 月	E-mail 诞生
1989 年 03 月	万维网诞生
1993 年 06 月	搜索引擎诞生
1994 年 10 月	网络广告诞生
1995 年 07 月	网上商店诞生

1994 年,对于网络营销的发展被认为是重要的一年,因为网络广告诞生的同一年,基于万维网的知名搜索引擎 Yahoo!、Webcrawler、Infoseek、Lycos 等也相继于 1994 年诞生。另外,由于曾经发生了"第一起利用互联网赚钱"的"律师事件",促使人们对于 Email 营销开始进行深入思考,也直接促成了网络营销概念的形成。从这些事实来看,可以认为网络营销诞生于 1994 年。

在 Email 和 www 得到普遍应用之前,新闻组(News group)是人们获取信息和互相交流的主要方式之一,新闻组也是早期网络营销的主要场所,是 E-mail 营销得以诞生的摇篮。1994 年 4 月 12 日,美国亚利桑那州一对从事移民签证咨询服务的律师夫妇 Laurence Canter 和 Martha Siegel 把一封"绿卡抽奖"的广告信发到他们可以发现的每个新闻组,这在当时引起了轩然大波,他们的"邮件炸弹"让许多服务商的服务处于瘫痪状态。

有趣的是,两位律师在 1996 年还合作写了一本书——《网络赚钱术》。书中介绍了他们的这次辉煌经历:通过互联网发布广告信息,只花费了 20 美元的上网通信费用就吸引来 2.5 万个客户,赚了 10 万美元。他们认为,通过互联网进行 E-mail 营销是前所未有而且几乎无需任何成本的营销方式。当然他们并没有考虑别人的感受,也没有计算别人因此而遭受的损失。

直到现在,很多垃圾邮件发送者还在声称通过定向收集的电子邮件地址开展 E-mail 营销可以让产品一夜之间家喻户晓,还是和两个律师在 10 年前的腔调一模一样。由此可见,"律师事件"对于后来网络营销所产生的影响是多么深远。当然,现在的网络营销环境已经发生了很大变化,无论发送多少垃圾邮件,也无法产生任何神奇效果了。

尽管这种未经许可的电子邮件与正规的网络营销思想相去甚远,但由于这次事件所产生的影响,人们才开始认真思考和研究网络营销的有关问题,网络营销的概念也逐渐开始形成。此后,随着企业网站数量和上网人数的日益增加,各种网络营销方法也开始陆续出现,网络营销进入了快速发展时期。

三、网络营销的特点

互联网所创造的营销环境使得营销活动的范围和方式变得更灵活,所以网络营销呈现出以下一些特点。

（一）电子时空的运作方式

与传统的模式相比,地理和时空给交易带来的限制,对在互联网上实现的交易就显得没有那么重要了。

假如你打算把在天津生产的家具卖出去,如果在互联网上做广告,你就有可能吸引泰国首都曼谷的潜在客户。虽然在交易完成后运送家具的过程中你依然因为路途较远而会有相关困难,但是在交易谈判中,买卖双方的地域间隔却几乎可以忽略不计,如图 10.1 所示。

图 10.1　网络营销示例

（二）多样化、交互式的营销展示

互联网络被设计成可以传输多种媒体的信息,例如,文字、声音、图像等信息,使得为达成交易进行的信息交换可以多种形式进行,可以充分发挥营销人员的创造性和能动性。在商务网站上除图文并茂的产品信息外,一般提供大量具有知识性、趣味性、参与性的信息,各种广告形式、促销活动、公关手段都可在网页上实现。厂商在通过网站与顾客进行实时交流、向顾客提供具体必要的信息时,也可从顾客那里收集市场情报、了解顾客满意度等。联想公司网站的在线问答板块,如图 10.2 所示。

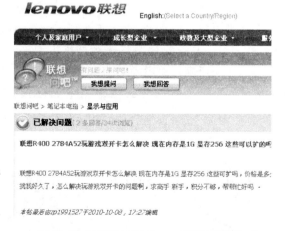

图 10.2　联想公司网站——"联想问吧"

（三）一站式的整合服务

现代计算机储存的大量信息，可供客户查询、传送的信息数量与精确度，远远超过其他形式的媒体，并能应市场需求，及时更新产品相关内容，比如价格等，因此能及时有效了解并满足顾客的需求。同时互联网上的营销可由商品介绍、比较，直至下单、发货，到收款、售后等一气呵成，因此是一种完善的全程式营销。

另一方面，企业可以借助互联网将下属单位、子公司所开展的不同传播营销活动直接地向客户进行协调实施，以统一的资讯向客户传达信息，避免传递中出现不一致性而产生消极影响。

（四）减少中间环节，降低经营成本

网络营销通过网络和计算机通讯省去了许多营销的中介环节，缩短了传统供应链，变推销为直销，节省了大量时间，大大提高营运效率。同时也可以实现零库存和仅有一个网络中介商的高效营运。

网站和网页分别成为营销的场所和界面。一方面可以节省大量的店面资金和人工成本，减少库存产品的资金占用，降低在整个商品供应链上的费用；另一方面可以减少由于多次迂回交换带来的损耗，使产品在网络流通中增值。据某国际互联网络营销服务总监 Karen Blue 对一些大公司的调查表明，网上促销的成本是直邮促销的 1/3，但其效果却增加了一倍以上。企业节省下来的开支，可以让利于客户，通过网络营销客户和企业可以达到双赢，也符合当下提倡的低碳环保运营理念。

四、网络营销与传统营销

从之前网络营销的定义上看，其与传统营销的最显著区别在于"利用互联网技术和功能"，营销中比如品牌推广、渠道建设、产品促销等要素，都可以在互联网营销中得到体现。也可以这么说，在传统的营销工作中利用了互联网，我们就称之为在进行网络营销。

同时，网络营销还有一个近亲，即"电子商务"，这两者之间是有区别的。电子商务的英文单词是 e - commerce，其中，commerce 是"贸易、商务"的意思，而网络营销的英文单词是 e - marketing，其中，marketing 除了表示"出售、销售"之外，还包含了"市场、营销"的含义。

可以这么理解，电子商务的侧重于网络上的交易、买卖活动，而网络营销则是利用网络贯穿在整个营销的过程中，电子商务是网络营销中重要的一环。

网络营销作为一种全新营销方式，具有很强的实践性，它的发展速度是前所未有的。新世纪是信息世纪、网络世纪，那么营销必将走向信息化和网络化。随着我国市场经济发展的国际化、规模化，国内市场必将更加开放，更加容易受到国际市场开放的冲击，而网络营销的跨时空性无疑会对整个营销产生巨大影响。

（一）对传统营销策略、方式的影响

传统营销依赖层层严密的渠道，并必须以大量人力与广告投入市场，这在网络营销的冲击下将成为难以负荷的高额负担。

随着网络技术迅速向宽带化、智能化、个人化方向发展，用户可以在更广阔的领域内实

现音频、图像、视频一体化的多维信息共享和人机互动功能。现代技术甚至已着手研究通过计算机模拟触觉、味觉,可见,未来真正把"客户个性化体验"从"服务到家"推向"服务到人"的,必定是网络营销。

和其他传统的营销方法一样,网络营销的价格是最为复杂的问题之一,是成本与价格的直接对话。由于信息的开放性与存在的持久性,相比传统客户可以很方便地利用已经非常完善和普及的搜索引擎进行行业内外的异同类型、异同时段、异同地区、异同买卖方等价格信息、服务信息甚至诚信度信息的横向、纵向比较,以帮助做出最后的购买决策,因而在其他因素都差别不大的情况下,各企业的价格就会成为促成交易的敏感因素。

例如,某顾客想要通过网络购物平台选购 iPhone 手机一部,在确定了具体的型号、配置之后,该顾客通过搜索,得到了如下内容,从而帮助其做出最后的选择,如表 10.2 所示。

表 10.2　网络价格的横向对比

	淘宝商城	易趣网	亚马逊	京东商城
价格一	5 880 元	5 800 元	5 900 元	6 000 元
价格二	5 280 元	5 580 元(促销)	——	5 650 元(促销)

(二)对营销组织的影响

互联网带动企业内部网的蓬勃发展,使得企业内外沟通与经营管理均需要依赖网络作为主要的渠道与信息源。其带来的影响包括业务人员与直销人员减少,组织层次减少,经销代理与分店门市数量减少,渠道缩短、虚拟经销商、虚拟门市、虚拟部门等企业内外部虚拟组织盛行。这些影响与变化,都将促使企业对于组织再造工程的需要变得更加迫切。企业内部网的兴起,改变了企业内部作业方式以及员工学习成长的方式,个人工作者的独立性与专业性将进一步提升,使企业组织调整成为必要。

(三)网络营销与传统营销的整合

网络营销作为新的营销理念和策略,凭借互联网特性对传统经营方式产生了巨大的冲击,但这并不等于说网络营销将完全取代传统营销。网络营销与传统营销是一个整合的过程,这是因为:第一,互联网作为新兴的虚拟市场,它覆盖的群体只是整个市场中某一部分群体,许多的群体由于各种原因还不能或者不愿意使用互联网;第二,互联网作为一种有效的渠道有着自己的特点和优势,但对于许多客户来说,由于个人生活方式不愿意接收或者使用新的沟通方式和营销渠道,例如,许多客户不愿意在网上购物,而习惯在商场上一边购物一边休闲;第三,互联网作为一种有效沟通方式,可以方便企业与用户之间直接双向沟通,但客户有着自己个人偏好和习惯,还是愿意选择传统方式进行面对面的沟通;第四,互联网只是一种工具,营销面对的是有灵性、有情绪的人,因此传统一些以人为本的营销策略所具有的独特亲和力是网络营销一时间没有办法替代的。

网络营销与传统营销是相互促进和补充的,企业在进行营销时应根据企业的经营目标和细分市场,整合网络营销和传统营销策略,以最优化的搭配及合理的成本达到最佳的营销目标。网络营销与传统营销的整合,就是利用整合营销策略实现以客户为中心的传播统一、双向沟通,进而实现企业的营销目标。

巩固拓展

立顿的网络营销活动

立顿公司是家制销茶叶的公司,但在其网站中,茶叶制品在该站点中并不占首栏首位,其先导栏目是美食经——《各国食谱大全》及按季节时令变化的《每日烹调一课》。

在营销顺序上,该网站也可谓是独具匠心:站中先导入一位拥有高超传统厨艺的意大利老太太为"妈妈的小屋"栏目主角;一位芳踪不定却精于品尝各类巧克力、甜点、饼干等零食、寻求"浪漫生活"栏目的年轻女士为另一代消费者的代表。待她们在网上大侃各色各类浓汤大菜,使得观众们饱览一通美妙的主食和点心之后,立顿推出茶叶(立顿清茶、红茶、黑茶等),使得人们将对美食的喜好转移到对立顿茶的联想上,并引导消费者培养一种"在美食之后饮用立顿茶"的习惯和文化。

立顿网站有多种服务功能。在站点栏目服务对象上,"立顿烹调网站"面向所有对烹调、厨艺和异国菜肴茶点感兴趣的人,收录了数以千计的各国的分类菜谱、评论和图文范例,目的是"让立顿来帮助您解决日常菜肴之困惑"。例如厨艺类页面就详细介绍了煎、炖、煮及各种刀法。而分类菜谱更达食不厌精、脍不厌细之境,单"鸡"一科,就有"整鸡"、"块鸡"、"连骨鸡"、"脱骨鸡"等一大串目录。页面有图文并茂的分步骤烹调演示,按季节和时令变化而不断推介的各国名菜,以及专设的"美食论坛"、"月度菜谱大赛"、"各国食谱大征集"、"个性化食谱挑战"等,构筑了世界各民族饮食文化的交流之桥。"立顿销售与顾客发展组织信息网"还以会员制方式发展各国食品商,加入到立顿以茶叶为主的批发销售网中。

立顿还通过网络加实体渠道的方式进行产品营销。只要指定城市指定办公楼中的消费者轻松登陆立顿传情下午茶网站,从立顿所提供的几种经典口味当中,为其好友选择搭配一种下午茶,并填上好友的真实信息、给好友留言,便可免费为朋友点上一份精美的下午茶。一时间,在这些城市的白领间掀起了一股送茶风潮。

为了提高网友的活动热情,立顿公司还设置了一些趣味小游戏。例如,红茶占卜,通过你喜欢什么样的茶,测试你的魅力值等。

为了鼓励大家积极参加活动,立顿还专门搞了一个送茶排行榜,每周送茶最多的 10 名网友会出现在首页的显著位置。

立顿此次的送茶活动不同于传统的赠品派发,而是大打温情牌,朋友间的祝福与情谊即由一杯小小的立顿红茶传递着。同时也借由办公室送茶热的蝴蝶效应,在短短的一个月时间内,就影响到数以百万的一线城市办公室白领们,并很好地通过此活动强化了立顿黄牌精选红茶品牌。

任务二　网络营销策略

任务案例

互联网和信息技术的迅猛发展表明,网络营销必将成为企业营销的主流,成为企业角逐市场的必备手段和企业营销的新趋势。义乌是全球最大的小商品市场,在依赖传统市场进行全球范围营销的同时,越来越多的义乌企业重视并开始在网络营销的销售模式下,利用信息技术和网络资源与更多世界其他国家的贸易伙伴展开更加快速、方便的网上贸易。

目前,义乌有1万多家中小企业和个体商户建立了独立的网站,拥有各级制造业信息化示范企业31家。特别是在义乌进出口企业中,90%以上的企业通过互联网寻找商机。义乌篁园市场、宾王市场、国际商贸城各商铺的电脑普及率已达到40%。另外义乌还吸引了500多家电子商务网站在义乌设立窗口,并建立了100多家本地行业网站。中国经营日用品百货类的5皇冠网店共14家,其中8家在义乌。义乌的行业网站已经遍布义乌八大优势产业,有效解决了许多企业无法解决的产销信息闭塞的难题。义乌中小企业已经认可电子商务的作用,并在网络营销方面初有成就。

现在聚集在义乌的网商在淘宝网等购物网站建立的网店已达到了2.5万多家,电子商务平台企业超过100家,其中70%的C2C网商在义乌市场采购商品。2009年,仅C2C电子商务销售额就达到300亿元,大大带动了当地物流、商贸和工业的繁荣。

问题导入:怎样通过网络营销给企业带来盈利? 网络营销策略有哪些?

任务处理

一、网络营销的定位

在网络环境下,由于客户能够轻松地利用搜索平台,对不同企业的产品进行横向比较,如果产品同质化严重,则最容易出现的情况就是价格战,从而大大削减了利润。如果产品能在某一个领域做精、做专、做深,建立很强的竞争优势,则最终胜出的可能性就会加大,这就促使企业开展网络营销时要根据自身特点确立合适的目标定位。

网络营销的定位,主要体现在以下几个方面。

(一)目标客户定位

产品最终是要销售给客户的,也就是说销售的目标就是客户,所以谁是我们的客户,他们在哪里才是最关键,由于接触到并且接受网络营销的潜在客户与传统营销所面对的客户在年龄层、受教育程度、工作领域等都可能有所差异,因而,在开展网络营销之前所做的目标客户定位分析是必要的。

（二）核心价值定位

核心价值是客户最重视的,是客户需求和目的所在。产品的外在表象看得见、摸得着、闻得到,核心价值则往往是在此基础上,满足客户最终需求的那部分。

例如,去买一瓶洗发水,销售人员会就讲产品的表象来进行推销。这个牌子是世界名牌,这个规格是XX优惠包装的,它含有中草药成分,外包装也是知名设计师的力作,有很多人争相购买等。然而这些可能都不足以促成交易,客户所真正需要的,是这瓶洗发水的核心价值:能否帮助客户去头屑。在网络营销中,只有切实地体现产品的核心价值,才能抓住客户的心,否则仅有一大堆的资料、信息留给客户自己去梳理,最终只能是令人望而却步。飘柔洗发水的核心价值如图10.3所示。

图10.3　飘柔洗发水广告

（三）专属卖点定位

一个好的企业有可能不是在贩卖产品或提供服务,而是贩卖其在客户心目中的印象。比如,提到洋快餐,多数人第一印象就是麦当劳;提到超级跑车,多数人第一印象是法拉利。这些就是企业的专属卖点,也是客户的印象所在。通俗地讲,专属卖点就是自身与众不同的核心竞争力的表现。

二、网络营销的策略

在网络环境下,由于企业在物理空间和实体形象方面距离的缩小,致使企业之间竞争的难度大大增加。企业要想成为在各方面都胜出对手的全能冠军就很难。但如果是在一个或少数几个业务领域建立很强的竞争优势,则很有可能取得建树,这便要求企业根据实际情况做好网络营销的策略研究。

网络营销的目标之一就是在互联网上建立并推广企业的品牌,知名企业在传统领域中的品牌可以在网络上得到延伸,一般企业则可以通过互联网快速树立、提升品牌形象。当企业在网络上进行品牌的建立、推广、巩固等这一系列活动中,不可避免地会涉及到运营的若干个方面的策略问题,其中常见的有搜索引擎营销策略、网络广告营销策略、许可 E－mail 营销策略和论坛营销策略。

(一)搜索引擎营销

搜索引擎营销是指通过对网站结构、主题内容以及相关的网页链接进行优化,从而使网站更加切合搜索引擎的搜索,或直接购买搜索结果页上的排位,以获得在搜索引擎上的优势排名。例如,某小企业参与百度公司的竞价排名,客户在使用百度搜索引擎搜索相关产品时,该企业的产品介绍优先地出现在搜索结果的网页中,由于网页浏览的习惯,排名靠前的信息往往是首先被阅读的,故可以赢得更多的商机。

(二)网络广告营销

网络广告营销包含了两层意思。一是在其他网站投放广告,二是建立自己的特色网站。但无论是哪种方式,目的都是宣传、推广自己的企业、产品。例如,宝马汽车发布了新款的跑车,为了提高新车的曝光度,宝马汽车在著名的汽车主体网站"太平洋汽车网"的首页投放了大篇幅的图片广告。那么当网络用户登录该网站时,就可看到宝马新款跑车的广告了。同时,宝马汽车也在自己的官方网站上推出了该款新车更为详细的广告,让客户可以了解到新车的情况,并利用自己网站的互动、交流、企业文化宣传等,令客户获取更多的细节信息。

(三)许可 E－mail 营销

许可 E－mail 营销指的是在用户事先许可的前提下,通过电子邮件的方式向目标用户传递有价值信息的一种网络营销手段。例如,当当图书网会定时向其注册会员发送电子邮件,介绍近期的图书销售排行、新上货架的书籍、打折特价图书和书籍评论等相关情况,让会员及时了解到网站的新动向。

(四)论坛营销

这是一种较新的策略方式,它通过在网络论坛平台对企业和产品信息进行营销策划和推广,提升口碑和美誉度,达成推广目的。论坛的交流可以通过文字、图片、视频等多形式进行,同时某些热门论坛往往聚集了很高的人气,因而推广的效率很高。例如,汶川地震后,王老吉捐款一个亿,之后立即在各种论坛铺天盖地进行炒作,其企业形象大大提升,一时间喝王老吉的风潮遍及神州大地,产品的销量大增。

 巩固拓展

星巴克:爱情公寓虚拟店

自从进入中国市场以来,星巴克在营销形式上一直颇具创意。2009 年,星巴克联手交友社区网站"iPart 爱情公寓",尝试推行网络营销。

就算是在虚拟的爱情公寓旁边的大街上建造一个星巴克咖啡店,星巴克也如实体店一般极力营造"温馨舒适的好去处"感觉,不分时间、不分地点,随时随地登录网站都可以看见星巴克。

由于 2009 年 12 月 12 日是星巴克某实体店举办"璀璨星礼盒"活动的特别日子,因此从当月开始,星巴克不仅将该实体店封装到巨大的礼盒中,更在爱情公寓网站上做成了颇具创意的"虚拟指路牌",让网络礼包和实体店面同样以大礼盒的形象出现,并以倒计时的方式,吸引好奇的顾客或在线上或去线下去看看 12 月 12 日星巴克的活动到底是什么。

在大礼盒展开前,星巴克采用一些方式进行活动预热。

① 神秘礼包。线上活动结合了线下活动的概念,网络上送给网友的神秘礼物,便会出现在网友小屋当中,虚拟的神秘礼包与实体店同日开张,礼包和实体店面同样以大礼盒的形象出现。

② 星巴克情缘分享。网友上传自己生活当中与星巴克接触的照片并写下感言,分享生活中与星巴克的故事,借此拉近星巴克品牌与消费者的距离,也在营造着一个概念:星巴克式的生活态度是被大家认可、欢迎的。

在大礼盒展开后,星巴克小店另辟途径,在公寓网络上延续着实体店家的温馨舒适感。在虚拟的星巴克店家设计中,周围环境以享受生活的感觉为主设计基调,不过分的喧闹奢华,以高品质的生活感受来凸显品牌的层次感。另外,结合爱情公寓内的产品来提升曝光度与网友参与、互动,让网友更加了解品牌个性与特色所在。

① 见面礼。设计专属的礼品,只要是来到虚拟店家的网友就可领取礼品或转送给其他好友。

② 活动专区、公布栏。星巴克线上及线下活动报道,大量的曝光让参与程度提升,分享关于此次活动的信息及新闻,引起各种话题讨论和增加网友的互动。

③ 咖啡小教室。咖啡达人教室,咖啡相关小知识的介绍,让关于咖啡的文化在网友中进一步推广。

星巴克:爱情公寓虚拟店网页,如图 10.4 所示。

图 10.4 "星巴克爱情公寓虚拟店"网页

星巴克在爱情公寓的虚拟店面植入性营销是成功的。星巴克想让消费者了解到他们的态度,因此,做了一系列活动,包括从品牌形象到虚拟分店开幕、新产品推出,再到赠送消费者真实的优惠券等。这一系列营销非常符合星巴克的愿望——不让消费者觉得他们是在做广告。假如,星巴克每天发信息告诉消费者,哪里有他们新开的店面,哪里有新出的产品,让消费者赶快来买他们的产品,短时间可能会起到销售的效果,但是持久而言,这种营销行为会让消费者产生厌烦之感,反而会破坏星巴克在消费者心中良好的形象。

 知识归纳

1. 网络营销是指企业以现代营销理论为基础,利用互联网技术和功能,最大程度地满足客户需求以达到开拓市场、增加盈利目标的经营过程。它具体包含网络推广发布、网络互动交流、网络在线销售。

2. 网络营销作为新的营销理念和策略,与传统营销是一个整合的过程。两者是相互促进和补充的,实质上是利用整合营销策略实现以客户为中心的传播统一、双向沟通,进而实现企业的营销目标。

3. 常见的企业网络营销策略有搜索引擎营销策略、网络广告营销策略、许可 E-mail 营销策略和论坛营销策略。

4. 搜索引擎营销是指通过对网站结构、主题内容以及相关的网页链接进行优化,从而使网站更加切合搜索引擎的搜索,或直接购买搜索结果页上的排位,以获得在搜索引擎上的优势排名。

 问题探究

1. 从定义的角度来阐述网络营销与传统营销的区别。

2. 分析“网络营销就是电子商务”的观点是否正确。

3. 试分析在案例“立顿的网络营销活动”中,体现了哪些网络营销策略。

4. 综合自己的所见所闻和自己所能运用的工具,了解以下内容:除了文中所提到的,还有哪些网络营销策略?

 阅读材料

走出中小企业网络营销的误区

随着网络时代的来临,网络已经全面渗透到企业运营当中,网络营销也逐渐为越来越多的企业所认识与接受。然而,由于网络营销是一种较为新型的营销手段,因此在摸索实施的过程中,企业难免出现误区,造成投入产出比的失衡,让走在时代浪潮前端的企业备受打击,这也或多或少影响了网络营销这种 21 世纪最有发展前景的营销手段的发展。

第一个误区——“建网站帮企业赚钱”。这句话本身没问题,错就错在大多数人把这句话理解成“有了网站就一定能够赚到钱”。其实,企业建网站,只代表企业走出了开展网络营销的第一步。有了网站,就有了通过互联网络展示产品、展示服务的窗口。

第二个误区——"网上广告就是网络营销"。投放网站广告,只是网络营销体系中网络推广的一种方式,仅仅是网络营销体系的冰山一角。成功的网络营销,不仅仅是一两次网络推广,而是集品牌策划、广告设计、网络技术、销售管理和市场营销等于一身的新型销售体系。它应该有完整周详的策划,加上准确有效的实施,才能够得到期待的效果。

第三个误区——"中小企业没有实力做网络营销"。恰恰相反,中小企业完全有实力做网络营销,缺乏的只是意识。网络营销相对于传统的宣传途径来说,价格最低廉,正适合中小企业采用。

第四个误区——"不单单是网上销售"。网上销售是网络营销发展到一定阶段产生的结果,网络营销是为实现网上销售目的而进行的一项基本活动,但网络营销本身并不等于网上销售。

资料来源:百度百科

达标检测

一、填空题

1. 网络营销是指企业以＿＿＿＿＿为基础,利用＿＿＿＿＿,最大程度地满足客户需求以达到＿＿＿＿＿、＿＿＿＿＿的经营过程。

2. 网络营销具体包含了网络＿＿＿＿＿、网络＿＿＿＿＿、网络＿＿＿＿＿。

3. 从若干网络事件来确认,网络营销诞生于＿＿＿＿＿年。

4. 从定义上看,网络营销与传统营销的最显著区别在于"＿＿＿＿＿"。

5. 网络营销中,在其他因素都差别不大的情况下,各企业的＿＿＿＿＿就会成为促成交易的敏感因素。

二、判断题

1. 与网络营销的模式相比,地理和时空给交易带来的限制,对在传统营销实现的交易就显得没有那么重要了。　　　　　　　　　　　　　　　　　　　　(　　)

2. 网络营销对传统营销进行扩展和延伸后,即将完全替代传统营销。　　　(　　)

3. 电子商务侧重的是网络上的交易、买卖活动。　　　　　　　　　　　　(　　)

4. 通过网络营销,客户和企业可以达到双赢,也符合当下提倡的低碳环保运营理念。
　　　　　　　　　　　　　　　　　　　　　　　　　　　　　　　　(　　)

5. 企业建立自己的特色网站,不属于网络营销策略的一种方式。　　　　　(　　)

三、问答题

1. 网络营销具有哪些特点?

2. 如何理解网络营销与电子商务的区别?

3. 如何理解网络营销与传统营销是一个整合的过程?

项目十一

服务市场营销

学习目标

通过对本项目的学习,了解如下内容。

- 服务的含义与分类。
- 顾客服务对顾客和企业的价值。
- 服务的有形展示。
- 服务市场营销组合

在市场竞争异常激烈,特别是在同类产品间的技术差异愈来愈小,消费者对服务品质愈来愈苛求的今天,客户服务质量在竞争中的地位已发生了质的变化,服务已上升为竞争的重要环节。服务营销已经成为赢得客户满意的保证。

任务一 服务市场营销概述

任务案例

台湾华新餐旅公司是一家经营餐饮服务的公司,在台湾业内率先提出了说一不二的4条服务承诺,承诺如下:凡发现餐具器皿缺角破损者,发给监督奖100台元;只要口味不满意,无条件给予更换,直到满意为止;经诊断因餐食不卫生而导致身体不适者,可获医疗赔偿;在店内用餐时,因意外伤害(烫伤、跌伤等),可获医疗赔偿。华新餐旅公司的彻底性服务承诺给企业带来了极大的商誉,年营业额在台湾业内名列前茅。

问题导入:什么是服务?服务的价值在于什么?服务都有哪些分类?服务的特点是什么?服务能为企业带来更广阔的市场吗?

 **任务处理**

一、服务的含义与分类

(一)服务的含义

服务的含义是"用于出售或者是同产品连在一起进行出售的活动、利益或满足感。"这一定义是较准确和简洁的。市场上可纳入服务的商品很多,例如,搬运、修理、照顾、看护、咨询、运输、策划、美容、帮办和培训等。

(二)服务的分类

一般来说,可从5个角度对服务进行划分。

1. 根据服务活动的本质划分

① 作用于人的有形服务,例如民航服务、理发。

② 作用于物的有形服务,例如航空运输、草坪修整。

③ 作用于人的无形服务,例如广播、教育。

④ 作用于物的无形服务,例如保险、咨询服务。

2. 根据服务机构同顾客之间的关系划分

① 续性、会员关系的服务,例如保险、汽车和银行。

② 连续性、非正式关系的服务,例如广播电台。

③ 间断的、会员关系的服务,例如担保维修、对方付款电话服务。

④ 间断的、非正式关系的服务,例如邮购、街头收费电话。

3. 据服务供应与需求的关系进行划分

① 需求波动较小的服务,例如保险、法律、银行服务。

② 需求的波动幅度大而供应基本能跟上的服务,例如电力、天然气、电话等。

③ 需求波动大并会超出供应能力的服务,例如交通运输、饭店和宾馆等。

4. 根据服务推广的方法进行划分

① 顾客在单一地点主动接触服务机构,例如电影院、烧烤店。

② 服务机构在单一地点主动接触顾客,例如直销、出租汽车服务。

③ 顾客与服务机构在单一地点远距离交易,例如信用卡公司。

④ 顾客在多个地点主动接触服务机构,例如汽车服务、快餐店。

⑤ 服务机构在多个地点主动接触顾客,例如邮寄服务。

⑥ 顾客和服务机构在多个地点远距离交易,例如广播网、电话公司等。

二、服务的特征

服务商品与有形商品相比是有较大差异的,具有一些明显的特征,这些特征是设计营销方案时必须要考虑的。

（一）不可分割性

有形的商品在被制造出来后,可以与制造者脱离而独立存在,但是服务商品不是这样,服务商品被制造的过程也就是被消费的过程。例如,理发师在为顾客提供着理发服务产品的同时顾客正在消费理发服务,两者是同时发生的,因此服务与其提供者不论提供者是人(例如理发师)、还是物(例如洗衣店供洗衣服的洗衣机)具有不可分割性。

这种特性给服务业的发展带来了很大限制。避开限制的主要策略是设法提高服务效率,提高服务效率主要有 3 种方法。

① 减少在每个服务对象上服务的时间,加快工作速度。例如,医生给病人看病的时间可以由每人平均 30 分钟缩短到 20 分钟,这样在相同的时间内可以比过去多看一些病人。

② 扩大单位时间内服务的规模,也就是由一对一或一对多的服务扩大到一对多或一对更多的服务。

当然,上述两种方法应该以不降低服务质量为前提。

③ 多培养一些训练有素的服务人员,以提高服务效率。

（二）无形性

还以理发为例,在理发师开始服务之前,顾客是看不到给自己理发的情景的,也不可能看到理发的效果。而有形的商品在顾客购买前就已经存在,顾客看得见、摸得着,可以仔细挑选。

正因为如此,服务营销中特别强调顾客对服务提供者的信任,没有服务前的信任,服务要么不被购买,要么难以顺利地开展。提高顾客信任感的营销策略是多种多样的,常用的有以下几种。

① 服务提供者增加服务的有形展示部分。例如,牙科医生的工作间里摆放着先进齐全的治疗设备;美容院里的设施是一流的,而且十分洁净。这些看得见、摸得着的与服务直接相关的有形物品,出现在合适的地方,能够有效地提高顾客对服务质量的信任。

② 将以前服务的效果生动地介绍给顾客。例如,培训学校的招生负责人可以对准备来参加学习的学员谈谈学校原来的毕业生找到了多好的工作;美容院老板可以将美容前后差别较大的面容照片贴在墙上;婚纱摄影店也可采用这种方法。这些真实的服务效果无疑会增强顾客的信任度。

③ 创名牌。企业一旦树立起优质服务的名牌,再与上述一些策略相结合,会使顾客对本企业的服务商品产生很高的信任度,当消费者真正信任或者偏爱企业的服务时,销售就不成问题了。

（三）同时性

由于在销售服务时服务的提供者和服务对象即服务消费者必须同时在场(这里指对人的服务),一方不在服务就无法进行,因此同时性是服务营销的一个重要特征。如果服务需求是稳定的,服务的同时性特征就不是问题。但实际上相当多种类的服务需求都具有明显的波动性,例如,游乐场服务总是周末和节假日供不应求,平时又供过于求。因此同时性往往对服务行业营销活动产生很大的负面影响。以下这些策略有助于缓解这一问题,提高服务的效益。

①　在需求高峰期抬高服务价格,在需求低潮期则降低价格。例如,游乐场在周末和节假日门票订价 20 元,在其他时间则 8 元 1 张。差别性价格策略可以将原来在高峰期出现的需求转移一部分到非高峰期,从而一定程度上减缓需求的波动性。

②　采用服务预订制度。通过服务预订制度可以掌握并控制服务需求水平,能够事先安排好人力、物力来满足服务需求,同时通过控制服务需求规模也能一定程度上减轻服务需求的波动性。

③　针对非高峰期消费者多种多样的潜在的服务需求,利用现有设施,精心设计新的服务项目,吸引消费者。这样不仅能够充分发挥企业的服务能力,增大服务商品的销量,而且由于增大了非高峰期的服务需求,实际上也就相应减缓了需求的波动性。

(四) 易变性

服务商品往往不是由机器生产的,而是由人来制造的。服务人员在进行服务时由于受到精力和思想状况的复杂影响,每次服务质量与以往的服务相比常有变化,不可能像制造汽车那样件件产品都一模一样。服务商品质量的高度易变性人所共知,因此,顾客常对此深感疑虑,很影响服务商品的销售。对此可以采取以下一些措施来解决这一问题。

①　加强培训。力求工作人员思想端正、技术过硬。另外在选择工作人员时应注意工作人员的人格甄别,对性格暴躁、易怒、缺乏耐心、缺乏意志力和心胸过于狭隘的人不能录用,这样的人格特征不适宜从事服务工作。

②　加强管理。建立合理的激励机制和高尚的企业文化,从工作人员的心理上解决问题。

③　建立快速灵敏的顾客意见反馈系统和补偿机制,以使消费者的不满能够迅速传递给企业,企业也能及时做出反应。除了不断改进工作外,反应的主要内容应包括及时给予不满的消费者适当的补偿,例如重新服务或者适当修正原来的服务等。

通过采取上述一些措施,将能大大减轻消费者对服务质量不稳定的担忧,从而促进服务名牌的建立和服务商品的销售。

三、服务市场营销与产品市场营销的差异性

(一) 产品特点不同

如果说有形产品是一个物体或一样东西的话,服务则表现为一种行为、绩效或努力。

(二) 顾客对生产过程的参与

由于顾客直接参与生产过程,如何管理顾客,使得服务推广有效进行,成为服务市场营销管理的一个重要内容。

(三) 人是产品的一部分

服务的过程是顾客同服务提供者广泛接触的过程,服务绩效的好坏不仅取决于服务提供者的素质,也与顾客的行为密切相关。

（四）质量控制问题

服务的质量很难像有形产品那样用统一的质量标准来衡量,因而其缺点和不足也就不易发现和改进。

（五）产品无法贮存

由于服务的不可感知性以及生产与消费的同时进行,使得服务具有不可贮存的特性。

（六）时间因素的重要性

在服务市场上,既然服务生产和消费过程是由顾客同服务提供者面对面进行的,服务的推广就必须及时、快捷,以缩短顾客等候服务的时间。

（七）分销渠道的不同

服务企业不像生产企业那样通过物流渠道把产品从工厂运送到顾客手里,而是借助电子渠道(例如广播)或是把生产、零售和消费的地点连在一起来推广产品。

 巩固拓展

21 世纪顾客与厂商的关系

1. 传统关系

在传统的顾客与厂商关系中,最明显的特征是卖方市场。在卖方市场下,市场竞争不激烈甚至几乎没什么竞争,厂商生产的产品供不应求。消费者的消费意识完全是被动的,只要有钱买到产品以满足一定的生活需求就已经很满意甚至对厂商十分感激了。因此,顾客不可能拥有价格决定权,价格由厂商一手操控,并且顾客的信用完全是由厂商来决定的。

2. 现代关系

随着经济社会的发展,市场上的产品种类和数量越来越丰富,消费者的消费意识逐渐高涨,顾客与厂商之间的买卖关系逐渐变为买方市场。为了使企业在激烈的市场竞争中不被淘汰,厂商开始以顾客为导向,考虑如何保护消费者的权益。这时候,顾客已经成为厂商的衣食父母,可以讨价还价,并可以理直气壮地要求获得更好的服务。

由此可见,在现代的顾客与厂商关系中,买卖双方的地位已经发生了彻底的改变,厂商只有提供更好的产品或服务,才能引起顾客的兴趣。顾客与厂商之间的关系变化,如表 11.1 所示。

表 11.1　顾客与厂商的关系发展

	传统关系	现代关系
买卖关系	卖方市场	买方市场
消费者意识	低落	高涨
供需双方	顾客感谢厂商:提供产品满足我的生活所需	厂商感谢顾客:我的企业得以存活
导向原则	生产导向:顾客没有选择权	顾客导向:顾客拥有采购选择权
价格决定权	厂商定价,顾客没有议价权力	顾客有议价权力
关系信用	客户信用,厂商选择顾客	厂商品牌,顾客选择知名、信用好的品牌
服务品质	销售员管理顾客	顾客是衣食父母、顾客是上帝

任务二　顾客服务营销

任务案例

位于河南的中国收获机械总公司以生产农用机械闻名。2001 年来自湖北的齐某从该厂购回一台收割机。该厂免费将机器运送到湖北齐某的老家。事隔半年,齐某在使用过程中,由于操作不善,造成人为故障,立刻打电话请求帮助。接到电话后,厂长派技术工程师立即驱车到湖北齐某老家,800 多公里的路程,一路颠簸。赶到后顾不得休息,立即进行修理,让齐某深深地感动。后来,齐某成了中国收获机械公司的忠实客户。不管他到什么地方,他总是会提起这件事,后来他的很多同行也纷纷购买中收机械总公司的产品。

问题导入:河南这家公司注重客户服务的做法意义何在? 顾客服务对顾客有哪些价值? 对企业又有哪些价值? 怎样衡量一家企业客户服务的质量?

任务处理

一、顾客服务对顾客的价值

(一) 认知价值

在顾客服务过程中,无论是售前、售中还是售后服务,对顾客在认识商品方面都有重要价值。售前的咨询和需求设计服务,售中的讲解、对比、演示服务,售后的组装、安装、调试、修理服务,都能展示商品的性能、品质、结构以及给顾客带来的利益。顾客在这一过程中学到了很多有关该商品的知识,这对于顾客挑选自己适用的商品,买到物有所值的商品以及充分发挥商品的使用价值无疑有重要作用。

琴鸟品牌的所有产品都拥有国家有关部门的质量检验合格证书,达到了 ISO9000 质量标准,对所售的任一产品将给予完全的品质保证。然而琴鸟公司不仅仅只给予品质上的保证,更有其完美的服务。

售前服务。客户一进入"琴鸟"世界,就会被"琴鸟"人的真诚和热情所吸引。"琴鸟"服务人员会为客户细致地介绍产品,并提供某一系列产品均以生产成本加8%的工程服务费作为最后定价,免费进行工程管理,监控整个计划实施。根据不同地区的气候、温差,精心选择耐用材料,提高多项管理指标。

售中服务。琴鸟公司不仅把品质优良的产品交给客户,还附送详细的使用说明书,每一款产品均送货上门并仔细安装。

售后服务。客户只需打一个电话,所有的售后问题可得到解决。琴鸟产品质量保证期为 5 年,在质量保证期内出现的正常使用下的任何破损,客户都可以与琴鸟销售部联系,3 小时内便可得到琴鸟专业维修人员的上门服务,一切均有琴鸟负责修理或更换。质量保证期内,如果发生人事的调动、组织结构的变动,客户将会得到琴鸟免费提供的再次调试、安装服务。在产品质量保证期内,琴鸟每年进行一两次免费上门保养回访。

(二)保障价值

凡是消费者都希望一次性买回能够满足自己某种需要的商品,但是许多较为复杂的商品只有在具备了很多条件后才能使用,例如,家用电脑,只有在安装好并配备了合适的软件的情况下,才能满足用户的需要,而且还应有经常的"杀毒"和维修才能保证长期良好运转。优质的服务能够保障消费者实现一次性完整购回某种利益的愿望,消费者对此是十分欢迎的。

(三)安心价值

对于消费者而言,可以说每次购物都带有一定的风险,担心所购物品不适用或者质量低劣。如果购买较昂贵、较复杂的物品,例如,房屋、汽车、家电、高档服装等,担心就会发展成为很大的精神负担。顾客服务尤其是其包退、包换、包修等内容可以完全消除顾客的种种不安,购物和消费将成为一个愉快的、享受的过程,成为生活中不但必须要做而且十分快乐的事情。对消费者来说,放心购买、快乐享用无疑是消费生活中的重大利益,比商品的使用价值本身更有价值。

二、顾客服务对企业的价值

有些企业认为顾客服务只对消费者有益,对企业而言纯粹是个负担,不得已而为之。这种看法无疑是错误的,以这样的出发点设计、安排企业顾客服务,必然会忽略其对企业所具有的多方面重大价值。顾客服务对企业的价值主要表现在以下方面。

(一)信息价值

企业工作人员进行顾客服务的过程也是与顾客沟通的过程,工作人员向顾客提供信息,

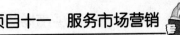

同时收集顾客对产品和服务的要求和反应,这样就获得了大量的市场需求信息和竞争者的信息,为企业开发新产品、改进服务、制定有效的促销方案提供了依据。

(二)由信任带来的利益价值

一般情况下顾客对企业都或多或少存有戒备心理,顾客服务是消除企业与顾客间隔阂、建立信任关系的最佳方法。顾客服务的过程是企业与顾客间利益合作、情感交流的过程,双方可以由此增进了解,增进情感,建立起相互信任的良好互惠关系,企业良好的形象也同时树立起来。顾客的信任来源于企业真诚、优质的服务,企业虽然付出很多,但所获更丰。

(三)人才价值

顾客服务以人为本,以消费者为中心,这是现代市场营销观的要求。企业工作人员在服务中深入体会正确的营销观,将建立起正确的经营价值取向。另外,服务工作既要与顾客沟通,又要精通技术,了解市场,这就要求服务人员有较高的综合素质。这些使顾客服务部门成为企业培养人才的重要场所,能够不断地为企业培养和造就出优秀的人才。

三、顾客服务的质量标准

优质的顾客服务对顾客、对企业都有重要价值,那么怎样的顾客服务才是优质的呢?下面的标准可供参考。

(一)及时性

及时性指当顾客提出服务要求时,企业的反应速度。当然,反应速度越快越好。在这里反应不是指取得联系,而是彻底解决问题。反应速度往往被顾客看作衡量企业服务水平的标准,企业反应越慢,顾客就越发不满。企业应尽可能缩短反应时间,迅速为顾客解决问题。

2001年夏天,武汉奇热,一时空调销量大增。由于当地售后服务队伍人数有限,海尔预料自己的售后服务将面临人员危机。于是,武汉海尔负责人很快打电话到总部要求调配东北市场的售后服务人员,东北的海尔售后服务人员迅速乘机直达武汉。客户得到了海尔全心的支持,"真诚到永远"真是名不虚传。

(二)胜任性

胜任性指顾客服务的能力,包括技术、体制、管理等。企业必须拥有技术过硬的服务人员,出色的服务运行机制和有效的组织管理,才能胜任,这是一种综合能力。重视顾客服务的企业往往不惜代价来保证胜任信誉。

IBM公司一次派专家为加拿大某用户修理一大型计算机,开始未能修好,公司立即从位于欧洲和南美洲的分公司紧急调来多位专家参加抢修,耗费巨大,终于解决了问题,令用户十分感动。

(三)服务态度

高品质的顾客服务要求工作人员态度诚恳、友善,工作认真、努力,一切为顾客着想。

(四) 承诺的可靠性

承诺的可靠性指企业对确定的服务内容是否严格执行。这是衡量企业服务质量的一个重要指标。对消费者来说,一个相当诱人的但总不能兑现的承诺比没有承诺更糟。因此实施优质服务策略的企业应不惜代价保证实现承诺,这关系到企业的形象、声誉及长远的利益。

 巩固拓展

ER—GAP 矩阵:顾客服务满意理论

如何才能让顾客感到满意? 这对每个顾客来说,标准是不一样的。因此,商家要学会一个很重要的观念,即服务没有统一的标准,必须根据不同的顾客需求,确定相应的服务标准。因此,测知顾客需求是服务满意的前提。

在服务满意理论中,ER—GAP 矩阵有着重要的地位。如图 11.1 所示,矩阵的横坐标是厂商回应,纵坐标是顾客的期望。厂家在做市场调研的时候,要明确顾客的期望,然后制定服务的标准,这样顾客才能满意。

在矩阵的第一象限中,厂家测知了顾客的期望,并做出了快速回应,提供了质量优良的产品或服务,顾客感到满意;在第二象限中,顾客可能希望明天就收到货物,但实际却等待了三四天。这时候,顾客期望与厂商回应之间产生了落差,顾客就会产生抱怨。

假如顾客并没有很高的要求,顾客期望在矩阵中处于横轴的下方,此时厂家的回应比较差或慢,顾客一般不会产生意见,即如第三象限所表示的;但是,如果此时厂家的回应超出了顾客的期望,顾客就会获得很大的惊喜,正如第四象限所表示的。

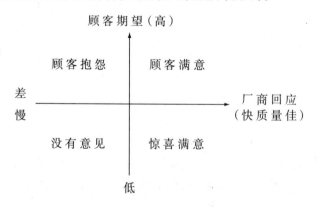

图 11.1　ER – GAP 矩阵

中国移动通信公司为了满足不同族群顾客的消费需求,推出了 3 种个性化的产品:全球通、动感地带和神州行。其中,“全球通”产品能广泛地与世界各国进行良好的沟通,因而让目标客户很满意;“动感地带”和“神州行”则属于预付费业务,用户可以购买手机充值卡来进行消费,并有利于节省电话费用。其中,“动感地带”是为年轻人量身定做的,很符合年轻人追求时尚的特点。

任务三　服务业市场营销

任务案例

酒店提供的产品主要是服务,众所周知服务是无形的,所以我们通常会非常注重无形产品的质量,以力求客人有一个满意的消费经历。但从营销角度讲,有形产品是无形服务中不可缺少的,产品中的有形要素能够快速强化酒店的市场地位,加深客人对酒店的认可。特别是当销售人员向一位不了解您酒店的客户推销时,或者酒店接待初次入住的客人时,有形要素是决定酒店能否被客人选择的一个首要因素。

如家快捷酒店的有形要素包括以下内容:统一的店面装修和室内装修,服务人员整齐的着装,一致的欢迎词;统一的建筑风格和环境,统一的助销产品和服务设备。这样的有形要素使人们不论在哪座城市都能准确辨别出如家快捷酒店。所以实物和人物,都是一种证据,无时无刻地在向客人展示着酒店的形象和档次。注重有形要素,对于以提供无形产品为主的酒店行业,特别是对于新开业酒店来讲,有着十分重要的意义。

问题导入:什么是服务的有形展示? 有形展示对无形的服务有哪些作用? 有形展示的功能有哪些? 快捷酒店的有形服务都包括哪些方面? 什么是服务质量营销?

任务处理

一、服务的有形展示

(一) 有形展示的含义

我们知道服务商品在人们消费它之前是不存在的,实际消费服务时它只是以行为方式存在着,这种非物质的特性决定了顾客在购买服务时总是心存疑虑。任何服务都或多或少需要一些物质因素作为支持物,这些支持物大到远洋运输所需要的万吨巨轮和码头,小到理发店的剪刀和梳子。有些支持物是复杂的系统,例如,五星级酒店提供高档的住宿、餐饮、娱乐、会议、联络等一条龙服务,需要配套的一系列物质支持物,有些支持物则十分简单,例如,咨询企业仅需简朴的工作室和几个桌椅等。

物质支持物是有形的,它与服务内容密切相关,于是想要购买服务的顾客总是倾向于寻找物质支持物作为有形的线索,以判断服务商品的内容和质量。这些物质支持物就是服务的有形展示。由于顾客常常将有形展示作为选择服务的主要的依据,因而对有形展示进行专门的管理成为当代服务企业市场营销的重要内容。

(二) 有形展示的分类

一个服务企业其有形展示的内容是十分丰富的,从外到内大致可分为 4 类:外在环境、内部设施、服务指示和社会性因素。

1. 外在环境

这类有形展示的内容主要是指服务企业外部环境和企业自身的外部实体形象。企业外部环境包括企业所在的社区,企业的左邻右舍和前方、后方。这些虽然对企业实际的服务工作影响不大,但会影响顾客对企业的感觉。

可以设想,如果一个酒店的旁边是一个大垃圾场,那么消费者还未走进酒店,就可能丧失信任,另寻别家了。服务企业创办时就应十分注意外部环境问题,选址上除了要尽量接近目标顾客外,周围环境作为背景信息应周密考虑,不要有任何有损企业形象的内容。企业自身的外部实体形象主要指企业的建筑物及外部装修、标志和外部陈设。这些有形展示在顾客看来能够反映企业的档次、规模和管理水平。

2. 内部设施

内部设施主要是指服务工作所需的工具设备和内部装修。这些有形展示的档次、质量和安排直接与服务内容、服务质量和管理水平相关,也反映出企业审美与欣赏的层次。应该说内部设施对顾客的判断影响更大,应格外注意。

3. 服务指示

服务指示主要指企业向顾客展示的广告、服务内容程序注意事项和价目表等有形的指示,它使顾客能清楚地看到企业所许诺的服务内容、质量和规定的价格。服务指示详尽、清晰、合理会增强顾客的信任感,反之则会使顾客感到服务商品的模糊性太大,害怕上当受骗,因而顾虑重重。

4. 社会性因素

社会性因素指服务场所内一切参与及影响服务产品生产的人,包括服务员工、企业领导、顾客和其他在服务场所同时出现的各类人士。他们的举止言行皆可影响顾客对服务质量的期望与判断。这类有形展示中服务员工的穿戴、举止和言行最为重要,其他人物如参观者、业务往来者等也影响顾客的判断,顾客自身对其他顾客也有影响。例如,在一个宾馆中一些顾客举止粗鲁、穿戴不整,而宾馆对此显示出无能为力,于是其他顾客会对这个宾馆的管理能力和服务水平大打折扣。

(三)有形展示的具体功能

在服务企业中,管理有形展示是服务企业市场营销组合中不可或缺的重要组成部分,它与服务产品策略、服务价格策略、服务渠道策略和服务促销组合策略相结合,共同支持企业营销目标的实现。对有形展示的管理是紧紧围绕企业营销目标进行的,它能发挥多方面作用推动营销目标的实现。

1. 管理顾客的期望

服务企业在设计自己的服务质量时受制于多种因素,例如,服务人员技术水平、场地、资金等,因而不同企业对服务质量的要求或者说他们能达到的质量水准是有差别的。而顾客总期望服务质量越高越好,如果不对顾客的期望进行管理,一旦服务所带来的利益低于期望,就极易产生不满。精心设计的有形展示,可以引导顾客产生与企业所能达到的服务质量相适合的期望,从而提高顾客的满意度。实事表明,顾客的期望是能够通过有形展示加以控制的。

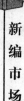

2. 让顾客更好地感受服务

营销研究表明,人们在消费一件产品的功能时,同时也在消费这个产品的包装和外形的美感。对于服务产品来说,有形展示的内容就是产品的包装和外形。清洁高雅的环境,先进的服务设备,舒适的安排,严谨和善的服务人员,这些让顾客还未开始接受实质性服务,就已经开始享受服务了,服务中更是倍觉惬意。有形展示制造了顾客感受上的高附加值,能让顾客更好地体会服务给自己带来的利益。

鹤壁矿物局内黄农林公司是以销售农机配件,兼营汽车配件、农林业机械的综合性国有公司。他们就是靠满意服务赢得客户的。

① 介绍导购。只要客户一到,公司业务人员就跟随介绍,包括车辆的价格、性能、调试并帮助开单、交款。

② 建档立卡,定期走访。对公司售出的农用车登记造册。派专人管理,延长产品的"三包"期,一改过去的坐店被动维修为主动上门走访。及时帮助客户解决使用中的问题,解除用户后顾之忧。

③ 技术上咨询,培训机手。针对一些用户买车还不会开的问题,该公司专门印刷了《机手指南》、《简易故障排除》等小册子赠给用户。设立技术咨询电话,由技术员轮流值班,回答小问题,登门解决大问题。

优质的服务赢得了客户,现在该公司的农用车不仅在当地热销,还远销到周边20多个市县。

3. 树立企业形象

服务是无形的,服务产品质量是高度易变的,这都增加了树立企业形象的难度。有形展示是服务的有形代表,也是服务产品的组成部分,自然是服务企业和服务产品形象要素的主要载体。因此,有形展示是树立服务企业和服务产品形象的最有力的工具。

4. 培训员工的手段

服务员工是服务企业有形展示的重要组成部分,企业管理有形展示的过程同时必然也是管理员工的过程,由此员工自然而然会得到多方面的培训。例如,员工要学会如何将自己的言行举止与有形展示相符合,还必须透彻了解服务内容和程序,熟练掌握服务技能等。因此,管理有形展示是服务企业培训员工的重要手段。

(四) 如何管理有形展示

所谓管理有形展示就是通过精心设计安排企业中与服务密切相关的有形内容,使其按照企业的意图影响顾客,从而促进营销目标的实现。管理有形展示应按照如下程序操作。

① 依照企业营销目标确立有形展示管理目标。

② 将可能对服务产品产生影响的所有有形因素全部找出,并分类列出。

③ 依据顾客接触企业和消费服务产品的顺序,将这一过程中最能体现服务内涵、顾客也容易看到和通常比较重视的实物挑出,并弄清它在哪些方面会影响顾客。

④ 为了使服务在顾客的心理上较容易把握,按照有形展示管理目标,精心设计上述实物,让每一实物都能显示服务内容和服务质量的某一方面或某一部分。

⑤ 设计有形实物暗示的承诺如何在实际服务产品中兑现。

二、服务质量营销

（一）服务质量的独特性

成熟的消费者通常既不完全信任广告宣传,也不完全信任企业形象和有形展示,他们更相信服务消费者的亲身经历,因此口碑的影响作用十分巨大。

顾客对服务产品质量的判断取决于体验质量与预期质量的对比。在预期质量既定的情况下,体验质量将影响顾客对整体服务质量的感知。顾客在消费服务产品时,通常从功能、技术和服务态度3个层面体验服务质量。功能层面指企业能为顾客提供多少服务,对于同一项服务产品,企业提供的服务功能越全,质量就越高。技术层面指服务人员的技术水平。服务态度当然是顾客感知服务质量的重要层面。我们都有这样的体会,当我们接受某项服务时,工作人员和蔼可亲,诚恳谦逊,处处为顾客着想,有问必答,那么即使服务质量一般,我们也会感到心情舒畅,毫无怨气。当然,这也要以一定的服务质量为前提。

（二）服务质量管理

保持服务质量和不断提高服务质量,对服务企业的生存和发展至关重要。采用下列措施有助于保持和提高服务质量。

1. 将质量管理视为企业的中心任务

服务企业中无论高层领导还是基层职工,都要高度重视质量问题,视质量为企业的生命。为此,企业在资源配置上应全力支持质量管理活动,并建立以质量为核心的服务企业文化,形成质量至上的企业理念,使全体员工能竭尽全力地提供优质服务。

IBM拥有众多的客户,这不仅来自于其可靠的产品质量,而且来自多年不懈的努力和服务人员的实际行动。

众所周知美国纽约大厦停电事故,当时华尔街停顿,纽约和证券交易所都关闭了,银行公司一片混乱。而IBM纽约分部的员工紧急动员,每个人都忘我工作,争取把客户的损失降到最低限度。在25小时的停电期间,户外温度高达华氏95度左右,空调、电梯、照明一概没有,IBM的员工不辞辛苦攀登一些高层大楼——包括有100多层的世界贸易中心大楼,他们带着各种的急需部件为客户维修设备。费城信赖保险公司的大楼失火,所有的导线被烧坏,电脑上的其他主要部件及设备被破坏,IBM的一个经理立即调来各服务小组,进行24小时不停顿的抢修。由于IBM服务小组连续3天抢修,信赖保险公司又恢复了正常业务,几乎没耽误什么工作。

正是IBM这种优质及时的工作,奠定了公司繁荣兴旺的基础,建立"无客户流失"文化。客户首先面对的是企业的一线员工,员工服务态度、服务质量的好坏将直接影响客户对企业的印象。这就需要企业加强员工服务意识方面的培养,建立"无客户流失"文化,并将其渗透到员工的观念上,贯彻到行动中。

2. 培养高素质员工

生产服务产品和消费服务产品的过程就是工作人员与顾客互动的过程、沟通交流的过程,顾客也是通过观察和体验工作人员的业务能力和工作态度来感知服务质量的。因此,人的因素对于提高服务质量至关重要。加强员工培训,让员工不断提高服务技巧,改善服务态度,提高综合素质,是质量管理的关键所在。

3. 不断改进服务策略

服务市场竞争激烈,不进则退,必须不断改进才能在市场竞争中长期站稳脚跟。服务企业可以通过向竞争对手学习来提高自己的服务质量和竞争能力。向竞争对手学习就是把本企业同竞争者尤其是最好的竞争对手进行对比,分析它们的目标市场选择、定位策略、价格设定、包装技巧以及渠道策略和促销方法等,在与自身的对比中找差距、找优势,通过一系列的比较和研究,取长补短,调整营销策略,提高服务质量和竞争实力。

4. 管理顾客的期望

对顾客期望进行控制不是为了通过降低顾客对服务质量的期望值,来赢得顾客对低质服务的宽容和好感,而是为了通过合适的引导,使顾客对服务质量持有合理的期望,从而能够较客观地评价企业的服务质量。这样,有助于提高工作人员的士气,有助于准确了解自身的优点和缺点,以便发扬优点,克服缺点,提高服务质量,赢得市场。

三、服务市场营销组合

实物产品市场营销组合有 4 个要素:产品、价格、渠道和促销组合。有学者认为服务业市场营销组合应扩充成 7 个要素,即产品、定价、渠道、促销、人、有形展示和过程。

(一)产品

随着社会的发展,服务业日益发达,服务产品的种类越来越丰富,社会对服务产品的需要也越来越多样化。企业制定产品策略应注意市场的前景和潜力,服务内容应考虑目标顾客的需要特点。另外,服务水平、品牌、保证等都要针对目标市场并对比竞争者慎重考虑。服务产品选择错误,其他的营销策略就无从谈起。服务产品同样有市场寿命周期,也需要不断地进行产品改良和市场调整,应根据服务产品的特点制定这些策略。

(二)定价

影响产品定价的因素主要有成本、需求和竞争 3 个方面,成本决定着价格的下限,需求限制着价格的上限,在最高价格和最低价格之间价格的波动则受制于竞争的影响。除此之外,服务行业的特殊性也影响定价策略。例如,服务的无形性和质量易变性使顾客难以判断成本,企业定价也较为困难,因而服务产品价格的上限和下限之间的定价区域一般要比有形产品的定价区域宽。又如,服务的不可贮存性及服务的需求波动大,导致服务业周期性激烈竞争,大幅降价促销是常用策略。服务企业制定价格策略时必须考虑这些因素。

(三)渠道

服务销售一般渠道较短,直销的运用十分普遍。不过不少服务产品也能采用多层渠道进行销售,并能广泛使用中介机构。另外服务业的连锁经营方式目前发展很快,还有不少新的渠道形式正在探索中。

(四)促销

服务行业传统上促销努力远不如实物生产企业,不过实物生产企业的大多数促销策略服务业都可使用,例如,广告、人员推销、销售促进、宣传等各种市场营销沟通方式,服务业目前都在使用。由于服务产品的特殊性,口传沟通的促销效果尤佳。

(五)人

服务人员的服务操作实际上是服务产品的一部分,服务人员的工作态度如何又是顾客感知服务质量的重要依据,因此,人成为服务市场营销组合不可缺少的因素。服务企业必须高度重视工作人员的甄选、训练、激励和控制,高素质的努力工作的人比任何其他营销手段都有价值。

(六)有形展示

由于服务是无形的,顾客通常以有形线索来估计服务的内容和质量,有形展示成为服务企业必要的"包装"。有形展示有多种功能,对服务企业营销关系重大,企业应围绕营销目标精心设计、安排有形展示。

(七)过程

服务产品的生产过程也就是顾客消费服务产品的过程,顾客也是通过对服务全过程的参与和观察来感受服务带来的利益和感知服务质量的。因此,对服务行业来说,整个服务过程都是营销所要关注的。从服务前接受顾客咨询和安排顾客等待服务,到服务中满足顾客的特殊要求和解答顾客疑问,直到服务结束征求顾客意见、送顾客出门,全过程都有营销的机会,都应精心安排。

 巩固拓展

运用 4R 策略、八大核心能力创造顾客满意

为了能够让顾客满意,企业就应该呼应顾客心灵深层的需求,建立与顾客同样的品位等级,与顾客建立深层认同关系,透过电子化快捷渠道提供自主性服务销售,从而使得采购成为愉快的过程。在后经济时代,4R 策略即是让顾客满意的服务策略。

1.　4R 策略与八大核心能力

所谓 4R 策略指的是关系策略、节省策略、关联策略和报酬策略,每项策略对应有两项核心能力,如表 11.2 所示。

表 11.2　4R 策略与八大核心能力

4R 策略	相应的核心能力
关系(Relationship)	1. 服务:主动服务的态度与服务质量 2. 经历:被服务的过程与体验
节省(Retrenchment)	1. 技术:e 化的信息网络与采购通路 2. 便利:简化采购流程与物流作业

（续表）

4R 策略	相应的核心能力
关联（Relevancy）	1. 专业：焦点技术（信赖认同惯性） 2. 商品：商品反映顾客内心的需求
报酬（Reward）	1. 品位：商品品位与客户定位的结合 2. 时间：A 节约时间（顾客没有耐心等待） 　　　　　B 所用时间应有价值

2. 4R 均衡矩阵的运用

只有当顾客认同了企业所提供的服务的价值，才可能感到满意。为了做好服务，它所涵盖的层面很宽广，从左边的关系开始，到右边的节省，再到下方的关联，最后到上方的报酬，如表 11.2 所示。

要让顾客满意，首先要发展一个比较亲切的、能够被快速接受的良好体验的合作关系，接下来要有效地帮助顾客节省成本、时间和方便性，然后再通过这两种服务与之建立长期的关联性，之后要懂得去反馈报酬。这是为提高服务能力所要诉求的 4 个策略。

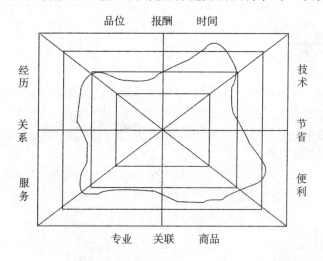

图 11.2　4R 平衡矩阵

技术和便利是企业核心能力的一部分，通过统一的采购网络和通路的设计，能够将产品快速地送到顾客手中，使得整个采购的作业流程大大简化，这些便利化的措施可以让客户更加满意。例如，中国移动通信公司的自助服务，用户可以通过上网查询服务内容、输入电话号码可以查询话费和积分、预约开户、设定停机以及恢复开机等。这些自助服务让用户足不出户就可以享受到优良的服务，赢得了顾客的好评。

商品必须反映顾客的需求，企业集中自己的技术能力，让技术与众不同，可以让顾客取得信赖认同，而且习惯采用这种服务。对此，中国移动通信公司的国际短信，可以发送到五大洲，满足了顾客与国外经常互动的需求。

知识归纳

1. 服务是指用于出售或者是同产品连在一起进行出售的活动、利益或满足感。一般来说,可从服务活动的本质,服务机构同顾客之间的关系,服务供应与需求的关系和服务推广的方法 4 个角度对服务进行划分。

2. 服务商品与有形商品相比是有较大差异的,具有不可分割性、无形性、同时性和易变性等 4 种特征。

3. 顾客服务对顾客的价值表现在认知价值、保障价值、安心价值。顾客服务对企业的价值表现在信息价值、由信任带来的利益价值、人才价值。

4. 物质支持物是有形的,它与服务内容密切相关。于是想要购买服务的顾客总是倾向于寻找物质支持物作为有形的线索,以判断服务商品的内容和质量。这些物质支持物就是服务的有形展示。由于顾客常常将有形展示作为选择服务的主要的依据,因而对有形展示进行专门的管理成为当代服务企业市场营销的重要内容。一个服务企业其有形展示的内容是十分丰富的,从外到内大致可分为 4 类:外在环境、内部设施、服务指示和社会性因素。

问题探究

1. 服务的是人,不是市场。所以说对于服务来说不用营销,正确与否?

2. 独特性对于服务来说有无必要性?

3. 对于现在很多产品的售后服务,他们的服务是不是代表着企业的形象? 他们的优劣对企业是不是有很大的影响?

4. 对于长期的顾客服务,企业的成本有所增加,这样对于企业来说是否划算?

阅读材料

花旗银行服务营销

花旗银行(Citibank)迄今已有近 200 年的历史。进入新世纪,花旗集团(Citigroup)的资产规模已达 9 022 亿美元,一级资本为 545 亿美元,被誉为"金融界的至尊"。时至今日,花旗银行已在世界 100 多个国家和地区建立了 4 000 多个分支机构,在非洲、中东,花旗银行更是外资银行抢滩的先锋。花旗的骄人业绩无不得益于其 1977 年以来银行服务营销战略的成功实施。服务营销在营销界产生已久,但服务营销真正和银行经营相融合,从而诞生银行服务营销理念,还源于 1977 年花旗银行副总裁列尼·休斯坦克的一篇名为《从产品营销中解脱出来》的文章。花旗银行可以说是银行服务营销的创始者,同时也是银行服务营销的领头羊。花旗银行能成为银行界的先锋,关键在于花旗独特的金融服务能让顾客感受并接受这种服务,进而使花旗成为金融受众的首选。多年以来,银行家们很少关注银行服务的实质,

强调的只是银行产品的盈利性与安全性。随着银行业竞争的加剧,银行家们开始将注意力转移到银行服务与顾客需求的统一性上来。银行服务营销也逐渐成了银行家们考虑的重要因素。

自 20 世纪 70 年代花旗银行开创银行服务营销理念以来,就不断地将银行服务寓于新的金融产品创新之中。而今,花旗银行能提供多达 500 种金融服务。花旗服务已如同普通商品一样琳琅满目,任人选择。1997 年,花旗与旅行者公司的合并,使花旗真正发展成为一个银行金融百货公司。在 20 世纪 90 年代的几次品牌评比中,花旗都以它卓越的金融服务位列金融业的榜首。今天,在全球金融市场步入竞争激烈的买方市场后,花旗银行更加大了它的银行服务营销力度,同时还通过对银行服务营销理念的进一步深化,将服务标准与当地的文化相结合,在加强品牌形象的统一性时,又注入了当地的语言文化,从而使花旗成为行业内国际化的典范。

花旗服务营销的新内涵

金融产品的可复制性,使银行很难凭借某种金融产品获得长久竞争优势,但金融服务的个性化却能为银行获得长久的客户。著名管理学家德鲁克曾指出:"商业的目的只有一个站得住脚的定义,即创造顾客","以顾客满意为导向,无异是在企业的传统经营上掀起了一场革命"。花旗银行深刻理解并以自身行动完美地诠释了"以客户为中心,服务客户"的银行服务营销理念。在营销技术和手段上不断推陈出新,从而升华花旗服务,引领花旗辉煌。

花旗通过变无形服务为有形服务,提高服务的可感知性,将花旗服务派送到每一位客户手中。花旗银行在实施银行服务营销的过程中,以客户可感知的服务硬件为依托,向客户传输花旗的现代化服务理念。花旗以其幽雅的服务环境、和谐的服务氛围、便利的服务流程、人性化的设施、快捷的网络速度以及积极健康的员工形象等传达着它的服务特色,传递着它的服务信息。

花旗在银行服务营销策略中,鼓励员工充分与顾客接触,经常提供上门服务,以使顾客充分参与到服务生产系统中来。通过"关系"经理的服务方式,花旗银行建成了跨越多层次的职能、业务项目、地区和行业界限的人际关系,为客户提供并办理新的业务,促使潜在的客户变成现实的用户。同时,花旗还赋予员工充分的自主服务权,在互动过程中为客户更好地提供全方位的服务。

通过提升服务质量,银行服务营销赋予花旗服务以新的形象。花旗在引导客户预期方面决不允许作过高或过多的承诺,一旦传递给客户的允诺就必须保质保量地完成。例如,承诺"花旗永远不睡觉",其实质就是花旗服务客户价值理念的直接体现。花旗银行规定并做到了电话铃响 10 秒之内必须有人接,客户来信必须在两天内作出答复。这些细节就是客户满意的重要因素。同时,花旗还围绕着构建同顾客的长期稳定关系,提升有针对性的银行服务质量。通过了解客户需求,针对此提供相应的产品或服务,缩短员工与客户、管理者与员工、管理者与客户之间的距离。在确保质量和安全的前提下,完善内部合作方式,改善银行的服务态度,提高银行的服务质量,进而提高客户的满意度,提高服务的效率并达到良好的效果。

花旗银行服务营销的启示

花旗银行服务营销的成功实施,拓展了服务领域,强化了服务质量,从而使得花旗品牌深入人心,客户纷纷而至,以至每 4 个美国人中就有一个是花旗银行的客户。在当今信息技术引发的金融创新浪潮中,各个银行之间试图通过网点优势、人缘优势、技术优势、产品优势拉开与竞争对手差距的时代已成为过去。银行服务营销开展的优劣将成为银行竞争成败的关键。

在当前我国积极实施国有商业银行市场化改革的进程中,花旗的银行营销给我国国有商业银行的市场改革进程带来许多重大的启示。诚然,银行大楼是越盖越高,装修越来越好,服务项目也越来越多,但人们总能发现某个储蓄网点不是 ATM 机不好用,就是 POS 机出了问题;不是大堂经理不在,就是窗口暂停服务。由此可见,缺乏现代银行服务内涵的金融产品竞争已失去了先前的魅力。因此,在推进国有商业银行市场化体制建设的同时,要给宛如希腊神庙般的银行建筑、深色凝重的银行摆设、冰冷的面容、单调的语言等,注入现代银行的服务内涵,这也将成为国有商业银行能否真正与市场接轨的关键问题。

国有商业银行在推行银行服务营销的过程中,要积极地将"以产品为中心"的产品推销观念转化为"以客户为中心"的银行服务营销观念。在实践中,要将银行服务营销观念与策略导入银行服务业,通过差别化、个性化的服务,营造具有自己特色的金融品牌。同时,要根据客户需求的变化相应调整银行的服务。正如花旗银行合理引导客户预期并提供迎合客户预期的银行服务一样,国有商业银行也要在推行银行服务营销的实践中根据客户需求,积极开发与之相符的并具有自身特色的便利服务和支持性服务,从而将银行服务营销真正融于具体的银行经营实践中。

达标检测

一、填空题

1. 服务的定义是用于出售或者是同产品连在一起进行出售的_____、_____或_____。

2. 服务具有独特的能与商品和工业制造品分开的特征,包括_____、_____、_____和_____。

3. 试列举典型的服务业_____、_____、_____。

4. 顾客服务的质量标准包括_____、_____、_____和_____。

5. 一个服务企业其有形展示的内容是十分丰富的,从外到内大致可分为 4 类:_____、_____、_____和_____。

6. 有学者认为服务业市场营销组合应扩充成 7 个要素,即产品、定价、渠道、促销、_____、_____和_____。

二、判断题

1. 顾客服务对企业的价值在于信息价值和人才价值。（　　）

2. 服务的易变形体现在每次服务质量与以往的服务相比常有变化。（　　）

3. 有形展示的社会性因素指服务场所内一切参与及影响服务产品生产的人。（　　）

4. 服务质量好坏都无所谓,只要产品质量好就能有市场。（　　）

5. 根据服务活动的本质可以将服务分为连续性和间断性。（　　）

6. 服务营销中特别强调顾客对服务提供者的信任,没有服务前的信任,服务要么不被购买,要么难以顺利地开展。 （　）

三、问答题

1. 怎样的顾客服务才是优质的?
2. 为顾客进行贴心的服务会给企业带来什么样的影响?
3. 简述服务的分类与特征。
4. 顾客服务对顾客及企业的价值。

参 考 文 献

[1] 菲利普·科特勒.市场营销原理[M].9 版.赵平,等译.北京:清华大学出版社,2005.

[2] 王方华,顾锋.市场营销学[M].上海:上海人民出版社,2003.

[3] 吴宪和.市场营销[M].上海:上海财经大学出版社,2009.

[4] 乜堪雄.市场营销学[M].南京:东南大学出版社,2006.

[5] 于建原.营销策划[M].成都:西南财经大学出版社,2005.

[6] 江涛.组织市场营销[M].北京:清华大学出版社,2005.

[7] 吴世经,曾国安.市场营销学[M].3 版.成都:西南财经大学出版社,2005.

[8] 甘碧群.市场营销学[M].武汉:武汉大学出版社,2005.

[9] 吴健安.市场营销学[M].北京:高等教育出版社,2000.

[10] 王海斌.市场营销管理[M].武汉:武汉大学出版社,2002.

[11] 纪宝成.市场营销学教程[M].北京:中国人民大学出版社,2003.

[12] 中国市场营销网,http://www.ecm.com.cn.

[13] 中国营销传播网,http://www.emkt.com.cn.

[14] 世界经理人网站,http://www.ceconlin.com.

[15] 中华企管网,http://www.wiseman.com.cn.

[16] 销售与市场网络版,http://www.cmmo.com.cn.

[17] 菲利普·科特勒,等.市场营销原理(亚洲版)[M].何志毅,等译.北京:机械工业出版社,2006.

[18] 中国就业培训技术指导中心.营销师[M].北京:中央广播电视大学出版社,2006.

[19] 郭国庆.市场营销学通论[M].北京:中国人民大学出版社,2007.

[20] 吴健安.市场营销学[M].北京:高等教育出版社,2007.

[21] 菲利普·科特勒.营销管理[M].10 版.梅汝和,等.北京:中国人民大学出版社,2007.

[22] 张唐槟.市场营销学[M].成都:西南财经大学出版社,2008.

[23] 李穗豫,陈玮.中国本土市场营销案例精选[M].广州:广东经济出版社,2006.

[24] 李萍,戴凤林.市场营销[M].北京:冶金工业出版社,2008.

[25] 第一营销网,http://www.cmmo.com.

[26] 中国汽车网,http://www.chinacars.com.

[27] 21 世纪药店网,http://www.21yod.com.

[28] 杨育谋.吉列按刮脸次数卖剃须刀[J].中外企业文化,2002(3).

[29] 菲利普·科特勒.营销管理[M].10 版.北京,中国人民大学出版社,2001.

[30] Alvin C. Burns Ronald F. Bush. Marketing Research[M].梅清豪,周安柱,徐炜熊,译.2nd ed.北京:中国人民大学出版社,2001.

[31] Philip Kotle. Marketing Management[M].梅汝和,梅清豪,周安柱,译.10,h ed.北京:中国人民大学出版社,2001.

［32］Palph W. Jackson Robert D. Hisrich. Sales and Sales Management［M］. 李扣庆,译.
北京:中国人民大学出版社,2001.

［33］柯惠新,丁立宏. 市场调查与分析［M］. 北京:中国统计出版社,2000.

［34］范云峰. 市场营销［M］. 北京:中国经济出版社,2003.

［35］企业国际化管理课题组. 企业营销国际化管理制度［M］. 北京:中国财经经济出
版社,2002.

［36］李先国. 市场营销学［M］. 北京:中国财经经济出版社,2005.

尊敬的老师：

您好！

请您认真、完整地填写以下表格的内容（务必填写每一项），索取相关图书的教学资源。

教学资源索取表

书 名				作者名	
姓 名		所在学校			
职 称		职 务		讲授课程	
联系方式	电 话：		E－mail：		
地址（含邮编）					
贵校已购本教材的数量（本）					
所需教学资源					
系/院主任姓名					

系/院主任：＿＿＿＿＿＿＿＿＿＿＿＿＿（签字）

（系/院办公室公章）

20＿＿＿＿年＿＿＿＿月＿＿＿＿日

注意：

① 本配套教学资源仅向购买了相关教材的学校老师免费提供。

② 请任课老师认真填写以上信息，并请**系/院加盖公章**，然后传真到（010）88252319 或（010）80115555 转 735253 索取配套教学资源。也可将加盖公章的文件扫描后，发送到 fservice@126.com 索取教学资源。

电子工业出版社
PHEI PUBLISHING HOUSE OF ELECTRONICS INDUSTRY
http://www.hxedu.com.cn
http://www.phei.com.cn